W0202570

L'ULTIMA NOTTE

Catherine O'Connell

L'ULTIMA NOTTE

Traduzione di Alessandra Emma Giagheddu

DeA
Planeta

Titolo originale: *The last night out*
Traduzione dall'inglese: Alessandra Emma Giagheddu

Copyright © 2018 by Catherine O'Connell
Published by arrangement with Canongate Books Ltd. 14th High Street,
Edinburgh EH1 1TE
Per l'edizione italiana: © 2019 DeA Planeta Libri S.r.l.
Redazione: via Inverigo 2, 20151 Milano
www.deaplanetalibri.it

Questa è un'opera di fantasia. Nomi, personaggi, luoghi e avvenimenti sono il frutto dell'immaginazione dell'autrice o sono usati in chiave fittizia. A eccezione degli eventi e dei personaggi storici descritti ai fini della narrazione, qualsiasi somiglianza con eventi reali, luoghi, organizzazioni e persone, esistenti o esistite, è puramente casuale.

Tutti i diritti sono riservati. Nessuna parte di questo volume può essere riprodotta, memorizzata o trasmessa in alcuna forma e con alcun mezzo, elettronico, meccanico, in fotocopia, in disco o in altro modo, compresi cinema, radio, televisione, senza autorizzazione scritta dell'Editore. Le fotocopie per uso personale del lettore possono essere effettuate nei limiti del 15% dietro pagamento alla SIAE del compenso previsto dall'art. 68, commi 4 e 5, della legge 22 aprile 1941, n. 633. Le riproduzioni per finalità di carattere professionale, economico o commerciale, o comunque per uso diverso da quello personale, possono essere effettuate a seguito di specifica autorizzazione rilasciata da CLEARedi, corso di Porta Romana 108, 20122 Milano, e-mail info@clearedi.org e sito web www.clearedi.org.

Ai miei fratelli: Tom, Jane e Barney.
Il miglior regalo per uno scrittore
è una famiglia amorevole e stravagante.
Io ho questa fortuna.

Oggi

Sono seduta nel padiglione della musica, in fondo alla sala, lontano da tutti. La pioggia tamburella sul tendone, smorzando gli accordi atonali del concerto per pianoforte di Schoenberg. Le dissonanze mi ricordano quanto può essere meravigliosa l'imperfezione. Un giovane violoncellista arriva in ritardo e sguscia veloce al suo posto. La reazione del direttore d'orchestra è impercettibile, ma è chiaro che il contrattempo non è passato inosservato. Sarà un errore fatale per la carriera del musicista? Probabile. Quello della musica è un ambiente molto competitivo.

Chissà quante storie prendono pieghe impreviste a partire da incidenti all'apparenza banali come quello a cui ho appena assistito. Quante volte un'esistenza cambia corso per sempre a causa di un passo falso. Che si tratti di decisioni meditate o di scelte obbligate, le conseguenze di un improvviso cambio di rotta possono rivelarsi rovinose. Come sarebbe stata la mia vita senza quel clamoroso inciampo? Molto diversa, questo è sicuro.

Certo, mi conforta sapere di non essere stata io la diretta responsabile della morte di Angela, ma anche a distanza di venticinque anni il ricordo di quella notte si insinua ancora tra i miei pensieri. E quando penso a come è cambiata la mia esistenza dopo quel fatto, mi si stringe lo stomaco per il rimorso.

La pioggia cessa nel momento esatto in cui l'orchestra si lancia nel travolgente crescendo finale. Poi i musicisti si alzano per ricevere un fragoroso applauso, e con gli altri anche il giovane violoncellista. Il suo ritardo ha risvegliato qualcosa dentro di me, e la rivelazione arriva come un lampo. Non è troppo tardi per raccontare la storia. Non è mai troppo tardi per svelare la verità.

Lascio il padiglione tra i primi e raggiungo velocemente il parcheggio.

Mentre guido verso casa, circondata dalle cime maestose delle Rocky Mountains, sto già accordando le parole. Al mio arrivo sono tutte in fila, pronte per essere messe nero su bianco.

Se lo vorrete, potrete viaggiare nel tempo insieme a me fino a un'afosa notte del giugno 1988, a Chicago. A quei tempi il mondo stava cambiando, anche se nessuno poteva immaginare fino a che punto. La disco music esalava l'ultimo respiro. I jeans erano rigorosamente sbiaditi e a vita alta. Gli unici tatuaggi che si vedevano in giro erano quelli di Cher e della gente che viveva nelle roulotte. I gay iniziavano a uscire allo scoperto e l'AIDS era già un'epidemia. I computer erano una novità per chiunque non fosse nel mondo degli affari, le e-mail a malapena esistevano, gli SMS erano fantascienza. I rari cellulari in circolazione erano grandi più o meno come una scarpa, e la funzione più avveniristica del telefono tradizionale era la ricomposizione automatica. Siamo state la prima generazione di donne in carriera, sessualmente ed economicamente liberate, ma in un mondo a misura di maschio la nostra posizione era per forza di cose precaria, e quindi finivamo per accontentarci delle briciole.

Così si viveva a Chicago all'inizio di questa storia. Da parte mia, prometto di essere una cronista fedele; in cambio dovrete concedermi qualche licenza mentre cercherò di dare voce agli altri personaggi. Magari non sarò sempre impeccabile nell'interpretazione dei fatti, però confido che alla fin fine il mio racconto risulterà rigoroso e credibile.

Margaret Mary Trueheart
10 luglio 2013

1

14 giorni al matrimonio

—

Sabato 11 giugno 1988

Mi svegliai in preda all'ansia e all'inquietante sensazione di non essere sola. Il telefono squillava. Sdraiata su un fianco, fissai la parete senza osare voltarmi, ma il tepore che sentivo alle mie spalle era innegabile: c'era un corpo disteso accanto al mio, sotto le lenzuola firmate, nonostante Flynn fosse fuori città. Un convulso replay della serata precedente mi restituì solo pochi, confusi fotogrammi. La sbronza non mi era ancora passata del tutto.

Dopo sei squilli, in soggiorno scattò la segreteria telefonica e la mia voce registrata riecheggiò nel corridoio: «Ciao, sono Maggie. Sai già cosa fare e quando farlo». *Tuu-tuu.* Un istante dopo il telefono riprese a squillare. Di nuovo, al mio invito non seguì alcun messaggio. Quando l'apparecchio prese a suonare per la terza volta, capii che l'anonimo scocciatore non aveva intenzione di desistere, così mi voltai di malavoglia e allungai il braccio per rispondere. La mano si fermò a mezz'aria. Il falegname. Ecco chi era lo sconosciuto steso accanto a me. "Camicia-di-jeans", al momento privo della camicia di jeans e non solo di quella, mi sorrideva. Un sorriso che gli disegnava piccole e intriganti fossette sulle guance abbronzate. Una sensazione di nausea percorse da capo a piedi un corpo decisamente troppo nudo. Il mio.

«Sembra che qualcuno abbia un disperato bisogno di parlare con te» disse. E con lo sguardo complice e l'indice sulle labbra a promettere silenzio mi passò la cornetta, lasciando che il filo gli attraversasse sinuoso i peli arruffati del petto. Inorridita, gli strappai di mano il telefono e me lo incollai alla guancia, terrorizzata all'idea che l'intruso potesse in qualche modo svelare la sua presenza con un colpo di tosse.

«Pronto?» gracchiò una voce che stentai a riconoscere come mia.

«Maggie! Oh, Maggie, sono io, Suzanne.» Sembrava sollevata. «Grazie al cielo, sei tornata a casa senza problemi.»

Non ne sarei tanto sicura, pensai posando lo sguardo sul mio ospite. Mani intrecciate dietro la testa e gomiti aperti, si era messo comodo nel mio letto. Il sorriso strafottente che sfoggiava non pareva appartenere all'impacciato falegname del New Hampshire conosciuto la sera prima.

«Certo che sono tornata a casa senza problemi» mentii. Lanciai un'occhiata all'orologio. Il display digitale segnava le 7:48. Non propriamente l'alba, ma un orario comunque disumano per il sabato mattina successivo a una notte brava, anche per una persona mattiniera come Suzanne. «Com'è che mi chiami a quest'ora?» riuscii a buttar là con finta disinvoltura.

Attimo di esitazione. «Non so davvero come dirtelo, Maggie. Si tratta di Angie. È morta.»

Le sue parole colpirono il mio cervello intorpidito con la violenza di una frustata, facendomi tirar su di colpo. Il lenzuolo scivolò giù e d'impulso alzai il braccio per nascondere il seno rimasto scoperto. Anche se ormai era decisamente troppo tardi per pensare al pudore.

«È uno scherzo?» Che domanda inutile. Suzanne Lundgren era l'ultima persona al mondo da cui aspettarsi uno scherzo, men che meno di cattivo gusto.

«Vorrei che lo fosse.» La sua angoscia era inequivocabile. «Kelly mi ha appena chiamata. È al distretto di polizia. Angie è stata uccisa. Hanno ritrovato il suo corpo a Lincoln Park qualche ora fa.»

«Kelly?» Non aveva senso. Decine di domande mi affollarono la testa, eppure tutto ciò che mi uscì di bocca fu: «Cosa c'entra Kelly in questa storia?».

«Probabilmente è uscita a correre come ogni mattina, e si è imbattuta nel cadavere» spiegò Suzanne. «Adesso si trova al distretto di polizia della Zona 3. L'avranno portata lì per farle delle domande su Angie.»

«Ma è una cosa assurda. Eravamo insieme...» guardai di nuovo la sveglia. «Quando? Cinque, sei ore fa? E non sei stata tu a riportarla a casa?»

Suzanne esitò. Poi le sue parole arrivarono in un sussurro: «Maggie... ma certo che l'ho accompagnata. Dopo averti salutata ci siamo infilate in un taxi e siamo andate a casa sua. Ho chiesto all'autista di aspettare che lei entrasse e l'ho guardata chiudersi la porta alle spalle».

Frammenti della notte iniziarono ad affiorare confusamente alla mia memoria: Angie sulla pista da ballo in pantaloni scuri e top rosso scollatissimo, il viso nascosto dietro una cascata di capelli neri, i fianchi generosi che oscillavano seducenti sui tacchi a spillo delle décolleté rosse. Angie al bar del locale, illuminata dalle luci al neon del bancone, intenta a mandar giù l'ultimo shottino. Angie con le gambe di gelatina che stentava a reggersi in piedi.

«Maggie, non ce la faccio a stare al telefono. Quel che sapevo te l'ho detto.» La voce di Suzanne era rotta dal dolore. «Kelly ha promesso di chiamarmi appena riesce a sapere qualcosa di più. Pensi tu ad avvisare Carol Anne? Io non ne ho la forza.»

«Sì. Certo» mormorai. E la telefonata si concluse così.

Fissai la cornetta come fosse un corpo estraneo e cercai di elaborare quel che era successo. No, non potevo accettare l'ineluttabilità della morte di un'amica. Era solo un incubo assurdo. E lo stesso valeva per lo sconosciuto che mi fissava. Sarebbe bastato chiudere gli occhi e tutto sarebbe tornato alla normalità del *prima*: Angie viva e io sola dentro il mio letto, i postumi di una sbronza epica come unico problema da affrontare quel giorno.

Chiusi le palpebre.

Ma quando tornai a sollevarle, lui era ancora lì, inquietante quasi quanto la fine di Angie. Per lo meno, adesso aveva smesso di sorridere e mi guardava con preoccupazione. «Tutto bene?» chiese, sfiorandomi una guancia con delicatezza.

«C'è stato un incidente» risposi, troppo frastornata per piangere e per nulla disposta a condividere il mio dolore con un estraneo. «Devi andartene subito.»

Lui ignorò la mia richiesta e mi accarezzò il viso, seguendone il contorno con il dorso della mano. Cercai di controllare un involontario brivido. Le sue mani comunicavano un certo vigore e ricordai che la notte precedente mi avevano fatta impazzire. Erano grandi e forti, con le nocche scolpite e una fila di calli a raccontare le lunghe ore trascorse a lavorare il legno. Così diverse da quelle di Flynn, lisce e morbide come la seta, con lunghe dita affusolate e unghie sempre fresche di manicure; mani adatte a impugnare una racchetta da tennis o una mazza da golf. Mani di un'altra classe sociale.

«Come sei bella» disse l'estraneo nel mio letto, mentre le sue carezze migravano verso le zone sensibili del collo.

Altri frammenti emersero dalla nebbia alcolica che mi offuscava la mente. Io che ballavo Cindy Lauper all'Overhang, io che salivo sopra un pick-up bianco, io che parlavo con il falegname sotto la luce gialla del lampione proprio sotto casa mia... Ma erano ancora troppi i dettagli che continuavano a sfuggirmi. Non più protetta dal buio notturno, mi ritrovai nuda ed esposta nell'impietosa luce del mattino. Ero Eva che fissava la mela. Pensai a Flynn e il cuore mi sprofondò nello stomaco; poi pensai a Angie e sembrò fermarsi del tutto.

Apparentemente insensibile ai miei conflitti interiori, lui si avvicinò e mi baciò sulle labbra con delicatezza. «No» protestai spingendolo via. Ignorando le mie resistenze, il falegname mi cinse la vita e mi attirò a sé. Mi baciò sul collo, sul naso, poi di nuovo sulla bocca. «No» ripetei, ma lui proseguì il suo pellegrinaggio fino al mio orecchio.

In un mondo perfetto, la virtuosa Maggie sarebbe inorridita nel ritrovarsi un estraneo nel letto. In un mondo perfetto, la virtuosa Maggie lo avrebbe schiaffeggiato e sarebbe corsa via. Anzi, in un mondo davvero perfetto, quell'uomo non sarebbe affatto stato lì.

Ma il mondo, si sa, è un luogo decisamente imperfetto.

Non ci siamo, Maggie. Non ci siamo proprio. Come avevo potuto tradire il mio fidanzato a quel modo? Come potevo anche solo *pensare* al sesso quando avrei dovuto disperarmi per la morte di un'amica? Eppure... Qualcosa di primordiale si impadronì di me, anestetizzando il dolore, il senso di colpa, la tristezza, e quel qualcosa prese in ostaggio la mia parte razionale. Smisi di respingerlo. In quel momento volevo solo che lui mi stringesse, desideravo affondare il viso nel suo petto e permettergli di fare altrettanto.

Lo baciai, all'inizio con qualche esitazione, poi con urgenza sempre maggiore. Lui mi spinse all'indietro sul materasso e un secondo dopo ci stavamo rotolando tra le lenzuola, i corpi stretti l'uno contro l'altro. All'improvviso però un indesiderato barlume di consapevolezza si accese nei recessi del mio cervello, e quando lui già stava entrando dentro di me lo afferrai per i fianchi e lo fermai. Lui si lasciò sfuggire un gemito di sconforto e mi fissò sorpreso con gli occhi color caffè.

«Non credo di aver messo il diaframma ieri sera, vero?» chiesi ansimando.

Il suo sguardo perso conteneva la risposta che cercavo. Sospirai e lo spinsi via. Se c'era un momento giusto per interrompere quella follia, era arrivato. Ma quel giorno la ragione non era destinata a prevalere. Ero come posseduta.

Aprii il comodino, presi il diaframma e rapidamente inserii la fidata cupoletta dov'era giusto che fosse in quel momento, cercando al tempo stesso di non pensare a dove l'avevo lasciata la sera prima. Un istante dopo lui era di nuovo su di me, come se niente fosse successo. Il tempo aveva perso ogni significato, il passato non esisteva, il futuro non mi spaventava: contava solo il presente. Un presente molto persuasivo. Mi lasciai andare, abbandonando lo stato cosciente per entrare in un'arena in cui esistevamo solo io, il corpo di lui, e milioni di terminazioni nervose affamate di attenzioni.

2

Quando mi svegliai, due ore dopo, il falegname dormiva profondamente con un braccio attorno alle mie spalle. In qualche modo avevo smaltito la sbronza, anche se l'alcol ancora in circolo nelle mie vene mi sarebbe certo valso una multa per guida in stato di ebbrezza. La tempesta ormonale da cui ero stata travolta si era placata, e gli avvenimenti del mattino mi furono definitivamente chiari. Fissai il soffitto cercando di digerire la realtà. Io ero una persona orribile e Angie era morta.

Facendo attenzione a non svegliare il mio ospite, sgusciai via dal suo abbraccio e andai in bagno. Bastò un'occhiata allo specchio per confermare ciò che mi aspettavo. I capelli erano una massa informe di ciocche sparate in ogni direzione, come nelle parrucche dei clown; i miei occhi verdi erano cerchiati da un alone di mascara sbavato; il viso era arrossato per la barba del falegname. Tolsi a fatica le lenti a contatto di cui mi ero dimenticata la sera prima e le gettai nel cestino. Sedetti sul water e mi presi la testa fra le mani, cercando di alleviare la fitta feroce e pulsante alla tempia destra. L'immagine di Angie stesa sul tavolo del medico legale mi colse di sorpresa; gemetti e sentii gli occhi riempirsi di lacrime. Pensai ai suoi genitori e ai fratelli, persone che conoscevo da quasi tutta la vita. Se per me la sua perdita era dolorosa, per loro doveva essere insostenibile. Rimasi seduta per un po' prima che la mente tornasse di colpo all'estraneo che dormiva nel mio letto. A che diavolo stavo pensando quando l'avevo fatto salire? E se Flynn fosse rientrato prima del previsto? Dovevo assolutamente fare in modo che sparisse. Subito. Infilai l'accappatoio e lo strinsi in vita con la cintura.

Nel frattempo lui si era alzato e rivestito, e mi aspettava seduto al tavolo del soggiorno sfogliando una copia del *Chicagoan*, i riccioli che sfioravano gli occhiali dalla montatura sottile.

Alzò lo sguardo e le sue labbra si distesero in un sorriso complice, incorniciato dalle fossette. Con un cenno della testa indicò la porta aperta del bagno.

«Ti spiace se...?»

«Se?»

«Se uso la toilette?»

Mentre lui si richiudeva la porta alle spalle, la mia testa esplorò le varie opzioni. La doccia poteva scordarsela, doveva andarsene il prima possibile. Al rumore dello sciacquone seguì quello del rubinetto, poi con mio grande sollievo la porta si riaprì e lui ricomparve. Io ero rimasta piantata in mezzo al soggiorno e quando lui si avvicinò per darmi un bacio mi ritrassi.

Un velo di tristezza calò sopra i suoi occhi castani dietro le piccole lenti rotonde. «Sono stato davvero bene con te. E vorrei rivederti» dichiarò.

«Cosa?» Stava scherzando? L'uomo che mi aveva portata a tradire il mio promesso sposo – anche se un certo grado di collaborazione da parte mia era stato innegabile – mi stava chiedendo un appuntamento? Dov'erano finiti i classici amanti occasionali che non vedevano l'ora di tagliare la corda e si dileguavano con un classico: «Ti chiamo io»?

«Sei fuori? Non lo sai che sto per sposarmi?»

«Dovresti ripensarci, Maggie. Io so soltanto che non ho mai conosciuto una ragazza come te, e ti voglio rivedere.»

«Tu non mi conosci affatto. Ieri sera hai incontrato il mio alter ego sbronzo. Che nel frattempo ha già lasciato la città per non tornare mai più. Io amo un altro uomo e ho tutte le intenzioni di sposarlo, anche se ho fatto una cosa sbagliata. Molto sbagliata.»

«Ieri sera non ho avuto l'impressione che ti sembrasse un errore. E neanche questa mattina. Là dentro eri un'autentica pantera» replicò indicando la camera da letto.

Le sue parole toccarono un nervo scoperto. Non perché fossero crudeli, ma perché erano vere. Forse avevo davvero superato il limite, sconfinando nel regno animale, però adesso la pantera era rientrata nella gabbia. E voleva starsene tutta sola dietro le sbarre. Dovevo assolutamente liberarmi di quel falegname, nel modo più indolore possibile. Decisi di tentare la carta della ragionevolezza.

«Senti, Steven, stanotte, e anche questa mattina, è stato fantastico. Ma il punto è un altro. Io ho fatto un errore. Ho fatto qualcosa di terribile e adesso ho paura, ho paura di quello che ho fatto e ho paura di te. Ho paura che la follia di una notte possa compromettere una cosa a cui ho dedicato un anno della mia vita. Il mio fidanzato è la persona più importante al mondo per me. È un uomo meraviglioso, comprensivo, premuroso, e non voglio perderlo. Rischio di rovinare tutto per colpa dei miei ormoni impazziti. Questo non deve più accadere. Mai più. Sono certa che mi capisci.»

Lui scosse la testa. «Maggie, il tuo più grosso errore sarà questo matrimonio. La donna che era dentro quel letto non può essere follemente innamorata di un altro.»

Avrei voluto urlare, invece riuscii non so come a mantenere il controllo. «Basta così. Voglio che tu vada via subito, per favore.»

Lui si diresse verso la mia scrivania, si sedette sul ripiano e scrisse qualcosa sopra il blocchetto di fogli per gli appunti. «È il numero del posto dove sto lavorando» mi spiegò. «Durante il giorno mi trovi lì.»

Mi avvicinai, strappai il foglietto dal blocco e lo accartocciai. «Davvero non vuoi capire? Non ti chiamerò mai.» E per essere più convincente corsi a spalancare la porta d'ingresso e mi piazzai sulla soglia a braccia conserte.

«Quindi finisce qui?»

«Sì.»

Prima di uscire, si sporse verso di me e mi sfiorò le labbra con le sue, cogliendomi di sorpresa. Quando fu sul pianerottolo richiusi la porta, tirai il chiavistello e premetti l'orecchio contro il battente per seguire il rumore dei suoi passi pesanti giù per le scale. Quando udii il cigolio del portoncino che si chiudeva, mi sentii invadere da un'ondata di sollievo – come se quella soglia sbarrata potesse davvero proteggermi da quanto era successo. Tornai in soggiorno e sbirciando da dietro le tende lo vidi attraversare la strada e salire sul suo pick-up. Mentre si allontanava sperai che non avesse fatto caso al mio indirizzo e non mi si ripresentasse davanti mai più.

In cucina, notai due piccoli bicchieri capovolti sul piano di lavoro, accanto a una bottiglia semivuota di Jameson. Altri ricordi riaffiorarono alla mia memoria. Il pick-up che si fermava sotto il mio palazzo. Io che con fare innocente lo invitavo a bere un ultimo drink.

«Al matrimonio» avevo brindato.

«Al matrimonio» aveva risposto, buttando giù il whisky d'un fiato prima di posare il bicchierino a testa in giù sul ripiano. Poi mi aveva affondato il viso nel collo. La sensazione di averlo addosso era stata disarmante e rassicurante al tempo stesso. Le mie resistenze, ammesso che fossero esistite, erano svanite in quel momento, mentre lui mi baciava le spalle e mi infilava la mano ruvida nel reggiseno. L'ultimo ricordo nitido era di noi in camera da letto, che ci strappavamo gli abiti di dosso. Il resto era nebbia.

A parte la mattina. Di quella ricordavo ogni dettaglio.

Tornai in camera e osservai le prove della mia trasgressione, desiderando esistesse un modo per far tornare indietro il tempo. Stringevo ancora nel pugno il foglietto con il suo numero, e lo gettai nel cestino dei rifiuti. Spalancai le finestre per eliminare l'odore di sesso che saturava la stanza, e tolsi le lenzuola per metterle in lavatrice. Feci una doccia con l'acqua più calda che riuscii a sopportare, insaponandomi infinite volte, quasi che tutta quella schiuma potesse cancellare le immagini del mio tradimento. Il tutto senza mai smettere di pensare a Flynn e al dolore che avrebbe provato se avesse scoperto la mia infedeltà. Ma questo non sarebbe mai successo. Mai.

Uscii dalla doccia e i miei tormentati pensieri si concentrarono su Angie e sulla telefonata che mi aspettava. Avvolta nell'accappatoio tornai in soggiorno e composi un numero che avrei potuto fare a occhi chiusi, tanto mi era familiare. Un minuto dopo la voce allegra di Carol Anne mi cinguettava nell'orecchio. Era ancora la voce del giorno prima, gioiosa e ignara di tutto: la voce dell'unica persona al mondo di cui mi fidavo ciecamente. In quel momento era probabilmente seduta nella sua lussuosa cucina, a programmare il menù della settimana e a stilare la lista della spesa con cui realizzarlo.

«Sono io. Purtroppo ci sono brutte notizie.» Parole troppo innocue per la bomba che stavo per sganciare. Con voce tremante, comunicai a Carol Anne la morte di Angie.

«Non è possibile» gemette alla fine. «Non può essere vero.»

«Temo di sì.»

«Uccisa?»

«È quel che Kelly ha detto a Suzanne.»

«Ma... non capisco. Se Suzanne l'ha accompagnata fino a casa, perché l'hanno trovata nel parco? Non ha senso.»

«Niente ha senso, oggi» commentai, scoppiando a piangere. «Carol Anne, purtroppo c'è altro. È successa un'altra cosa.»

«Grave quanto l'omicidio di Angie?»

«Certo che no. Ma brutta.» Il volume della mia voce era sprofondato a livelli da confessionale. E a un tratto mi resi conto che non era una confidenza da fare al telefono. Dovevo vederla. «Posso venire da te?»

«Ti aspetto» rispose, gettandomi il salvagente di cui avevo disperato bisogno.

3
Kelly

Kelly Delaney scese dalla volante che l'aveva riportata a casa e borbottò un grazie poco convinto al giovane poliziotto alla guida. Entrò in cortile, si richiuse rumorosamente il cancello alle spalle e scese gli otto gradini che conducevano all'appartamento seminterrato. Il suo ingresso fu salutato da un miagolio impaziente. La gatta non era abituata a restare sola tanto a lungo la mattina.

«Ciao, Tizzy» la salutò, chiudendo la porta e sfilandosi le scarpe.

Il caldo, nel piccolo appartamento, era opprimente, ma in quel momento, dopo aver trascorso ore nell'aria condizionata del distretto di polizia con indosso la tuta sudata, le sembrò una benedizione. Aprì comunque le finestre fin dove lo consentiva il fermo del telaio, a beneficio della gatta. Nonostante il suo fosse un bel quartiere, Chicago era pur sempre una grande città e la prudenza non era mai troppa. Si sentiva tutta appiccicosa di sudore e aveva assoluto bisogno di fare una doccia, eppure persino un gesto semplice come quello al momento le richiedeva uno sforzo sovrumano e perciò si lasciò cadere sul divano così com'era: fisicamente ed emotivamente esausta. Dire che l'omicidio di Angie l'aveva sconvolta non rendeva neanche lontanamente l'idea. In più, essere stata costretta a identificare il corpo dell'amica di sempre aveva reso quella tragedia ancora più lacerante. Anche in quel momento gli occhi freddi di Angie le stavano di fronte nella memoria: un'immagine che l'avrebbe tormentata per sempre, un altro peso insopportabile che andava a sommarsi a tutti quelli che già gravavano sulla sua travagliata esistenza.

E proprio adesso che aveva iniziato a risalire la china e la sua vita sembrava finalmente procedere nella direzione giusta. Kelly si mise più comoda e fissò le tubature a vista che attraversavano il soffitto. Pensare che la giornata era iniziata così bene...

Si era svegliata presto, la mente serena e la coscienza pulita. Niente mal di testa martellante. Niente acidità di stomaco né saporaccio in bocca. Nessun bisogno di arrovellarsi per provare a ricordare come e quando era rientrata, che cosa aveva detto, fatto, o chi si era portata a letto. Non si era svegliata vestita ma senza gli slip. No. Era tutto sotto controllo. Anche se doveva ammettere che le serate come quella appena trascorsa erano le più dure – le amiche di sempre potevano bere quanto volevano, mentre lei non poteva più farlo. Erano proprio quelli i momenti in cui la tentazione diventava prepotente. Se però la sera prima era stata un esame, poteva dire di averlo superato a pieni voti. Non solo non aveva bevuto, ma non aveva neanche avuto voglia di farlo. O quasi.

Calciò via le lenzuola e scoprì la palla di pelo color carota raggomitolata ai suoi piedi. Una testa baffuta si sollevò e un occhio le lanciò uno sguardo sornione. Trovata da un lavapiatti nel cassonetto dietro un ristorante greco, la gatta era moribonda quando Kelly l'aveva vista per la prima volta al rifugio per animali. Il pelo opaco e bisunto e l'occhio destro accecato dalla candeggina. Frutto di crudeltà premeditata o di un incidente? Impossibile dirlo. Molto più facile, davanti alla creatura tremante in un angolo della gabbietta, era stato capire di aver trovato qualcuno persino più bisognoso di lei.

Nella sua nuova veste di gattofila, Kelly si era ispirata a Holly Golightly e lì per lì aveva lasciato la nuova inquilina senza nome. Poi, quando aveva deciso di non voler più assomigliare all'anima inquieta protagonista di *Colazione da Tiffany*, l'aveva ufficialmente battezzata Tizzy, il nome già scelto per lei da un volontario del rifugio. Dopo una pigra stiracchiata, la micia saltò giù dalle coperte. Kelly la imitò, e una volta in piedi richiuse il letto per riportarlo alla sua funzione diurna di divano. Sistemò i grandi cuscini imbottiti osservando con un certo fastidio le rose del tessuto. L'arredamento floreale non era nel suo stile, soprattutto nella variante *molto rosa*, ma considerato che l'appartamento in cui abitava era minuscolo e il divano-letto di seconda mano, la cosa più importante era che il materasso fosse comodo. Già così, con il tavolo che faceva anche da scrivania e il cassettone incastrato fra l'armadio e la porta d'ingresso, lo spazio a disposizione era limitatissimo. Chiaro, avrebbe preferito vivere in un ambiente più grande, e di sicuro non in un seminterrato, ma i soldi erano pochi e la scuola costosa; per il momento quello era il meglio che poteva permettersi. D'altro canto, il punto forte del monolocale era la posizione. Si trovava infatti a pochi isolati da Lincoln Park, un posto ideale per chi amava correre.

In bagno, Kelly studiò il volto della trentatreenne che

la fissava dallo specchio sopra il lavabo. Aveva già diverse rughe, e non si poteva negare che ciascuno di quei segni raccontasse un pezzo della sua vita. La regolarità dei tratti, per fortuna, compensava la pelle precocemente invecchiata. Tutto sommato poteva ancora considerarsi una bella donna – forse appena un po' spigolosa – con gli zigomi alti da modella, una cascata di capelli castani senza l'ombra di un filo argentato, gli occhi azzurri come il cielo dell'alba. Quella mattina, notò con piacere, erano limpidi come la sua mente. Niente venuzze rosse o sguardo appannato.

Finì di lavarsi e tornò nell'altra stanza per prepararsi alla corsa mattutina. Si vestì, diede da mangiare alla gatta, fece un po' di stretching e infilò le scarpe. Non aveva fretta, e quando fu all'aria aperta si fermò ad assaporare per qualche istante la quiete del mattino. In cortile, il silenzio quasi assoluto era interrotto solo dal cinguettio di un pettirosso appollaiato sul ramo di un tiglio. L'intenso profumo di magnolia portato dalla brezza fece riaffiorare alla memoria alcuni lontani ricordi d'infanzia. Quelle prime ore della giornata erano le sue preferite, l'effimera parentesi fra la tranquillità della notte e l'invadenza del giorno. L'unico momento in cui ritrovarsi a tu per tu con se stessa in una grande città non era poi così male.

Richiuse silenziosamente il cancello per non infastidire i vicini e si avviò lungo la strada alberata. Iniziò a correre lentamente, per poi aumentare il passo una volta imboccata Armitage Avenue. Superò condomini addormentati, negozi chiusi e lavanderie dai prezzi astronomici. L'incrocio con Clark Street era deserto, così attraversò con il rosso e si diresse verso il parco. Sentiva le gambe toniche, e abbassò lo sguardo per ammirare i muscoli che si contraevano e si allungavano al ritmo delle sue falcate, lavorando come pistoni ben oliati sotto il tessuto lucido dei leggings. Sembrava impossibile che solo un anno prima quegli stessi muscoli, ora forti e guizzanti, fossero stati flaccidi e inutili come palloncini sgonfi.

Costeggiò lo zoo ancora chiuso e arrivò al sentiero che percorreva l'intera lunghezza del parco. Leggera sulle gambe, si diresse verso nord lungo la laguna, accanto al club di canottaggio dove i più mattinieri erano intenti a mettere in acqua le imbarcazioni dal fondo piatto; poi passò sotto il ponte di Fullerton Avenue, punteggiato di messicani con la canna da pesca in mano, e proseguì fin oltre Diversey Harbor, il porticciolo affollato di barche. Arrivata all'altezza del campo da golf, riconobbe la sagoma familiare e ingobbita di Ralph che la precedeva lungo il sentiero. Ogni giorno l'anziano pensionato attraversava l'intero parco di buon passo, nonostante l'età e la gamba sinistra leggermente più corta della destra. Quando fu più vicina, Kelly lo chiamò e l'uomo si voltò, il largo sorriso dalla vistosa fessura fra gli incisivi che spiccava sulla pelle scura. Ralph sollevò la mano nodosa per l'artrite e lei rallentò a sufficienza da riuscire a battere il cinque. Lui rispose con insospettata energia.

«Ehi, Ralph... con un destro del genere dovresti stare su un ring.»

«Una volta, forse» rispose con voce arrochita dagli anni. «Sei tu quella con un bel destro, adesso.»

«Non fare il modesto» replicò lei voltando la testa mentre accelerava il passo. L'uomo le gridò qualcosa, ma Kelly era già lontana e le parole si persero nell'aria del mattino. Un minuto dopo era all'altezza di Belmont Harbor, un altro porticciolo turistico pieno di lussuose barche che si specchiavano nell'acqua ferma del lago come in un quadro impressionista. Distrattamente spostò lo sguardo sul *Dermabrasion*, placidamente ormeggiato al pontile. Le tornò in mente l'indelebile e imbarazzante ricordo di una domenica mattina a bordo del cabinato in cui si era scolata da sola una caraffa di Bloody Mary prima di inciampare e precipitare in acqua. Michael Niebaum si era dovuto tuffare a salvarla, rischiando di lasciare vedova Carol Anne. Nessuna meraviglia che non l'avessero più invitata.

Scacciò il ricordo molesto, fece il giro del porticciolo ed entrò nel boschetto confinante, dove la sua corsa si arrestò di colpo di fronte a una volante della polizia che bloccava il sentiero illuminando di lampi blu la pallida luce del mattino. Alle spalle del veicolo, teso fra due alberi spiccava il nastro giallo che delimita la scena di un crimine. Una poliziotta dal sedere grosso bloccava i *runners* invitandoli a proseguire lungo il sentiero opposto. L'impegno della donna in divisa, tuttavia, non aveva impedito a una piccola folla di fermarsi a contemplare lo spettacolo. Non diversa dagli altri voyeur da incidente stradale, Kelly si avvicinò al nastro per capire quale fosse l'origine di tanta agitazione. Un agente alto e magro, fermo sul limitare del bosco, parlava alla radio dando le spalle ai curiosi. Una sagoma coperta di fogli di giornale giaceva immobile ai suoi piedi.

Omioddio, sarà un cadavere?

Probabilmente un povero barbone.

Ehi, non ho mai visto un barbone portare scarpe del genere.

Kelly si era spinta avanti per guardare meglio, e quel che aveva visto l'aveva raggelata. Dalla copertura di giornali spuntava una scarpa rossa con il tacco a spillo. Le tornò in mente un commento fatto la sera prima a proposito di un paio di scarpe identiche a quella. «Angie, come diavolo fai a camminare su quelle specie di trampoli?»

Senza pensare alle possibili conseguenze, Kelly passò sotto il nastro giallo e corse verso il cadavere. Si inginocchiò e strappò via i giornali, trovando conferma alle sue peggiori paure: Angie la fissava con gli occhi vitrei, la faccia terrea della morte, i capelli neri sparsi intorno alla testa come in una foto sexy di cattivo gusto, il collo piegato in modo innaturale, come una bambola di pezza, la lingua grigia che sporgeva tra le labbra grigie, congelate in un grido rimasto inascoltato.

«No!» gridò Kelly disperata. Una mano le serrò il braccio e la costrinse a rimettersi in piedi con uno strattone che quasi le slogò la spalla.

«Che diavolo crede di fare?» le urlò contro il poliziotto magro senza mollare la presa. Nel frattempo la collega con il sedere grosso aveva lasciato il suo posto e stava accorrendo con la pistola spianata.

«Lasciatemi» gridò Kelly, divincolandosi. «La conosco. È una mia amica.»

Dopo un'interminabile lezione sull'importanza di non contaminare la scena di un crimine, Kelly fu accompagnata ad aspettare nella volante. Accasciata sul sedile, con il caldo che iniziava a farsi sentire, cercò di non mettersi a piangere e si asciugò la fronte con la maglietta sudata. Nel giro di poco, il parco si riempì di autopattuglie. I fotografi e i tecnici della Scientifica andavano e venivano all'interno della zona recintata scattando foto e raccogliendo reperti da inserire in bustine di plastica. Quando comparve un'ambulanza, Kelly trattenne a stento una risata amara. *Come se si potesse fare ancora qualcosa.*

Finalmente una coppia di investigatori la raggiunse. Indossavano abiti civili: camicia a maniche corte con ascella pezzata e pantaloni stropicciati. Uno dei due aveva i capelli brizzolati e incolti, era basso e tozzo come una colonnina antincendio, l'altro era una specie di colosso con la testa calva e tonda. Entrambi mostrarono il distintivo argentato a forma di stella e si presentarono.

Quello basso era il detective Ron O'Reilly, la voce simile a un camion lanciato su uno sterrato. Una voce da whisky. A completare il quadro, due occhi color melma segnati da un reticolo di capillari scarlatti. Il gigante invece era Joseph Kozlowski, gli occhietti neri che spiccavano sul faccione simili a lucidi semi di anguria. Le spalle curve e la testa china facevano pensare che avesse imparato la lezione a forza di capocciate contro gli stipiti.

Voce-da-Whisky iniziò a rivolgerle le domande, mentre Colosso si teneva in disparte e prendeva appunti su un taccuino.

«Signora Delaney, siamo della Omicidi. Ci hanno detto che lei conosceva la vittima» esordì O'Reilly.

Omicidi. Vittima. Due parole orribili che da sole raccontavano una storia. Kelly annuì, cercando di non guardare verso l'ambulanza e la lettiga che qualcuno spingeva in quella direzione. «Sì. Siamo amiche sin dai tempi delle superiori.»

«Le faccio le mie condoglianze.» Il tentativo di essere empatico risultava abbastanza patetico. «Come si chiamava la vittima?»

«Angela Lupino Wozniack. Angie per gli amici.» Kelly esitò, poi aggiunse: «Ma forse all'anagrafe risulta come Lupino, perché è in corso una pratica di divorzio».

O'Reilly sollevò il sopracciglio per un istante.

«Ah. E... quando vi siete viste per l'ultima volta?»
«Ieri sera.»
Il sopracciglio si alzò di nuovo e lì rimase. «Quindi ieri sera lei era con la vittima?» ripeté.
«È quello che ho appena detto.»
«Signora Delaney» riprese O'Reilly gettando uno sguardo in direzione del collega per verificare che fosse d'accordo. «Se non le dispiace dovrebbe seguirci in centrale, abbiamo bisogno di farle qualche altra domanda.»
«Ho forse scelta?» replicò Kelly.

Dopo un viaggio a bordo di una Ford Crown Victoria color sabbia e senza insegne – e aria condizionata livello nuova era glaciale – arrivarono al distretto di polizia della Zona 3, uno squallido palazzo marrone che occupava metà isolato. Il parcheggio era zeppo di auto e molte vetture stazionavano sui marciapiedi o sul prato. A Kelly non sfuggì il lato ironico della situazione: infrangere la legge nel luogo in cui la legge veniva amministrata. Dopo aver miracolosamente trovato un buco libero nel settore riservato ai detective, i tre entrarono direttamente nell'edificio evitando i metal detector che altri erano obbligati ad attraversare. L'atrio era affollato di giovani disperati.
«Stia vicina» le disse Kozlowski. «Questi non sono esattamente dei cittadini modello. Sono qui perché hanno commesso un reato.»
Come se non fosse ovvio.
Salirono una rampa di scale ed entrarono in una grande stanza illuminata da tubi al neon. Anche qui aria condizionata artica. Che problema avevano quei poliziotti? si chiese Kelly. Vide decine di scrivanie di metallo, tutte rivolte

nella stessa direzione come in una sorta di enorme aula scolastica per adulti. Tre quarti erano vuote, e alle restanti sedevano solo uomini, per lo più impegnati in conversazioni telefoniche; molti avevano un posacenere collocato in posizione precaria tra gli incartamenti, e tutti almeno un bicchiere di plastica sotto il naso, probabilmente pieno di caffè. Quando Kelly attraversò la sala, in attillata tenuta da jogging e lunga coda di cavallo che ondeggiava dietro di lei, tutte le teste si voltarono per seguirla.

I tre si fermarono davanti a una scrivania sommersa di documenti, con una sedia di plastica accanto. «Si accomodi» la invitò O'Reilly, passandole alle spalle e lasciando dietro di sé una scia alcolica. Kozlowski prese una sedia dal tavolo vicino, la voltò e ci si sedette a cavalcioni. Sotto la sua mole, la sedia sembrava un mobile delle bambole. O'Reilly sgomberò il ripiano infilando in un cassetto quel guazzabuglio di fogli. Chissà cos'altro tiene nascosto là dentro?, pensò Kelly. Un liquorino mignon come "rimedio del giorno dopo"? Collutorio per mascherare i fumi dell'alcol?

«Scusi il disordine. Stavo cercando di rimettermi in pari con le scartoffie quando ho ricevuto la chiamata per la sua amica» si giustificò il detective.

«Vuole un caffè?» propose Kozlowski.

«No, grazie.» Kelly rabbrividì e incrociò le braccia sul petto. «Però forse abbassare un po' l'aria condizionata non sarebbe una cattiva idea.»

«Mi spiace, ma possiamo scegliere solo fra molto caldo e molto freddo. E siamo in piena estate. Vuole qualcosa per coprirsi, una giacca?»

«No, grazie. Sopravviverò.»

O'Reilly appoggiò il palmo aperto sul piano della scrivania, come se volesse tenersi in equilibrio. Le unghie rosicchiate sulle dita grassocce testimoniavano una conclamata onicofagia. Si sporse verso Kelly.

«Mi dica, signora Delaney: che cosa fa per vivere?» Più che una domanda, era un ordine.

«Io?» rispose Kelly, irritata. Il tono del detective l'aveva colta di sorpresa. Aveva le sue buone ragioni per non essere una fan della polizia, e questo tizio non la stava certo aiutando a cambiare idea. Ma ricordò a se stessa che era meglio mantenere la calma e collaborare. Doveva farlo per Angie. «Studio alla DePaul per un master in Psicologia. E per far quadrare i conti faccio anche la cameriera.»

«Conosceva bene la vittima.»

«Da più di vent'anni. Eravamo compagne alle superiori. Andavamo alla Immaculata High School.» E prima che il poliziotto chiedesse altro, aggiunse: «Una scuola cattolica femminile a Winnetka».

«Mi dice, per cortesia, come si manteneva la vittima?»

«Le sarei grata se evitasse di definirla "la vittima". Si chiamava Angie.»

«Giusto. Scusi.» Un semplice pro forma. «Che lavoro faceva Angie?»

«Direttrice di reparto da Bloomingdale's.»

«Da quanto tempo?»

«Tredici anni. Forse quattordici.»

«Mi diceva che era divorziata.»

«Non ancora, stava divorziando.»

«Un brutto divorzio?» L'irrequieto sopracciglio destro si rialzò leggermente.

«Ne esistono di buoni?»

«Il marito si chiama...»

Dio santo, quest'uomo è capace di fare una domanda come

si deve? Quell'abitudine di trasformare le richieste in affermazioni era davvero fastidiosa. «Potrebbe dirmi come si chiama il marito?» lo corresse, polemica.

O'Reilly la fissò per un paio di secondi prima di assecondarla. «Può dirmi il nome del marito?»

«Harvey Wozniak.»

L'investigatore le chiese che cosa sapeva di lui. Kelly riferì le informazioni essenziali: di Chicago, zona South Side; uomo di discreto successo, a quanto ne sapeva. Prima della separazione, lui e Angie erano stati sposati per dieci anni. No, non avevano figli. Kelly non ritenne necessario parlare degli aborti spontanei.

«Passiamo a ieri sera. Lei ha dichiarato di essere stata in compagnia della vit... in compagnia di Angie» si corresse.

«Sì. Era l'addio al nubilato di una ragazza che si sposa fra un paio di settimane.»

«Una grande festa?»

«Più che altro una cena. Eravamo solo in sei. Più lo spogliarellista.» Se O'Reilly fu colpito dall'idea dello spogliarellista, non lo diede a vedere. Kozlowski invece tossì imbarazzato.

«Nomi?»

Che voglia di fargli del male. «Carol Anne Niebaum, la padrona di casa. La futura sposa, Maggie Trueheart. Suzanne Lundgren. Natasha Dietrich. Io.»

«Ha detto sei.»

Lo sguardo di Kelly avrebbe fermato un pitbull.

«Ah, giusto. L'ultima volta che ha visto la vittima viva.»

«Immagino sia una domanda» replicò Kelly. «Verso le dieci, nell'ingresso di Carol Anne. Natasha era già andata via. Angie, Maggie e Suzanne stavano uscendo per continuare la serata in Rush Street. Io ho declinato.»

La conversazione venne interrotta dall'arrivo di un agente in uniforme, che sussurrò qualcosa all'orecchio di O'Reilly. Il sopracciglio si sollevò nuovamente. «Davvero?» L'investigatore si alzò e fece cenno a Kozlowski di seguirlo. Quando il collega si sollevò, la sua sedia cigolò per il sollievo. «Lei può aspettare qui» le disse O'Reilly. Un altro ordine. I due uomini seguirono l'agente fuori dalla stanza, lasciando Kelly a congelare sulla sedia di plastica.

Una lancetta rossa scandiva i secondi sul quadrante bianco dell'orologio appeso alla parete di fronte. Erano quasi le otto. Avrebbe dovuto essere al Gitane alle nove per preparare il brunch. Ormai arrivarci in tempo era fuori questione. Non che ne avesse particolarmente voglia. Dopo la morte di Angie, la sola idea di spadellare omelette di albume e riempire tazze di caffè la ripugnava. Ma quel lavoro pagava le spese e la retta dell'università, non poteva permettersi di perderlo. Il telefono di O'Reilly era lì a portata di mano. Nessuno le aveva detto che era proibito usarlo: sollevò la cornetta e compose il numero.

Il suo datore di lavoro reagì come previsto, e cioè diede di matto al pensiero di dover gestire la folla del fine settimana con una cameriera in meno. Come se lei fosse contenta di stare in un commissariato a congelarsi le chiappe. Come se fosse responsabilità sua la morte di Angie. Come se trovare il cadavere di un'amica fosse un contrattempo qualunque.

«Va bene. Puoi prenderti un giorno» concesse il capo, di malavoglia. «Ma domani vedi di essere presente. La domenica non posso stare sotto organico.»

«Ci sarò. Promesso» lo rassicurò Kelly.

Rimise la cornetta al suo posto, sollevata. Per il momento aveva risolto. Ma poi pensò che nessuno aveva pensato di verificare come stavano Suzanne e Maggie. Erano andate in Rush Street insieme a Angie. Nella concitazione delle ultime ore, le due amiche le erano sfuggite di mente. Doveva sapere se era tutto a posto. Riprese la cornetta e compose un altro numero. Suzanne rispose al secondo squillo.

«Ciao. Sono Kelly. Sei seduta?»

«Veramente no. Stavo uscendo per andare in ufficio, mi hai beccata per un pelo. Che succede?»

«Sono al distretto della Zona 3.»

«*Dove* sei?» Lo stupore e la nota di sdegno dell'amica erano evidenti.

«Aspetta. Non è quello che pensi. Ho una brutta notizia. Forse è meglio se ti siedi. Sei seduta?»

«Sì, adesso sì» confermò Suzanne.

«È successa una cosa terribile. Angie è morta. Hanno trovato il suo corpo a Lincoln Park.» Kelly cercò di comunicare la notizia con tutta la delicatezza di cui era capace.

«A Lincoln Park? Ma è impossibile. L'ho lasciata a casa sua intorno alle tre.»

«Di sicuro non ci è rimasta. Sarà uscita di nuovo.»

«Ma era completamente sbronza.»

«E allora? Per me non è mai stato un problema.» Kelly alzò lo sguardo e si accorse che O'Reilly e Kozlowski stavano tornando. «Senti, adesso devo lasciarti. Telefona a Maggie, d'accordo? Ti richiamo appena torno a casa.»

I due investigatori la affiancarono alla scrivania un attimo dopo che lei aveva riattaccato. Ma qualcosa era cambiato. Sembravano più tesi, soprattutto O'Reilly. *Lo sanno*, pensò Kelly. Kozlowski tornò a cavalcare la sfortunata sedia mentre il collega riprese il suo posto dietro la scrivania e, puntando le dita dalle unghie rosicchiate contro il mento, si sporse in avanti, come Tizzy quando si preparava a spiccare un balzo.

«Quindi… vi siete fatte di coca ieri sera alla vostra festicciola?»

«Cosa?» Kelly sobbalzò sulla sedia, colta alla sprovvista dalla domanda, ma anche dal fatto che fosse stata formulata nel modo corretto.

«Il naso di Angie era foderato di neve, non lo sapeva?» la informò l'investigatore, fissandola come un virus sotto la lente del microscopio. «E che mi dice della telefonata che ha appena fatto? Stava avvisando il vostro pusher?»

La domanda era così assurda che la prima reazione di Kelly fu una risata isterica. Poi l'errata deduzione del poliziotto produsse l'effetto desiderato, e questa volta fu lei a sporgersi risentita verso l'uomo dagli occhi pesti che puzzava di alcol. «Io non mi faccio di cocaina, detective O'Reilly. E per sua informazione, sappia che nemmeno bevo. *Io*» aggiunse, «ho usato il telefono per chiamare il mio capo. E poi ho telefonato alla mia amica Suzanne per sapere se stava bene, visto che ieri sera era con Angie e l'ha riaccompagnata a casa. Mi vuole spiegare perché mi sta buttando addosso tutta questa merda?»

«Perché? Bene, facciamo un breve elenco. Perché ieri sera lei era con la vittima. E *casualmente* stamattina si imbatte nel suo cadavere. Non contenta, manomette la scena del crimine, con ogni probabilità inquinando le prove. A questo dobbiamo aggiungere che in passato è stata fermata per possesso di stupefacenti, e non solo. E mi chiede il perché? Forse è lei che ci deve spiegare qualcosa, o sbaglio?»

Quindi lo sapevano. Mentre lei faceva chiamate furtive, loro si erano chiusi in qualche ufficio a verificare la sua fedina penale. Che non era immacolata. Era già stata in quel distretto di polizia un paio di volte. La prima perché scappata da un ristorante senza pagare, acciuffata e trasferita in carcere: ubriachezza e disturbo della quiete pubblica. Quella notte aveva diviso la cella con una prostituta dai collant a rete strappati, una donna in accappatoio e bigodini rosa, e una ventenne in jeans firmati accusate rispettivamente di adescamento, violenza domestica e truffa con carta di credito. La tazza metallica del gabinetto era intasata di panini al prosciutto ancora interi. Era stata rilasciata la mattina dopo. La seconda visita era stata per possesso di stupefacenti. La condanna avrebbe dovuto essere cancellata da un suo cliente avvocato. Un pompino sprecato.

«Quello era una vita fa» si giustificò.

O'Reilly la fissò con gli occhi color melma e si appoggiò allo schienale, simile a un medico che ha concluso la sua diagnosi. «Va bene. Per il momento abbiamo finito. Lasci a Kozlowski i riferimenti delle altre amiche. La faccio riaccompagnare da una pattuglia.»

Tizzy miagolò e le saltò in braccio, distogliendola dalla contemplazione del soffitto e riportandola di colpo alla realtà. Kelly accarezzò distrattamente la micia e pensò di chiamare Suzanne, ma raggiungere il telefono era troppo faticoso. Sentiva la testa pesante come il piombo, ancor di più le palpebre, e aveva la sensazione di essere chiusa dentro un'armatura. Spostò la gatta e si stiracchiò allungando le gambe in avanti. Aveva solo bisogno di un riposino. Cinque minuti di sonno, non di più. E mentre cercava di cancellare dalla mente il pallore mortale di Angie, si domandò che cosa avesse mai combinato nelle vite precedenti per meritarsi tutto questo. Era stata il capitano di una nave negriera? O il kapò di un campo di concentramento?

Qualsiasi cosa avesse fatto, doveva essere stato atroce.

4

Mentre guidavo nel traffico della Edens, i miei pensieri rimbalzavano ossessivamente dalla mia mancanza di autocontrollo – per dirla con un pietoso eufemismo – all'orrore per la morte di Angie. Due eventi che mi stavano letteralmente schiacciando sotto il loro peso. Una volta, a una lezione di Storia, avevo sentito che Teddy Roosevelt aveva perso la madre e la moglie nello stesso giorno, e ricordai di aver pensato che doveva essere un peso insostenibile per un essere umano. Forse paragonare la mia vicenda a quella di Teddy era eccessivo, eppure anch'io mi sentivo schiacciata sotto la pressione di un doppio problema: la scomparsa di una cara amica e la possibilità di perdere il mio futuro marito.

Mi rividi seduta sul bordo della piscina di Carol Anne, la sera precedente. Bevevo senza ritegno e le ragazze mi avevano riempito dei soliti regali da addio al nubilato: biancheria commestibile, un alberello di preservativi, una collana di falli in miniatura, libri osceni. Mentre sfogliavo la mia nuova copia del *Kamasutra* era arrivato lo spogliarellista, un adone biondo di nome Tony in divisa da poliziotto, che per prima cosa mi aveva ammanettata a una sedia sdraio. E dopo aver fatto partire *You can leave your hat on* di Joe Cocker sul suo stereo portatile, si era liberato dell'uniforme un pezzo alla volta mentre noi lo contemplavamo strillando come ragazzine isteriche davanti a un guardone che le sbirciava dalla finestra. Perfino Natasha, che era la rigidona del gruppo, si era lasciata andare. Anche perché bisognava essere morte o prive di qualsiasi senso estetico per non apprezzare un corpo come quello di Tony, un autentico tripudio di addominali tonici e guizzanti, bicipiti turgidi e levigati, tricipiti perfettamente definiti e spalle squadrate da nuotatore.

Anche Flynn aveva un bel fisico – alto, asciutto, perfetto per gli sport da country club – e la sua pelle morbida e quasi glabra mi piaceva molto. Ma la creatura dalla chioma bionda e selvaggia che mi mulinava intorno era di tutt'altra specie. Era l'uomo primitivo versione deluxe, e nelle mie fantasie lo vedevo lanciarsi da un albero all'altro della giungla stringendomi fra le braccia come una vittima sacrificale consenziente, abbandonata tra i suoi muscoli.

La musica finì proprio quando a Tony mancava l'ultimo indumento, un perizoma fucsia che delineava una protuberanza decisamente promettente. «Che ne dite, ragazze? Lo togliamo?» ci aveva stuzzicate. Alla fine, con Natasha che si copriva gli occhi e Angie che gli gridava di farci vedere la pistola, Tony si liberò dello scampolo di tessuto e si mostrò in tutto il suo splendore. Dopo un attimo di muto rapimento, tutte e sei ci abbandonammo a urli e schiamazzi da denuncia per disturbo della quiete pubblica.

Alla fine della serata, dopo che Tony mi aveva liberata dalle manette e si era congedato intascando una generosissima mancia, aiutai Carol Anne a riportare i bicchieri in cucina; la sua splendida e antica villa di campagna era impregnata di umidità nonostante il climatizzatore, e i capelli bruni le incorniciavano il viso più ricci che mai.

«Allora, che mi dici della serata, Maggie?» mi chiese trattenendo un sorriso e ammiccando con gli occhi color pervinca.

«È stata una tua idea, vero?» risposi, bevendo un sorso di vino. Con un'occhiata all'orologio avevo notato che non erano neanche le dieci. «Accidenti. Stiamo proprio diventando vecchie. Non c'è paragone con il tuo addio al nubilato.»

«No, direi proprio di no. Ma quella era roba di un millennio fa.»

In realtà erano passati solo poco più di dieci anni, ma in effetti sembrava un'eternità. Per la festa di Carol Anne avevamo requisito la suite di un hotel del centro e quasi nessuna di noi quella notte aveva dormito. Ci eravamo scolate intere casse di birra e avevamo saturato il corridoio con il pungente aroma della marijuana, con grande disappunto degli uomini della sicurezza, che però erano troppo intimiditi per sbattere fuori un gruppo di avvenenti ventenni alle quattro del mattino. Quei tempi ormai sembravano lontani anni luce: avevamo barattato la spensieratezza e la libertà di quel periodo con la carriera, o con mariti e figli impazienti. O entrambe le cose.

Nell'ingresso, Kelly e Suzanne chiacchieravano tra loro sotto lo scintillio del grande lampadario a gocce; Angie era impegnata in una delle sue numerose visite alla toilette e Natasha aveva già un piede fuori dalla porta. Perfettamente calata nel ruolo di moglie di un operatore finanziario, con tanto di abiti firmati, gioielli costosi e capelli biondo cenere illuminati dai colpi di sole, Natasha era l'anello debole della catena. Era l'amica che tolleri, come il bozzo dell'alluce valgo se non te la senti di patire il dolore dell'asportazione. Mia madre e la sua erano nella stessa confraternita femminile ai tempi della Northwestern University, la Delta Delta Delta, e questa era la sola ragione per cui eravamo diventate amiche, anche se poi negli anni il legame aveva finito per consolidarsi.

«Devo correre a casa per dare il cambio alla mia dolce metà. L'ho lasciato solo con i bambini.» La solita scusa di Natasha per sganciarsi. *Ha davvero detto "la mia dolce metà"?* pensai. Quindi si avvicinò e coprendosi la bocca con la sinistra, al cui anulare scintillava un enorme brillante, mi sussurrò all'orecchio, attenta a non farsi sentire dalle altre: «Ci vediamo sabato prossimo» alludendo al lingerie party che aveva organizzato per me nella sua villa di Lake Forest, una festa che avevo inutilmente tentato di evitare e a cui sinceramente non avevo nessuna voglia di partecipare. Dopodiché si congedò augurandoci la buonanotte e imboccò il vialetto diretta alla sua Mercedes.

In quel momento il motivo di tanta segretezza arrivò nell'ingresso. Angie era tornata dalla toilette e si era fermata accanto a me con la sigaretta appena accesa. Era scontato che Natasha non l'avrebbe invitata alla sua festa: le due erano come acqua e olio fin dall'ultimo anno di università, quando Angie le aveva soffiato il ragazzo. Nel tempo avevano stabilito una sorta di tregua armata solo perché nessuna delle due voleva lasciare il gruppo.

«Di sicuro sta correndo a casa da mister Dietrich» commentò caustica, «anche se l'idea di correre da un coglione come quello è davvero al di là della mia comprensione, e chi se ne sbatte se è pieno di soldi.»

«Arthur Dietrich mi sembra tutto fuorché un coglione» osservai.

«Giusto. Non è un coglione. È un vero bastardo. Il più gran bastardo che abbia mai conosciuto.» Angie sorrise, sarcastica ma affascinante, i denti candidi che spiccavano sul viso dai tratti mediterranei. La guardai con invidia mentre aspirava e poi espirava una lunga boccata di fumo. Da quando eravamo arrivate, Angie non aveva quasi mai smesso di fumare, gustandosi l'irritazione di noi fumatrici pentite. Aveva anche buttato giù una bella quantità di alcol. In quel momento dovetti sforzarmi per reprimere l'insano desiderio di strapparle la sigaretta di mano e godermi ancora una volta l'acre e nocivo sapore del fumo, e poi sentire la scarica di nicotina nei polmoni. Avevo smesso di fumare subito dopo l'università, ma il desiderio non era mai sparito del tutto. Quella sera avevo anche avuto la tentazione di seguire Angie in una delle sue incursioni alla toilette, dove sospettavo si nascondesse la fonte della sua febbrile vivacità – cocaina, probabilmente, un'occasionale debolezza anche per me ai tempi dell'università, ma ormai un altro vizio di cui mi restava solo il lontano ricordo.

Un soffio di brezza umida entrò dalla porta aperta, e mi sentii avvolgere da un'ondata di malinconia, sospesa com'ero tra i vecchi tempi e l'enormità del passo che stavo per compiere. L'addio al nubilato era il saluto definitivo alla giovinezza e agli anni ruggenti della vita, e non volevo che quel rito di passaggio finisse così presto. Non avevo motivo di rientrare subito a casa perché Flynn era a New York con i suoi amici del Dartmouth College per l'addio al celibato, e io volevo assolutamente fare follie per l'ultima volta.

Come se fossimo sintonizzate sulla stessa lunghezza d'onda, Angie diede voce ai miei pensieri. «Sentite, ragazze, non so voi, ma io non sono ancora pronta per andare a cuccia. Che ne dite di fare un giro in Rush Street?»

«Ci sto! Forza, amiche della sposa, andiamo a goderci la mia ultima notte di libertà» gridai, la voce amplificata dal vino.

«Io passo» rispose Kelly, sforzandosi di sorridere. Sul viso coperto di lentiggini l'espressione era determinata e serena. Dietro l'azzurro trasparente dei suoi occhi, però, si intuiva un velo di tristezza. «Domattina avrò un sacco di tavoli da servire. E ci vuole la mano ferma» si giustificò. Ma subito aggiunse le parole che in realtà tutte noi ci aspettavamo: «E poi andare per locali è ancora molto difficile per me. Preferisco tornare a casa. Voi divertitevi, non vi preoccupate se me ne vado».

La osservammo camminare sul vialetto in maglietta e jeans troppo vecchi, e poi salire sulla sua scalcagnata Honda rossa, che aveva un fanale tenuto insieme con il nastro telato. Al primo tentativo di metterla in moto, l'auto si spense. Per fortuna al secondo tentativo partì e un minuto dopo le luci posteriori scomparvero nella notte.

«Chissà se riuscirà almeno ad arrivare a casa» commentò Carol Anne, preoccupata. «Quel rottame sembra a malapena in grado di circolare.»

«Già. Speriamo sia andata a confessarsi» scherzò Angie. Poi, rivolta a Carol Anne, aggiunse, con il tono di un avvocato all'arringa finale: «E la mammina, che cosa ha intenzione di fare? Riusciranno le amiche a trascinare via dai tranquilli sobborghi residenziali le sue chiappe almeno per una notte? Se vuoi, puoi dormire da me».

Carol Anne scosse la testa in un turbinio di riccioli bruni. «Mi spiace, ragazze, ma Michael mi ha promesso di rientrare presto dalla sua partita a carte. I bambini sono da sua madre e vorremmo approfittare dell'occasione. È un secolo che non ce ne stiamo un po' da soli.»

«Nel senso che dopo tutti questi anni vi strappate ancora i vestiti di dosso? Wow! Stai a vedere che torno a credere nell'istituzione matrimoniale» la punzecchiò Angie. «Forse» si affrettò ad aggiungere, ammiccando. Dopodiché passò all'ultima vittima, Suzanne. «Quindi mi sembra di capire che siamo rimaste tu, Maggie e io, giusto?»

«Veramente... non so... Domani devo andare in ufficio» temporeggiò Suzanne, indecisa. Ma Angie non mollava la presa, tenace come una matricola attaccata all'ultima cassa di Heineken.

«'Fanculo, Suzanne. Da quando hai iniziato a lavorare, praticamente non ti vediamo più. Stasera vieni con noi. Tanto domattina i soldi li puoi contare anche da sbronza.»

Suzanne guardò Angie e poi me, valutando la situazione. Eravamo le sue più care e vecchie amiche. Quelle che le avevano tenuto la testa mentre vomitava nella tazza del cesso. Quelle che l'avevano consolata mentre piangeva tutte le sue lacrime per l'abbandono di un fidanzato. Quelle che l'avevano aiutata a non crollare dopo la morte del fratello.

Come se riuscisse a leggerle nel pensiero, Angie aggiunse: «L'amicizia ha i suoi obblighi».

«E va bene. Vengo con voi» si arrese Suzanne, senza troppa convinzione. «Ma prima devo fare una telefonata.»

«Puoi usare il telefono nello studio di Michael» suggerì Carol Anne.

«Tutte le sue amiche sono qui, quindi dev'essere per forza una questione di lavoro» osservò Angie. E uscì sulla veranda per spegnere la sigaretta, mentre Suzanne –

bionda, alta e super chic nel suo tailleur nero di sartoria – scompariva in fondo al corridoio.

Dopo qualche minuto era già tornata. «Tutto sistemato.»

«Che cosa dovevi fare?» le domandò Angie, curiosa.

«Cose di lavoro. Un piccolo cambiamento.»

Dopo un ultimo tentativo di coinvolgere anche Carol Anne, Suzanne, Angie e io lasciammo la bellissima villa di campagna della nostra amica, con le sue persiane verdi, i graticci e i muri coperti di rampicanti. Lei ci guardò andare via dalla soglia di casa, io però avevo la sensazione che in realtà stesse guardando altrove. Poi ci salutò con la mano e chiuse il pesante portoncino di legno.

Sopra di noi, il cielo notturno era spettacolare. Milioni di puntini luminosi scintillavano ovunque, incredibilmente nitidi e distinti. Avevo dimenticato come sembrassero vicine le stelle fuori città, e quanto ci si potesse sentire piccoli e insignificanti di fronte alla vastità della volta celeste. Tanta bellezza, però, quasi scompariva di fronte allo splendore della luna, che sfolgorava sull'orizzonte piena e tonda come un globo dorato, così bassa che pareva di poterla toccare semplicemente allungando una mano. Incantate, ci fermammo sul vialetto per ascoltare il fruscio dei piccoli animali nascosti fra i cespugli e assaporare il profumo della natura che cresceva – suoni e odori piuttosto rari fra il cemento della metropoli. Tutte quelle sensazioni mi trasportarono alle afose notti della mia adolescenza trascorse nel bozzolo protettivo dei sobborghi, e a un tempo senza legami in cui il futuro era tutto davanti a me.

«Su, diamoci una mossa» ci sollecitò Angie, riportandoci brutalmente alla realtà. L'incantesimo era rotto. «Maggie, tu vieni in auto con me. Suzanne ti ha già portata all'andata.»

Gettai un'occhiata a Suzanne per capire se fosse d'accordo. Sapevo che lei era piuttosto un tipo da "si parte e si ritorna con la stessa persona" e non volevo urtarla, visto che era venuta a prendermi al lavoro e mi aveva accompagnata fin lì. Lei però non sembrava avere problemi. «Va bene. Anche perché devo passare a casa per lasciare l'auto.»

«Ottimo!» gridai più forte del necessario, come se alzare il volume potesse garantire la partecipazione di Suzanne al resto della serata. «Ci vediamo all'Overhang, d'accordo? Non hai intenzione di darci buca, vero?»

«No no, ci vediamo lì» confermò Suzanne in tono convinto. Salì sulla sua BMW e un minuto dopo il silenzioso motore dell'auto tedesca svanì nella notte. Angie intanto aveva recuperato le chiavi dalla sua scomoda borsetta e con una sgommata anche noi lasciammo il parcheggio immettendoci zigzagando sulla carreggiata. È vero che all'epoca si era meno fiscali riguardo all'alcol e alla guida, ma perfino io quella sera mi chiesi se fosse davvero il caso di lasciare lei al volante.

«Sicura che te la senti di guidare?»

«Ma certo che sono sicura. La maggior parte degli incidenti per ubriachezza in realtà è causata dai colpi di sonno. E io sono sveglia come un grillo» argomentò, e per rassicurarmi ulteriormente frugò nella tasca dei pantaloni e mi mostrò un flaconcino di vetro. «Vuoi farti una sniffata?»

I miei sospetti erano confermati. Si faceva di cocaina. Stavo per rifiutare l'offerta, quando di colpo l'antica fiamma si riaccese dentro di me. Per un'ultima volta avevo voglia di evadere dal conformismo che ormai regolava la mia vita. Versai la polvere bianca in un minuscolo cucchiaino e la tirai. «Wow. È un secolo che non mi faccio di questa roba» commentai, già su di giri e pronta a partire per nuove avventure. «Flynn non è proprio tipo da sballo. Decisamente no.»

«Io lo faccio solo nelle occasioni speciali» disse Angie, gli occhi fissi sulla strada mentre imboccava la tangenziale. La sensazione, però, era che le occasioni speciali ormai fossero piuttosto ricorrenti nella sua vita. «Allora, come ti è sembrata la festicciola?» mi chiese.

«È sempre bello rivederci tutte insieme, chiaro, però vorrei che Natasha riuscisse a parlare anche di altro, oltre che di bambini. Hai presente? Tiralatte sì, tiralatte no. Vasino quale, vasino quando. Anche no, grazie.»

«Già. Però sono morta dal ridere quando ha raccontato che quel demente di Arthur è svenuto in sala parto. Harvey ha sempre sostenuto che non ci avrebbe mai messo piede.»

«Non lo facevo così impressionabile.»

«Ma no, figurati se era per quello. Diceva sempre che non voleva vedere una testolina pelata spuntar fuori dal suo posticino preferito.»

«Tipico di Harvey» osservai. «Come vanno le cose con lui? Riuscite almeno a parlare?»

«Le comunicazioni sono interrotte da quando ha trovato un nuovo posticino preferito.» Per un attimo sembrò incupirsi, ma subito schiacciò sul pedale dell'acceleratore.

Il locale era pieno come un uovo. Il venerdì sera Rush Street era sempre una gabbia di matti, ma dopo aver finito tutta la coca di Angie nel parcheggio vicino all'Overhang, eravamo pronte alla battaglia. Appena entrate riuscimmo ad accaparrarci un paio di sgabelli al bancone appena lasciati liberi da una coppia e incrementammo il nostro tasso alcolico ordinando vodka e gustandoci la sensazione del liquido ghiacciato che ci scorreva nella gola semianestetizzata dalla cocaina.

Quello era un posto frequentato soprattutto da giovani, le nuove leve della fascia demografica dei ventenni. Le ragazze interpretavano con la massima cura la tendenza metto-la-prima-cosa-che-trovo, e quindi indossavano strati di magliette e top Madonna-style che in altri tempi sarebbero stati considerati biancheria intima. I ragazzi portavano jeans oppure pantaloni larghi di gamba e stretti in vita e ampie camicie abbottonate fino al collo. Fra tutti spiccavano gli impiegati rimasti oltre l'happy hour, gli uomini con il classico completo serioso e le donne con la divisa da lavoro dell'epoca: gonna, giacca maschile, camicetta e nastrino annodato a fiocco sotto il colletto. Da sempre poco interessata alla moda, quella sera però mi sentivo sin troppo anonima con i miei pantaloni beige e la camicetta di seta, e almeno per una volta desiderai aver scelto qualcosa di più glamour. Angie invece non rischiava di passare inosservata con le sue décolleté rosse dal tacco vertiginoso, i pantaloni neri super aderenti e il foulard Gucci drappeggiato sulla scollatura vertiginosa.

Suonavano *She drives me crazy* dei Fine Young Cannibals e la danza dell'accoppiamento era già iniziata da un pezzo: maschi e femmine si studiavano con occhio critico, rinviando a una fase successiva qualsiasi considerazione sul sesso sicuro. In quel momento la vita non ammetteva pensieri, e l'unico pericolo degno di considerazione era non riuscire a trovare un partner decente per la notte.

Angie mi indicò con un cenno un paio di tizi all'altro lato del locale. Quasi al limite dell'età media, i due avevano capelli neri lisciati all'indietro con il gel, basettoni, giubbotti neri tipo bomber perfettamente identici, camicia aperta sul petto villoso e pesanti catene d'oro.

«Guarda, un paio di comparse della *Febbre del sabato sera*» scherzò Angie. I due però interpretarono la sua occhiata come un invito e subito si mossero verso di noi. «Merda» borbottò lei, abbassando lo sguardo sul suo drink. «Fai finta di non vederli, magari se ne vanno.»

«Non credo proprio» replicai ridendo, e li osservai avvicinarsi. «Che ti prende? Davvero non vuoi conoscere le nostre prossime anime gemelle?»

«Dai, Maggie, non sto scherzando. Non li incoraggiare. Se arrivano qui, poi non ci mollano più. Conosco il genere. Italiani dei quartieri ovest, stile macho di periferia. Dei tamarri che credono di impressionarti solo perché dicono di conoscere un paio di gangster in disarmo. Certa gente mi fa ribrezzo.»

«Troppo tardi.» I due uomini ormai ci avevano raggiunte.

«Scusate, ragazze, vi spiace se ci sediamo qui con voi a bere qualcosa?» chiese il più alto, con il tipico accento nasale di Chicago. Angie lo ignorò. «È un paese libero» replicai io senza troppa convinzione, e l'uomo si appoggiò al bancone mettendo in bella mostra il Rolex d'oro al polso.

L'amico puntò la sua attenzione su di me. «Impossibile non notare due signore come voi. Finalmente qualcuno che ha abbandonato il biberon già da qualche anno.»

Angie reagì al maldestro complimento con un mugugno.

«Piacere. Io sono Sal, e lui è Joey. E voi, ragazze, come vi chiamate?» Il tizio non riusciva a parlare senza gesticolare: prima aveva indicato se stesso, poi l'amico e poi di nuovo se stesso, mostrando oltre al Rolex un braccialetto d'oro e un anello da mignolo rivolto verso il pavimento.

Purtroppo mia madre mi aveva insegnato che non dovevo mai essere maleducata, e così mi ritrovai a rispondere: «Io sono Maggie» cercando di evitare lo sguardo furioso di Angie.

«Cristo santissimo» sibilò lei sottovoce, «adesso questi due non si scollano più.»

Senza minimamente cogliere l'ostilità di Angie, Sal le domandò il suo nome.

«Isabel Sanchez» mentì lei.

«Isabel. Un nome insolito.»

«Già. Insolito anche per lei» commentai io, senza riuscire a trattenermi. Angie mi fulminò con lo sguardo.

Joey intanto aveva ordinato un paio di drink e ne aveva passato uno a Sal, che lo aveva stretto nella mano carica d'oro. «Vi va di ballare, ragazze? Isabel?»

«No, grazie. Per principio non ballo mai con chi si mette più gioielli di me» ribatté lei.

Scoppiai a ridere, e il sorso di vodka che mi era risalito nel naso sarebbe stato un problema, se solo fossi stata in grado di percepire il naso. I due uomini decisero di ignorare il sarcasmo di Angie – probabilmente erano abituati alle reazioni passivo-aggressive – e per un po' continuammo a chiacchierare del più e del meno, finché anch'io non mi stancai di loro. Fu quindi un grande sollievo quando Angie disse: «Sentite, ragazzi, la mia amica fra un paio di settimane si sposa e abbiamo voglia di stare un po' fra noi. Quindi perché non alzate il culo e ci lasciate in pace?».

Tipico di Angie. Non era certo una che le mandava dire. O che misurava le parole.

Sal avvampò di rabbia, e per un attimo ebbi il terrore di cosa avrebbe potuto rispondere. Per fortuna, prima che potesse aprire bocca, dal nulla comparve una bionda in tubino di pelle nera. «Guarda guarda chi abbiamo qui» disse Sal al suo compare, gli occhi incollati al prorompente décolleté della ragazza. I fianchi generosi tiravano l'orlo dell'abito ben oltre il ginocchio, scoprendo le cosce burrose. I capelli erano cotonati e tenuti al loro posto con un'intera bomboletta di lacca. Come minimo. «Ci facciamo un ballo, bellezza?»

«Non vorrei interrompere qualcosa» esitò la bionda, indicandoci con un cenno della laccatissima testa.

«No, figurati» rispose Sal al nostro posto. «Queste due signore vogliono stare per conto loro. Stanno festeggiando un matrimonio.»

La ragazza ci fissò come fossimo due reperti archeologici, quindi rivolse a Sal un sorriso panoramico. «Allora, balliamo?» E i due si gettarono in pista fendendo la folla.

«Che bambola, eh?» commentò Joey, come se noi fossimo interessate alla sua opinione sulla ragazza – o su qualsiasi altra cosa.

«Già» replicò Angie. «Un look da sballo.»

«Che hai detto?»

«Ho detto che ha un bel vestito. Dovrebbe solo essere due taglie più grande.»

«Sai che ti dico io, dolcezza? Il tuo senso dell'umorismo non mi piace proprio. E non mi piaci nemmeno tu. Per due tipe come voi c'è solo una parola, quella che fa rima con *sbronza*, e ringraziate che sono troppo signore per usarla. Vi dico un'altra cosa: il padre di quella gallinella due scartine come voi le compra e se le rivende quando vuole. Quindi stai tranquilla che lei non ha nessun bisogno della vostra approvazione.» Dopodiché si scolò il suo drink e sbatté il bicchiere vuoto sul bancone. Girandosi per andarsene per un pelo non travolse Suzanne, che nel frattempo era arrivata e si era fermata alle sue spalle. Dalla sua aria divertita intuii che stava seguendo la scena già da un po'.

«Capite perché non mi piacciono questi locali?» disse avvicinandosi. «Tra l'altro, chi erano quei buzzurri?»

«Due tizi che vogliono comprare casa nei quartieri alti» aveva risposto Angie. «Ho caldamente raccomandato di cercare nel tuo condominio.»

Non capitava molto spesso di trovarsi in un locale con Suzanne. La carriera le lasciava poco spazio per il tempo libero, una tendenza già evidente ai tempi del liceo, quando si dava obiettivi molto alti che perseguiva con determinazione rinunciando quasi del tutto agli svaghi. Sommando gli abiti firmati, gli orecchini di brillanti e l'orologio Cartier, sullo sgabello accanto al mio sedevano più o meno ventimila dollari. Suzanne guidava una BMW ed era proprietaria di un attico in un condominio di lusso. Dio solo sapeva quante pellicce avesse nell'armadio, ma la cosa più incredibile non era ciò che Suzanne possedeva, ma che se lo fosse guadagnato con il suo lavoro. Nessuna di noi era riuscita ad avvicinarsi nemmeno lontanamente al suo benessere economico. E l'unica che reggeva il confronto doveva la sua ricchezza a un buon matrimonio.

Senza più i buzzurri a intrattenerci, potevamo concentrarci sui drink e diventare tre semplici amiche che trascorrono una serata di relax in un locale del centro. Per quelle poche ore Suzanne poteva mettere in secondo piano la carriera, Angie il travagliato divorzio, e io il matrimonio perfetto che voleva mia madre. Ordinavamo un giro, e poi un altro ancora, e le chiacchiere scorrevano via lisce come l'alcol nei nostri bicchieri. Io mi lamentavo del mio lavoro al *Chicagoan* e Angie del suo da Bloomingdale's, mentre Suzanne ascoltava in silenzio. Finché Angie passò alla sua inesistente vita sessuale, e io alla mia.

«Flynn e io abbiamo un patto. È stata una sua idea. Niente sesso per un mese prima del matrimonio. Vuole che la prima notte sia speciale.» Sorseggiai il mio drink e poi mi ritrovai a confessare: «A dirla tutta, non mi manca per niente. Anche perché, siamo onesti, la nostra vita sessuale è piuttosto monotona».

«Maggie, accidenti...» Angie sgranò gli occhi per la sorpresa. «E non siete neanche sposati. Pensa che invece il sesso tra me e Harvey era l'unica cosa davvero eccezionale. Lui era... come dire... l'uomo più arrapato del pianeta. Era sempre così eccitato che se per caso io non ne avevo voglia dovevo andare a cambiarmi in bagno, perché appena mi vedeva nuda mi zompava addosso. Finché...» Si interruppe di colpo, e poi con un filo di tristezza nella voce aggiunse: «Alla fine era diventato un vero inferno, ma per un po' è stato fantastico».

In quel momento tre giovani impiegati con la cravatta legata intorno alla testa ci offrirono un giro di shottini – uno strano cocktail dolciastro chiamato woo-woo, a base di vodka, grappa alla pesca e succo di mirtillo che andava giù liscio liscio. «Altri tre woo-woo per noi» ordinai subito dopo, facendo un cenno al barman. «E tre per i tizi che ce li hanno offerti.»

«Sono appena andati via» mi avvertì lui, mentre riempiva di nuovo i nostri piccoli bicchieri. Io guardai in fondo al bancone e mi accorsi che in effetti i tre con la cravatta in testa non c'erano più. Due dei loro sgabelli erano stati requisiti da una coppia, il terzo da un uomo con lo sguardo fisso sulla sua birra. Sembrava decisamente fuori posto lì, con la sua camicia di jeans e i riccioli bruni che sfioravano gli occhiali dalla montatura sottile.

«Allora porta un woo-woo al ricciolone là in fondo. Sembra proprio che ne abbia bisogno.»

Dopo qualche secondo il barman tornò da me per riferire che Camicia-di-jeans aveva detto: «Grazie, ma no, grazie». Ormai avevo raggiunto, anzi, superato da un po' la soglia dell'ubriachezza, quindi sfilai tre dollari dal portafoglio e li passai al ragazzo dei cocktail. «Okay. Allora dagli questi e digli che la prossima birra la offro io.»

Dopodiché io e le mie amiche brindammo alla nostra salute e ci scolammo i nostri woo-woo. Quando guardai di nuovo verso Camicia-di-jeans, il suo sgabello era vuoto. «Stai a vedere che si è intascato i soldi ed è filato via» scoppiai a ridere. In quel momento però le mie tre banconote riapparvero sul bancone accanto al mio shottino vuoto. Girando sullo sgabello mi ritrovai davanti il destinatario della mia generosità. Ma non sembrava affatto divertito.

«Credo che quei dollari siano tuoi» mi disse indicando il denaro.

«Ehi, un po' di senso dell'umorismo non guasterebbe! Era uno scherzo. Siccome non volevi il drink, ti ho mandato i soldi. Capito? Non intendevo offendere la tua virilità, se è questo che ti preoccupa.»

Il suo viso contratto sembrò rilassarsi e un vago sorriso gli affiorò sulle labbra, disegnando un paio di fossette ai lati della bocca. «Scusa, non sono di queste parti. Forse l'umorismo locale mi sfugge.»

Avrei dovuto chiuderla lì. Avrei dovuto. Avrei dovuto. Avrei dovuto. Invece, giocai il jolly domandando, ammiccante: «Ah, davvero? E di dove sei?».

«New Hampshire.»

«New Hampshire? Non credo di aver mai conosciuto qualcuno del New Hampshire. E come mai sei qui a Chicago?»

«Per lavoro. Sono un falegname.»

«Ah, un falegname.» Ecco spiegata la camicia. «Non conosco nemmeno molti falegnami. Come ti chiami?»

«Steven Kaufman.»

«Maggie Trueheart.» Tesi la mano e lui me la strinse. Una stretta vigorosa, da lavoratore. «Kaufman, hai detto? Ebreo?»

«Sì» rispose lui, sulla difensiva. «Ti crea problemi?»

«Figurati. Solo che non penso di aver mai conosciuto un falegname ebreo. Credevo che gli ebrei fossero tutti medici, avvocati e banchieri.»

«Tu sei cristiana?»

«Cattolica» precisai.

«Se non sbaglio, la tua religione è nata da un falegname ebreo.»

«*Touchée*, Steven Kaufman!» E poi, con l'audacia che solo l'alcol sa infondere, aggiunsi: «Ai falegnami ebrei del New Hampshire piace ballare?».

Lui scrollò le spalle, così lo presi per mano e lo trascinai in pista, lasciando Angie e Suzanne al bancone.

Suonavano un pezzo dei B-52's e io mi esibii nella migliore imitazione possibile di una persona in grado di ballare. Il falegname era piuttosto goffo, e dimenava le braccia avanti e indietro come se non sapesse cosa fare. Il brano fu seguito da *Private dancer* di Tina Turner, e subito mi tornò in mente Tony, lo spogliarellista, e le sue mosse allusive. «*I'm your private dancer, dancer for money...*» La vodka e i woo-woo stavano facendo il loro lavoro, insieme ai residui di cocaina che di sicuro avevo ancora in circolo. Chiudendo gli occhi iniziai a scimmiottare Tony, ancheggiando e muovendo il busto in modo sensuale. Tenevo le braccia allungate sopra la testa e tutto il mio corpo seguiva il ritmo provocante della musica. Mi sentivo la donna più sexy della Terra. «*I'm your private dancer, a dancer for money, do what you want me to do...*»

Alla fine della canzone riaprii gli occhi, sorpresa di vedermi davanti il falegname invece di Tony lo spogliarellista – per dire in che condizioni ero. Mi fissava con aria incredula e ammirata. «Niente male, come ti muovi.»

All'inizio della canzone successiva mi sentii toccare il gomito e girandomi vidi Suzanne al centro della pista, urtata qua e là dalla gente che ballava. «Credo sia ora di riportare Angie a casa» mi gridò sopra il frastuono, indicando un punto alle sue spalle. Angie era accasciata sullo sgabello, il viso appoggiato al bancone del bar. «Sei pronta?»

In che senso dovevo essere pronta? Suzanne pensava davvero che sarei andata via così presto? Proprio quando iniziavo a divertirmi? Era la mia ultima serata di libertà da single e volevo godermela fino in fondo. Guardai il falegname, che nel frattempo si stava dando da fare per tenere il ritmo. Era un innocuo artigiano del New England, di sicuro non c'era niente di male a ballare ancora un paio di pezzi con lui.

«Avevo capito che sarebbe stata una serata di follie» le gridai di rimando.

«Dai, Maggie. Andiamo.»

«Voi andate. Io resto ancora un po'.»

«Stai scherzando, vero?»

«No. Per niente. Tanto lui lo sa che sono impegnata» replicai convinta, agitandogli il mio anello di fidanzamento sotto il naso. «Andrà tutto bene.»

Con un'occhiataccia, Suzanne si arrese. «È la tua festa. E io non posso fare da balia a tutti.»

La salutai muovendo solo le labbra prima di riportare tutta la mia attenzione sulla pista. Quando mi ricordai di guardare verso il bancone, Angie e Suzanne non c'erano più.

5

Suzanne

Suzanne si fermò davanti alla vetrata del suo attico e guardò verso il lago Michigan, dove i triangoli bianchi delle barche a vela danzavano con eleganza sul blu cobalto dell'acqua. La chiamata di Kelly continuava a girarle nella testa. «È successa una cosa terribile. Angie è morta.» Spostò lo sguardo fino alla riva e si fermò su Lincoln Park e sul verde rigoglioso che spiccava tra il grigio degli edifici attorno. Rabbrividì pensando al corpo di Angie abbandonato lì in mezzo, gelido e grigio come il cemento. Il suo cuore era gonfio di una tristezza che solo chi ha perso qualcuno per sempre può capire. Suo fratello era morto a ventun anni. E adesso la sua migliore amica, a trentatré.

Tornò con la mente a quando era rimasta nel taxi e aveva guardato Angie percorrere il vialetto di casa sua sulle gambe malferme e poi salutarla traballante sul portone di casa. Che cos'era successo dopo? Qualcuno la stava aspettando nel suo appartamento? Ricordava che Kelly le aveva detto, un giorno, che essere ubriaca non le aveva mai impedito di uscire. Era successo quello? Angie si era avventurata fuori da sola nel cuore della notte? Le cose sarebbero andate diversamente se lei l'avesse accompagnata fin dentro casa e l'avesse messa a letto? Ma erano quasi le tre del mattino e si sentiva così stanca che voleva soltanto andare a dormire il prima possibile.

La sera prima si era pentita di aver accettato l'invito delle amiche a raggiungerle in Rush Street. Oltretutto, andare per locali nemmeno le piaceva. Erano posti rumorosi e pieni di gente, e qualcuno riusciva sempre a rovesciarle qualcosa sui vestiti firmati. Senza parlare di quanto diventassero sciocchi gli uomini dopo aver bevuto un po'. Ma Angie aveva insistito tanto... Impossibile rifiutare. Contraddirla quando si metteva in testa una cosa era come opporsi a una forza della natura. Magari avesse rifiutato. Magari. Oggi avrebbe sicuramente sofferto per la sua morte, ma almeno non si sarebbe sentita responsabile. O forse quella morte non ci sarebbe stata.

Visto che il programma di trascorrere la mattinata in ufficio era saltato, Suzanne prese uno straccio per la polvere e cercò di tenersi occupata in attesa di sentire Kelly e avere altre informazioni da lei. Iniziò a vagare per l'appartamento pulendo mobili già lucidati alla perfezione dalla domestica il giorno prima. La luce del sole che entrava da est illuminava un vaso di vetro veneziano posato su un tavolino proiettando sulla parete un caleidoscopio di rossi, blu e arancioni. Nonostante il magone, Suzanne si fermò ad ammirare il gioco di luci, fiera del suo acquisto. Quel vaso era un pezzo di grande bellezza. L'aveva comprato durante un breve viaggio nella città lagunare, e il suo valore andava ben al di là del suo prezzo. Le ricordava il terribile giorno in cui la sua solidità finanziaria di colpo era andata in frantumi, eterno monito alla fragilità del benessere materiale.

Lo squillo del telefono la riportò al presente e la fece

correre in cucina. Si aspettava di udire la voce di Kelly, perciò le parole del portiere la colsero di sorpresa. Nell'atrio del palazzo c'erano due detective della polizia di Chicago che volevano parlare con lei. Rispose di farli salire e andò ad aspettarli davanti alla porta, con l'occhio premuto contro lo spioncino. Un minuto dopo l'ascensore si aprì e ne uscirono due figure distorte, una tozza e l'altra gigantesca. Non fecero in tempo a suonare che Suzanne aveva già aperto.

Quando O'Reilly e Kozlowski la videro ferma sulla soglia di casa, così alta, così slanciata e così bionda, in jeans aderenti e camicetta bianca perfettamente stirata, reagirono come quasi tutti gli uomini che la incontravano per la prima volta: spingendo fuori il petto e tirando indietro la pancia. «Signora Lundgren, ci scusi per la visita inaspettata. Abbiamo avuto il suo nominativo da Kelly Delaney» esordì O'Reilly, che quasi non riusciva a respirare per lo sforzo di trattenere l'addome. E infilarono entrambi le mani in tasca per prendere il portafogli.

«Non è necessario» li fermò Suzanne. «So chi siete e perché siete qui.»

«Lei sa chi *dovremmo* essere. Ma accetti un consiglio: non lasci mai entrare in casa un estraneo senza prima aver verificato bene chi sia. Due tizi conciati come noi potrebbero benissimo essere serial killer.»

«Lo terrò presente la prossima volta che ammazzeranno una mia amica» rispose, un po' rigida. Dopodiché li accompagnò in soggiorno. O'Reilly osservò l'appartamento con un fischio di approvazione. E non poté fare a meno di pensare che in tutto quello spazio ci sarebbero stati almeno tre tavoli da biliardo comodi comodi. Il lucido pavimento in parquet era disseminato di tappeti orientali e alle pareti c'erano dipinti moderni che non gli dicevano granché, ma di sicuro valevano una fortuna. Lui non se ne intendeva, però non c'era bisogno di un esperto per capire che tutto, lì intorno, era completamente fuori portata per lo stipendio di un poliziotto.

«Niente male questo posto.»

«La ringrazio. In effetti, ne vado piuttosto fiera.»

Suzanne li invitò ad accomodarsi su due poltroncine beige senza braccioli e lei sedette di fronte a loro sul divano color pesca, con le mani in grembo.

«Una vera meraviglia» osservò Kozlowski, fissando con gli occhietti scuri il vaso variopinto.

«È in vetro di Murano. L'ho comprato a Venezia.»

«Venezia. Ecco uno dei posti che mi piacerebbe vedere prima di andarmene.»

«Glielo consiglio. È una città davvero particolare» commentò Suzanne.

«Ci dispiace molto per la sua amica» cambiò argomento O'Reilly, fulminando il collega con un'occhiata per indurlo a lasciar perdere le chiacchiere. «La conosceva da molto?»

«Più di vent'anni.» Suzanne sentì gli occhi inumidirsi e si tamponò le lacrime con un fazzoletto di stoffa. Il modo in cui O'Reilly la osservava la metteva a disagio. Non poteva sapere che in realtà il detective la stava confrontando mentalmente con Kelly, che gli era sembrata ruvida almeno quanto Suzanne era levigata.

«Da quello che abbiamo capito, ieri sera lei e Angela Lupino avete partecipato a una festa e poi siete andate via insieme con...» Maledizione. La dea che aveva davanti lo confondeva al punto che aveva scordato il nome della futura sposa.

Kozlowski accorse prontamente in suo aiuto. «Maggie Trueheart.»

«Sì, esatto.»

«E che cosa avete fatto dopo la festa?»

«Siamo andate in Rush Street, in un locale che si chiama The Overhang. Un'idea di Angie. Io le ho seguite controvoglia.»

«Perché controvoglia?»

«Perché non sono propriamente un tipo da bar. Ho ceduto solo perché Angie ha insistito.»

O'Reilly si puntò le dita contro il mento e si sporse verso di lei. «Mi spieghi un po' che cosa è successo in quel locale.»

«Prima sono passata da casa a lasciare la macchina, e quando sono arrivata Maggie e Angie erano lì già da un po'. Per farla breve, abbiamo bevuto parecchio. Devo ammettere che l'ho fatto perfino io, ma senza esagerare visto che questa mattina intendevo andare in ufficio a sistemare un po' di cose. Poi, quando mi sono resa conto che Angie non si reggeva più in piedi, l'ho accompagnata a casa.»

«E come siete rientrate?»

«In taxi. Ho dovuto letteralmente caricarcela dentro. Poi siamo andate subito da lei, a Old Town, e ho aspettato dentro l'auto finché non l'ho vista entrare.» Suzanne sentiva che stava crollando e non riusciva più a trattenere le lacrime. Si premette il fazzoletto sulla bocca. «L'ho guardata entrare nel portone.»

O'Reilly le domandò anche della festa e di Harvey, e Suzanne gli raccontò più o meno le stesse cose che gli aveva già detto Kelly. Sembrava avessero finito, quando Kozlowski le chiese a bruciapelo: «La futura sposa non ha lasciato il locale con voi?».

«No. Stava ballando ed è voluta restare, così io e Angie siamo rientrate da sole.» Suzanne aveva dato un'ultima occhiata alla pista prima di portare via dal locale Angie. Si era augurata che non fosse uno sbaglio lasciare Maggie lì da sola. Ma, come le aveva detto, non poteva fare da balia a tutti. Era già difficile occuparsi di Angie.

Quando li accompagnò alla porta, attese con loro che arrivasse l'ascensore, un piede sulla soglia e uno sul pianerottolo. D'un tratto però non riuscì più a trattenere l'angoscia e una domanda le sfuggì dalle labbra. «Secondo voi, a casa sua c'era qualcuno che la aspettava?»

«Vuole la verità?» le domandò O'Reilly.

Suzanne annuì.

«No. Abbiamo già controllato l'appartamento. Non ci sono segni di effrazione né di violenza. È probabile che la sua amica abbia deciso spontaneamente di uscire. Ho già visto questo film un milione di volte.»

«Sarebbe così gentile da informarmi, non appena ne avrà la certezza? Ho bisogno di sapere se ho consegnato la mia amica al suo assassino.»

«Ci conti» rispose O'Reilly in tono partecipe.

Non appena le porte dell'ascensore si richiusero, Suzanne si ritrovò sola e senza niente da fare. Avrebbe voluto sentire Vince per raccontargli cos'era successo. Ripensò alla sua delusione quando, la sera prima, lo aveva chiamato dalla casa di Carol Anne per avvisarlo che sarebbe uscita con Maggie e Angie. Ma perché poi si era tanto infastidito? In fondo, tra i due, era lui quello sposato.

Riprese lo straccio e ricominciò a spolverare.

6

Kelly

—

Kelly dormì un sonno agitato. Continuava a sognare Angie: sezionava una rana durante una lezione di Biologia, ma il collo era spezzato e la testa penzolava di lato. Angie rideva e Kelly non riusciva a capire il motivo di tanto divertimento. Il laboratorio era dentro casa di Carol Anne e Angie ballava con le sue scarpe rosse dal tacco a spillo. Poi il sogno si era spostato nel suo appartamento, dove una Angie più viva che mai volteggiava sopra di lei vomitando oscenità. Kelly allora cercava di strisciare dietro il divano a fiori per nascondersi, ma Angie la inseguiva imprecando, guardandola con la faccia terrea della morte.

«Angie, perché sei così arrabbiata?» la implorava Kelly.

«Perché? Perché?» urlava lo spettro, gli occhi vitrei sgranati per la rabbia. «Perché dovevi esserci tu al mio posto. Ecco perché. Dovevi esserci tu.»

Kelly si svegliò in un bagno di sudore. Avrebbe di nuovo fatto tardi al lavoro. E questa volta l'avrebbero licenziata, il capo l'aveva avvertita. Corse all'armadio per prendere la divisa, e solo in quel momento si ricordò che il lavoro non era a rischio perché aveva già chiamato il Gitane per spiegare il motivo della sua assenza. Probabilmente, in quel periodo era la persona più affidabile del pianeta.

Andò al lavello e si versò un bicchiere d'acqua, che buttò giù d'un fiato deglutendo rumorosamente. La tenuta con cui era andata a correre puzzava e le si era appiccicata addosso. Andò in bagno, aprì il rubinetto e si spogliò, lasciando cadere gli indumenti sul pavimento. Rimase sotto il getto caldo a lungo, sperando con tutta se stessa di poter scivolare via nello scarico insieme all'acqua, al sudore e al sapone. Le immagini dei suoi sogni tornarono ad aggredirla con una nitidezza che la fece rabbrividire persino sotto l'acqua bollente. Di fronte a lei, Angie la fissava pallida e accusatoria. «Dovevi esserci tu al mio posto.»

Aveva ragione. Avrebbe dovuto esserci lei.

Forse la vita di Kelly sarebbe andata diversamente se sua madre non si fosse ammalata. Lei era stata la figlia del cambiamento, arrivata quando i due fratelli maggiori erano già al liceo. Ma quando ormai avevano finito anche l'università e stavano mettendo su famiglia, alla madre fu diagnosticato un cancro al colon allo stadio avanzato. Kelly aveva dieci anni. Il padre, un affermato professionista specializzato in brevetti, viaggiava molto per lavoro e la bambina restava sola a occuparsi della madre anche per molti giorni di seguito. Trascorse l'adolescenza a guardarla soffrire per la radio e la chemioterapia, ad ascoltarla piangere di notte, disperata per la mortificazione della colostomia. Nonostante la prognosi infausta, la madre aveva superato ogni aspettativa di vita, resistendo per anni solo per vedere la figlia crescere e diventare donna.

Quando le metastasi attaccarono gli organi vitali, lei era al primo anno di liceo. A quel punto era ormai evidente che la battaglia della madre era giunta al termine, eppure Kelly non si perse d'animo. Durante gli ultimi mesi correva a casa dopo la scuola per imboccarla quando non aveva più voglia di mangiare, e per cambiarle il sacchetto della colostomia quando non era stata più in grado di farlo da sola. Il padre le propose di prendere un'infermiera, ma Kelly non accettò. L'intimità che madre e figlia avevano condiviso per tutta la vita sarebbe continuata fino alla fine.

La donna si arrese la vigilia di Natale. Dapprima Kelly ne fu quasi sollevata, perché con la morte erano cessate anche le sofferenze, ma ovviamente questo non leniva il dolore devastante di aver perso per sempre la persona che più amava al mondo, e con lei anche una parte di se stessa che nessuno le avrebbe mai più restituito. Il dolore si fece ancora più acuto quando, il giorno del funerale, stando tra il padre e i fratelli con le rispettive famiglie, capì di essere in mezzo a estranei, unica fra tutti loro a sapere davvero quanto la madre avesse sofferto.

Come se non bastasse, appena un anno dopo il padre si risposò con la sua segretaria, una donna di origine cinese di nome Clara. Per Kelly fu l'ennesimo trauma, non solo per l'ingresso in casa di un'estranea, ma per la facilità con cui il padre aveva dimenticato la prima moglie. Oltretutto, Clara aveva solo dieci anni più di lei, e pativa la presenza della figliastra almeno quanto Kelly pativa la sua.

Rimasero a vivere tutti insieme nella splendida casa d'epoca dove Kelly era cresciuta, ma la nuova compagna del padre non perse tempo e marcò subito il territorio, sostituendo i mobili di antiquariato con un arredamento più moderno e tutte le stoviglie di famiglia con pezzi di design. Kelly detestava a tal punto la matrigna da trovare ogni pretesto per stare fuori casa, e passava i pomeriggi dopo la scuola da un'amica o da un'altra. Il suo rifugio preferito era la casa di Angie, dove il chiasso e i litigi a tavola erano l'esatto opposto dell'ipocrita buona educazione che regnava da lei. Il padre era sempre più ammaliato dalla giovane moglie, la quale cercava in tutti i modi di cancellare ogni traccia del passato. E un giorno rimase anche incinta.

Kelly non vedeva l'ora di diplomarsi. Il padre non partecipò alla cerimonia di consegna perché era in ospedale con Clara per la nascita della sorellina, ma a lei non importò. Diploma significava università, e l'università era il suo lasciapassare per allontanarsi da un luogo carico di brutti ricordi e da una neonata che piangeva in continuazione. Si iscrisse subito ai corsi estivi della University of Illinois a Champaign e partì due settimane dopo il diploma. Si gettò a capofitto negli studi per soffocare il dolore ancora vivo per la morte della madre, una ferita che non voleva rimarginarsi. Non parlava quasi mai del suo lutto, neppure con le amiche più intime, quasi fosse un fatto senza importanza. In realtà, quella sofferenza costante la stava letteralmente dilaniando.

Si laureò in Scienze della formazione con un semestre di anticipo, e rientrò a Chicago con il suo primo incarico da insegnante, che però sarebbe iniziato solo il settembre successivo. Per non tornare a vivere con il padre – Clara ormai la faceva sentire indesiderata come una ex moglie – Kelly decise di prendere in affitto un appartamento nel quartiere di Old Town e di accettare un lavoro temporaneo come barista in un club di Rush Street chiamato Oliver's.

Inaspettatamente, si innamorò di quel posto fin dalla prima sera. Per tutti gli anni dell'università era stata così concentrata sugli studi che quasi non aveva avuto vita sociale. Adesso invece trascorreva gran parte delle sue giornate in un club sempre affollato, elettrizzante e rumoroso, pieno di uomini molto attraenti che le piacevano e a cui lei piaceva. Ulteriore vantaggio: guadagnava un sacco di soldi. Durante la prima settimana, solo di mance raccolse l'equivalente dello stipendio che avrebbe ricevuto da settembre.

Ma Oliver's le forniva anche altro: la sensazione di sentirsi a casa. Sempre più distante dal padre e dai fratelli, totalmente assorbiti da mogli e figli, Kelly trovò nei colleghi la famiglia che non aveva più. I dipendenti di Oliver's – cameriere, barman e buttafuori – erano un gruppo molto unito e abituato a orari da vampiri, "i lavoratori del lato oscuro dell'orologio", come qualcuno li aveva definiti.

E poiché le loro giornate finivano quando quelle degli altri iniziavano, dopo la chiusura organizzavano spesso delle feste che si prolungavano ben oltre il sorgere del sole. Fu proprio a una di queste che un collega le passò una banconota da cento dollari arrotolata e uno specchio con una riga di polvere bianca. Kelly sapeva cosa fosse la cocaina, l'aveva anche vista girare al campus, però non l'aveva mai provata. Ai tempi era considerata una sostanza senza effetti collaterali negativi, la droga dei ricchi: perché rifiutarla? Così Kelly sniffò e appena la cocaina raggiunse il sistema nervoso le diede una sensazione di benessere che da quando la madre si era ammalata non aveva più provato. Finalmente c'era qualcosa con cui anestetizzare l'angoscia che la consumava dentro. Finalmente aveva una nuova amica.

Da eventi occasionali, le feste diventarono in fretta appuntamenti regolari, e lei si ritrovò invischiata in un circolo vizioso di lavoro, festini a base di alcol e coca, rientri a casa dopo mezzogiorno e dormite fino all'ora di tornare al club. Quando finalmente arrivò settembre, Kelly aveva perso qualsiasi interesse per l'insegnamento. Iniziò il nuovo lavoro, ma continuò a bere e a farsi di coca, finché dopo sole tre settimane non fu licenziata a causa dei continui ritardi e delle assenze per malattia. La cosa non la preoccupò affatto. Tornò da Oliver's e riprese il suo posto da barista e la vita dissoluta di prima.

Continuò così per una decina di anni, e per fortuna il suo corpo giovane e reattivo in qualche modo resisteva agli abusi che era costretto a subire. In quel periodo Kelly ebbe qualche breve relazione, ma l'alcol e la droga minavano alla base qualsiasi impegno duraturo. Gli incontri da una botta e via non si contavano, e venivano dimenticati alla stessa velocità con cui si consumavano. I vuoti di memoria erano una costante. Una volta rimase anche incinta, ma la natura venne in suo soccorso con un aborto spontaneo che le risparmiò l'angoscia di dover prendere una decisione.

L'impegno da Oliver's si concluse quando il locale fu assorbito da una catena nazionale con regole molto rigide e lei fu licenziata perché sorpresa a bere in orario di lavoro. Neanche quello fu un problema: dopo tutti quegli anni in Rush Street, le sue conoscenze erano tali che trovare un nuovo posto fu un gioco da ragazzi. Iniziò subito a lavorare da Finnegan's, un localaccio quasi attaccato a Oliver's. Il proprietario era un irlandese con problemi di dipendenza a cui non importava un accidente se lei bevesse o meno durante il lavoro, anzi, a volte si sedeva al bancone mentre Kelly era in servizio e si faceva un bicchierino con lei. Era arrivata a consumare così tanto alcol che a fine turno spesso non si reggeva in piedi e doveva ricorrere alla cocaina, che ormai si portava via gran parte delle sue entrate, al punto che più di una volta aveva faticato a pagare l'affitto.

Vedeva il padre o i fratelli molto di rado, e quasi non conosceva la sorellina. Quanto alle vecchie amiche, ogni volta che fissavano un pranzo o una cena insieme, lei finiva per disdire all'ultimo minuto o non si presentava. Finché arrivò il giorno in cui non si fece vedere per la terza volta di fila a un pranzo con Angie e Carol Anne, e le due amiche decisero di stanarla da casa. Dopo aver citofonato a lungo senza ottenere risposta, si infilarono nel portone approfittando di un inquilino che usciva, salirono fino al terzo piano, e bussarono a lungo. Quel che videro quando la porta finalmente si aprì le sconvolse. Kelly era in uno stato pietoso: il viso così gonfio che gli zigomi erano scomparsi, gli occhi infossati, i capelli un unico groviglio di nodi bisunti.

Kelly tentò di mandarle via, ma Angie la spinse da parte ed entrò in casa. L'appartamento era persino peggio della sua faccia. Il lavello della cucina era un ammasso di piatti di plastica e contenitori vuoti di cibo d'asporto, un lauto banchetto per gli scarafaggi che brulicavano ovunque. Il pavimento era incrostato di sporcizia e appiccicoso per le bibite rovesciate. Un bidone di plastica traboccava di bottiglie di vodka vuote. Ovunque c'erano pigne di indumenti sporchi e dalla porta aperta della camera si intravedevano le lenzuola luride sul letto sfatto. La moquette non conosceva più l'aspirapolvere da mesi, se non da anni. Su un tavolino c'era uno specchietto con residui di polvere bianca.

Carol Anne era così sconvolta da essere rimasta senza parole, invece Angie parlò per tutt'e due, alzando il tono per il disgusto e l'indignazione. «Cristo santo, Kelly. Ma cos'è questa merda? Qui siamo oltre lo schifo. Non voglio neanche immaginare cosa c'è in bagno. Si può sapere che ti prende? Vivi come un animale, anzi no, chiedo scusa agli animali: tu sei peggio.»

Kelly sbatté gli occhi, cercando di tornare minimamente lucida. Dio solo sapeva a che ora fosse andata a dormire. «Sì, in effetti c'è un po' di casino. Sto lavorando parecchio. Ma oggi pomeriggio volevo dare una pulita» biascicò.

«Una pulita? E con cosa? Un idrante, spero. No, meglio con la fiamma ossidrica.» Angie non aveva intenzione di andarci leggera. «Hai fatto bene a non presentarti al nostro appuntamento, altrimenti c'era il rischio che chiamassero l'ufficio d'igiene per sbatterci fuori dal ristorante. Cazzo, Kelly, ma ti sei vista? Hai trentun anni e sei già uno schifo. Si può sapere che ti succede? Vuoi morire, per caso?»

Di indole più mite, Carol Anne cercò di farla ragionare. «Kelly, noi siamo tue amiche. Ti vogliamo bene. Questa situazione non va bene. Hai bisogno di aiuto, e noi siamo qui per dartelo.»

Nonostante l'ottundimento dell'alcol e della droga, Kelly riuscì comunque a sentire le parole delle amiche, e non le prese bene. Iniziò a sbraitare che loro non capivano, non potevano capire. Loro non erano cresciute con una madre inferma in una casa impregnata di dolore e malattia. Le loro madri erano sane e senza problemi. Loro non avevano un padre che le aveva trascurate per dedicarsi a una donna che aveva quasi la loro età e a una bambina che non smetteva mai di urlare. Come avrebbero mai potuto capire la sua sofferenza, loro che avevano avuto genitori presenti e amorevoli? Kelly si era costruita una nicchia che andava bene per lei. Non aveva chiesto niente a nessuno, e nessuno doveva permettersi di dirle cosa fare. Sentì la rabbia montarle dentro, come se le amiche fossero due intrusi in camice bianco pronti a rinchiuderla in qualche istituto.

«Andatevene» sussurrò a denti stretti, gli occhi due fessure sul viso terreo. «Uscite subito da casa mia.»

Carol Anne cercò di insistere: «Kelly, ma non capisci che ti vogliamo bene? Che vogliamo...».

Angie la interruppe. «Lascia stare, non perdere tempo. Ormai è andata. Non possiamo fare più niente per lei.» Prese l'amica per il braccio e la trascinò fuori dall'appartamento.

Kelly rimase immobile e fiera in mezzo alla sporcizia, una vera regina dentro il suo castello di rifiuti. «'Fanculo!» gridò furiosa, e sbatté la porta alle spalle delle due amiche.

Sei mesi dopo Kelly tornò drammaticamente alla ragione. Una sera aveva finito presto di lavorare, e stava cercando in giro un po' di coca. La polizia aveva dato un giro di vite e le sue fonti abituali in Rush Street si erano prosciugate. Perciò era saltata su un taxi ed era andata in un locale gay di Boystown chiamato The Zone, dove il barman aveva sempre qualche dose da vendere. Roba pessima, chiaro, quasi sempre una fregatura, ma quella sera lei era decisamente alla frutta.

The Zone era sempre zeppo di maschi, uno più bello dell'altro, e nessuno che la degnasse di uno sguardo. Kelly andò a sedersi al bancone. Lyle, il barman, la salutò con un cenno. Era un ometto magrissimo al limite dell'anoressia, con i baffetti e gli occhi lacrimosi.

«Come butta, dolcezza?» le chiese, muovendosi leggero dietro il bancone con un sottobicchiere in mano.

«Ciao, Lyle. Per caso hai un biglietto per il cinema?»

Il barman posò il sottobicchiere. «Mi spiace, cara, niente da fare. Le sale sono chiuse. Anche qui ci stanno addosso come in Rush Street.»

«Merda» commentò Kelly, riflettendo su dove altro poteva andare. Aveva un bisogno tremendo di sniffare. A Wrigleyville c'era un tipo con cui era andata a letto che forse valeva una visita. Si fece uno Jagermeister e uscì. Mentre cercava di fermare un taxi sulla Lincoln Avenue, un nero super palestrato uscì dal locale gay e le si avvicinò.

«Ehi, bella, senza volere ho sentito che stai cercando qualcosa. E a naso direi che non è un appuntamento. Forse posso aiutarti io.» Dopodiché prese un flaconcino di vetro da una tasca interna della giacca di pelle e glielo agitò davanti. «Qui dentro c'è la roba migliore in circolazione.»

«L'unica roba in circolazione» puntualizzò Kelly senza troppa convinzione. «Si può provare?»

«Certo, ma non qui. Vieni con me.»

La portò in un vicolo lì vicino, dove aveva lasciato una Cadillac nera parcheggiata davanti a un cartello di rimozione forzata. «Io sono Lemont» si presentò, aprendole la portiera. «Salta su, che facciamo un assaggio.»

Kelly sapeva bene che non era il massimo della prudenza salire sull'auto di uno sconosciuto, ma la voglia di farsi era più forte dell'istinto di conservazione. Entrò e cercò di tenersi il più distante possibile dall'uomo schiacciandosi contro la portiera opposta. Lemont inserì un minuscolo cucchiaino nel flacone e le avvicinò la polvere bianca alla narice. Lei tirò su più svelta di un formichiere. Un secondo assaggio scomparve altrettanto velocemente nell'altra narice. E finalmente la scarica che tanto desiderava le attraversò il corpo.

«Wow. Questa è davvero roba buona» commentò Kelly. «Quanto?»

Senza rispondere, Lemont prese una bottiglia di Jack Daniel's da sotto il sedile, svitò il tappo e gliela porse. Lei bevve un sorso. Lui la fece sniffare ancora e poi le passò di nuovo il whisky. Kelly si sentiva bene, maledettamente *cool* e padrona della situazione. Un'altra sniffata e poi di nuovo la bottiglia. «Senti, Lemont, ho deciso che ne voglio almeno un paio di grammi» dichiarò frugando nella borsetta in cerca dei soldi. E quella fu l'ultima cosa che ricordava.

Quando riaprì gli occhi, era giorno fatto. Era nuda, buttata su un materasso senza lenzuola, in una stanza dall'intonaco talmente scrostato che si scorgeva qua e là la struttura interna dei muri. Lemont dormiva accanto a lei, con i muscoli d'ebano visibili in tutto il loro splendore. Uno scarafaggio correva sul muro.

Kelly si alzò lentamente a sedere, e il dolore che sentiva fra le gambe le strappò una smorfia. Facile intuire cosa fosse successo, ma tutto considerato non era un grosso problema. Il punto semmai era andarsene da lì. Vide i suoi vestiti ammucchiati in un angolo della stanza. Della borsetta nessuna traccia. Fantastico, dentro c'erano le chiavi e i soldi. Oltretutto, non aveva idea di dove si trovasse quel posto né di come tornare a casa.

Attenta a non svegliare il tizio addormentato, sgusciò via dal materasso e si rivestì in silenzio. Ma quando ormai era pronta per uscire, la porta si spalancò di colpo. Una donna in maglietta dei Chicago Bulls e leggings neri irruppe nella stanza impugnando una pistola. Le tremava la mano, e Kelly capì dagli occhi spiritati che era completamente fatta. Appena si accorse di Kelly le puntò l'arma addosso.

«Come ti sei permessa di fotterti il mio uomo, troia?» la aggredì.

Il suo uomo, che nel frattempo si era svegliato, sedeva pietrificato sul materasso.

«Fenicia, calmati» le ordinò.

«Calmarmi? Devo calmarmi?» urlò lei. E girò la pistola verso di lui, mirando all'inguine. Lui istintivamente si coprì il pube con una mano.

«Non ti serve a niente» sbraitò la donna, spostandosi al centro della stanza. «Te la faccio saltare, quella mano. Insieme al tuo uccello traditore.»

Vedendo che la pazza era concentrata su Lemont, Kelly schizzò fuori dalla camera. Attraversò di corsa un corridoio e poi un soggiorno, dove due uomini russavano sdraiati su dei divani, e uscì dall'appartamento. Le griglie metalliche che chiudevano i lunghi ballatoi esterni l'aiutarono a capire di essere finita in uno dei malfamati palazzoni popolari di Chicago. E come se non bastasse, si trovava anche a un piano alto. Esclusa d'ufficio l'opzione ascensore, Kelly corse tra le pareti ricoperte di graffiti fino alla porta delle scale e prese a scenderle con tutta la fretta che le permettevano le gambe doloranti, cercando di ignorare l'insopportabile tanfo di urina che aleggiava ovunque.

Aveva quasi raggiunto il secondo piano, quando due membri di una gang le sbarrarono la strada. Indossavano una maglietta e jeans flosci, e la faccia liscia della giovinezza. Gli occhi scuri, invece, erano già vecchi. Kelly cercò di passare oltre, ma uno dei due la bloccò per un braccio.

«Ehi, *mama*, guarda che non puoi scendere gratis. Qui da noi si paga il pedaggio.» Kelly cercò di divincolarsi, ma la stretta era forte. «Sei sorda? Ho detto pedaggio. E se non hai soldi, ti facciamo pagare in un altro modo.»

Prima che potesse anche solo tentare di scappare, il ragazzo la inchiodò contro la parete e cercò di baciarla nonostante la sua resistenza, costringendola ad aprire la bocca con la lingua. L'alito era fetido – un misto di alcol, fumo e denti sporchi. Quando lo raggiunse l'altro teppista, Kelly si ritrovò bloccata fra i due. Cercò di liberarsi con tutte le sue forze, tirando, spingendo, dimenando gambe e braccia, ma ogni sforzo fu inutile contro il vigore dell'adolescenza. Poi dal nulla ne sbucarono altri due, che subito la fissarono come una merce rara.

«Ehi, guarda guarda che belle chiappette pallide ci sono capitate oggi» disse uno dei nuovi arrivati, che subito le infilò la mano sotto la maglia e le strappò il reggiseno.

«Sei venuta qui per fare festa con noi, vero, splendore?» aggiunse l'altro.

Tutti scoppiarono a ridere, una risata così crudele che Kelly temette di non controllare più gli sfinteri. O forse farsela addosso l'avrebbe aiutata a non essere stuprata? Aveva la bocca così asciutta che se anche avesse voluto gridare, non ci sarebbe riuscita. Ammesso che potesse servire a qualcosa.

Dio, no. Ti prego, ti prego, fa' che non mi succeda anche questo, pensava freneticamente mentre i quattro la stavano già trascinando su per le scale. *Ti prego. Ti prego.* Se fosse uscita da quella storia tutta intera, avrebbe cambiato vita. Basta con l'alcol. Basta con la droga. Avrebbe chiamato suo padre. *Qualsiasi cosa. Ma ti prego, Dio. Ti prego. Per favore.*

D'un tratto Kelly sentì vibrare l'aria accanto all'orecchio. Un istante dopo il rumore di uno sparo echeggiò nella tromba delle scale. Alzò la testa di scatto e vide sopra di loro la pazza scatenata incrociata nell'appartamento puntarle addosso la pistola.

«Lasciatela. È roba mia» urlò ai ragazzi la donna.

«Porca puttana. Questa è fuori di brutto.» I quattro mollarono Kelly all'istante e si dileguarono. Un attimo dopo Kelly stava rotolando giù per le scale, la testa che rimbalzava sbattendo ripetutamente sui gradini. Un altro proiettile le fischiò accanto, mentre il sibilo del primo non si era ancora spento nelle sue orecchie. Atterrata al pianterreno, senza perdere un attimo si mise carponi e sgattaiolò fuori dal portone, ritrovandosi in un cortile di cemento coperto di cartacce e contenitori di cibo vuoti. Nonostante il corpo dolorante e le gambe molli, si alzò in piedi e corse via più veloce che poteva. Si fermò soltanto quando incrociò una volante della polizia in una strada laterale.

Gli agenti furono sufficientemente gentili da fingere di credere all'improbabile versione fornita da Kelly, e cioè che aveva sbagliato fermata della metro e si era ritrovata per caso nel cuore delle Robert Taylor Homes, un complesso di case popolari dominato dalle gang e dal degrado più assoluto. I due la accompagnarono in un quartiere meno pericoloso e uno di loro le diede addirittura i soldi per rientrare a casa con i mezzi pubblici.

Kelly lasciò il lavoro quel giorno stesso e partecipò al suo primo incontro agli Alcolisti Anonimi. Uscita da lì, si fermò a un rifugio per animali e prese una gattina. Poi, una volta a casa, chiamò subito Angie. Per chiederle scusa.

Kelly chiuse la doccia e per qualche secondo osservò l'acqua defluire nello scarico. Poi si infilò l'accappatoio, uscì dal bagno e si fermò davanti al telefono, con i capelli bagnati che sgocciolavano sul pavimento. Alzò la cornetta. Questa volta purtroppo non avrebbe chiamato Angie, ma *per* Angie. A quell'ora lei doveva essere già all'obitorio, un corpo freddo con un cartellino numerato attaccato all'alluce, e i genitori aspettavano fuori per compiere il terribile rito dell'identificazione. Il padre di Angie probabilmente avrebbe detto alla moglie di aspettare in corridoio, e lei avrebbe insistito per vedere il cadavere della sua unica figlia, poi avrebbe rischiato di svenire e il signor Lupino l'avrebbe stretta fra le braccia tremanti.

Kelly pensò che suo padre era stato a un soffio dal ritrovarsi in quella stessa situazione, e il pensiero di lui che lasciava cadere una lacrima dietro gli occhiali cerchiati di tartaruga le strappò un attimo di malinconica tenerezza. Subito cancellato dal pensiero successivo: la nuova moglie che lo confortava cingendogli le spalle.

Smettila di piangerti addosso, si redarguì. *E risparmia la compassione per chi ne ha più bisogno di te.*

Finalmente, due ore dopo aver lasciato il distretto di polizia, riuscì a chiamare Suzanne.

7

Suzanne

Suzanne non nascose il disappunto per non essere stata richiamata prima. «Arrivi tardi. I tuoi amici sono appena andati via.»

«Amici? Quali amici?»

«Gli investigatori assegnati al caso di Angie. O'Reilly e Kozlowski.»

«Ah, Stanlio e Ollio. Non dire che quei due imbecilli sono miei amici neanche per scherzo» protestò Kelly, che rabbrividì al pensiero della ghiacciaia in cui aveva trascorso gran parte della giornata. «Cosa volevano?»

«Volevano sapere di Angie, ovviamente» rispose Suzanne, che di fronte alla gravità della situazione aveva già messo da parte ogni risentimento. «E di noi. Mi hanno chiesto di ieri sera, se l'avevo riportata a casa. E mi hanno detto che si faceva di cocaina» aggiunse.

«Avrei dovuto capirlo, visto come si comportava ieri sera» commentò Kelly dopo un breve silenzio.

«Kelly, tutte noi avremmo dovuto capirlo.»

Parlarono di Angie, di quello che le era successo e di quanto fosse terribile, poi la conversazione iniziò a languire. E visto che non avevano altro da aggiungere, né altro da fare, si salutarono e tornarono a chiudersi ciascuna nel proprio universo per fare i conti con la morte dell'amica. Suzanne posò il telefono sul tavolo della cucina e fissò fuori dalla finestra, verso le barche che punteggiavano il lago. Il vuoto della perdita aveva ripreso a divorarla.

Aveva conosciuto Angela alle superiori, quando il primo giorno la casualità alfabetica le aveva messe vicine nell'aula dell'appello. E così erano rimaste, mattina dopo mattina, per tutti e quattro gli anni del liceo. Lundgren e Lupino. Com'era possibile restare l'una accanto all'altra per tutto quel tempo senza diventare amiche? E nonostante le due ragazze avessero personalità e inclinazioni diversissime, la loro amicizia era rimasta solida come una roccia anche durante l'università e oltre, tanto che Suzanne era stata la damigella d'onore alle nozze di Angie. Negli anni successivi, però, piano piano avevano smesso di sentirsi tutti i giorni e di confidarsi i loro segreti. Ma non era stato il matrimonio di Angie ad allontanarle, bensì gli infiniti impegni di Suzanne. Che, diversamente dall'amica, non era sposata a una persona, ma al suo lavoro.

Da che aveva memoria, Suzanne aveva sempre desiderato essere ricca, e trovare la via per il successo era stato il fulcro della sua esistenza. Quando era piccola, la imbarazzava crescere in una famiglia che si poteva considerare modesta per gli standard di Winnetka, dove essere poveri significava non frequentare il country club giusto. Figurarsi non frequentarne nessuno, come capitava a lei. I suoi genitori erano immigrati lì dalla Svezia e possedevano un negozio di giocattoli in Green Bay Road, accanto a boutique di lusso e negozi di biancheria dove un paio di lenzuola costava quanto un'automobile usata. Suzanne invidiava gli altri bambini, che prendevano la paghetta da genitori avvocati, amministratori delegati e industriali di terza generazione, mentre lei doveva guadagnarsela. E così trascorreva ore e ore dietro il banco di Skanda, il negozio di famiglia, per poter comprare i vestiti che le sue amiche si procuravano con la carta di credito di papà.

La sua ambizione la trasformò rapidamente in una studentessa modello, la migliore del suo giro di amicizie. Al secondo anno di liceo seguiva già corsi di livello universitario, e si impegnava sempre un po' più degli altri per ottenere il massimo dei voti. Gli ottimi risultati le valsero una borsa di studio alla Purdue University, dove si laureò in Economia e commercio. Dopo la laurea proseguì gli studi e conseguì un master alla University of Chicago. Quando fu assunta dalla società di intermediazione finanziaria più importante della città – all'epoca una rarità per una donna – Suzanne pensò che finalmente stava raccogliendo i frutti di ciò che aveva seminato.

Ben presto, però, si accorse che le cose stavano diversamente. Perché anche se il suo biglietto da visita recitava a lettere dorate CONSULENTE FINANZIARIO, nella realtà era soltanto una piazzista che passava le giornate al telefono. La società si limitava a riconoscerle un modesto stipendio e a passarle un elenco di potenziali clienti. Peccato che fosse lo stesso elenco con cui lavoravano tutte le persone del settore. Assillati dalle martellanti richieste di contatto, i potenziali clienti rispondevano quindi molto di rado. E quando lei riusciva con qualche stratagemma a superare il filtro delle segretarie, l'esasperato interlocutore quasi sempre le sbatteva il telefono in faccia. Se riusciva a farsi ascoltare il tempo necessario a formulare la sua proposta era già un grande successo.

Dopo essersi consumata le dita sul telefono per sei mesi, non era riuscita ad aprire un solo contratto. Era disperata.

E mentre i suoi sogni di ricchezza lentamente svanivano, iniziò a dubitare della propria scelta professionale. Finché una sera, mentre rientrava a casa in autobus sotto la pioggia battente, cercando di capire come sbarcare il lunario con il suo misero stipendio, il mezzo si fermò di fronte a uno sconfinato cantiere edile. Guardò fuori dal finestrino e vide decine e decine di operai che lavoravano sotto la pioggia, protetti da una mantellina gialla. La città, in effetti, era tutto un brulicare di nuovi cantieri. E Suzanne ebbe un'illuminazione. Perché non rivolgersi proprio ai lavoratori edili? Probabilmente non guadagnavano male, e visto che non dovevano ripagare i propri debiti scolastici come i laureati, gran parte del loro stipendio sarebbe stato disponibile. In fondo, quanti soldi si potevano spendere in birra ogni mese?

Fece qualche ricerca e scoprì che gli operai edili guadagnavano in media più di quarantamila dollari l'anno, cifra che aumentava progressivamente per chi lavorava ai piani superiori. Uno stipendio decisamente più alto di molti suoi colleghi, lei compresa. E poiché si parlava quasi esclusivamente di maschi, sapeva di avere dalla sua un preziosissimo asso nella manica. Alta quasi un metro e ottanta e benedetta da una felice combinazione di geni scandinavi – capelli biondo grano, occhi azzurri, pelle candida e corporatura dalle proporzioni perfette – Suzanne era una donna bellissima. E pur non essendo particolarmente vanitosa, se il suo aspetto poteva aiutarla, non si faceva scrupoli a utilizzarlo. Trovarsi faccia a faccia con un potenziale cliente maschio le avrebbe dato un vantaggio che al telefono non aveva.

Il giorno seguente splendeva il sole. Lei si truccò con più cura del solito e iniziò a girare per i cantieri, chiedendo ai vari responsabili il permesso di parlare con i dipendenti per fornire loro una consulenza finanziaria. Se avesse utilizzato la stessa strategia in uno studio legale o in una grande società, quasi sicuramente l'avrebbero messa alla porta, invece con tutto il testosterone che circolava da quelle parti... be', inutile dire che Suzanne non solo fu accolta con grande entusiasmo, ma riuscì praticamente a ottenere carta bianca.

Nel giro di un anno, aprì centinaia di piccoli conti. E visto che in quel periodo le condizioni di mercato erano eccezionalmente favorevoli, i suoi clienti iniziarono a guadagnare percentuali molto più alte rispetto a quelle garantite dalle banche di credito cooperativo. Il nome di Suzanne cominciò a girare, e ben presto diventarono suoi clienti anche gli appaltatori, che a loro volta iniziarono a parlare di lei ai fornitori, finché Suzanne iniziò a gestire anche il portafoglio di moltissimi direttori generali e amministratori delegati, e questo la spinse rapidamente verso il più alto scaglione di reddito imponile. Esattamente dove aveva sempre desiderato essere.

Suzanne aveva sempre avuto un grande e inappagato amore per il lusso. I suoi morigerati genitori disprezzavano ogni forma di spreco, e la parsimonia era sempre stata il faro della loro esistenza. Ma adesso che guadagnava così tanto, intendeva togliersi tutti gli sfizi. E inaugurò un periodo di spese sfrenate.

Il primo acquisto fu un attico con vista su tre lati in un condominio di lusso sul lungolago, che arredò come gli appartamenti delle riviste di architettura. A seguire, una BMW decappottabile, abiti firmati e visite regolari da Chanel. Ogni mese trattamenti estetici da Elizabeth Arden e un taglio di capelli da Sassoon erano la norma. E poi pellicce di visone e di castoro contro i rigidi e ventosi inverni di Chicago, orecchini di brillanti, perle Mikimoto e orologio Cartier per nutrire l'autostima.

Gran parte dei suoi acquisti era fatto a rate, le quali assorbivano quasi tutto il suo stipendio. Ma nel 1986 i mercati continuavano a crescere, così come il suo reddito. Suzanne non si preoccupava del vortice di debiti che risucchiava il suo denaro alla stessa velocità con cui lei lo guadagnava. Era sicura che il suo portafoglio clienti e i suoi investimenti avrebbero continuato a crescere. Nel frattempo le entrate coprivano le uscite, lasciandole anche un bel margine di manovra.

Fino al 16 ottobre 1987, in seguito conosciuto come "il lunedì nero di Wall Street". Quel giorno la bolla scoppiò. Il Dow Jones crollò in un solo colpo del 22,6 per cento, e furono bruciati più di cinquecento miliardi di dollari. E insieme a tutti quei soldi svanirono anche gli investimenti finanziari dei clienti di Suzanne, nonché i suoi.

A peggiorare la situazione, in quei giorni lei era in vacanza – la prima dopo tre anni ininterrotti di lavoro – e captò la notizia di un disastro sui mercati mentre sorseggiava un caffè in un bar veneziano. Gli onnipresenti cellulari erano ancora di là da venire, perciò rientrò di corsa in hotel e si affidò alla televisione. Quando l'entità del crollo le fu chiara cercò di mettersi in contatto con l'ufficio, ma le linee rimasero intasate per ore prima che finalmente potesse chiamare. La sua assistente le confermò che la situazione era drammatica come lei aveva sentito, se non peggio. Suzanne prenotò un volo per il giorno successivo e dopo una notte insonne partì da Venezia alle sei del mattino diretta a Francoforte, e da qui a Chicago. Se avesse potuto sarebbe partita anche prima, invece sembrava che quel giorno tutta Venezia volesse andarsene.

Quando atterrò all'O'Hare Airport, stringendo fra le braccia il suo prezioso vaso in vetro di Murano, il danno era ormai irrimediabile. A sua parziale discolpa va detto che se anche quel fatidico lunedì fosse stata alla scrivania non avrebbe potuto fare granché per salvare gli investimenti dei suoi clienti. Il sistema era stato scosso dalle fondamenta, e uscirne indenni sarebbe stato quasi impossibile. Ma vai a spiegarlo a chi ha appena perso metà dei suoi risparmi e non riesce a contattare il suo broker. Nel momento del bisogno, Suzanne non aveva risposto alle loro telefonate, e il collega che avrebbe dovuto sostituirla stava sprofondando nella stessa palude. Moltissimi clienti decisero di manifestare la loro delusione chiudendo i conti ormai quasi prosciugati.

Suzanne cercava di spiegare che quelle perdite erano solo virtuali e che il mercato si sarebbe presto ripreso, ma quasi nessuno le diede ascolto. Come quasi nessuno seguì il suo consiglio di comprare proprio adesso che i prezzi erano bassi. I suoi primi clienti, gli operai edili, tornarono alle banche cooperative, dove sapevano che il loro denaro sarebbe stato al sicuro. Ai pochi rimasti riuscì solo a piazzare dei certificati di deposito, che però fruttavano poco. Infine, si rese conto che a essere fortunati quell'anno il suo reddito sarebbe stato un quarto rispetto a quello dell'anno precedente.

E con quella cifra non c'era modo di onorare i suoi debiti. Il mutuo, le rate dell'automobile, le carte di credito… Suzanne tagliò drasticamente le spese: niente più cene fuori, niente trattamenti di bellezza, niente shopping. Decise perfino di riportare i gioielli ai negozi che con grande gioia glieli avevano venduti. Quando sentì che le offrivano il venti per cento per una collana che stava ancora finendo di pagare, quasi svenne. Ma il bisogno di liquidità era tale che non aveva scelta.

Si vide anche costretta a liquidare il patrimonio di azioni e fondi comuni di investimento, subendo perdite che di sicuro avrebbe potuto evitare se solo avesse aspettato. Però non c'era tempo. E ben presto le fu chiaro che avrebbe dovuto vendere anche il suo attico sul lungolago, l'ultima cosa al mondo che avrebbe voluto fare. Il suo appartamento al quarantesimo piano, con il parquet a spina di pesce, le modanature al soffitto e le eleganti boiserie era la summa di tutto ciò per cui aveva lavorato così duramente. E dopo aver sacrificato le amicizie, l'amore e la famiglia per raggiungere un obiettivo così elevato, il pensiero di perderlo le risultò insostenibile. Per la prima volta, invidiò le donne come Carol Anne e Natasha, che grazie ai ricchi matrimoni non avevano problemi economici. Forse valeva davvero la pena di sopportare un marito, se questo poteva liberarla dall'ansia e dalle preoccupazioni.

Intanto, però, la bestia era affamata. Voleva denaro. E lo voleva subito. Se anche Suzanne avesse messo in vendita la casa a prezzo di realizzo, sarebbe comunque occorso del tempo prima di chiudere l'operazione. La possibilità di chiedere un prestito ai genitori era esclusa in partenza. Non era un segreto che disapprovassero il suo continuo sperpero di denaro, e avrebbero colto l'occasione per farle una predica. Una predica piuttosto lunga. La situazione sembrava proprio disperata.

Finché non le venne in mente il costruttore Vince Columbo, uno dei pochi clienti importanti a non aver chiuso il suo conto. Era il più grosso imprenditore edile della città e il suo patrimonio era ancora ragguardevole, nonostante la crisi del mercato. Da tempo Suzanne sapeva di piacergli, eppure aveva sempre ignorato le sue discrete avance. Era un uomo sposato, ed essere la seconda scelta a lei non interessava, ma essendo una broker piuttosto scaltra, aveva utilizzato il suo patrimonio estetico per coinvolgerlo in un rapporto d'affari mantenendo al tempo stesso la loro relazione su un piano strettamente professionale. Suzanne aveva intuito che il conto di Vince era aperto perché l'interesse dell'uomo nei suoi confronti era ancora vivo. Forse avrebbe potuto approfittare di quell'infatuazione per ottenere un prestito. In altre circostanze un simile comportamento le sarebbe sembrato riprovevole, ma quello era un momento difficile. *À la guerre comme à la guerre.*

Quando telefonò all'ufficio dell'imprenditore, la sua chiamata gli venne passata direttamente. L'uomo accettò l'invito a pranzo per il venerdì successivo, che lei giustificò con la necessità di valutare alcune opzioni di investimento.

Quella mattina Suzanne si vestì con molta cura, scegliendo un tailleur blu chiaro che illuminava la sua carnagione e faceva risaltare l'azzurro degli occhi. Arrivò in anticipo al ristorante, lo storico Pump Room, e si accomodò sui cuscini in pelle di un divanetto d'angolo, sotto le foto d'epoca di personalità cittadine e icone di Hollywood. Gli occhi erano fissi sulla porta. A mezzogiorno preciso, Vince Columbo entrò nella sala in completo grigio e cravatta rossa, i capelli brizzolati pettinati all'indietro. Dal modo in cui spiccava tra la folla dei raffinati avventori, Suzanne capì che anche lui si era preparato con la sua stessa cura.

La salutò con una professionale stretta di mano e iniziarono a chiacchierare del più e del meno. Suzanne sperò che la tensione nella voce non tradisse tutta la sua preoccupazione. Quando arrivò il cameriere, ordinarono velocemente: cocktail di scampi, e sogliola a seguire. Suzanne scelse dalla ricchissima carta dei vini una bottiglia di Chablis Premier Cru, che approvò con un cenno dopo averlo assaggiato. Sapendo che Vince era un appassionato di baseball portò la conversazione sulla partita che avrebbe inaugurato la stagione dei Cubs. Stava sempre attenta a seguire lo sport, perché era una competenza che tornava utile quando si lavorava in un mondo di uomini.

«Che ne pensi dell'illuminazione notturna al Wrigley Field?» domandò a Vince, sorseggiando il vino.

«Dovevano pensarci già molto tempo fa» rispose lui. «I Cubs devono fare i conti con il mondo reale. Conosco sin troppe persone che non si rassegnano, perché detestano i cambiamenti. Invece la mia filosofia è: o accetti di cambiare, o muori. Chi rifiuta i cambiamenti finisce per nuotare tutta la vita nello stesso lago. E non vede più le nuove opportunità perché nel frattempo l'acqua si è fatta torbida.»

Suzanne annuì e prese una cialda di parmigiano. In condizioni normali l'avrebbe sentita sciogliersi sulla lingua, invece quel giorno aveva la bocca così asciutta per il nervosismo che la cialda le si appiccicò al palato. Decise allora di bere un altro sorso di vino, più generoso questa volta, sperando di sciogliere il parmigiano – e la lingua.

«Vince, devo confessarti una cosa, anche se ammetto di essere piuttosto in imbarazzo» riuscì finalmente a dire. «Ti ho portato qui con un pretesto. In realtà non devo parlarti di affari. O meglio, non i soliti affari.»

Lui posò il bicchiere e la fissò con attenzione.

«Ci conosciamo ormai da quasi cinque anni, e... ecco, posso dire che ti considero un amico» proseguì, chiedendosi se non stesse commettendo un colossale errore di valutazione. «In questo momento non ho nessun altro a cui rivolgermi, e così ho pensato a te, che conosci la mia integrità e la mia storia professionale.» Si interruppe. Non ce la faceva. Nonostante si fosse preparata a lungo, ripetendosi il discorso nella mente e davanti allo specchio, si rese conto che non riusciva a fargli quella richiesta. «No, scusami. È stato uno sbaglio» concluse, e passò dal vino all'acqua.

«Che cosa mi vuoi dire, Suzanne?» Lo sguardo di Vince era incoraggiante.

Un altro sorso di vino. Un lungo respiro. In fondo era come tuffarsi in un lago gelato. Pensò alla settimana di vacanza che faceva d'estate, da bambina, dai parenti della madre nel Nord del Minnesota. Lei e il cugino Johnny immergevano cauti i piedi nel lago gelido e strillavano mentre il freddo glieli intorpidiva. Dopo molti e inutili tentativi di entrare in acqua camminando, sapevano che l'unico modo per fare il bagno sarebbe stato tuffarsi. Superato il trauma iniziale, tutto sommato l'acqua non era neanche così fredda. La realtà era di gran lunga meglio delle aspettative.

E così si tuffò.

«Ho bisogno di un prestito» disse d'un fiato.

Lui la ascoltò impassibile mentre lei gli spiegava la situazione. Gli riferì di tutti i clienti che l'avevano abbandonata, e anche delle sue perdite finanziarie, disse che avrebbe venduto il suo attico non appena il mercato immobiliare si fosse ripreso, e a quel punto gli avrebbe restituito il prestito con il giusto interesse. Non prevedeva che il mercato azionario potesse ripartire in tempi rapidi, ovvio, però stava facendo del suo meglio per rimettersi in piedi, ed era certa che a breve i suoi conti sarebbero tornati in attivo. E mentre aggiungeva che ovviamente gli avrebbe firmato una cambiale, lui la interruppe.

«Quanto?» le chiese.

«Come?»

«Quanto ti serve?»

Possibile che stesse realmente prendendo in considerazione l'idea di prestarle il denaro? «Al momento mi servono quarantamila dollari» disse, e poi trattenne il fiato.

Senza una parola, lui prese il libretto degli assegni dalla giacca. Ne compilò uno con la cifra richiesta e sul talloncino del promemoria annotò la parola "prestito". Quindi le consegnò l'assegno, che lei fissò incredula. Era stato così facile. Si era convinta che avrebbe dovuto dare mille spiegazioni e perorare la propria causa, invece tra le mani teneva un assegno da quarantamila dollari, definiti e ufficializzati da quell'unica parola: "prestito".

«Grazie» disse Suzanne, guardandolo negli occhi. «Stabiliamo subito i termini della restituzione.»

«Suzanne, ascolta: la cosa non mi preoccupa minimamente. So che me li restituirai appena potrai e con il giusto interesse.» Stava sorridendo, e lei notò per la prima volta quanto fosse attraente. «Sono più tranquillo con te che con certi miei famigliari. Ti chiedo solo una cosa in cambio.»

Ci siamo, pensò Suzanne. *Era stato troppo facile.*

«Voglio pranzare con te una volta alla settimana. Per parlare di mercati, ovviamente. E magari anche un po' di baseball.»

Lei era una donna di mondo e aveva capito dove Vince sperava di arrivare, tra un pranzo e l'altro. Ma non era un problema: sapeva come gestire quelle situazioni. La cosa più importante era che il prestito avrebbe tenuto i creditori lontani dalla sua porta per un paio di mesi. Si sarebbe occupata del resto a tempo debito.

«Affare fatto?» le domandò lui.

«Affare fatto» gli rispose, e si strinsero la mano.

Quando arrivò il conto, Suzanne fu pronta a prendere il foglietto per prima. Vince cercò di sfilarglielo di mano, ma lei non cedette. «Sei mio ospite. Questa volta offro io.»

Lui non insisté e Suzanne posò la sua American Express sul tavolo. Era l'ultimo conto che avrebbe pagato.

8

Angie

Angie si fermò nell'ingresso e guardò fuori dalla finestra finché Suzanne e il taxi non furono andati via. Durante il tragitto si era ripresa, e il suo appartamento non era esattamente il posto dove voleva essere. A casa si sentiva troppo sola in quei giorni. Tuttavia, trovare un taxi in una via poco frequentata come la sua era molto improbabile, quindi uscì e si avviò subito verso Halsted Street. Dopo poco sentì sopraggiungere un'auto alle sue spalle e si voltò per capire se per caso fosse un taxi, invece era una macchina privata, che proseguì e svoltò al primo incrocio. Angie non si sentiva molto tranquilla in quella strada deserta, dove il ticchettio dei tacchi risuonava amplificato dal silenzio. D'un tratto ebbe addirittura l'impressione di essere seguita, ma poi si accorse che era soltanto il fruscio degli alberi mossi dalla brezza notturna. Decise comunque di accelerare, finché il ritmo dei passi sul marciapiede si trasformò in una corsa.

Quando raggiunse la Halsted era tutta sudata, però il movimento che animava la via la tranquillizzò. Molti dei clienti che uscivano dai pub indossavano jeans e scarpe da ginnastica e sembravano decisamente meno interessati alla moda dei loro omologhi in Rush Street. Angie accarezzò per un istante l'idea di entrare in un locale per un drink veloce, però non aveva molto tempo e il contenitore di vetro nella sua borsetta era vuoto. Il contenuto di quel flaconcino era la sola cosa che l'aiutasse ad alleviare il dolore, e il suo obiettivo era riempirlo il prima possibile.

Fermò un taxi e comunicò al conducente un indirizzo di Newtown. L'interno dell'auto puzzava di sudore, perciò Angie aprì il finestrino e appoggiò la testa alla portiera, osservando distrattamente il viavai dei passanti. Dopo poco si fermarono a un semaforo rosso, a un passo da due persone così assorbite l'una dall'altra che non si accorsero di lei. L'uomo lo conosceva bene, la bionda al suo fianco no, però il trasporto con cui lui la stringeva parlava da sé. Angie cacciò la testa fuori dall'abitacolo.

«Harvey!» gridò. «Ehi, razza di stronzo!»

Il suo ex marito si voltò di colpo, gli occhi sgranati per lo sconcerto di ritrovarsela accanto, con la testa fuori da un taxi. La bionda fissava la scena senza capire. Scattò il verde e l'auto ripartì. Angie allora si spinse fuori dal finestrino con tutto il busto e continuò a gridare, attirando l'attenzione di tutti: «Ma bravo, figlio di puttana. Avanti, dai, continua così, fai vedere al mondo la tua nuova conquista. Non sei neanche riuscito ad aspettare il divorzio. Ti faccio sputare fino all'ultimo centesimo. Vedrai se non lo faccio, bastardo che non sei altro. Ci vediamo in tribunale, polacco di merda!». La coppia sparì dalla vista e lei si rimise a sedere, sprofondando nell'autocommiserazione.

Cos'ho fatto di male, Harvey? Perché mi devi fare questo? iniziò a pensare. *Non ero abbastanza bella per te? Non tenevo in ordine la casa? Non cucinavo? E il sesso? Non era fantastico il sesso tra noi... almeno all'inizio? Perché non hai aspettato? Perché non mi hai dato il tempo di riprendermi?*

Non riuscivi a capire quant'è stata dura per me perdere quei bambini? Angie rivide il cartello IN VENDITA davanti alla loro casa, pensò ai soldi che ne avevano ricavato come a un bottino di guerra e sentì gli occhi riempirsi di lacrime.

Mentre frugava nella borsa in cerca di un fazzolettino, il taxi arrivò a destinazione e frenò di colpo di fronte a un locale chiamato The Zone. La borsetta le cadde di mano e finì a terra capovolta, in mezzo alla sporcizia nello spazio fra i sedili. «Ma porca miseria!» inveì contro l'autista. «Guarda cos'hai fatto. Devi stare più attento, capito?»

«Quattro dollari, signora» annunciò il tassista imperturbabile.

E pretende anche di essere pagato, pensò lei sforzandosi di non insultarlo. Raccolse il portafoglio per consegnare all'uomo una banconota da dieci, quindi lo posò sul sedile e continuò a recuperare i suoi oggetti da terra, rimettendo rossetti, creme e il flaconcino di vetro dentro la borsa. La mancia poteva scordarsela, il tipo. Era troppo irritata. Quando finalmente il tassista le diede i sei dollari di resto, lei prese il denaro, lo gettò nella borsetta e uscì sbattendo la portiera.

E il taxi si allontanò rapidamente, con il suo portafogli dimenticato sul sedile.

Angie scese i gradini bui che portavano all'entrata del locale con la borsa stretta sotto il braccio. Le sembrava che la scala oscillasse sotto i suoi passi, e prima di arrivare in fondo incespicò un paio di volte. Raggiunta la porta, la spalancò come una furia ed entrò.

9

Parcheggiai nel vialetto di Carol Anne dietro la Porsche color argento di Michael, targata MD2020. Ero più che sollevata per il fatto di essere arrivata a destinazione sana e salva, soprattutto dopo essermi dovuta fermare sulla Edens per vomitare. Due volte. E i conati non erano ancora finiti. Tutto considerato, però, anche se non mi sentivo ancora bene, qualsiasi cosa sarebbe stato meglio che rimanere sola a casa, oppressa dal senso di colpa. Aprii la portiera, ma restai in auto ad ascoltare il rumore lontano di un tosaerba e il cinguettio degli uccellini sugli alberi. Erano i rassicuranti suoni dei sobborghi residenziali. I suoni di un'infanzia felice.

Ero ancora seduta sul sedile quando Carol Anne mi venne incontro di corsa, il viso rigato di lacrime. Uscii dal mio Maggiolino rosso e ci abbracciammo, unite in quel terribile dolore.

«Non riesco a crederci» continuava a ripetere Carol Anne, senza smettere di piangere.

«Lo so. Lo so» furono le uniche parole che riuscii a trovare.

Quando ci separammo, ci guardammo negli occhi. Quelli di Carol Anne erano gonfi e rossi per il pianto.

Nonché insolitamente cerchiati, come se non avesse dormito. Conoscevo quel viso da quando eravamo adolescenti: dietro quei segni non c'era solo il dolore per la morte di un'amica.

«Stai bene? Hai un aspetto anche peggio del mio.»

«Peggiore» mi corresse subito lei, tirando su con il naso.

«Fortuna che sono io quella laureata in Lettere. Va bene: peggiore.»

Carol Anne a sua volta mi osservò in faccia, e notò gli occhi rossi e la pelle arrossata. «Cosa ti è successo? Sei finita sopra una grattugia?»

«Lasciamo stare.» I conati erano finiti, però il mal di testa continuava a martellare inesorabile. «Devo assolutamente bere una tazza di caffè.»

Entrammo in casa e ci ritrovammo nell'ingresso dove solo la sera prima ci eravamo salutate tutte e sei. E adesso eravamo rimaste in cinque. Per sempre. Passammo in soggiorno tenendoci sottobraccio e io lanciai un'occhiata alla piscina sul retro della casa. Nella mia testa, Angie era ancora là, a incitare lo spogliarellista con la sua voce potente, il seno che dondolava sotto il top scollato e il sedere fasciato dai pantaloni aderenti. Le sue urla mi risuonarono nelle orecchie: «Facci vedere la pistola, agente Tony».

«Mi sembra ancora di sentirla» disse Carol Anne, dando voce ai miei pensieri.

«Già. Anche a me.»

Superammo il corridoio e la sala da pranzo, dove il soffitto era impreziosito da una elaborata decorazione a stucco anni Venti, e ci fermammo in cucina. Carol Anne versò due tazze di caffè dalla caraffa e ci sedemmo intorno all'isola con il ripiano di granito, sotto un cerchio di pentole in rame. La casa era immersa in un inquietante silenzio, e l'assenza di televisori accesi, bambine che correvano e pianti di neonati era quasi più rumorosa della loro presenza.

«Michael dov'è?» domandai, guardandomi intorno con circospezione.

«Sta dormendo.»

«Ancora? Credevo fosse un tipo mattiniero.»

«Sì. Ma ieri notte abbiamo fatto tardi.»

Forse era questa la spiegazione per le occhiaie di Carol Anne. I bambini a dormire dalla nonna e i genitori che approfittavano della notte di libertà. Buon per loro. La stabilità di quel matrimonio purtroppo mi ricordò come avessi messo in pericolo il mio. Parlammo della morte di Angie cercando di capire che cosa potesse essere successo, però io ero presente solo a metà, distratta dal pensiero di ciò che avevo fatto. Il senso di colpa mi opprimeva senza tregua, e continuò a montare finché non riuscii più a contenerlo. «Carol Anne, so che ti sembrerà pazzesco che in un momento come questo io voglia parlare di me, ma devo assolutamente confidarmi con qualcuno. Ho fatto una cosa molto, molto brutta.»

Lei sgranò gli occhi sul viso stanco. «Hai ammazzato Angie?»

«Non scherziamo, dai.» Senza distogliere lo sguardo dalla porta, in caso Michael fosse arrivato, sussurrai: «Ho tradito Flynn».

«Cosa?» reagì lei quasi urlando.

«*Sssh*» la zittii, sperando nella sua comprensione. Era la mia migliore amica, e avevo bisogno di sentirla dalla mia parte.

Ci frequentavamo fin dall'asilo ed eravamo sulla stessa lunghezza d'onda. Venivamo da ambienti simili, ed entrambe avevamo famiglie declinate al femminile – lei terza di quattro figlie, io seconda di tre. Crescendo, avevamo trovato l'una nell'altra una persona che capiva il disagio di avere una sorella maggiore "io-so-tutto" e una sorellina minore viziata, un'amica che non ti toglieva l'attenzione del papà né voleva rubarti la tua maglia preferita. Conoscevamo tutto l'una dell'altra, o almeno così pensavo all'epoca, e da sempre esisteva fra noi un tacito accordo per cui i nostri segreti sarebbero sempre rimasti tali e, soprattutto, non ci saremmo mai giudicate.

Invece le successive parole di Carol Anne spazzarono via d'un colpo tutte le mie speranze di assoluzione. «O. mio. Dio. Maggie, ma sei impazzita?»

«Ti ringrazio per l'incoraggiamento.»

«Scusa, hai ragione. Solo che mi hai colta di sorpresa. Dopo quello che è successo a Angie, questa notizia è davvero troppo per me.» Poi si accorse della mia espressione affranta, e si ammorbidì. «Dai, raccontami cos'è successo.»

Un pezzo per volta, le spiegai che avevo conosciuto il falegname in quel locale, gli avevo offerto da bere, poi avevamo ballato insieme, avevo accettato di essere riaccompagnata a casa, lo avevo fatto salire, e siccome da cosa nasce cosa avevamo finito per... Quando ebbi finito, mi presi la testa dolorante fra le mani, forse nella speranza che nascondermi potesse cancellare il mio errore. «Ieri notte abbiamo vissuto un incubo enorme, cazzo. Angie è morta e io ho fatto questo sbaglio tremendo. È tutto così surreale. Sto per sposare un uomo fantastico e mi vado a scopare un altro. Sto dando i numeri. Dio santo. E se fossi rimasta incinta?»

Non avevo mai visto Carol Anne strabuzzare gli occhi

così. «Non pensarci neanche. Avrai usato qualche precauzione, immagino.»

«Questa mattina sì. Ma non ieri sera.»

Il silenzio che seguì fu assordante. Carol Anne mi guardò come solo mia madre avrebbe potuto. Quando finalmente riuscì ad aprire bocca, mi parlò come se fossi la peggiore dei criminali. «Ma sei uscita di testa o cosa? Posso ancora capire ieri sera, sarai stata sbronza persa. Ma questa mattina? Mi stai dicendo che l'hai rifatto *questa mattina*?»

Stavo sprofondando per la vergogna e l'umiliazione. «Dio m'è testimone: non so che mi è preso. Ero come posseduta. Una specie di pazzia temporanea. Dopo che Suzanne mi ha chiamata per dirmi di Angie, lui è riuscito a tranquillizzarmi, e di colpo volevo... volevo lui. Lo volevo così tanto che me ne sono fregata di tutto. Sapevo che avrei dovuto fermarmi, eppure non volevo farlo. Stamattina. Adesso però mi vergogno da morire. E non so cosa fare.»

«Va bene. Va bene. Ora però smettila di flagellarti. Tanto così non risolvi niente.» Il tono comprensivo di Carol Anne mi diede un po' di sollievo. «Questo genere di cose probabilmente succede molto più spesso di quanto la gente voglia ammettere. Una specie di ultimo giro di giostra. Hai fatto un grosso sbaglio, d'accordo. Ma so che non farai mai più una cosa del genere a Flynn, giusto?»

Il nome di Flynn riaprì il rubinetto dei sensi di colpa. Per ragioni che sfuggivano alla mia comprensione, quell'uomo era così innamorato di me che a volte i miei sentimenti per lui al confronto sembravano tiepidi. Invece, alimentato dal fuoco della potenziale perdita, il mio amore raggiunse in quelle ore vette mai conosciute.

Sentivo di amarlo come niente al mondo. «Vuoi sapere se lo tradirò ancora? Neanche in un milione di anni. Soprattutto adesso che ho capito quanto sia importante per me.»

«Vedi» mi rassicurò la mia amica, «forse è vero che niente succede per caso. Quanto a restare incinta, le non-probabilità sono dalla tua. Invece, sarei più preoccupata di un'eventuale malattia.» Poi parve ripensarci. «In ogni caso, fra quanto dovresti avere il ciclo?»

«Dieci giorni.»

Le mie parole furono pesanti come pietre, perché i conti risultavano facili. Ero in pieno periodo fertile.

«Okay. Vedrai che andrà tutto bene» mi confortò Carol Anne forzandosi di apparire rassicurante.

«E se invece *non* andasse bene?»

«Stai ancora facendo quella cosa dell'astinenza prima del matrimonio?»

Io annuii.

«Aborto?» Ma l'occhiata che ricevette troncò ogni discussione sull'argomento. «Allora dovrai dirgli che è suo, mi sa.»

«Che cosa è suo?» domandò una voce maschile alle nostre spalle. Per lo spavento rischiai di cadere dallo sgabello. Avevo smesso di tenere d'occhio la porta e Michael Niebaum era entrato in silenzio e si era fermato in mezzo alla cucina, in jeans e maglietta dei Grateful Dead, i riccioli neri ancora bagnati dopo la doccia. Per mia fortuna non aveva sentito la prima parte della conversazione.

«Il conto della cena prenuziale, quella dopo le prove generali del matrimonio» inventò al momento Carol Anne.

«Come mai sei tornata a trovarci così presto?» mi domandò Michael, chiaramente poco interessato alla mia cena prematrimoniale. Stando dietro di lei baciò la moglie sulla testa, e la tenerezza di quel gesto mi fece quasi piangere. «Ieri notte potevi restare qui da noi, già che c'eri.»

«Sarebbe stato meglio, credimi.»

«Michael, purtroppo ci sono brutte notizie» intervenne Carol Anne, ruotando sullo sgabello per guardare il marito. «Angie è morta. L'hanno trovata stamattina presto. Pensa che fra i tanti posti dove poteva essere, l'hanno trovata proprio vicino a Belmont Harbor.»

In tutta la mia vita non ho mai visto niente di simile allo sguardo che attraversò il viso di Michael Niebaum in quel momento. I suoi occhi neri di colpo si fecero vitrei, come se stessero scrutando nel baratro di un indicibile orrore, e lui sbiancò di colpo. Poi andò velocemente alla macchina del caffè, e con la mano che tremava si riempì una tazza.

«Com'è successo?» domandò, dandoci le spalle e fissando fuori dalla finestra.

«Non ne siamo ancora certe, ma sembra che sia stata assassinata. Stamattina Kelly è andata a correre a Lincoln Park e ha notato uno strano assembramento. Quando si è avvicinata, ha visto che c'era un cadavere e... poi ha capito che era Angie. Pensare che ieri sera eravamo tutte qui...»

«Cosa?» Michael aveva ripreso un po' di colore, però era comunque molto pallido rispetto alla sua solita carnagione. Ci guardò, soppesando quello che la moglie aveva appena detto. Poi si toccò la pancia con una smorfia. «Scusatemi. Torno fra un secondo.» E lasciò la cucina quasi di corsa.

«Stai bene?» domandò Carol Anne alle sue spalle, prima di spiegarmi: «Soffre di colon irritabile. Immagino che la notizia lo abbia sconvolto almeno quanto noi».

In quel momento squillò il telefono. La mia amica mi fissò guardinga e sollevò la cornetta. «Pronto. Sì. Sì, sono io» rispose. *La polizia*, mi comunicò a fior di labbra. Ascoltai in silenzio il suo lato della conversazione.

«Sì, sono a conoscenza dell'omicidio. Sì. Quando? Nel pomeriggio? D'accordo. Sono a casa.» Seguì una pausa. E poi: «Maggie Trueheart? Ecco...».

Mi prese il panico. Non potevo parlare con i poliziotti. Non ancora. Chissà che cosa mi avrebbero chiesto riguardo la sera prima, e se sarei riuscita a rispondere alle loro domande senza scavarmi la fossa con le mie stesse mani. Feci ripetutamente il gesto del coltello che taglia la gola – cosa che in un certo senso avrei preferito – e la mia perspicace amica mi assecondò.

«È stata qui da me, in effetti, ma è appena andata via. Sì, certo, agente. Cioè, detective. Sì, ci vediamo più tardi.»

Carol Anne riagganciò il telefono e mi guardò perplessa. «La polizia sta venendo qui per parlare di Angie. Ma perché mi facevi quei segni?»

«Perché vorranno parlare anche con me, però io adesso non me la sento.» Mi alzai di scatto. Ero terrorizzata. Ormai il senso di colpa e la vergogna erano passati in secondo piano, dietro l'istinto di sopravvivenza. Qualcosa mi diceva che avrei dovuto raccontare qualche bugia, e non volevo farlo davanti a Carol Anne. O a Michael. Afferrai la borsa e andai alla porta. «Devo tornare a casa.»

Carol Anne mi seguì fuori e aspettò che salissi in auto e mettessi in moto.

«Sicura di star bene?»

«Non sono più sicura di niente, Carol Anne. A parte che per come mi sento in questo momento, sarebbe meglio che fossi io quella distesa sul tavolo dell'obitorio.»

«No, Maggie, dai, non dire così» cercò di confortarmi lei, e infilò la mano nel finestrino aperto per stringermi la spalla. «Stanno venendo qui per parlare di Angie. Di te non sanno niente, e di sicuro non gli interessi. Non preoccuparti. E ricorda che io sto dalla tua parte.»

«Grazie, tesoro. Avevo bisogno di sentirtelo dire.» Misi in moto e partii.

10

Mentre tornavo in città, non smisi un secondo di pensare a Flynn, l'uomo che avrei sposato nel giro di un paio di settimane, il fidanzato che avevo tradito. Ci eravamo conosciuti l'anno prima, alla festa d'anniversario di Natasha e Arthur. Un incontro combinato, come avrei scoperto in seguito. Avevo finalmente perso la ventina di chili che mi portavo addosso sin dai tempi del liceo e mi sentivo particolarmente brillante e civettuola. Dopo essere stata per anni quella cicciottella, simpatica e con molta personalità, nella mia nuova versione ero diventata quella carina con molta personalità. La ciccia era finalmente uscita dalla descrizione.

Con Flynn ci eravamo intesi subito. Condividevamo l'amore per il sushi, la musica e il cinema. Quella prima sera mi aveva riaccompagnata ed eravamo rimasti seduti in auto davanti a casa mia fino alle due del mattino, a parlare dei nostri film preferiti. Ci eravamo confessati una vergognosa passione per quelli di Doris Day e per *L'aereo più pazzo del mondo*, ma anche per grandi classici come *Il terzo uomo* e *Casablanca*. Lui era rimasto affascinato dal fatto che avessi scelto di laurearmi in Lettere alla Iowa University, che era statale, mentre lui aveva fatto Economia al Dartmouth College, una delle prestigiose università private della Ivy League. Mi aveva poi scortata fino alla porta e salutata con un tenero, ma neanche troppo, bacio della buonanotte. In quel momento avevo avuto la sensazione che la mia ovattata esistenza stesse finalmente per cambiare, e quando il giorno dopo mi aveva richiamata per un appuntamento, la sensazione era diventata certezza.

In effetti la mia vita cambiò eccome. Per la prima volta dai tempi del liceo, ero parte di un "noi". Non ero più soltanto Maggie, oppure Maggie e le sue amiche, no, adesso nella mia vita c'era un uomo. E che uomo, sottolineavano tutte le donne che conoscevo. Flynn era bello, era un figlio e fratello esemplare, e tutti i suoi amici gli volevano bene. Veniva da una famiglia molto agiata, però aveva saputo costruire da solo il proprio successo creando dal nulla una società di software in rapidissima espansione. Già al primo incontro mi aveva raccontato che per la sua azienda stava puntando ai nove zeri – e aveva solo trentasei anni. Ora aveva già dato l'anticipo per una casa tutta nostra nel Gold Coast District, che avremmo saldato al ritorno dalla luna di miele. La casa era ciò che ogni donna avrebbe potuto desiderare, o meglio, ciò che *chiunque* avrebbe potuto desiderare: tre piani di pavimenti in parquet, bagni in marmo e ringhiere in legno intagliato a mano. Tuttavia, più il matrimonio si avvicinava, più mi rendevo conto che in realtà non avevo un grande entusiasmo per la nuova casa. Mi sembrava così eccessiva. Mia madre mi accusava di essere troppo fredda verso la grande fortuna che mi era capitata, e invece lei, dopo anni di preoccupazioni, era letteralmente in estasi al pensiero che la figlia trentatreenne non avrebbe più vissuto in un monolocale in affitto, dentro un palazzo senza adeguati sistemi di sicurezza.

A dirla tutta, in quel periodo vivevo con distacco molte cose, Flynn compreso. Non ero così certa di aver capito fino in fondo le implicazioni di una vita intera con la stessa persona. Escluso il primo amore, ai tempi del liceo, le mie esperienze con il sesso opposto erano state alquanto limitate – alcune brevi storie e una serie di incontri da una botta e via. Perché per una donna grassa come me il problema non era tanto portarsi qualcuno a letto, ma riuscire a rivederlo il giorno dopo.

Anche se io non mi rendevo conto di quanto fossi fortunata ad avere Flynn, ci pensavano tutti quelli che avevo intorno a ricordarmelo. Attribuivo il mio scarso entusiasmo alla pressione dei preparativi e alla noia mortale: la festa di fidanzamento, i regali e i relativi biglietti di ringraziamento, le decisioni che mia madre considerava eventi epocali come inviti, scelta delle porcellane, degli argenti e dei cristalli per la lista nozze, il corso prematrimoniale con il prete, l'abito da sposa da tremila dollari e i vestiti delle damigelle coordinati, i fiori, il menù e il gruppo musicale per il pranzo di nozze, le prove settimanali dell'abito, la ricerca degli alberghi per gli ospiti che arrivavano da fuori città, l'organizzazione della cena prenuziale, e così via. Una lista infinita. E io mi sentivo sommergere.

Non riuscivo a capire che cosa mi stesse succedendo. Avevo passato la trentina, un'età in cui gran parte delle single già inizia a programmare le vacanze con altre single, eppure avevo incontrato qualcuno che andava ben oltre le più rosee aspettative di qualsiasi donna. Avrei dovuto essere pazza di felicità. Carol Anne aveva colto nel segno: al momento, nonostante la mia défaillance – in che altro modo avrei potuto chiamarla? –, Flynn era la cosa più importante al mondo, e poiché sentivo di amarlo come mai prima, forse, per assurdo, dal mio deprecabile comportamento alla fine era scaturito qualcosa di buono.

E così, in quel preciso istante, decisi che avrei dedicato il resto della mia vita a farmi perdonare da Flynn cercando di essere una moglie perfetta. Ovviamente, lui non avrebbe mai saputo che cos'avevo combinato. Lo avrei protetto da quella verità per sempre, glielo dovevo.

Il che mi riportò all'omicidio di Angie. Non per sminuire quella tragedia – Angie era una persona molto importante per me – ma mi metteva in ansia il fatto che quel pomeriggio i detective mi avrebbero sicuramente convocata. Sentirmi terrorizzata per le domande che avrebbero potuto farmi mi disgustava, però proprio non riuscivo a controllare la paura. E se mi avessero chiesto se ero uscita dal locale con Angie e Suzanne che cosa avrei risposto? Avevo tutte le intenzioni di aiutarli a trovare l'assassino della mia amica, ma la polizia non avrebbe mai dovuto sapere che cosa stavo facendo mentre lei veniva uccisa. Mai. Ovviamente, avrei fornito tutte le informazioni utili alle indagini. Questa però non era utile, no.

Quando arrivai a casa, la spia rossa della segreteria telefonica stava lampeggiando. Premetti un tasto e ascoltai tre messaggi di Flynn che mi chiedeva di richiamarlo a New York, e uno di un certo detective O'Reilly che mi chiedeva un appuntamento urgente. Chiamai subito Flynn al suo hotel. Prima di parlare presi un lungo respiro e sperai con tutta me stessa che al telefono non potesse intuire il mio tradimento.

«Ciao» mormorai.

«Maggie! Ma dove sei stata? Iniziavo a preoccuparmi.»

«Ero da Carol Anne.»

«Ma non eri da lei anche ieri sera?»

«Dovevo rivederla.»

«Ti sento strana. Va tutto bene?»

Prima che mi facesse altre domande gli raccontai di Angie, sperando che attribuisse il mio strano umore alla morte della mia amica. Il che era vero, sebbene solo in parte. Ovviamente aveva un sacco di domande sull'omicidio, ma io tagliai corto per evitare che approfondisse troppo.

«Sono troppo sconvolta per parlarne» mi giustificai.

«Ma certo. Ti capisco benissimo, amore mio. È davvero una cosa pazzesca» commentò. «Spero proprio che lo prendano, quel bastardo.»

«Anch'io» replicai, e fu una delle poche cose sincere che dissi in quella telefonata.

«Ci vediamo domani allora. Ti amo» concluse lui.

«Anch'io.»

Non ebbi il tempo di posare la cornetta, che sentii bussare alla porta. Quando aprii mi trovai di fronte due uomini – uno enorme, l'altro basso e tozzo – che mi mostravano i distintivi. Non ci voleva un genio per capire chi fossero. Dovevano aver deciso di fare una piccola deviazione in Vicolo del Senso di Colpa prima di andare da Carol Anne. Ma perché diavolo avevo aperto?

Ovviamente volevano conoscere la mia versione della sera prima. Seduta insieme a loro al tavolo di cucina, con un'emicrania atroce, feci del mio meglio per ricostruire passo passo i miei movimenti senza fornire dettagli che potessero mettermi nei guai. Mentre O'Reilly gestiva la conversazione, il suo collega osservava la casa con i suoi occhietti neri, come se volesse farne un inventario: il divano écru e il divanetto coordinato acquistati da un discount di arredamento, l'angolino dove avevo ricavato il mio studio, le librerie piegate dal peso dei miei libri preferiti e dell'opera omnia di Shakespeare, gli scatoloni che stavo riempiendo con molta calma per il trasloco che mi aspettava dopo il matrimonio. Il silenzio di Kozlowski mi innervosiva più delle domande del suo collega irlandese con il viso paonazzo, soprattutto quando mi accorsi che il suo sguardo era arrivato al bancone della cucina. La bottiglia di Jameson era sparita, ma avevo lasciato i due bicchieri capovolti sul piano di lavoro. Quando mi accorsi che li aveva notati ebbi uno sbalzo di pressione.

O'Reilly intanto mi stava domandando qualcosa, però ero così assorbita nelle mie preoccupazioni che non lo sentii. «Mi scusi, potrebbe ripetere?»

«Durante la serata per caso ha avuto problemi con qualcuno? Quando era nel locale, per esempio.»

«In effetti, qualcosa è successo.» E raccontai dei due bellimbusti che Angie aveva respinto senza tante cerimonie. «Mandare a quel paese le persone per lei era normale.»

«Ha avuto altri contatti con quei due in seguito?»

«No. Sono usciti dopo poco con una ragazza: era chiaramente più interessante di noi due.»

«Quindi voi avete lasciato il locale a che ora, esattamente?»

«Suzanne e Angie verso le tre.»

«E lei?»

«Un po' più tardi.»

Intervenne Kozlowski, e lasciò cadere la spada di Damocle che pendeva sulla mia testa.

«Perché non ha lasciato il locale insieme alle sue amiche?»

Sentii il cuore battere così forte che mi sorpresi di non vederlo pulsare attraverso la camicetta, come nei cartoni animati. Il modo in cui il detective aveva posto la domanda sembrava suggerire che volessi nascondere qualcosa.

Ed *era* così. Tuttavia, anche se quel che avevo fatto con il falegname era sbagliato, non era certamente illegale, perciò parlarne con loro non aveva senso. «Stavo ballando e non avevo voglia di tornare a casa» risposi con la sensazione di avere un fazzolettino di carta al posto della lingua.

«Stava ballando con qualcuno che conosceva?» insisté Kozlowski.

Mi scusi, detective, ma questo adesso cosa diavolo c'entra? «No. Ballavo con gli altri, nel gruppo.» Ottimo. Avevo appena mentito alla polizia. E questo probabilmente *era* illegale.

«Quindi, lei esattamente a che ora ha lasciato l'Overhang?»

Era la mia immaginazione, o gli occhietti del gigante erano di nuovo puntati sulla mia cucina? Aveva notato i due bicchieri capovolti? Volevo correre in bagno a vomitare le budella per la terza volta nella giornata. *Le luci del locale si erano accese. Luci accecanti.* «Dopo l'ultimo giro. Erano circa le tre e mezza.»

«E come è ritornata a casa?»

«In taxi.» Quella bugia mi scivolò sulla lingua come un'ostrica. È incredibile quello che si può fare quando la posta in gioco è la propria sopravvivenza.

O'Reilly aveva ripreso a parlare, ma ero così presa dai miei pensieri che riuscii a cogliere solo la fine della domanda: «… e lui che tipo di persona è?».

«Lui chi?» Il sangue mi schizzò al cervello e la testa iniziò a girare così forte che per un attimo temetti di svenire. Mi stava chiedendo di Steven Kaufman?

«L'ex della sua amica. Harvey. Che mi dice di lui?»

«Harvey?» Tirai un sospiro di sollievo. Il sangue riprese a scorrere normalmente. Ecco l'effetto dei sensi di colpa sulle persone. O'Reilly non voleva sapere del falegname. Voleva sapere di Harvey. Grazie al cielo. «Direi che tutto sommato è una brava persona. Si è fatto da solo e ha guadagnato un sacco di soldi, cosa di cui è molto contento.»

«Perché hanno divorziato?»

«L'ha tradita.»

«Brutto divorzio?»

«Diciamo che c'erano delle tensioni. Ovvio. Soprattutto riguardo alla casa. Angie giurava che gliel'avrebbe portata via insieme a tutto quello che c'era dentro, e per impedirglielo lui avrebbe dovuto passare sul suo cadavere.» Mi fermai quando mi resi conto di quello che avevo appena detto.

«Secondo lei, Harvey Wozniak sarebbe stato capace di fare del male alla sua ex moglie?»

Ripensai ai primi anni di Harvey e Angie e alla loro folle felicità. Lui le scodinzolava intorno come un cucciolo, eccitato e allegro. Dopo il tradimento l'aveva implorata di perdonarlo, ma lei non aveva voluto sentire ragioni. Possibile che tanto amore si fosse trasformato nel suo opposto e lui l'avesse uccisa? No. Non era possibile. «Non credo nel modo più assoluto che Harvey abbia ucciso Angie. La amava profondamente.»

«Lei era consapevole che ieri sera Angie era fatta di cocaina?» domandò O'Reilly.

Scossi la testa. Un'altra bugia, ma se il principio era di dare solo le informazioni utili, questa non lo era per niente.

«Quindi lei non ha idea di chi fosse il suo pusher?»

Di nuovo, scossi la testa. E questa volta era la verità.

Nessuno poteva essere più sollevato di me nel vedere la schiena di quei due poliziotti scendere le scale di casa mia.

Mi diedi un bel dieci per aver superato l'interrogatorio senza tradire il mio segreto, eppure il senso di colpa continuava a pesarmi addosso come un sacco di cemento. E sapere che ero stata io a cacciarmi in quella situazione di certo non alleggeriva il carico. Il senso di colpa unito alla paura è una miscela esplosiva. Cercai di esplorare tutti gli scenari possibili. Che cosa sarebbe successo se i due poliziotti avessero interrogato il barman dell'Overhang e lui si fosse ricordato di avermi vista uscire con il falegname? O'Reilly e Kozlowski sarebbero tornati per farmi altre domande? Pregai che riuscissero a trovare l'assassino in fretta, prima di scavare più a fondo nella mia vita privata.

Poi mi dissi di non essere paranoica. La polizia non era interessata alle mie faccende personali. Quello che contava era la vita di Angie. O, meglio, la sua ex vita.

Il mal di testa si era trasformato in una pallina di piombo che mi rimbalzava nel cranio. Giurai di non bere mai più, presi un analgesico e andai a dormire. Il materasso senza lenzuola mi ricordò ancora una volta il mio peccato. Mi sdraiai sul letto e mi presi la testa fra le mani, chiedendomi se sarei riuscita a guardare in faccia il mio fidanzato il giorno dopo, e pensando a quanto avrei sentito la mancanza di Angie.

11

Angie

Angie conobbe Harvey durante le vacanze natalizie, in un frenetico sabato di shopping in cui tutto il personale di Bloomingdale's era così oberato che lei dovette dare una mano nel reparto lingerie. Mentre si muoveva a fatica tra la folla degli acquirenti, non poté fare a meno di notare un omone con i capelli neri e il giubbotto dei Chicago Blackhawks che rovistava fra i négligé di pizzo con aria estremamente imbarazzata.

«Posso aiutarla?» gli chiese, decisa a divertirsi un po'. Lui la guardò con gli occhi di un cagnolone, e avvampò all'istante. Angie era sicura che se avesse potuto si sarebbe sotterrato.

«Ehm… sì, grazie. Sto cercando un regalo.» L'accento lo qualificò immediatamente come un abitante del Southside, i quartieri popolari di Chicago.

«Per sua moglie?»

«Veramente, no.» Si schiarì la voce. «Un'amica… speciale.» Tossicchiò una seconda volta.

«Ragazza fortunata.» Angie cercò fra i capi dell'espositore finché non trovò un baby-doll nero in tulle trasparente con inserti di piume. «Questo potrebbe essere della taglia giusta?» chiese, mostrandogli l'indumento.

«Non ne sono sicuro» rispose Harvey, che nel frattempo era diventato viola come una barbabietola. A quanto pareva, il pensiero della taglia non lo aveva nemmeno sfiorato.

«Allora provi a confrontarla con me» lo punzecchiò Angie, guardandolo dritto negli occhi. «Le sembra della mia taglia? Oppure più grande? O più piccola?»

Harvey fissò Angie con più attenzione. Labbra carnose, ampio sorriso, seno importante, fianchi generosi: quella fanciulla era un concentrato di sensualità. Di colpo, la sua ragazza senza curve avrebbe avuto un Natale magro quanto lei.

Prese il baby-doll che Angie gli stava porgendo e lo alzò di fronte a lei. «Direi che questo potrebbe andar bene. Lo prendo. Può incartarmelo?»

Angie batté il prezzo in cassa, impacchettò il regalo nella carta colorata e lo infilò in un sacchetto di Bloomingdale's che consegnò al cliente. «Sono sicura che la sua amica lo apprezzerà.»

«Non credo.» E Harvey riconsegnò il sacchetto a Angie. «Il regalo è per lei.»

Questa volta fu lei ad arrossire, pietrificata dietro al banco mentre decine di clienti attendevano impazienti la sua attenzione. Harvey fu pronto a cogliere l'attimo, e con un sorriso le chiese: «Allora, mi dica: dove andiamo a cena questa sera?».

Riscuotendosi, Angie rispose: «Che ne dice di Morton's? Mi piace la carne».

Angie non indossò il baby-doll fino alla sua prima notte di nozze. Era vergine, per la delizia ma anche la frustrazione di Harvey, e intendeva restare in quella rarefatta condizione fino al matrimonio. Il suo comportamento civettuolo, quando non decisamente provocante, era solo una facciata. Il padre era stato un impenitente donnaiolo e nel quartiere tutti sapevano delle sue scappatelle. Cresciuta all'ombra di quell'esempio, Angie aveva idee molto precise riguardo la sessualità e i suoi dolorosi strascichi. E aveva deciso che non avrebbe mai preso il sesso alla leggera.

Quando, la prima notte di nozze, indossò il baby-doll nella suite del Las Brisas, entrambi scoprirono che l'attesa era valsa la pena. Harvey si rivelò da subito l'amante premuroso di cui Angie aveva letto nei libri, e sotto quella guida ogni sua timidezza si sciolse. Scoprì addirittura che il sesso le piaceva molto – l'ideale per una donna che aspira sopra ogni cosa ad avere una bella famiglia numerosa.

Quando, non molto tempo dopo la luna di miele, Angie rimase incinta, i due sposini erano al settimo cielo. Acquistarono subito un *three-flat* – la tipica casa di Chicago a tre piani – nel quartiere di Old Town, e la ristrutturarono per adattarla alle esigenze di una sola famiglia, con tre camere da letto e una nursery. Purtroppo, la gestazione terminò in un aborto spontaneo. Il ginecologo li rassicurò che per una donna alla prima gravidanza non era un evento così raro, e così Harvey e Angie ci riprovarono con entusiasmo. Ma la seconda gravidanza finì allo stesso modo. E anche la terza.

Al quarto aborto, Angie era inconsolabile. Non riusciva a capire perché il suo corpo, che sembrava creato apposta per avere bambini, continuasse a tradirla. La quinta volta, invece di appoggiarsi al marito per avere il suo sostegno, lo allontanò. E non si lasciò più toccare perché non avrebbe più sopportato un altro fallimento. Da quel momento la loro camera da letto, la stanza preferita di entrambi, si trasformò in un campo di battaglia, con Harvey che cercava di soddisfare le proprie esigenze e Angie che regolarmente lo respingeva.

Quella situazione continuò per circa un anno, finché un pomeriggio Angie rientrò prima del previsto e sorprese Harvey nel loro letto con una bionda conosciuta al lavoro.

Per Angie, già straziata dalla mancata maternità, l'infedeltà del marito fu il punto di non ritorno.

Lui le giurò che era la prima volta, che la donna gli aveva dato un passaggio a casa e lui aveva ceduto a un momento di debolezza. Promise che non sarebbe mai più successo. Ma Angie fu irremovibile. La madre aveva sopportato in silenzio le avventure extraconiugali del marito per tutta la vita, ma lei non aveva nessuna intenzione di patire le stesse pene.

Harvey la implorò, le ricordò che non avevano più una vita sessuale da mesi, propose la terapia di coppia. Lei non cedette. Nella sua personale classifica dei tradimenti, l'infedeltà occupava il primo posto. Cacciò di casa il marito e avviò le pratiche per il divorzio. Senza più guardarsi indietro.

12

Carol Anne

Con il rientro a casa dei bambini, in cucina il rumore tornò ai livelli consueti: perforava i timpani. Cara ed Eva stavano litigando per il telecomando del televisore, mentre Michael junior, sul seggiolone, strillava per reclamare l'attenzione della mamma. Carol Anne pelava patate davanti al lavandino e sembrava non accorgersi del chiasso che la circondava, assorbita com'era da tutti gli inquietanti pensieri che le affollavano la mente. La morte di Angie, anzi, l'*omicidio* di Angie. La sofferenza dei suoi genitori. Non voleva neppure immaginare quanto potesse essere doloroso perdere un figlio. Poi c'era il comportamento sconsiderato della sua migliore amica, che era andata a letto con un perfetto sconosciuto rischiando di perdere tutto. Ma la regina di tutte le preoccupazioni era il suo matrimonio. Tra lei e Michael c'era qualcosa che non andava.

Quando, qualche ora prima, aveva ricevuto la visita della polizia, lui non c'era; era tornato in clinica per un'emergenza dopo un intervento di liposuzione. Con i bambini ancora dalla nonna, la casa era immersa in un silenzio spettrale. Carol Anne aveva fatto accomodare i detective in soggiorno e aveva risposto alle loro domande. Le avevano chiesto della sera prima, di Angie e delle altre amiche, di Angie e Harvey, delle condizioni in cui Angie aveva lasciato la villa e se lei sapesse che la sua amica faceva uso di cocaina, cosa che ovviamente lei non sapeva. Il detective O'Reilly poneva le domande e il collega prendeva appunti. Erano stati molto professionali, inducendola a essere diretta e sincera. Non che Carol Anne avesse qualcosa da nascondere. Almeno, così aveva sempre pensato prima di quel colloquio.

«Le sue ospiti a che ora sono andate via, signora Niebaum?»

Le piaceva essere chiamata signora Niebaum, il suo cognome da sposata suonava bene.

«Direi che per le dieci erano tutte andate via.»

«Se ho ben capito, la signora Lupino è tornata in città in macchina con la signora Trueheart.»

«Giusto.»

O'Reilly annuì, le dita grassocce intrecciate in grembo. «E dopo lei è rimasta qui sola.»

«Sì. I bambini erano dalla nonna. Anzi, sono ancora lì. E mio marito era fuori per la sua solita partita a carte.»

«Spero che abbia vinto» scherzò Kozlowski. Le prime parole da quando erano arrivati, presentazioni escluse.

«Sì, in effetti ha vinto. Meglio così, visto che ha giocato fino a tardi.» Nel momento stesso in cui disse quelle parole, Carol Anne desiderò non averle mai pronunciate. Era per caso un lampo di interesse, quello che aveva notato negli occhi di O'Reilly? Il sopracciglio si era mosso verso l'alto, e l'investigatore se lo toccò per sistemarlo.

«Suo marito a che ora è rincasato, signora Niebaum?»

Probabilmente era una domanda di routine, pensò Carol Anne, però meglio non far sapere ai due poliziotti che si sentivano già cinguettare gli uccelli quando Michael era entrato in camera da letto. Non solo sarebbe stato imbarazzante, ma non erano affari loro. Sperò che ai due investigatori fosse sfuggita la sua esitazione. «Mio marito è tornato subito dopo mezzanotte.»

Dopodiché si erano congedati, lasciandola sola in una casa che di colpo le sembrò più grande e più vuota che mai.

Le urla delle bambine avevano raggiunto un livello tale da sfondare il muro dei suoi pensieri e tormentare i suoi nervi ipersensibili come uno di quegli infernali spazzafoglie a motore utilizzati dai giardinieri. Ebbe uno scatto e si ferì una nocca con il pelapatate. Irritata, si voltò verso le figlie e le sgridò con un tono che le piccole avevano sentito raramente.

«Eva. Cara. Smettetela! E subito, porca miseria.»

La perdita di controllo della madre le lasciò sbalordite, e le due bambine corsero via dalla cucina. Michael junior intanto aveva iniziato a piangere ancora più forte, e Carol Anne lo prese in braccio per calmarlo. Quando fu tranquillo, lo rimise nel seggiolone e iniziò a imboccarlo, e mentre il piccolo mangiava la sua purea di carote, lei tornò a pensare al marito.

Non la toccava più da mesi, e ormai dividevano il letto solo per dormire. Per la prima volta dopo quindici anni insieme, Carol Anne sospettava l'esistenza di una rivale. Nella clinica il viavai di donne era continuo, perciò avere una relazione per lui sarebbe stato facile come bere un bicchiere d'acqua. Eppure il marito non mostrava nessuno dei segni rivelatori di cui aveva letto sulle riviste femminili. Non le aveva regalato biancheria sexy né aveva iniziato a trascorrere più tempo davanti allo specchio. Non c'era traccia di profumo da donna sui suoi vestiti. A casa non arrivavano misteriose telefonate mute. Perciò Carol Anne aveva deciso che la sua immaginazione stava galoppando troppo e probabilmente Michael era solo stanco per il superlavoro – la stessa scusa con cui lui si giustificava quando lei sollevava la questione della loro mancanza di rapporti intimi.

Ma i fatti di quel giorno avevano portato i suoi sospetti a un livello completamente nuovo. Il marito era rientrato come un ladro alle cinque del mattino e l'aveva svegliata da un sonno agitato e intermittente. Si era scusato per l'ora e le aveva detto che aveva vinto parecchio a poker, quindi lasciare il tavolo prima degli altri non sarebbe stato di buon gusto. Dopodiché avevano fatto l'amore per la prima volta dopo mesi, e la rabbia di Carol Anne per quel ritardo era svanita. Niente era più importante della loro ritrovata intimità.

Peccato che la sua felicità coniugale fosse subito evaporata quando aveva visto la reazione del marito alla notizia della morte di Angie. Di colpo si era fatto bianco come un fantasma e aveva iniziato a tremare vistosamente, rischiando addirittura di rovesciare la tazza del caffè. Non esattamente la mano ferma di un chirurgo plastico che poteva togliere vent'anni dagli occhi di una donna. La morte di Angie era una terribile e inaspettata tragedia, non si poteva certo negare, però il turbamento di Michael le era sembrato eccessivo. Dopo tutto, Angie era un'amica della moglie, non sua. E così Carol Anne aveva immaginato l'inimmaginabile: per caso la fine del matrimonio con Harvey aveva spinto Angie a insinuarsi in quello di qualcun altro?

Mentre finiva di imboccare il bambino, Carol Anne percepì la presenza di Michael nella stanza. Il marito aveva la fastidiosissima abitudine di entrare di soppiatto, e poi di fare o dire qualcosa che la faceva saltare per lo spavento. Come previsto, Michael le toccò una spalla e lei trasalì, facendo sobbalzare il cucchiaino nella bocca del piccolo. «Odio quando sgattaioli dentro in questo modo» disse, lanciandogli un'occhiataccia prima di riportare l'attenzione sul figlio. «Come sta la tua paziente?»

«Tutto sotto controllo, ho dovuto solo regolare il drenaggio. Ovvio che una liposuzione alla signora Cavanaugh è un vero spreco: riprenderà subito ad abbuffarsi e in un attimo tornerà come prima. Con la differenza che questa volta il grasso si sposterà dal culo al girovita. Fortuna che pagano in anticipo.» Abbracciò la moglie da dietro e lei posò il vasetto di omogeneizzato e ruotò verso di lui per appoggiargli la testa sul petto.

«Michael, perché oggi hai avuto quella strana reazione, quando hai saputo che Angie era morta?» gli domandò senza alzare lo sguardo.

Lui si irrigidì e sciolse l'abbraccio. Poi le afferrò le spalle con un vigore per lui inconsueto. «Che razza di domanda è?» Michael la guardava con un'espressione che la spaventò. «Una tua amica muore ammazzata e tu pensi che io abbia avuto una strana reazione? Ma poi strana rispetto a cosa? Non mi pare che uno riceva notizie del genere tutti i giorni.»

«Santo cielo, Michael, hai ragione» si scusò per evitare di farlo arrabbiare. «Solo che a volte ho tanta paura. Tu e i bambini siete tutto il mio mondo, e se dovesse succedere qualcosa...»

Lui l'abbracciò di nuovo, più forte questa volta, e la cullò dolcemente. «Amore mio, è successa una cosa tremenda, atroce. È comprensibile che tu sia scombussolata. Ma cerca di non vedere pericoli dove non ce ne sono.»

Rassicurata dall'abbraccio del marito, Carol Anne iniziò a chiedersi se non stesse esagerando. Eppure la voce di Michael aveva un tono insolito. La sua calma suonava forzata. E lei non riusciva ad allontanare la sensazione che qualcosa non quadrasse, neppure quando lui andò di sopra a cambiarsi per la cena. Carol Anne si sforzò di non pensarci. Quell'uomo dai capelli ricci era il centro della sua vita, l'unico che avesse mai amato, e niente avrebbe potuto toglierle quella certezza. In più, tutti quei pensieri la stavano distraendo dal dolore che avrebbe dovuto provare per l'amica scomparsa.

13

13 giorni al matrimonio

L'ostacolo più grande da superare dopo aver mangiato il frutto proibito fu affrontare Flynn, che rientrò a New York la domenica pomeriggio. Con una scusa avevo evitato di andare a prenderlo all'aeroporto, ma non potevo certo rifiutarmi di uscire a cena con lui. Visto che aveva lasciato a me la scelta del ristorante, optai per il nostro sushi-bar preferito, così ci saremmo seduti fianco a fianco e non avrei dovuto guardarlo negli occhi per tutta la sera. Temevo che il suo sguardo azzurro e fiducioso potesse leggere nel mio, verde e traditore. E siccome non ero ancora pronta per vederlo dentro casa mia, gli dissi che lo avrei aspettato fuori dal ristorante.

Non appena spuntò da dietro l'angolo, in jeans e polo ciclamino, mi venne da piangere. Flynn mi abbracciò e io mi abbandonai contro il suo petto, versando tutte le mie lacrime sul cavallino di Ralph Lauren, senza capire se stessi singhiozzando per la morte di Angie o per quello che avevo fatto. Lui mi accarezzò a lungo la schiena con le sue mani delicate e continuò a ripetere: «Coraggio, Mags. Va tutto bene, va tutto bene».

Quando mi ripresi, mi asciugai gli occhi e riuscii per un

attimo ad alzare lo sguardo verso di lui. Lo riabbassai subito, però, e dissi: «Bentornato».

Seduti al bancone del sushi-bar, parlammo di Angie. Gli raccontai tutto ciò che sapevo dell'omicidio, compreso che Angie era quasi certamente uscita di nuovo dopo che Suzanne l'aveva accompagnata a casa, e probabilmente era stata uccisa nelle ore successive. Per fortuna, Flynn non mi chiese nessun dettaglio della serata. Mi ero inventata che Angie, Suzanne e io avevamo lasciato l'Overhang insieme e poi avevamo preso due taxi diversi perché Suzanne voleva accompagnare Angie fino a casa. Cosa improbabile, visto che Angie abitava vicino a me e quindi sarebbe stato più logico che fossi stata io ad accompagnarla, anziché Suzanne. Ma Flynn non ci fece caso.

Anche perché lui non era interessato ai dettagli della mia storia, *si fidava* di me. E infatti cercò di distrarmi spostando la conversazione sul suo fine settimana a New York con gli ex compagni di università, due giorni che il suo fegato avrebbe ricordato a lungo, scherzò. Avevano iniziato il venerdì sera con l'aperitivo da Fanelli, seguito da un giro di bistecche da Gallagher, e per finire grigliata da P.J. Clarke. Il sabato sera avevano cenato da Hell's Kitchen, prima che gli amici lo portassero in un locale per soli uomini in un quartiere malfamato del Westside.

«E vuoi sapere a cosa pensavo mentre guardavo le ragazze che si esibivano?» disse Flynn prendendomi la mano. «Pensavo che non erano più belle della mia Mags. E avrei voluto essere qui con te. Oppure che tu fossi lì a New York.»

«Anch'io avrei voluto essere a New York con te» replicai. E non mentivo. Se fossi stata là, niente di tutto questo sarebbe mai successo.

Mi voltai verso di lui e studiai il suo viso dolce, la curva del naso, il mento definito. Ricordai a me stessa quanto ero fortunata, cosa che peraltro mia madre non perdeva mai occasione di fare. «In giro non ci sono molti uomini come Flynn, soprattutto per le ragazze che hanno superato i trenta» mi ripeteva fino alla nausea. «Ti ho sempre detto che avresti trovato qualcuno, se solo ti fossi decisa a buttare giù tutta quella ciccia.»

Come se tu non c'entrassi niente con quei chili in più, mamma, avrei voluto rispondere. L'immagine di Barry Metter il ribelle, con i suoi capelli biondi e gli occhi gonfi di sonno, si insinuò tra i miei pensieri, e una sensazione di dispiacere per la giovane Maggie mi strinse lo stomaco.

Mi ero innamorata perdutamente di Barry, come Carol Anne di Michael, e il mio cuore inesperto era vulnerabile al primo amore come un nativo alle malattie coloniali. Lui era più grande di me, più brillante, e sembrava guardare il mondo attraverso un diverso paio di lenti. Era mosso da nobili ideali e aveva idee radicali per risolvere la fame nel mondo, possibilmente uscendo dal ginepraio del Vietnam prima che lui arrivasse all'età del servizio di leva. Ci eravamo conosciuti a scuola nell'inverno del mio terzo anno, e fino all'estate eravamo stati inseparabili. Poi, come sempre succede con il primo amore, lui iniziò a insistere per andare fino in fondo, dicendo che se l'amavo veramente dovevo dimostrarlo. Da brava ragazza cattolica, rifiutai di dargli la prova che voleva, anche se gli permisi di fare cose che avrebbero comunque sconvolto i miei genitori.

Arrivò settembre, e dovetti fare i conti con la partenza di Barry per Berkeley. Decisi che dargli la prova del mio amore sarebbe stato l'unico modo per tenerlo legato a me nonostante i tremila e più chilometri che dividevano Winnetka dalla California. E un giorno finalmente l'occasione perfetta si presentò. I miei genitori sarebbero andati a teatro a vedere *La traviata* e sarebbero rientrati molto tardi. E con mia sorella maggiore già ripartita per il college e quella minore a dormire da un'amica, la casa era tutta per me.

Barry si arrampicò fino alla finestra della mia camera in modo che i vicini non lo vedessero entrare dalla porta principale, e io lo aspettai con indosso il baby-doll giallo che i miei genitori mi avevano regalato per Natale. Bastò che mi stringesse fra le braccia, e di colpo fummo Giulietta e Romeo, due giovani innamorati così presi l'uno dall'altra che il resto del mondo non esisteva più. Barry fu molto delicato, e io sentii giusto un po' di fastidio mentre lui entrava in quel territorio ancora inesplorato. Ma poi la porta si spalancò di colpo, mentre lui era sopra di me, e le lenzuola ai piedi del letto. Per mia grande sfortuna, in teatro era mancata la corrente elettrica e l'opera in cartellone per quella sera era stata cancellata.

Gli strepiti di mia madre mi risuonano nelle orecchie ancora oggi. Gridava che lo voleva vedere in galera. E visto che lui aveva già diciotto anni e io solo sedici, c'erano perfino buone probabilità che ci andasse. Risultato: Barry fu completamente bandito dalla mia vita e io fui confinata in casa per punizione fino alla fine dell'estate. Barry partì per la California senza che potessi neppure salutarlo, e io rimasi a piangere nella mia stanza per giorni, rifiutando di mangiare.

Due settimane dopo, indossai la divisa scozzese della Immaculata High School e iniziai l'ultimo anno delle superiori. Avevo perso interesse per il cibo e non mangiavo quasi nulla, eppure la gonna della divisa iniziò a starmi stretta. Fu mia madre a svelarmi la verità, molto prima che io mi concedessi di capirlo da sola. Con l'altra sorella fuori casa e la sorellina ancora troppo piccola, le uniche a usare gli assorbenti eravamo io e mia madre. E quando lei si accorse che la confezione sotto il lavabo del mio bagno restava integra, non le ci volle molto per fare due più due.

Un attimo dopo, la più cattolica dei cattolici mi aveva già portata dal suo ginecologo ebreo per l'aborto. Cos'altro potevo fare? Avevo sedici anni e un ex ragazzo a più di tremila chilometri di distanza. Senza contare che quando mia madre prendeva una decisione, era come un tornado: una forza della natura impossibile da contrastare. Diventai così un robot che eseguiva gli ordini, e mi limitai a fare ciò che mi veniva detto, fissando il soffitto a gambe aperte mentre il mio utero veniva raschiato e ripulito. Quella sera, frastornata per la perdita di Barry e ancora di più per quella del suo bambino, ripresi a mangiare.

Anzi, "mangiare" forse non è la parola giusta. Iniziai ad abbuffarmi per allontanare il dolore. Buttavo giù hamburger, patatine, gelato. Non mi bastava mai. E continuai così finché non misi su venti chili anche se non raggiungevo il metro e sessanta.

Non rividi mai più Barry. Dopo qualche mese il padre venne trasferito in California, perciò non ebbi più occasione di incontrarlo, neppure durante la pausa di fine semestre. Non che morissi dalla voglia di farlo, adesso che ero gonfia come uno Zeppelin.

Con il tempo il dolore passò, invece i venti chili rimasero. E continuarono testardamente a gravarmi addosso per il resto del liceo, all'università e anche in seguito. Attribuivo addirittura al sovrappeso la mia carriera al *Chicagoan*, perché il grasso mi proteggeva da distrazioni come i fidanzati, lasciandomi un sacco di tempo da dedicare a un lavoro che nemmeno mi piaceva.

Finché un giorno, mentre aspettavo nella sala d'attesa di una compagnia assicurativa che faceva pubblicità sul *Chicagoan*, iniziai a sfogliare una rivista del settore e vidi una fotografia di Barry. Aveva vinto un premio come miglior assicuratore della sua contea. Aveva il viso gonfio e cadente, la fronte stempiata e il sorrisetto intelligente che tanto mi piaceva si era evoluto in quella che pareva la pubblicità di uno studio dentistico. L'articolo raccontava di quanto la moglie e i due figli fossero orgogliosi di lui. La sua grinta trasgressiva si era trasformata in scialbo conformismo. Di colpo mi resi conto che da qualche parte, nelle profondità del mio inconscio, avevo coltivato l'idea che un giorno ci saremmo rimessi insieme. Quel sogno si disintegrò all'istante.

Da quel momento smisi di abbuffarmi. Così, di punto in bianco. Basta hamburger e patatine, basta dolci e gelati. Virai sul cibo integrale, la frutta, la verdura e il pesce. Iniziai ad andare al lavoro a piedi invece di prendere l'auto o il taxi. Cominciai a fare sport. E così, etto dopo etto, chilo dopo chilo, osservai il mio peso calare, finché un giorno salii sulla bilancia e vidi il numero cinquanta. Il peso esatto che avevo l'estate in cui avevo amato Barry.

Il peso esatto del giorno in cui conobbi Flynn.

Tutto ciò che dissi quella sera al sushi-bar fu formale e poco spontaneo, come se il mio fidanzato fosse un estraneo che non vedevo l'ora di scaricare. In realtà lui era sempre la stessa persona che avevo accompagnato all'aeroporto il giovedì, mentre ero stata io a cambiare. Ero io l'estranea, io la traditrice. E per quanto mi sforzassi di comportarmi in modo normale, la normalità era un ricordo lontano per me. Quando finalmente Flynn parcheggiò di fronte a casa mia, mi sentii enormemente sollevata. Invece, prima che scendessi dall'auto, lui senza giri di parole mi domandò se fosse tutto a posto. Io attribuii il mio strano comportamento alla morte di Angie, il che era vero – almeno in parte. Dopodiché saltai giù dalla sua macchina e salii a casa, grata di non vivere ancora con lui e di potermene stare sola con i miei sensi di colpa.

14
Suzanne

Seduto sul bordo del letto, con il lenzuolo drappeggiato attorno ai fianchi nudi, Vince la osservava vestirsi. Il suo sguardo era così intenso che Suzanne si sentiva i suoi occhi addosso perfino mentre si infilava dalla testa l'abito nero di maglina. Quando fu il momento di chiudere la cerniera sulla schiena, lui si avvicinò e l'aiutò con una delicatezza quasi reverenziale. Non smise di guardarla neppure quando lei sedette davanti allo specchio della toeletta per acconciarsi i capelli biondi in un perfetto chignon e mettersi un velo di rossetto. E quando la vide infilare al polso il pesante braccialetto d'oro che le aveva regalato, annuì compiaciuto.

Ma poi Suzanne ebbe un attimo di cedimento, e con un sospiro si abbandonò sulla sedia stringendo forte gli occhi come se volesse trovare un po' di pace nel buio dietro le palpebre. Non c'erano parole per descrivere quanto il funerale la terrorizzasse. La veglia era già stata abbastanza dolorosa – l'atmosfera lugubre all'agenzia di pompe funebri, la madre di Angie in lacrime e il padre distrutto, i suoi tre fratelli che cercavano di essere forti, il lutto di amici e parenti, il dolore reso più atroce da quelle domande ancora senza risposta. Chi? Perché? Gli ultimi giorni erano stati difficilissimi per Suzanne perché avevano fatto riaffiorare i terribili ricordi legati alla morte di Johnny. Credeva che il tempo avesse rimarginato quella ferita, invece l'omicidio di Angie l'aveva brutalmente riaperta e il dolore era vivo come e più di prima.

Quando riaprì gli occhi, Vince la stava fissando preoccupato. Lei accennò un sorriso. «Sarà meglio che vada.»

«Sicura di farcela? Sei pallida» domandò lui, per niente rassicurato.

Lei fece per annuire, poi si fermò e scosse la testa. Cercando di non piangere, si sedette accanto a lui sul letto che fino a pochi minuti prima era stato la culla di una dolcissima estasi. «Vince, continuo a pensare che per qualche ragione sia stata tutta colpa mia. So che non è così, eppure non riesco a scacciare il senso di colpa. E ogni volta che vedo i genitori di Angie è sempre peggio. Mi sento responsabile della sua morte.»

«Ma perché mai dovresti esserne responsabile?» cercò di farla ragionare Vince. «Non l'hai certo costretta tu a uscire di nuovo.»

«Però sono io che l'ho fatta rientrare. Non capisci?»

«No. Aiutami.»

«È troppo difficile.»

Vince la abbracciò, ma lei si sfilò e gli diede un bacetto sulle labbra – neanche una pallida imitazione dei voluttuosi baci di poco prima.

«Non voglio arrivare in ritardo. Ricordati di chiudere quando vai via.»

Uscì e con l'ascensore scese in garage.

Mentre guidava nel traffico lento del mattino, un raggio di sole scintillò sul suo braccialetto. La semplicità di tanta bellezza riuscì a farla sorridere. Vince le aveva portato quel regalo durante uno dei loro primi incontri. All'epoca l'aveva rifiutato, adesso invece lo osservava con la soddisfazione di un gatto disteso sul cofano caldo di un'automobile. Nonostante tutte le cose tristi che stavano accadendo, il senso del possesso riusciva sempre a risollevarle il morale.

I pranzi con Vince all'inizio erano stati semplici incontri fra amici. Per un intero mese, si erano visti ogni venerdì in un raffinato ristorante dove condividevano un pranzo squisito innaffiato da vini pregiati. Lui si comportava come un perfetto gentiluomo: si alzava quando lei arrivava, si teneva sempre alla giusta distanza e si limitava a un educatissimo e leggerissimo bacio sulla guancia al momento dei saluti. La conversazione toccava solo di rado argomenti di lavoro perché entrambi preferivano chiacchierare di sport, di arte e di storia. A volte capitava che discutessero di politica, ma visto che entrambi erano conservatori, era come predicare a se stessi.

Lui le parlò della sua vita soltanto una volta. Incoraggiata da un terzo bicchiere di vino, Suzanne gli domandò quali fossero le origini del suo successo e lui le raccontò che era nato a Pittsburgh quarantadue anni prima da genitori anziani che poi erano morti a poca distanza l'uno dall'altro, lasciandolo orfano all'età di otto anni. Nei successivi otto anni aveva peregrinato da un parente all'altro, qualche mese in una casa, un anno in un'altra, senza mai avere una stanza davvero sua e meno ancora un posto dove potersi sentire in famiglia.

«Però non essere triste per me» le disse quando si accorse del suo sguardo addolorato. «È stata la mia infanzia a farmi diventare quello che sono. Mi ha dato la motivazione giusta per riuscire, un atteggiamento vincente che forse non avrei avuto se la mia vita fosse stata diversa.»

Mosso dal desiderio di essere indipendente, a sedici anni aveva lasciato la scuola ed era andato a lavorare nei cantieri, dove c'era parecchia richiesta e la paga era buona. Di quel lavoro che creava qualcosa dove prima non c'era niente gli piaceva tutto. Il pericolo di lavorare così in alto da toccare il cielo, l'abilità necessaria a farlo, la matematica simmetria delle strutture, la magia con cui tonnellate di acciaio e di cemento si univano a chilometri di cavi e tubi per formare straordinari edifici... Gli piaceva lottare contro gli elementi e risolvere problemi.

«Decisi che volevo progettare e costruire palazzi e che dovevo aprire un'impresa tutta mia. Così mi iscrissi alla scuola serale, presi il diploma e poi mi misi a seguire i corsi di Architettura e di Ingegneria all'università. In quel periodo la mia vita era soltanto lavoro, studio e ancora lavoro.»

Si interruppe per qualche secondo, valutando se fosse il caso di proseguire. Poi, senza che Suzanne dovesse incoraggiarlo, aggiunse: «Ovviamente mi sentivo molto solo. Poi, un giorno, un tizio con cui lavoravo al cantiere mi presentò sua sorella, Giovanna, che diventò la mia prima ragazza, nonché la mia prima amante. Tutto fantastico, finché lei non rimase incinta. Così mi sposai a diciannove anni e diventai padre a venti».

Questa volta non ci furono esitazioni prima della frase successiva.

«Ma vuoi sapere una cosa? Anche se sono rimasto intrappolato nel matrimonio così giovane, se penso a mia figlia dico che ne è valsa la pena. Le voglio bene come niente al mondo.»

E dopo aver superato quell'ostacolo, riprese il suo racconto. Qualche anno più tardi la famiglia si trasferì a Chicago, dove il settore edile era in piena espansione. Lui trovò lavoro in una piccola società, il proprietario lo prese sotto la sua ala e gli insegnò tutti i segreti del mestiere di imprenditore. Quando il suo capo decise di andare in pensione, Vince rilevò l'attività e iniziò non solo a costruire, ma anche a progettare i suoi edifici.

«E adesso, nel caso non l'avessi notato, Columbo è forse l'insegna più visibile della città. Questo lavoro è la mia grande passione, e devo ammettere che non me la cavo per niente male. Adoro la competizione delle gare d'appalto, mi piace negoziare con i sindacati, risolvere i problemi di progettazione. Non saprei davvero cos'altro avrei potuto fare, se non fossi diventato un costruttore.»

Suzanne lo osservò da dietro il suo calice di vino rosso. «Quasi un romanzo. Puoi essere molto fiero di te» commentò, senza capire esattamente perché le avesse raccontato tutto ciò. La sua storia personale non cambiava le cose. Lei non aveva nessuna intenzione di farsi invischiare in un adulterio, perciò lasciò cadere l'argomento.

Dopo quel giorno, lui non le parlò più della sua famiglia, e lei non gli fece mai domande. La conversazione riprese a ruotare intorno ai loro soliti argomenti finché, un venerdì, lui le regalò un costoso profumo francese. Suzanne cercò di respingere il dono, ma Vince insisté che era soltanto un pensierino. Non del tutto convinta, lei lo accettò. Il venerdì seguente Vince arrivò con un altro regalo, decisamente più costoso: un braccialetto d'oro di Bulgari. Il rifiuto di Suzanne questa volta fu netto. Il loro era un accordo d'affari e quei regali lasciavano intendere altrimenti. Lui scrollò le spalle e ripose il dono nella tasca della giacca.

Poi, mentre attendevano che il cameriere portasse il conto, lui la sorprese con queste parole: «Suzanne, una donna meravigliosa come te dovrebbe sempre ricevere regali meravigliosi. Perciò io continuerò a portarli, e tu sarai libera di rifiutarli. Sappi, però, che li terrò tutti da parte, nella speranza che un giorno finalmente deciderai di accettarli».

Lei rimase impassibile. «Come preferisci, Vince. Ma ricorda che io non sono in vendita.»

Il venerdì successivo fu il turno di un filo di perle nere che lei contemplò con un lampo di ammirazione negli occhi, prima di respingerle. La settimana dopo fu la volta di un orologio Tank di Cartier. E così via, settimana dopo settimana, finché contro ogni buon senso Suzanne si scoprì attratta da lui in un modo per nulla platonico. Era quasi impossibile non esserne affascinata. Vince era un uomo di successo, intelligente, bello. Era corso in suo aiuto nel momento in cui lei ne aveva avuto più bisogno. E avevano personalità molto simili: entrambi erano ambiziosi, avevano imparato in fretta che il successo ha un prezzo, e soprattutto sapevano apprezzare i beni materiali che ne derivavano. Amavano l'arte, la musica, la letteratura, mentre non nutrivano alcun interesse per eventi mondani come feste e ricevimenti. Erano due lupi solitari che ricavavano tutta la loro soddisfazione dal lavoro.

Vince era il suo amico. Il suo confidente. Il suo finanziatore.

E poi diventò anche il suo amante.

Accadde al dodicesimo pranzo insieme. Lui doveva aver capito che la resistenza di Suzanne stava vacillando perché quel giorno, quando arrivò al Ritz Carlton, invece di essere accompagnata al solito tavolo nel ristorante dell'hotel fu condotta in una saletta privata. Vince la attendeva accanto a una bottiglia di Taittinger Comtes de Champagne tenuta in fresco in un secchiello di rame. Quando la vide, la sollevò per mostrargliela.

«Il mio preferito» dichiarò.

«Non male» concordò Suzanne, conoscendo perfettamente il prezzo stratosferico della bottiglia. Dopodiché valutò con il suo sguardo da intenditrice il resto della sala. Il pavimento in marmo rosa era quasi interamente occupato da un enorme tappeto orientale. Davanti a una parete rivestita di specchi spiccavano due poltroncine Luigi XIV in prezioso broccato color crema, e al centro della stanza pendeva un sontuoso e scintillante lampadario a gocce. Le note dei *Concerti brandeburghesi* filtravano da invisibili altoparlanti. Il tavolo, coperto da una tovaglia di lino, era apparecchiato per due con le porcellane più raffinate, argenteria e calici di cristallo. Suzanne non aveva mai pensato che un simile ambiente potesse esistere al di fuori di un set cinematografico, o delle proprie fantasie.

«Spero non ti dispiaccia se per oggi evitiamo il ristorante» si scusò Vince, «ma non avevo voglia di avere altre persone intorno.»

«Diciamo che non posso lamentarmi» replicò Suzanne. In quel momento notò anche una porta che lasciava intravedere un'altra stanza e un letto a baldacchino. Solo qualche settimana prima si sarebbe offesa per le implicazioni di quel luogo. Quel giorno, invece, si sentì tremare le ginocchia.

Qualcuno bussò delicatamente alla porta, e subito dopo un cameriere in giacca bianca entrò spingendo un carrello con del caviale in ghiaccio accompagnato da pane abbrustolito e *crème fraîche*. Vince scostò la sedia e lei si accomodò, lieta di avere sotto di sé qualcosa di solido che la sostenesse, dopodiché lui riprese posto e sorrise.

Suzanne era certa che le sue guance avessero lo stesso colore del suo tailleur rosso. Il cameriere versò lo champagne, servì il caviale e scomparve. Senza dire una parola, i due fecero tintinnare i bicchieri e sorseggiarono il vino. Per quanto lo champagne fosse eccellente, però, Suzanne quasi non ne sentì il sapore. Invece non poté ignorare le sensazioni semisconosciute che attraversavano il suo corpo, togliendole quasi il respiro. Nella sua vita era stata corteggiata da moltissimi uomini, ma gli studi e il lavoro erano sempre venuti prima dell'amore, perciò le sue esperienze sessuali erano piuttosto limitate. Le girava leggermente la testa. Colpa delle bollicine o dell'uomo seduto di fronte a lei?

La conversazione andò scemando a mano a mano che l'elettricità fra di loro aumentava, finché nella sala non si udì che la musica di Bach. Quando il cameriere tornò per riempire i bicchieri, fu Suzanne a parlare per prima, stupendosi delle sue stesse parole. «Aspettiamo un po' prima di ordinare il resto» disse, guardando Vince negli occhi.

Il cameriere si ritirò e li lasciò soli. Vince rimase al suo posto, ma senza abbandonarla un istante con lo sguardo. Moriva dalla voglia di avvicinarsi, però se si fosse alzato il suo corpo già eccitato avrebbe sicuramente rivelato i suoi pensieri. Il viso di Suzanne era luminoso e rosato, le pupille grandi dentro le iridi azzurre come zaffiri, e lui era più nervoso del giorno in cui era nata sua figlia.

Quando infine riuscì a parlare, andò dritto al punto. «Suzanne, fare l'amore con te è la cosa che più desidero al mondo.»

Lei apprezzò molto quelle parole perché le confermavano che avevano gli stessi desideri. Voleva con ogni fibra del suo corpo che quell'uomo la toccasse, che la possedesse. Un lato di sé che non conosceva la spinse a prendere l'iniziativa. Così si alzò, lo raggiunse all'altro capo del tavolo, si sedette sulle sue gambe e gli allacciò le braccia intorno al collo. Il turgore che sentì sotto di sé non fece che confermare le parole di Vince, e lei assaporò quel potere per lei così nuovo.

Il primo bacio fu lunghissimo perché nessuno dei due voleva né poteva interromperlo. Suzanne non aveva mai provato sensazioni simili. Si sentì trasportare in un'altra dimensione, come se quell'uomo fosse tutt'uno con lei. Quel bacio intenso e carnale fu l'esperienza più sensuale della sua vita. E avrebbe voluto che non finisse mai.

Non più imbarazzato dalle reazioni del suo corpo, Vince si alzò con lei in braccio, la portò nell'altra stanza e la adagiò sul letto senza mai smettere di baciarla appassionatamente. Le labbra di lui erano carezze che si spostavano dal collo alle guance e poi salivano fino alle palpebre. Le sbottonò la giacca del tailleur e avvicinò la bocca al seno, poi le sfilò la gonna, e quando vide che indossava calze e giarrettiere la sua eccitazione aumentò ancora – forse quel giorno Suzanne aveva avuto una premonizione, perché in genere portava i collant. Dopo fu lei a svestire lui, e lo fece lentamente, premendo le labbra contro la pelle del torace a ogni bottone della camicia che apriva. Poi passò alla patta dei pantaloni.

Quindi toccò di nuovo a Vince, che riprese a baciarla mentre la sdraiava sulla schiena e le sfilava il reggiseno, la giarrettiera, le calze e infine gli impalpabili slip. La bramava con tutto se stesso, e voleva leccare ogni centimetro della sua pelle.

E così fece, mentre lei gemeva e lui era sempre più smanioso. Finché non riuscì più a resistere e si allungò sopra di lei, avvicinandosi al dolcissimo segreto nascosto fra le sue gambe.

«Sei pronta ad accogliermi?» le chiese ansimando.

«Non uso nessuna precauzione» riuscì a dire Suzanne fra i sospiri. E questa rivelazione lo eccitò ancora di più. Sapere che lei non prendeva la pillola né girava con i preservativi in borsetta gli confermò che quella situazione era inconsueta per lei, che non era una donna abituata agli incontri casuali.

Lui invece era preparato. Andò a prendere un profilattico dalla tasca dei calzoni e tornò subito da lei per abbandonarsi a quello che sarebbe stato il migliore amplesso della loro vita.

Finirono il pranzo a letto, facendo qualche pausa fra una portata e l'altra per altre coccole e altro sesso. Quando il pomeriggio volgeva ormai al termine, Suzanne si abbandonò appagata fra le braccia di Vince, ancora incredula che esistesse qualcosa di più eccitante che aprire un nuovo conto o ricevere un cospicuo bonus a fine anno.

«Ho portato qualcosa per te» disse Vince, baciandole la fronte. Frugò nel comodino accanto al letto e ne estrasse un assortimento di pacchettini. Suzanne ebbe un tuffo al cuore quando si rese conto che erano tutti i regali rifiutati nelle precedenti settimane: il braccialetto d'oro, le perle nere, l'orologio di Cartier. E c'era anche una scatolina nuova. Era turchese, aveva un nastrino bianco ed era firmata Tiffany.

La aprì trattenendo il fiato. E quando vide i magnifici orecchini con brillanti e smeraldi che scintillavano iridescenti sotto la luce delle lampade, non capì se fosse più felice o più dispiaciuta.

«Oh, Vince. Sono incredibili» esclamò.

«Vuol dire che d'ora in poi accetterai i miei regali?»

«Il mio lato mercenario alla fine viene sempre fuori» commentò lei, scendendo dal letto e andando davanti allo specchio. Completamente nuda, indossò gli orecchini, le perle e il braccialetto e poi si voltò verso di lui per farsi ammirare. «Che ne dici?»

Quel lungo filo di perle che dondolava sulla pancia piatta e nuda risvegliò di nuovo i sensi dell'uomo, che la richiamò subito accanto a sé.

Era passata da poco la mezzanotte quando la loro nuova felicità cozzò contro il primo ostacolo. Suzanne sonnecchiava tra le braccia di Vince, e lui la svegliò. Quando lei notò la sua espressione contrita, il sorriso le morì sulle labbra.

«Adesso ti devo lasciare.» La strinse forte a sé, e poi le sussurrò all'orecchio: «Non ho mai, mai nella vita, provato per una donna quello che provo per te. Mi hai stregato sin dal primo sguardo».

Suzanne reagì indossando la maschera dell'indifferenza. Vince le stava dicendo che era la cosa più importante della sua vita, eppure doveva tornare a casa dalla moglie. C'era da aspettarselo, tuttavia faceva male lo stesso. Separarsi dopo l'intensità di ciò che avevano vissuto quel giorno era molto frustrante. Perché lui non aveva pensato di inventare una scusa per passare la notte insieme? Accidenti, lei non aveva neppure chiamato l'ufficio per avvertire che non sarebbe rientrata dopo pranzo. Aveva corso un grosso rischio, e lui in cambio la stava piantando in asso.

«Ti prego, non guardarmi in quel modo» le disse, leggendo nei suoi pensieri. «Non condannarmi. Non dopo quello che c'è stato fra noi oggi.»

Benvenuta nel mondo reale, pensò Suzanne. Che cosa si aspettava? «Mi dispiace che tu vada via» replicò, senza ulteriori commenti.

Accolse il suo bacio d'addio senza muovere le labbra, e non reagì neppure quando lui le accarezzò il viso. Lei era una donna indipendente, doveva essere chiaro. Quando rimase sola, riempì la vasca di marmo e versò nell'acqua i raffinati sali da bagno. Quando si immerse, il profumo di lavanda le solleticò il naso. In fondo, rifletté, quella situazione non doveva per forza essere negativa. Anzi, avere un amante e mantenere la propria autonomia poteva significare ottenere il meglio di due mondi. Del resto, a lei non erano mai interessate né le relazioni stabili, né la famiglia. Quindi, perché non accettare quello che il caso aveva previsto per lei?

Si infilò a letto e annusò il cuscino. Il profumo di Vince era ancora lì fra le lenzuola, intenso e virile. Si mise un cuscino fra le gambe e uno sotto la testa. Si sentiva molto sexy e appagata, e lentamente scivolò in un sonno profondo e sereno.

Il mattino seguente una lunga scatola la attendeva fuori dal suo appartamento. All'interno trovò due dozzine di rose gialle. Sul biglietto che le accompagnava lesse: *Alla donna più speciale del mondo. Vince.*

Da quel giorno, Suzanne non pensò mai più allo stato civile del suo amante. Avrebbe vissuto quella relazione per ciò che era. Perché, al netto delle considerazioni sull'opportunità, e sulla moralità, di una relazione con un uomo sposato, Vince aveva aggiunto alla sua vita un sapore che lei non sospettava potesse esistere. Il loro tempo insieme era pieno di passione e di vitalità. Vince le aveva regalato qualcosa da desiderare, e un'intesa fisica impensabile. Ogni minuto trascorso con lui era puro piacere. E accettare che la loro storia non andasse da nessuna parte la rendeva persino più piacevole. Non c'era il rischio di rovinare tutto con analisi e discussioni. Erano due persone che condividevano corpi e menti. E questo a lei bastava.

Il suono dei clacson dietro di lei la distolse dai suoi pensieri. Il semaforo era scattato e lei stava bloccando il traffico. Il funerale. Giusto. Toccò l'acceleratore e l'auto ripartì, lasciandole la sensazione che da lassù Angie la guardasse scuotendo la testa.

15

10 giorni al matrimonio

—

Seduta nel vano della finestra, controllavo la strada in attesa di Flynn e intanto mi toglievo qualche pelucco dalla gonna nera. Era la prima volta che uscivamo insieme dopo l'imbarazzata cena della domenica precedente. Avevo i nervi a fior di pelle, e lo stomaco gorgogliava così forte che speravo non si facesse sentire nel silenzio della cerimonia funebre. Gli ultimi giorni erano stati terribili oltre ogni aspettativa, e io avevo cercato disperatamente di essere normale, anche se ormai non sapevo più cosa fosse, la normalità. La mia vita era talmente fuori controllo che io mi sentivo non più me stessa, ma un'altra persona che, sospesa sopra di me, guardava giù e vedeva la sfortunata Maggie.

Il lunedì avevo evitato Flynn per tutto il giorno con la scusa del lavoro arretrato al *Chicagoan* da smaltire prima del matrimonio. Che poi era anche vero. Le responsabilità di una direttrice dell'ufficio commerciale non venivano meno neanche se ti ammazzavano un'amica del cuore o se tradivi il futuro sposo poco prima del matrimonio più esagerato dell'universo. Le mie scartoffie si erano accumulate perché avevo dedicato troppo tempo ai preparativi per le nozze, e il calendario mi diceva che ormai mi restavano solo dieci giorni per rimettere tutto in pari.

Il martedì, grazie a una provvidenziale coincidenza, Flynn era andato fuori città ed era rientrato soltanto la sera tardi, risparmiandomi lo strazio di dover partecipare alla veglia funebre per Angie insieme al fidanzato tradito. Era stato un momento molto difficile anche senza di lui, pieno di sofferenza e di lacrime. Ci ero andata con Suzanne, ma lei aveva resistito solo un'ora prima di crollare e tornarsene a casa sua.

Oramai però non potevo più sfuggire e aspettavo agitatissima il momento di trovarmi faccia a faccia con il mio fidanzato. Per evitare che salisse fino al peccaminoso Eden in cui avevo consumato la mia colpa, appena vidi la sua auto scesi di corsa le scale e uscii in strada. Da quel fatidico giorno lui non era più entrato in casa mia perché temevo che se si fosse trovato sulla scena del crimine avrebbe notato qualcosa di strano. Negli ultimi due giorni non ci eravamo visti e i sensi di colpa mi avevano concesso un po' di tregua, ma adesso ero risalita su quella triste giostra.

Mi avvicinai alla sua automobile con un senso di fragilità. C'era stato un acquazzone, l'aria profumava di asfalto bagnato e il sole che aveva appena fatto capolino fra gli ultimi nuvoloni prometteva una giornata afosa, quasi perfetta per un funerale. Mi fermai accanto all'auto per ricompormi, inspirando a fondo prima di aprire la portiera del passeggero. All'interno, l'odore di detergente copriva quello del cemento bagnato. Ovvio. Era mercoledì, il giorno in cui Flynn portava la macchina all'autolavaggio. Funerale o no. Mi salutò con un sorriso smagliante, io mi sedetti e allacciai subito la cintura in modo che i miei movimenti fossero limitati e gli potessi dare solo un bacio sulla guancia.

«Molto romantico» commentò lui, passando dalla gioia alla frustrazione.

«Flynn, dai, oggi seppelliscono una delle mie migliori amiche.»

«Scusa. Sono stato indelicato.» Mise in moto e partì senza aggiungere una parola, ma di certo sentendosi ferito dal mio atteggiamento, e io mi chiusi nel bozzolo del mio inganno. La radio trasmetteva una canzone di Whitney Houston, che diceva: *I want to dance with somebody who loves me*. Un'immagine del falegname che ballava sull'affollata pista dell'Overhang spuntò del tutto indesiderata tra i miei pensieri, e cercai immediatamente di cancellarla.

Dopo venti, sofferti minuti in mezzo al traffico, ci immettemmo sulla Dan Ryan. Flynn accelerò come se fosse in gara contro il tempo, e prese a fare lo slalom fra le automobili, a volte addirittura spostandosi di quattro corsie. La guida aggressiva gli piaceva molto, e io in genere avevo sempre qualcosa da ridire su quel comportamento pericoloso, ma non quel giorno: in fondo, un incidente sarebbe stata la soluzione perfetta a tutti i miei problemi. Quando passammo sulla Edens lui aumentò ancora la velocità, e mentre accanto a noi sfilavano veloci le uscite verso la città e i quartieri di villette tutte uguali, capii che era arrivato il momento di interrompere il mio silenzio. Se non altro per proteggere l'incolumità altrui.

«Ti ringrazio per aver deciso di venire con me al funerale» iniziai, sperando che la mia voce suonasse sincera. «So che oggi al lavoro è stata una giornata impegnativa.»

«Ma figurati. Non ti avrei mai lasciata sola in questa situazione.» Flynn sembrò calmarsi, e rallentò finché non raggiunse quasi il limite previsto. «Maggie, mi dici che cosa sta succedendo?»

«Ma perché continui a chiedermelo?» replicai con un sospiro. Gli stavo ripassando la palla, secondo la tattica "la miglior difesa è l'attacco".

«Perché anche se dev'essere terribile per te quello che è successo a Angie, mi sono accorto che in questi giorni non sei più tu. Da quando sono tornato da New York, sembri una persona completamente diversa.» Io non replicai, e lui aggiunse: «Vedi? Intendo questo. Si può sapere cos'hai?».

«Scusami.» Setacciai i neuroni in cerca di una scusa ragionevole. Non era giusto torturarlo in quel modo. «Credo di essere solo sfinita. E anche un po' depressa. Tu non c'entri niente.»

Lui staccò una mano dal volante e accarezzò la mia. «Pensa a qualcosa di bello. Al nostro matrimonio, per esempio. Sembra impossibile che manchino solo meno due settimane, vero?»

«Davvero» replicai. Ed era la verità. Gli ultimi mesi erano volati. Pensai a tutti i regali di nozze accumulati nella mia cameretta a casa di mia madre. Sembrava un bazar.

«Sai una cosa, Mags? Il giorno in cui ti ho conosciuta è stato uno dei più belli della mia vita» mi disse mentre lasciavamo la Tower Road e proseguivamo verso est attraverso il parco naturale che in quei giorni era in pieno rigoglio. «Non te l'ho mai detto, ma sin dall'inizio la cosa che più mi è piaciuta di te, a parte la tua magnifica personalità, chiaro, è che non eri una di quelle donne ambiziose a caccia del buon partito. Tu sei una persona vera. E poi mi fai ridere. Con te mi sono sempre divertito tantissimo. Promettimi che resterai così anche dopo il matrimonio.»

«Farò del mio meglio.» Chissà se sapeva la barzelletta dell'addio al nubilato in cui la sposa... Di nuovo, un'immagine indesiderata si intrufolò fra i miei pensieri. Il falegname mi sorrideva dalla pista dell'Overhang come se mi conoscesse da sempre. Ma da dove arrivavano quei pensieri molesti?

E, soprattutto, come potevano venirmi in mente cose simili mentre andavo al funerale di un'amica?

16

Vince

Rimasto solo a casa di Suzanne, Vince pensò all'incantesimo che quella donna gli aveva gettato addosso. A come tutto ciò che lei faceva lasciasse un segno su di lui. La rivide mentre usciva di casa raddrizzando le spalle per andare al funerale, determinata come un soldato pronto alla battaglia. L'immagine lo emozionò come mai gli era capitato. Ricordò come si muoveva impettita e sicura la prima volta che l'aveva vista in uno dei suoi cantieri. Quella mattina, però, il suo portamento era diverso. La sua postura naturalmente fiera era intrisa di tristezza. Avrebbe tanto voluto accompagnarla, esserle vicino per stringerla fra le braccia e offrirle una spalla su cui piangere.

Era passata meno di una settimana dall'ultima volta in cui si erano visti, eppure gli era sembrato un secolo. Così aveva deciso di passare da lei senza avvisarla, e con sua grande gioia lei lo aveva accolto a braccia aperte. Avevano fatto l'amore subito. Un amplesso veloce, torrido. E poi lei aveva infilato sul polso sottile il braccialetto che lui le aveva regalato. Dio, quanto aveva sentito la sua mancanza in quei pochi giorni di separazione.

Rotolò sul letto e premette la faccia contro le lenzuola, respirando a fondo l'odore di Suzanne e cercando di memorizzarlo nel suo sistema olfattivo. Dopodiché fece la doccia e si vestì per la seconda volta in quella giornata. Mentre si annodava la cravatta davanti allo specchio del bagno, guardò l'immagine della camera riflessa attraverso la porta aperta. Com'era lecito aspettarsi, la stanza era arredata con grande buon gusto: lenzuola di Frette, letto a barca Biedermeier, stampe giapponesi alle pareti. Suzanne aveva classe, una qualità completamente sconosciuta alla moglie, e che tutto il denaro del mondo non avrebbe mai potuto comprare. Nella testa di Vince, Suzanne era la perfezione fatta persona. La sua ossessione per lei era tale da essere letteralmente terrorizzato di non essere contraccambiato allo stesso modo. Quando le aveva chiesto delle sue precedenti relazioni, lei gli aveva risposto che i pochi ragazzi che aveva avuto erano così insignificanti da non aver lasciato alcuna traccia. Però era impossibile che una persona perfetta come Suzanne non avesse mai avuto una storia d'amore. Nella sua vita doveva per forza esserci stata una grande passione.

Vince aveva notato che nell'appartamento di lei c'erano pochissime foto personali. Ma era impossibile che non avesse qualche ricordo, qualche immagine di quando era più giovane, della sua vita prima di lui. E in quel momento gli venne un'idea così poco rispettosa della privacy di Suzanne che si detestò per averla anche solo pensata. Eppure sapeva che l'avrebbe comunque messa in atto. E così puntò dritto alla cabina armadio, esitando giusto un istante prima di entrare. Come il resto della casa, era ordinata oltre ogni immaginazione, con gli abiti organizzati per colore, dal più chiaro al più scuro. Iniziò ad aprire i cassetti a caso – biancheria, calze, magliette, sciarpe di seta – e in ciascuno riuscì a cogliere una parte di lei. In tutti c'era un sacchettino di lavanda, proprio il profumo che lui sentiva nei deliziosi momenti che separavano l'essere vestiti dal non esserlo più.

Dopo aver esaurito i cassetti senza trovare niente di particolarmente significativo, proseguì nei ripiani più alti. C'erano file di borse nelle loro custodie di tela e scatole di scarpe con l'etichetta scritta a pennarello. Décolleté nere Ferragamo. Sandali dorati Gucci. Spinse lo sguardo oltre le scarpe, nell'angolo della cabina, dove la sua curiosità trovò infine soddisfazione. Infilati fra l'ultima scatola e il muro c'erano tre album fotografici dall'aria piuttosto logora. Allungò il braccio e ne prese uno.

La fotografie risalivano all'adolescenza di Suzanne. C'erano istantanee scattate in spiaggia, nell'auditorium di una scuola, in un parco. Dedusse che le ragazze ritratte insieme a lei fossero le amiche di cui parlava sempre: quella cicciottella con i capelli rossi doveva essere la futura sposa, quella con i capelli neri e il seno prosperoso la donna che avevano ammazzato. Ripose il primo album e sfilò il secondo. Qui c'erano le foto dell'università. Scene di vita nel campus. Feste piene di ragazze e ragazzi che bevevano e fumavano. Fu contento di notare che non c'erano foto di Suzanne in atteggiamenti compromettenti con qualche compagno, nessuno a cui lei dedicasse il suo ammaliante sorriso.

Il terzo album era rilegato in pelle e di un formato più grande. Sembrava anche più vecchio e più vissuto degli altri. Sulla prima pagina spiccava la vecchia Polaroid di una bimbetta che fissava un neonato nella culla. Sotto, un gruppo di famiglia con un bambino biondo e una bimba bionda appena poco più grande; erano seduti in riva a un torrente, su una coperta con un cestino da picnic al centro.

Sorridevano, anzi, sembravano raggianti di felicità. Nelle pagine successive la famiglia era invecchiata di qualche anno e Suzanne si era trasformata in una ragazza bellissima, il bambino in un ragazzo altrettanto bello. Il padre addobbava l'albero di Natale. La madre sfornava il tacchino. C'erano le prime comunioni, le lauree e i compleanni. Tutto l'album era dedicato alla famigliola. Suzanne, il fratello e i genitori.

Nell'ultima pagina c'era un ritaglio di giornale ingiallito.

Pirata della strada travolge automobilista e scappa
John Anders Lundgren, 22 anni, di Winnetka, ha perso la vita alle prime luci dell'alba in un incidente sulla Green Bay Road. Il giovane si trovava alla guida della sua vettura quando è stato spinto fuori strada da un altro veicolo che aveva invaso la sua corsia. Secondo un testimone, il conducente dell'altra automobile, una Cadillac nera, stava guidando a zigzag e dava l'impressione di essere in stato di ebbrezza. Il testimone ha poi dichiarato di non aver potuto prendere la targa del pirata della strada perché si è fermato a prestare i primi soccorsi. Lundgren è deceduto durante il tragitto verso l'ospedale di Evanston.
Il ragazzo stava rientrando da Chicago dopo aver riportato a casa la sorella, con la quale aveva partecipato a una festa di compleanno in famiglia.
Lascia i genitori, Lars e Inga, e la sorella Suzanne.

Vince rimise subito l'album al suo posto con la sensazione di aver appena scoperchiato il vaso di Pandora. Ogni tanto capitava che Suzanne parlasse dei genitori, ma non aveva mai fatto cenno all'esistenza di un fratello, men che meno a un fratello morto.

Invadere la privacy, curiosare nelle faccende personali di qualcuno era vergognoso, Vince lo sapeva, ma era così ossessionato da lei che non era riuscito a fermarsi. E poi quell'intrusione in fondo era veniale, se confrontata a quella precedente. La volta prima non si era limitato a frugare in un armadio. Se Suzanne avesse scoperto ciò che aveva fatto, di certo l'avrebbe odiato. Ma non l'avrebbe mai saputo perché lui non poteva neppure immaginare l'idea di perderla.

17

La mano di Flynn era un artiglio alieno che mi accompagnava dentro l'agenzia di pompe funebri Donovan. I partecipanti alla cerimonia erano così numerosi che era stato necessario unire diverse sale per accoglierli tutti, e ciò nonostante il luogo era stipato all'inverosimile. I soli famigliari riempivano già metà dello spazio disponibile – com'era prevedibile, visto che Angie era di origini italiane. Lungo le pareti erano allineati tantissimi fiori, al punto che sembrava di essere in una nursery. Ai lati della bara già chiusa, una serie di cavalletti con dei collage di immagini raccontavano la vita di Angie: l'infanzia, la scuola, l'università. Spiccava l'assenza di foto delle nozze, come se il matrimonio non ci fosse mai stato.

Ida Lupino stava in piedi davanti alla bara chiusa della figlia, il petto florido scosso dai singhiozzi. Accanto a lei, il marito cercava stoicamente di rincuorarla, l'espressione cupa sotto la folta chioma di capelli argentei, il viso olivastro stravolto dal dolore di un genitore che vede sovvertito l'ordine naturale. Una persona irriconoscibile rispetto all'uomo elegantissimo che non molti anni prima aveva accompagnato all'altare la figlia raggiante di felicità dietro le sue otto damigelle. I tre fratelli maggiori completavano il quadro, con i loro lugubri completi neri e i bei visi fissi sul pavimento, le mogli dall'aria inconsolabile al loro fianco.

Al centro della sala notai Kelly, seduta accanto ad Arthur e Natasha. Era vestita di nero, come quasi tutti i presenti, e aveva i capelli stretti in una treccia. Natasha era molto elegante nel costosissimo tailleur firmato. Arthur, pallido in viso, sembrava seccato come se avesse preferito essere ovunque tranne che lì. Seduti alle loro spalle, Carol Anne e Michael avevano tenuto tre posti. Con un cenno indicai a Flynn le sedie libere e ci avvicinammo. Lui scambiò qualche parola con Arthur mentre io mi rivolgevo a Carol Anne.

«Suzanne non c'è?»

«No, non è ancora arrivata.»

«Spero che stia bene. Ieri sera l'ho vista molto provata, durante la veglia funebre. Sai, per lei è come rivivere il passato. Come stanno i famigliari di Angie?»

«Guarda tu stessa. Credo che la scena si commenti da sola.» Spostai lo sguardo verso la zona principale della sala dove, in attesa della cerimonia, i figli della signora Lupino la stavano praticamente portando a braccia verso la prima fila di sedie, mentre le cognate di Angela circondavano la suocera cercando di confortarla. Il cuore mi si strinse per la pena.

«E tu?» sussurrò Carol Anne. «Come te la stai cavando?»

«Non troppo bene.» Mi voltai indietro alla ricerca di Suzanne, e notai Albert Evans fra le persone arrivate per ultime e assiepate sul fondo. Albert era l'assistente di Angie e uno dei suoi amici più stretti, un autentico faro nella tempesta durante il periodo della separazione. Prima di conoscere Flynn avevo trascorso parecchie ore con loro due davanti a un calice di vino, soffrendo insieme sui punti più controversi degli accordi per il divorzio. Impeccabile nel suo completo italiano dal taglio aderente, Albert sembrava più adatto a una sfilata di moda che a un funerale, anche se aveva l'espressione di un bambino a cui avessero appena detto che il suo cagnolino è morto sotto le ruote di un'auto. I nostri sguardi si incrociarono e io gli sorrisi con tristezza. Lui mi vide e subito si asciugò una lacrima sincera con un candido fazzoletto di batista. Accanto a lui, il suo compagno Julian gli teneva compagnia con un'aria fra il sofferente e l'annoiato.

In quel momento entrò Suzanne, sin troppo bella per un'occasione così triste. Sollevai la mano e ci scambiammo un silenzioso saluto mentre il prete, alto e leggermente stempiato, saliva sul pulpito. Padre Carroll era un vecchio amico della famiglia Lupino e aveva celebrato il matrimonio di Angie. Adesso invece l'avrebbe sepolta.

«Prego, alzatevi» disse, e l'assemblea obbedì. Recitò le preghiere del rito cattolico per i defunti, che io avevo sentito per la prima volta a otto anni, al funerale di mia nonna, e le monotone litanie risuonarono nella sala punteggiate dai singhiozzi della madre di Angie. Alla fine il sacerdote spruzzò il feretro con l'acqua benedetta e invitò i presenti a porgere l'ultimo saluto prima di uscire per la messa funebre.

Le sedie si svuotarono e le persone si allinearono in una lunga coda che si muoveva verso la bara per sfilare davanti alla salma. Carol Anne si fermò e accarezzò il legno della cassa, Michael abbassò la testa in segno di rispetto. Kelly toccò il feretro, come pure Suzanne, visibilmente scossa dai singhiozzi nonostante cercasse in ogni modo di trattenersi. Fu poi la volta di Arthur e Natasha, dagli occhi perfettamente asciutti, e infine toccò a me.

Sul coperchio della bara spiccava una foto di Angie nel giorno del diploma, il viso dolcissimo sotto il tocco nero. Ripensai al patto che noi amiche avevamo stretto quella notte con alcolica solennità: se una delle sei fosse morta prematuramente, le altre non avrebbero dovuto osservare nessun lutto ma, al contrario, organizzare una festa con il cadavere in bella mostra, una birra in una mano e una canna nell'altra. Pensai al rosario che Ida Lupino sicuramente aveva intrecciato fra le dita irrigidite della figlia e pensai a quanto sarebbe stato più utile a Angie rispetto a una birra e una canna.

«Addio, amica mia» mormorai, toccando il feretro e trattenendo a stento le lacrime. Flynn con delicatezza mi spinse avanti e io mi allontanai asciugandomi gli occhi con le dita. Questa volta apprezzai la stretta rassicurante del mio fidanzato.

Quando uscimmo nell'atrio, con mia sorpresa scorsi Harvey nascosto in un angolo come un paria, la testa china da penitente. Non lo vedevo da quando lui e Angie si erano separati e aveva un aspetto terribile. Il viso era una maschera di dolore, le occhiaie profonde parlavano di parecchie notti insonni. Di sicuro stava pensando che se lui e Angie non si fossero lasciati, quella parata non sarebbe mai esistita. *Troppo tardi, Harvey.* Nessuna riscrittura della storia poteva ormai cambiare il finale. In quel momento alzò lo sguardo e mi vide. Io lo salutai con un cenno, dopodiché io e Flynn gli passammo davanti e uscimmo. Avrei voluto stringergli la mano e dirgli quanto mi spiacesse, ma chissà perché non lo feci.

Dopo le atmosfere soffuse della camera ardente, l'effetto della luce solare fu un vero shock. Ma anche con gli occhi stretti a fessura per proteggerli dal bagliore accecante, era impossibile non notare i detective O'Reilly e Kozlowski appostati nel parcheggio. Si erano messi la giacca, forse per passare inosservati mentre scrutavano ogni singola persona che usciva dall'agenzia di pompe funebri. Mi sentii attanagliare dalla paura. Erano due persone che non avrei mai voluto rivedere. Mi strinsi a Flynn, più che altro a loro beneficio, nella speranza che farmi notare con il mio fidanzato mi avrebbe evitato, in futuro, le loro sgradite domande.

«Vedi quei due uomini laggiù? Sono i poliziotti che indagano sulla morte di Angie» spiegai a voce bassa.

«Vuoi dire quei tizi vestiti così male? Credevo fossero parenti dei Lupino» commentò Flynn, sarcastico.

«Secondo te, perché sono venuti al funerale?» gli sussurrai all'orecchio, controllando che nessuno dei famigliari di Angie fosse nelle vicinanze.

Flynn mi lanciò lo sguardo che in genere riservava agli imbecilli senza speranza. «Stanno controllando i presenti. Credo sia la prassi, in questi casi. Anzi, ne sono sicuro. Conosci la teoria che i criminali tornano sempre sul luogo del delitto, no?» Si infilò i Ray-Ban e accettò un adesivo arancione con la parola FUNERALE da un impresario delle pompe funebri. Salimmo in macchina e Flynn lo sistemò nell'angolo inferiore sinistro del parabrezza, attento a non premere troppo in modo che non lasciasse la colla sul vetro.

Mentre aspettavamo con l'aria condizionata accesa che il corteo di auto si avviasse verso la chiesa, ripensai a quella frase di Flynn – «i criminali tornano sempre sul luogo del delitto». Non riuscivo a immaginare che qualcuno dei presenti potesse avere qualcosa a che fare con la morte di Angie.

18

Dopo la messa, le persone che avevano partecipato al funerale furono invitate a casa della famiglia Lupino. Quando Flynn e io arrivammo, le vie intorno erano così intasate di auto che dovemmo parcheggiare a molti isolati di distanza. Mentre camminavo sotto i filari di querce dal sontuoso fogliame estivo, ricordai le centinaia di volte in cui avevo percorso la stessa strada da bambina. Coperta di scricchiolanti foglie autunnali o di neve caduta fra i rami spogli dell'inverno, quella via mi aveva sempre accolta con grande dolcezza. Una dolcezza che quel giorno invece era sparita.

E divenni ancora più triste quando arrivammo alla casa. La modesta villetta coloniale delle mie prime visite aveva subìto nel corso degli anni numerosi ampliamenti, fino a trasformarsi in una residenza faraonica, che lambiva i confini della proprietà. Il padre di Angie probabilmente costruiva una nuova ala ogni volta che chiudeva un affare importante. O forse ogni volta che trovava una nuova amica, tanto per dare alla moglie qualcosa con cui tenersi occupata. Non era un segreto che il signor Lupino fosse un impenitente donnaiolo. Angie aveva scoperto le scappatelle del padre durante il primo anno di liceo e, disperata, lo aveva confidato a noi amiche. Nessuna aveva mai capito se la madre fosse al corrente di quelle avventure extraconiugali. Erano italiani, e per quanto rientrasse tardi la sera, il marito restava comunque il signore e padrone del castello, con la cena sempre sul tavolo ad aspettarlo. Ironia della sorte, era un uomo che credeva nei valori della famiglia, oltre a essere un fervente cattolico e un generoso benefattore della sua chiesa. Non passava domenica senza che lui andasse a messa, seduto in prima fila con moglie, figli e l'abito della festa.

Ora decine di bambini stavano giocando in giardino – i nipoti e i cuginetti di Angie, che finalmente potevano sfogarsi dopo una faticosa mattinata di comportamento irreprensibile. I Lupino amavano molto i bambini, e ciò rendeva ancora più tragico il fatto che Angie non fosse riuscita ad averne. La casa sembrava sempre invasa da un esercito di piccoli Lupino, soprattutto nel fine settimana, quando arrivavano in visita i parenti. Abituata al sobrio silenzio di casa mia, da ragazza la chiassosa famiglia di Angie mi sembrava così invitante e vitale che adoravo stare da lei. I miei pochi cugini vivevano in un altro Stato ed erano quasi degli estranei, perciò le grandi riunioni famigliari mi erano del tutto sconosciute, il che probabilmente rendeva il caotico ménage domestico della famiglia di Angie molto più attraente di quanto non fosse nella realtà.

Flynn e io entrammo nella villa già affollata di parenti e amici e raggiungemmo a fatica la cucina, che in quel momento ferveva di attività come e più di un ristorante. Alcune donne dal petto prosperoso si davano da fare ai fornelli, davanti a pentoloni di pasta in cottura e padelle di sfrigolanti salsicce. Il piano di lavoro era già stipato di terrine con penne al sugo di polpette, piatti di pollo fritto, vassoi di affettati misti, cestini di pane croccante. Sul tavolo davanti al bovindo, invece, erano disposti i dolci: biscotti fatti in casa, torte e cannoli con la ricotta – tutto ciò che aveva sempre sabotato ogni mio tentativo di mettermi a dieta. Non era un mistero che riuscissi a mantenere i miei chili superflui ingozzandomi alla tavola dei Lupino, anni luce diversa da quella ispirata alla semplice regola: una proteina, un carboidrato, una verdura.

Una donna con le braccia grandi come le mie cosce e un'enorme crocchia di capelli grigi mescolava qualcosa in una pentola sul fuoco. Quando mi vide, posò il cucchiaio di legno e mi corse incontro, muovendo il corpo voluminoso con insospettabile grazia. Mi buttò le braccia al collo e mi strinse così forte da mozzarmi il respiro.

«Tesoro mio, chi poteva mai immaginare che avremmo visto un giorno del genere?» mi disse, scuotendo la testa come per rispondere alla sua stessa domanda. Spostò poi l'attenzione su Flynn, che per un attimo sembrò spaventato all'idea di essere abbracciato anche lui dal donnone. «Sta con te?»

«Ti presento Flynn Hamilton, il mio fidanzato. Flynn, lei è Rose, la zia di Angie.»

«Bello, ma un po' troppo magrolino» sentenziò Rose con un accenno di sorriso. «Anche tu però» aggiunse, soppesando a occhio le mie nuove forme. «Ormai sei diventata trasparente.» Felice di avere una nuova crociata, caricò due piatti di cibo e ce li passò. «Tenete. Andate in giardino adesso. E *mangiate, mangiate!*» si raccomandò in italiano. Conclusa la sua missione, tornò a occuparsi della pentola che sobbolliva sopra il fornello a sei fuochi.

«Sembrava una scena del *Padrino*» osservò Flynn mentre uscivamo sul retro. Il cortile era affollato di gente, seduta sul prato o ai tavolini da caffè che circondavano la piscina. Trovammo posto all'ombra e posammo a terra i nostri piatti. Io mi allungai sull'erba, invece Flynn tornò dentro a prendere qualcosa da bere. Mentre spizzicavo un po' di cibo, notai Albert Evans che, in un angolo, sembrava guardare con preoccupazione il suo piatto troppo abbondante. Quando mi vide, si avvicinò.

«Posso sedermi qui con te?»

«Ma certo. Julian dov'è?»

«Doveva tornare al lavoro.» Prese dalla tasca il fazzoletto candido e prima di sedersi lo allargò sul prato. Quindi studiò di nuovo il piatto come se tutto quel cibo stesse per divorarlo, invece del contrario. «Non è assurdo? Una donna enorme, in cucina, non mi ha lasciato andare finché non ho accettato questa massa di roba che potrebbe sfamare tutta la Mongolia Esterna, ammesso che esista.»

«È la zia di Angie. Benvenuto in Italia. Qualunque cosa succeda, l'importante è mangiare. Parlano del pranzo a colazione, e della cena a pranzo.» Posai la forchetta. Avevo lo stomaco sottosopra e nessun appetito. «Come vanno le cose senza il vecchio capo?»

Gli occhi di Albert si riempirono di lacrime. Fece per prendere il fazzoletto dalla giacca, poi ricordò che ci si era seduto sopra, e si asciugò le guance con le dita. «Non è facile. Angie non era solo il mio capo, lo sai, era anche una carissima amica. Le volevo molto bene. È difficile credere che abbia potuto morire in quel modo. Spero soltanto che fosse abbastanza fuori da non rendersi conto di quel che accadeva.»

«In che senso, scusa?»

Lui si guardò intorno con aria circospetta, e poi mi si

avvicinò. «Dio, non sai che cosa terribile sia dovermi tenere tutto dentro. Giurami che manterrai il segreto.»

Mi feci una croce sul cuore.

«Ho visto Angie prima che morisse.»

«Cosa? E dove?»

«Al The Zone, lei è arrivata poco prima della chiusura.»

«E che cosa ci faceva Angie in quel posto?» Conoscevo il locale di Boystown perché si faceva pubblicità sul *Chicagoan*. I clienti erano soprattutto gay, il che lo rendeva poco interessante per Angie. Soprattutto per andarci da sola.

Albert cambiò espressione. «Credo che stesse cercando di comprare qualche dose» rivelò con aria colpevole.

«Quindi secondo te era lì che si procurava la cocaina?»

Sempre più afflitto dal senso di colpa, Albert spiegò: «Le avevo presentato un barman che lavora lì e che ogni tanto spaccia. Era così depressa dopo la separazione da Harvey che una botta di vita ogni tanto l'avrebbe fatta sentire meglio, pensavo. Ecco perché le ho fatto conoscere Lyle. Stavo solo cercando di aiutarla».

«Ottima mossa, Albert. Davvero.»

«Ma come potevo immaginare che la cosa le sarebbe sfuggita di mano fino a questo punto? Non me l'aspettavo. Devi credermi.»

In realtà sembrava che volesse convincere soprattutto se stesso. «Ma quella sera le hai parlato?»

«No. Ero con degli amici e lei non mi ha visto. Non mi sono alzato perché... be', lo sai anche tu come sa essere irritante Angie alle volte. Soprattutto se è fatta. Non avevo voglia di parlare con lei.»

«Oh, Albert! Magari se avessi parlato con lei le cose sarebbero andate diversamente» lo rimproverai.

«Cazzo, Maggie, secondo te non mi sono ripetuto la

stessa cosa almeno un milione di volte? E non è finita qui. Dopo aver trovato la roba che cercava, e prima di uscire, si è fermata a parlare con un tizio – bello, capelli neri – che se ne stava da solo a un tavolo. Era chiaro che lo conosceva, e che lui non era per niente contento di averla incontrata. Lei deve avergli detto qualcosa che l'ha fatto arrabbiare, perché sembrava che volesse picchiarla. E poi Angie è andata via.»

«Santo cielo. Ma hai raccontato queste cose alla polizia?»

«Il problema è proprio questo. Non posso. Se dico agli sbirri che Angie era al The Zone, loro andranno a cercare Lyle. Possiamo anche raccontarci di vivere in un mondo moderno, ma ci sono un sacco di poliziotti omofobi che odiano i gay senza se e senza ma. Appena ha visto la faccia di Angie al notiziario, Lyle mi ha chiamato e mi ha scongiurato di tenere la bocca chiusa.»

«Ma, Albert, e se il suo assassino fosse proprio il tizio con cui parlava?»

Lui abbassò la testa, sempre più in difficoltà. «I sensi di colpa mi stanno ammazzando. Non dormo da giorni.»

Non sei l'unico divorato dai sensi di colpa. O che non dorme. Ma nella confessione di Albert c'era anche un elemento positivo. Se quel tizio con i capelli neri era davvero l'assassino, il caso sarebbe stato presto risolto e la polizia avrebbe smesso di farmi domande. Il mio segreto sarebbe stato al sicuro. «Albert, devi assolutamente chiamare il distretto di polizia della Zona 3 e chiedere del detective O'Reilly. Non gliene frega niente di Lyle. A lui interessa solo trovare l'assassino di Angie.»

Albert alzò gli occhi al cielo. «Ci penso, Maggie. Davvero. Ma nel frattempo ricorda che mi hai promesso di non dire niente.»

«Pensavo volessi parlare della coca, ma questa è una cosa diversa.»

«Lasciami fare a modo mio. Altrimenti negherò tutto.»

«Albert, devi fare la cosa giusta.»

La conversazione si interruppe di colpo perché Flynn tornò in quel momento con due bicchieri di vino. Alle sue spalle vidi arrivare anche Carol Anne e Kelly. Albert si alzò e raccolse il fazzoletto, che ripiegò con cura prima di infilarlo in tasca. Salutò con un cenno le ragazze e si allontanò, lasciando sull'erba il piatto con la montagna di cibo ancora intatta.

«Che cosa aveva?» domandò Carol Anne, stendendosi sul prato. Il suo tailleur blu navy esaltava l'azzurro dei suoi occhi, che però sembravano insolitamente sfuggenti.

«Credo abbia perso l'appetito» risposi, prendendo il calice che Flynn mi porgeva. «Michael dov'è?»

«L'hanno chiamato al cercapersone durante la messa. C'è stata un'emergenza ed è dovuto rientrare in clinica.»

«Un'emergenza in chirurgia plastica?» ironizzò Kelly, infilandosi in bocca un'enorme polpetta.

«Può capitare» replicò Carol Anne sulla difensiva.

«Suzanne dov'è finita?» domandai.

«È tornata in ufficio. Secondo me, vedere i parenti di Angie è stato troppo per lei. Si è ritrovata di colpo in una situazione già vissuta» commentò Carol Anne.

Rividi Suzanne chiusa nel suo straziante dolore durante il funerale del fratello. Noi amiche avevamo dovuto accompagnarla alla macchina reggendola per le braccia, una da una parte e una dall'altra. Ripensai alle mie sorelle, una maggiore e l'altra minore. Avevamo le nostre divergenze, ma non potevo neanche immaginare la mia vita senza di loro. Così come nessuna di noi poteva immaginare un mondo senza Angie.

Prima di andare via, Flynn e io ci fermammo a salutare i genitori di Angie. Fu il momento più difficile della giornata. Le nostre parole suonarono come un addio senza appello e colorarono l'aria intorno a noi di una sfumatura cupa. La madre mi abbracciò in lacrime, mentre il padre rimase lì in silenzio, chiuso nel suo dolore, come aveva già fatto alla veglia e durante il funerale.

«Se solo potessimo sapere chi le ha fatto questa cosa tremenda...» singhiozzò Ida Lupino.

I miei pensieri tornarono ad Albert Evans. Date le circostanze, mi chiedevo se fossi davvero tenuta a mantenere il segreto. Avrebbe chiamato la polizia? E se sì, le sue informazioni avrebbero aiutato a sciogliere il mistero sulla morte di Angie e restituito un minimo di serenità alla famiglia Lupino?

Il problema era che i segreti da mantenere, compreso il mio, iniziavano a essere troppi. E trovata l'ennesima scusa per evitare la compagnia di Flynn – sincera questa volta – gli chiesi di accompagnarmi in ufficio, dove mi persi fra le scartoffie fin oltre mezzanotte.

19

Kelly

La nuvola nera arrivò mentre Kelly si stava allacciando le scarpe da ginnastica. Era una sorta di eclissi che annientava la luce, lasciandola nel buio. Si presentava sempre senza preavviso, come un treno che sfreccia oltre un passaggio a livello incustodito. Ma, diversamente dal treno, la sua nuvola non svaniva in pochi secondi. No, restava sopra di lei a volte per ore, altre per giorni.

La depressione aveva iniziato a tormentarla dopo la morte della madre. Negli anni, lei aveva messo a punto diverse strategie per neutralizzarla. Al liceo si chiudeva in camera con un libro. All'università si seppelliva nello studio. L'alcol, la droga e il sesso occasionale arrivarono dopo. Anche se da quando era diventata sobria la nuvola non si era più fatta vedere, Kelly sapeva che era sempre in agguato. E quella mattina era ricomparsa più minacciosa che mai, come una burrasca che ti schianta contro gli scogli.

Si sentiva inutile, insignificante, incapace; aveva la sensazione che la sua esistenza fosse soltanto un'enorme montagna di merda. A più di trent'anni ancora si sforzava di dare un senso a una vita che non era mai iniziata veramente, e l'impresa sembrava disperata. Già ai tempi dell'università lei non era come tutti gli altri, quegli studenti dalla mente curiosa costantemente assetata di sapere e il destino già orientato verso il successo. No, lei si era dovuta conquistare ogni risultato con fatica, e invidiava il loro entusiasmo perché avrebbe voluto sentirsi così anche lei, a quell'età.

Recuperare il tempo perduto si stava rivelando un inferno. Sembrava che ormai tutte le sue amiche stessero veleggiando serenamente verso la mezza età, mentre lei navigava ancora in alto mare. Loro avevano casa, macchine, una bella famiglia oppure una bella carriera, e nessuna preoccupazione su come pagare la retta della scuola o l'affitto del mese successivo. Erano attorniate di persone: mariti, fidanzati, bambini. Solo Suzanne navigava in solitaria, ma in fondo il suo lavoro era l'unico amore che aveva sempre desiderato. Kelly non aveva mai avuto una relazione seria con qualcuno, qualcuno da cui tornare la sera. Aveva un bel ripetersi che stare da sola non significava necessariamente sentirsi sola. Lei però era entrambe le cose. Stava da sola e soffriva di solitudine. E invece avrebbe voluto vivere, anziché sopravvivere.

In un certo senso era paradossale che avesse scelto di studiare Psicologia. Lei detestava gli strizzacervelli. Dopo la morte della madre aveva trascorso molto tempo sui loro divani, ed era giunta alla conclusione che quasi tutti fossero soltanto dei bigotti pieni di problemi. Si era convinta che lei avrebbe potuto aiutare le persone molto meglio di loro. Se non altro, al mondo ci sarebbe stato almeno un terapeuta che capiva davvero la sofferenza degli altri.

Tizzy si avvicinò e la guardò preoccupata con il suo unico occhio. *Basta con l'autocommiserazione*, si rimproverò Kelly. *Puoi ringraziare soltanto te stessa se la tua vita è inconcludente. Non farti ributtare giù dalla nuvola nera. Esci di casa e fatti una bella corsa.* E con questo pensiero finì di allacciare le scarpe e uscì.

Il cielo del primo mattino aveva il colore del lapislazzulo, le nuvole erano batuffoli di cotone. L'aria era ancora fresca mentre lei attraversava il cortile e si avviava tranquilla lungo il marciapiede per riscaldare i muscoli. A breve avrebbe trovato un ritmo più spedito, un passo dopo l'altro già sentiva i muscoli rispondere. Tuttavia, mentre il corpo la assecondava, la mente opponeva ancora resistenza. La nuvola nera continuava a incombere su di lei, oscurando l'azzurro del cielo. La seguì anche dentro il parco, e Kelly allora iniziò a correre più veloce nel tentativo di seminarla. Ma la nuvola era furba e riuscì a raggiungerla e a catturarla, proiettandole nella testa il viso stravolto di Angie. *Dovevi esserci tu al mio posto.*

Kelly non riusciva quasi più a respirare e si fermò piegata in avanti per riprendere fiato, le mani appoggiate sulle ginocchia. Il cuore batteva all'impazzata e il mondo le girava intorno, capovolto. Era un attacco di panico. Si sentì sul punto di svenire, ma cercò di non cedere, e reggendosi a fatica sulle gambe molli rientrò a casa. Attraversare Clark Street fu uno sforzo sovrumano, come pure il resto della camminata. Quando aprì la porta di casa, Tizzy la salutò con un miagolio interrogativo. Kelly si buttò tremante sul divano a fiori rosa e poco alla volta si riprese. Non aveva mai avuto voglia di ricominciare a bere come in quel momento. Poteva tenere sotto controllo la depressione, ma un attacco di panico era qualcosa di assolutamente ingestibile.

Non poteva continuare così ancora per molto. Doveva parlare con qualcuno.

20

8 giorni al matrimonio

Il venerdì mattina mi ritrovai in ufficio a chiedermi perché non avessi dormito lì, visto che ne ero uscita dopo mezzanotte. E fissai demoralizzata la colossale pila di documenti in attesa. Rapporti di vendita. Relazioni. Proiezioni. La montagna sembrava crescere ogni giorno di più, invece di ridursi, ed essermi assentata dal lavoro per il funerale aveva solo peggiorato la situazione. Il fatidico giorno delle mestruazioni nel frattempo era arrivato, ma loro non si erano presentate. Flynn era diventato un po' scontroso perché io continuavo a sfuggirgli. In effetti, tutto quel lavoro arretrato aveva l'unico vantaggio di fornirmi un pretesto perfetto per evitare il mio fidanzato. I miei sensi di colpa non erano affatto diminuiti negli ultimi giorni, ma, al contrario, minacciavano di soffocarmi. A peggiorare la situazione, le indesiderate immagini di Steven Kaufman – lui sulla pista dell'Overhang, lui nella mia camera da letto – continuavano a infilarsi tra i miei pensieri. E più cercavo di scacciarle, più si ripresentavano. Quella notte, durante le poche e agitate ore di sonno che ero riuscita a concedermi, mi era apparso in sogno e mi aveva chiesto di non sposare Flynn. Freud diceva che noi siamo tutte le persone dei nostri sogni. Possibile che io fossi anche quell'estraneo che non volevo mai più rivedere in vita mia?

Controllai l'agenda. C'era una nota che mi ricordava di chiamare il negozio per concordare gli abiti delle damigelle. Secondo un'altra dovevo telefonare al fioraio. E ancora un'altra mi avvisava di chiamare la madre di Flynn per darle il numero degli invitati alla cena prenuziale. Mi sentivo così sopraffatta dalle cose da fare che avrei voluto nascondermi in casa e raggomitolarmi in un angolino con un buon libro. Sembravano passati secoli dall'ultima volta che mi ero concessa quel piacere. Casa mia era piena di libri mai aperti, ma le recenti necessità della mia vita non mi lasciavano più tempo per leggere. Ancora meno per scrivere. Avevo sempre pensato che dentro di me ci fosse un libro che aspettava solo di essere messo nero su bianco, e prima o poi l'avrei fatto. Ma la vita reale mi aveva disillusa. E poi, per scrivere, era prima di tutto necessario avere qualcosa che valesse la pena raccontare.

Squillò il telefono e Sandi, la ragazza della reception, mi informò che in linea c'era una certa Kelly Delaney per me. Doveva passare la chiamata? *Assolutamente no*, pensai, ma presi la comunicazione lo stesso.

«A quest'ora di solito non vai a correre?» domandai senza preamboli.

La voce di Kelly sembrava confusa, quasi stesse parlando sott'acqua. «Oggi non sono andata. Avevo cose più importanti da fare, tipo tagliarmi le unghie dei piedi. Hai qualche minuto da dedicarmi?»

Qualche minuto era esattamente ciò che non avevo. «Per te ho sempre tempo. Dimmi pure.»

«Ascolta, non sto per niente bene. E ho bisogno di parlare con qualcuno. Potrei andare a una riunione degli

Alcolisti Anonimi, in effetti, ma non è come parlare con un'amica. Perciò volevo sapere se per caso oggi potremmo vederci un momento. Mi spiace disturbarti, ma non sapevo proprio chi chiamare.»

Accidenti, non era proprio il momento migliore. Controllai l'agenda. Riunione con i collaboratori. Pranzo di lavoro. Telefonate a clienti importanti. Quel giorno ero così piena di impegni che non avrei avuto neanche il tempo di andare in bagno. Avrei visto il primo spiraglio di luce verso le tre, e avevo deciso che ne avrei approfittato per portarmi avanti con le scartoffie. Ma la disperazione nella voce di Kelly era impossibile da ignorare. Un'amica vera è quella che ogni tanto può buttare la sua vita nel cesso per aiutarti. «Non riesco a liberarmi fino al pomeriggio. Va bene alle tre? Ce la fai ad aspettare?»

«Alle tre va bene.» Sembrava già più sollevata. «Ci vediamo al Mayfair. Ti offro un tè. O anche un drink, se vuoi.»

«Al Mayfair? Direi che oggi non sei decisamente in cerca di avventure.» L'hotel di lusso era un famoso ritrovo per attempate signore dai capelli azzurrini e per i gay che le accompagnavano.

«Volevo un posto tranquillo.»

«Va bene, allora. Ci vediamo lì.»

«Grazie, Maggie. Grazie di cuore. So che sei molto occupata. Non puoi nemmeno immaginare quanto ti sono grata» replicò Kelly.

«Gli amici servono a questo.»

Riappesi e cercai di rimettermi a lavorare, ma la mia mente non voleva saperne. Una fitta nella zona pelvica attirò la mia attenzione. Un segno del ciclo imminente? O di qualcos'altro? Chiusi gli occhi e pregai di avere i soliti dolorosissimi crampi premestruali. Dopodiché mi chiesi se fosse il caso di dare consigli a Kelly quando io stessa ero completamente fuori fase.

Corsi via dall'ufficio alle tre meno un quarto, e attraversai la reception ignorando l'occhiata di Sandi, genere: *Stai scherzando, vero?* Il mio carico di lavoro arretrato non era un segreto per nessuno. Arrivai al Mayfair poco prima delle tre e mi lasciai velocemente alle spalle il portiere in livrea per entrare nell'atrio dell'hotel. Era una vera oasi di tranquillità nella vita frenetica della metropoli, con le sue pareti coperte di boiserie, il soffitto affrescato e una ragazza di origine asiatica che suonava rilassanti melodie all'arpa. La sala era popolata da signore anziane elegantissime e da uomini molto più giovani che indossavano giacche di seta color crema con fazzoletti da taschino in colori sgargianti. Kelly mi aspettava seduta su un divanetto d'angolo. Aveva uno sguardo da animale braccato.

«Stai bene?» domandai appena la raggiunsi.

Lei scrollò le spalle. «Quando ero piccola, e mia madre si era già ammalata, mia zia Betty mi portava a fare gli acquisti di Natale sulla Michigan Avenue e dopo venivamo sempre qui. Ci sedevamo in questa sala con tutti i nostri pacchetti e prendevamo il tè. Aspettavo sempre con ansia quel giorno. Per me era così speciale. Immagino di aver scelto il Mayfair per questo motivo. Mentre ero qui, tutte le cose brutte per un po' sparivano... Mia zia morì poco dopo mia madre. Infarto» spiegò. Kelly trattenne le lacrime, ma nei suoi occhi azzurri lessi tutta la profondità della sua tristezza. «Sento ancora la sua mancanza.»

Un cameriere in giacca bianca si avvicinò con un carrello. Posò sul nostro tavolo dei piattini con tramezzini formato mignon, e altri piattini con i tradizionali *scones*, accompagnati dall'altrettanto tradizionale *clotted cream* e dalla marmellata di fragole. Quindi ci invitò a scegliere una miscela di tè, e ne versò la giusta quantità nella teiera di porcellana, coprendola con un grazioso cappuccio di stoffa imbottita, dopodiché si allontanò. Quel rituale era così raffinato che per la prima volta da quasi una settimana mi sentii di nuovo un essere umano. Kelly si versò una tazza di tè e la fissò.

«Maggie, non so che cos'ho di sbagliato. Da quando Angie è stata ammazzata mi sento sempre sul punto di cadere a pezzi. Ho bisogno di parlarne con qualcuno prima che mi succeda qualcosa di brutto.» Non serviva che entrasse nei dettagli, potevo immaginare da sola a cosa si riferisse. «Sai bene che io detesto chiedere aiuto, quindi apprezzo doppiamente il fatto che tu sia qui per me.»

«Ma figurati, Kelly. Ti ho già detto che gli amici servono a questo.»

«L'ultimo anno è stato molto difficile, però, tutto considerato, direi che me la sono cavata piuttosto bene. Invece dalla morte di Angie ho sempre la sensazione di tornare indietro. Di nuovo verso quel buco nero. Non riesco a smettere di pensare a lei. Mi sembra di essere stata così assorbita dai miei problemi, ultimamente, che non sono più riuscita a essere una buona amica. Dopo la separazione Angie mi chiamava sempre, ma io ero così impegnata con la scuola, con il lavoro e con tutto il resto che non riuscivo mai a trovare il tempo per lei. E poi l'altra sera, da Carol Anne, io avevo capito che era completamente fatta. Avrei dovuto dirle qualcosa, e invece non l'ho fatto.»

«Kelly, non potevi salvare Angie. Nessuno avrebbe potuto farlo.»

«Forse no, ma almeno avrei potuto provarci. Lei con me l'ha fatto. Alla tua festa mi sono rivista in lei: tutta quella finta allegria, quell'ansia di dire e di fare. In fondo al cuore sapevo che non era solo questione di alcol. Ma ero così assorbita dalla mia rinascita, dal mio riscatto, che ho pensato soltanto a me stessa. E così adesso mi sveglio ogni mattina e me la vedo davanti che mi guarda come se volesse dirmi che è tutta colpa mia. E qualche volta mi succede anche in altri momenti. Ho iniziato ad avere degli attacchi di panico. Anche oggi. Ne ho avuto uno così forte che non riuscivo neanche a correre.»

«Kelly, devi smetterla di punirti così» le dissi. Sollevai la tazza per sorseggiare un po' di tè e mi accorsi che la mia mano tremava leggermente. «Allora che cosa dovrei dire io, visto che ero con lei in quel locale?»

Kelly osservò la mia mano, e poi mi guardò in faccia. Mi studiò in un modo che mi fece sentire trasparente come i suoi occhi azzurro cielo. Riusciva a leggermi dentro? Aveva capito la mia angoscia?

«Che ti succede?» mi chiese, cambiando di colpo il tema del nostro incontro. D'un tratto era di nuovo la ragazza risoluta che conoscevo al liceo. Quella che affrontava i problemi e li risolveva, che fossero un'equazione o una madre malata.

«A me? Niente. Perché me lo chiedi? Credevo fossimo qui per parlare dei *tuoi* problemi.» Presi un piccolo sandwich al cetriolo. Non avevo nessun appetito, ma lo addentai ugualmente per non dover parlare.

«C'è qualcosa che non va. Lo sento. Forza, Trueheart, ti conosco solo da… quanto? Cent'anni? Dimmi cosa ti succede.» Il mio silenzio non fece che incoraggiarla. «Per caso hai avuto un ripensamento sul matrimonio?»

Ingoiai il boccone. Avrei voluto rispondere di no, che Flynn era il centro del mio universo e non vedevo l'ora di diventare sua moglie esattamente fra una settimana e un giorno. Avrei voluto dire così. Invece, di colpo, mi ritrovai in un confessionale. «Ho tradito Flynn.»

«Cosa?»

«L'ho fatto.» Nonostante la vergogna, le raccontai dell'incontro con il falegname all'Overhang. Le dissi che poi l'avevo portato a casa e ci ero andata a letto. E che adesso ero terrorizzata all'idea di essere rimasta incinta. Kelly si lasciò sfuggire un piccolo fischio.

«Accidenti. Forse sei tu quella che ha bisogno di uno bravo.»

«Ti pare il commento da fare in un momento come questo?» ribattei piccata.

«Certo, hai ragione. Scusami. Ma sai una cosa? L'altra sera, da Carol Anne, a parte i sospetti su Angie ho avuto anche la sensazione che tu non fossi così entusiasta all'idea di sposarti.»

«Ma certo che lo sono. Flynn è l'uomo più fantastico della Terra. E sono sicura che a tutti capiti di avere dei dubbi prima del matrimonio.» Ma chi volevo convincere? Kelly o me stessa? «È stata una di quelle cose stupide che si fanno da sbronze. Tutto qui.»

«E se fossi incinta?»

«Ci mancherebbe solo questo. E comunque lo saprò presto. Fino a quel momento, ho deciso di non fare niente.»

«Ma se fossi incinta?» insisté Kelly.

«Non so. Forse andrò nel New Hampshire a cercare il falegname» scherzai, senza troppa convinzione. «Mi comprerò una di quelle tremende giacche da boscaiolo a scacchi rossi e neri e ci metteremo ad allevare le pecore.»

Kelly sgranò gli occhioni azzurri. «Hai detto New Hampshire?»

«Sì. Il tipo viene da lì.»

Kelly posò la tazza con tanta foga che rischiò di rompere il piattino. Si sporse verso di me e mi chiese: «Non dirmi che ha un pick-up. Bianco».

Cercai fra le immagini confuse che avevo nella mente, e lo rividi incuneare il suo enorme pick-up bianco fra due auto sotto casa mia. E mi sentii attraversare da una sensazione molto inquietante. «E tu come fai a saperlo?»

«Porcaccia miseria» esclamò Kelly. «Venerdì scorso, quando sono andata via, quel pick-up era parcheggiato vicino a casa di Carol Anne. Mi aveva colpita la targa del New Hampshire, con il motto dello Stato: VIVI LIBERO O MUORI. Che diavolo ci faceva da Carol Anne?»

Non accolsi molto bene la nuova rivelazione, ma decisi di fermare subito le elucubrazioni di Kelly prima che il suo entusiasmo si traducesse nella catastrofe della mia vita. «Smettila, dai. È assurdo. È impossibile che il falegname fosse da Carol Anne. È sicuramente una coincidenza. Quanti pick-up bianchi ci saranno al mondo?»

«Con una targa del New Hampshire? Nello Stato dell'Illinois? Non molti, credo. Anzi, scommetto uno solo. Le mie antenne mi dicono che questa storia è strana. E se il tipo stesse spiando Angie e c'entrasse con la sua morte?»

«Kelly, davvero. Ora basta. Sai benissimo che non può aver ammazzato Angie. Quella notte era con me.»

Kelly però ebbe la faccia tosta di alzare gli occhi al cielo. «Sei proprio sicura di questo? Mi hai detto che a un certo punto sei svenuta.» E proseguì imperterrita a seguire il filo del suo ragionamento. «Non ci sono motivi validi perché questo tizio fosse a Kenilworth e poi all'Overhang. Dobbiamo dirlo a Stanlio e Ollio.»

«Parli dei poliziotti? Kelly, non ci pensare neanche. Non sappiamo se il pick-up che hai visto a Kenilworth fosse davvero il suo. E se parlassi di lui ai detective, sai benissimo che conseguenze ci sarebbero per me.» In quel momento ripensai alla mia conversazione con Albert Evans dopo il funerale, e alla mia insistenza perché dicesse alla polizia che aveva visto Angie al The Zone. Ottimo. Adesso ero anche un'ipocrita, non solo una bugiarda e una traditrice. Ma la posta in gioco per me era troppo alta per fare altrimenti. «E se sei mia amica non dovrebbe neanche passarti per la testa di parlare di questo con la polizia.»

«Ma non pensi che quel tipo avrebbe potuto uscire mentre tu eri svenuta e ammazzare Angie?» insisté Kelly.

«E poi tornare da me e infilarsi a letto senza svegliarmi? Non credo proprio.»

Kelly non mollò. «E se invece fosse un serial killer? Se la prossima volta venisse da te? Pensa se un giorno dovesse mai capitarti qualcosa e io, pur sapendo tutto di questo maniaco, non avessi parlato? Non mi basterebbe tutta la mia fottutissima vita per perdonarmi. Ci hai pensato a questo?»

«Quindi la soluzione sarebbe rovinare la mia? Ti prego, Kelly, promettimi che non dirai una sola parola alla polizia» la implorai.

«Che palle, Maggie» replicò. Ma l'angoscia che mi tormentava la ammorbidì. «D'accordo. Promesso. Però non mi piace per niente. E devi giurarmi che se dovesse capitarti di rivedere il falegname per strada, in un negozio, in chiesa, ovunque, correrai subito dalla polizia. Va bene?»

Com'era il detto? Nessuna buona azione resta impunita.

Il mio sforzo di aiutarla si era ritorto contro di me e adesso lei era schizzata in cima alla lunga lista dei miei problemi. E comunque, se Steven Kaufman aveva veramente parcheggiato vicino alla casa di Carol Anne, che diavolo ci faceva lì? In effetti, non c'era una risposta plausibile a questa domanda.

«Va bene» promisi a mia volta.

21

Flynn e io quella sera andammo all'Acorn on Oak. Durante la cena un cliente stile rock'n'roll si produsse in una versione stonata di *Loverly*, mentre il compiacente pianista cercava di fare del suo meglio per guadagnarsi una buona mancia. L'Acorn era decisamente lontano dallo stile degli anni Cinquanta: luci soffuse, poltroncine imbottite, chic senza sforzarsi di esserlo. Flynn lo considerava il posto ideale per una serata tranquilla.

«Come ti è sembrato il film?» mi domandò. Avevamo appena visto *Big*, con Tom Hanks.

«Mi è piaciuto» risposi, «anche se me lo aspettavo più leggero.» Dopo il tè al Mayfair, ero così agitata che volevo annullare la nostra consueta uscita del venerdì sera. Poi però avevo capito che non sarebbe stato giusto nei confronti di Flynn. E che dovevo ricominciare a vivere la mia vita. *Big* l'avevo scelto io perché mi sembrava un film innocuo. Niente sesso, niente argomenti controversi, qualche risata. Ed era stato all'altezza delle aspettative, una tregua di leggerezza da tutto ciò che mi tormentava: lavoro, matrimonio, infedeltà e gravidanza, in ordine crescente. Per un paio d'ore le vicende di un tredicenne nei panni di un uomo adulto avevano dominato il mio orizzonte. Una fuga perfetta. Intelligente. Divertente. Spensierata.

All'uscita ero perfino di buonumore.

Finché non avevo visto la locandina del film nell'atrio del cinema. Il faccione di Tom Hanks spiccava sopra queste parole: HAI MAI AVUTO UN SEGRETO COSÌ GRANDE? Difficile non rabbrividire.

«Sì, in effetti anch'io pensavo fosse più divertente» concordò Flynn. «Forse avremmo dovuto scegliere *Mr. Crocodile Dundee 2.*»

«No, i sequel no, ti prego.» Mi stavo sforzando di produrre chiacchiere leggere e innocue, come il film, nel tentativo di riabilitare la mia recente immagine di persona scontrosa e sfuggente. «Che mi dici della tua settimana?»

«È andata bene, direi. Molto produttiva nonostante...» Si interruppe. Sapevo che stava per accennare al giorno di lavoro saltato, ma lasciò perdere. «La tua, invece? Com'è andata?»

«Faticosa. Se non muoio questa settimana penso che non morirò mai più.»

Flynn bevve un sorso di birra. «Ci sono novità su Angie?»

«*Nada*» risposi, e subito mi venne in mente il pick-up bianco davanti alla casa di Carol Anne. Quante probabilità c'erano di avere due camioncini bianchi con targa del New Hampshire a Chicago nella stessa notte? Meno di una su un milione. E quante persone c'erano a Chicago? Almeno tre milioni. Senza contare i dintorni.

Mi accorsi che Flynn stava di nuovo parlando. «È davvero incredibile che i detective non riescano a cavare un ragno da un buco. Sembrano i poliziotti pasticcioni delle comiche.»

In quel momento, e con mio grande sollievo, Flynn vide entrare in sala una coppia che conosceva. I due si fermarono al nostro tavolo a salutare e quando lui li invitò a sedersi con noi, loro fortunatamente accettarono, risparmiandomi il fardello di gestire la conversazione da sola.

Durante il tragitto in taxi verso casa, Flynn mi chiese se poteva salire da me.

«Forse è meglio di no» risposi. «Sai che domani Natasha ha organizzato quella stupida festa per i regali di nozze e quindi devo alzarmi presto. Grazie al cielo, siamo in dirittura d'arrivo.»

«Va bene» disse lui. «Meglio così. Forse sarebbe una tentazione troppo grande. Non voglio rompere il nostro voto prematrimoniale.» Dopodiché mi strinse a sé e mi baciò con passione. Io mi abbandonai fra le sue braccia. Forse le cose si sarebbero sistemate, pensai. Forse prima o poi si sarebbero sistemate.

22
Vince

Davanti alla vetrata della sala da pranzo di Suzanne, Vince osservava la vita della città sotto di lui. Centinaia di copioni individuali venivano interpretati dietro centinaia di quadratini gialli illuminati. Una madre cullava il suo bimbo appena nato, un'anziana scaldava il latte nel pentolino, una coppia riceveva gli amici per cena, un uomo prendeva qualcosa dal frigo, probabilmente una birra, e tornava in soggiorno davanti a un enorme televisore. Se quell'uomo avesse alzato lo sguardo, che cosa avrebbe pensato di quell'altro uomo che sbirciava nel suo salotto con un calice di vino in mano? Vince spostò lo sguardo su Lake Shore Drive. Le automobili che avanzavano in fila nel traffico del venerdì sera, la luce bianca dei fari, quella gialla dei lampioni, l'enorme vuoto nero del lago Michigan accanto alla lenta processione.

Vince sorseggiò il vino e ne apprezzò il bouquet, la persistenza del sapore sulla lingua. Come Suzanne. Anche il suo sapore persisteva a lungo dopo i loro incontri.

Si voltò e la guardò. Era seduta a tavola, e i capelli biondi parevano d'oro alla luce delle candele. A cena aveva detto sì e no qualche parola, e aveva appena assaggiato il filetto che Vince aveva preso da Gibson. Suzanne aveva sempre avuto repentini sbalzi di umore, ma era peggiorata da quando l'amica era morta. Era stato un lutto terribile, questo era vero, però lui non riusciva più a capirla. Si avvicinò e le versò un po' di Château Latour. Era un vino assurdamente costoso, ma se si trattava di compiacere Suzanne, nessun prezzo era eccessivo. Sollevò la bottiglia e lesse l'etichetta.

«Il 1961 è stata un'ottima annata» commentò.

«Lo è stata di sicuro. Mio fratello era nato in quell'anno.»

Vince soffocò l'impulso di buttare la bottiglia fuori dalla finestra. Perché mai non aveva comprato l'82? Avrebbe voluto confortarla, ma non doveva dimenticare che in teoria lui non sapeva niente di questo fratello. Posò la bottiglia ormai vuota sul buffet e decise di massaggiarle le spalle. La sensazione della sua pelle sotto le dita era meravigliosa. Era morbida e femminile, e insieme soda e compatta. Armonia e contraddizione. Fresco e caldo. Passione e riservatezza.

«Tuo fratello?»

Suzanne interruppe bruscamente il massaggio alzandosi in piedi, prese il bicchiere e si avvicinò alla vetrata. Il suo riflesso la mostrava cupa e tormentata. «Sì. Mio fratello. Non ti ho mai parlato di lui, ma avevo un fratello più piccolo. È morto in un incidente stradale. Molto tempo fa. Avevo appena iniziato a lavorare.»

Sorseggiò il vino, gli occhi fissi sul lago.

«Era in Sheridan Road ed è stato scaraventato fuori strada da uno che guidava ubriaco. È finito contro un albero. Un tizio che aveva visto la scena si è fermato ad aiutarlo. Johnny non aveva la cintura di sicurezza ed è stato sbalzato fuori dall'auto, spezzandosi il collo. L'uomo ha aspettato con lui finché non è stato caricato sull'ambulanza, ma Johnny è morto prima di arrivare all'ospedale.

«E anche se ovviamente sono molto grata all'uomo che l'ha soccorso, una parte di me avrebbe preferito che non si fosse fermato e che invece avesse inseguito quel criminale per prendergli la targa. Così forse avremmo saputo chi ha ucciso mio fratello. Avremmo potuto avere giustizia. O almeno la possibilità di voltare pagina per me e i miei genitori.»

Vince fece per parlare, ma Suzanne lo fermò con la mano.

«Aspetta» disse, voltandosi verso di lui. «Non è finita. Johnny è morto perché mi aveva riaccompagnata a casa, qui a Chicago. Era il compleanno di mia madre e la mia macchina era dal meccanico, perciò avevo preso il treno fino a Winnetka. I miei genitori insistevano che mi fermassi lì a dormire, invece io avevo deciso di rientrare perché la mattina dopo volevo arrivare presto in ufficio. Ma loro non volevano che prendessi il treno a quell'ora, così Johnny mi aveva riaccompagnata. E sulla strada del ritorno... Riesci a immaginare che senso di colpa mi porto dentro da tutti questi anni? Da quel momento non ho smesso un solo giorno di sentirmi responsabile per la sua morte.» Si interruppe per non lasciarsi sopraffare dalle emozioni, e questa volta Vince restò in silenzio. «Adesso ho perso una delle mie migliori amiche e mi ritrovo nella stessa situazione. Il bastardo che le ha tolto la vita è in giro, libero e felice. Non lo troveranno mai, lo so. Nessuno pagherà per la morte di Angie. Come nessuno ha mai pagato per quella di Johnny.» Le lacrime iniziarono a scendere sulle guance, rigandole di nero. «Tranne me. Io pagherò per il resto della mia vita. Capisci? Johnny è morto perché mi aveva riaccompagnata a casa. E Angie è morta perché io l'ho riaccompagnata a casa.»

Non l'aveva mai vista piangere e la sua infelicità gli entrò nel cuore come non pensava fosse possibile. La strinse forte tra le braccia e lei si abbandonò sul suo petto. Aveva gli occhi cerchiati di mascara, le colava il naso, eppure più lei piangeva e più lui sentiva di amarla. La donna di ghiaccio si era sciolta ed era più attraente che mai. In quel momento Vince sentì che i suoi sentimenti per lei non avrebbero potuto essere più profondi.

«Suzanne, tesoro mio, ascolta.» Le sollevò il mento con due dita per farsi guardare negli occhi. «Me ne occuperò io. Sistemerò tutto. Ti prometto che riuscirò a scoprire chi ha ucciso Angie.»

Suzanne smise di piangere e inaspettatamente, fra le lacrime, scoppiò a ridere. «Oh, Vince, ti prego… tu non puoi trovare l'assassino di Angie.»

«Invece sì» ribatté lui, lo sguardo determinato. «In questo mondo sono poche le cose che non si possono fare se il prezzo è giusto. Il denaro apre porte che per la polizia resterebbero chiuse. Conosco qualcuno che fa questo genere di cose. Sarà lui a trovare l'assassino di Angie.»

Suzanne sbatté le palpebre per trattenere una nuova ondata di pianto. «Sei serio, vero?»

«Terribilmente serio. Vederti in questo stato è una tortura per me.»

«Sei davvero convinto di poter trovare chi ha ucciso Angie?»

«Sì. So che posso riuscirci.»

«Dio santo, ma sei un uomo meraviglioso.» Suzanne tirò sul col naso e si pulì con il dorso della mano. «Immagino di avere un aspetto delizioso.»

«Non sei mai stata più bella.» Vince era sincero. Le prese il viso fra le mani e la baciò, assaporando il sale delle sue lacrime. Poi la fece stendere con delicatezza sul pavimento.

Un voyeur si sarebbe goduto un gran bello spettacolo, quella sera.

Era già mezzanotte quando Vince rientrò a casa. Scese direttamente al piano inferiore e andò nel suo ufficio. Passò accanto al bancone da bar fatto a mano, ma ancora incompiuto, attento a non calpestare gli attrezzi abbandonati in giro. Il suo ufficio era il suo paradiso, una stanza dallo stile molto maschile, con divano e poltrone in cuoio e una massiccia scrivania di quercia al centro. Andò a sedersi e prese la rubrica personale dal primo cassetto. La aprì alla lettera B e scorse la pagina finché non trovò il nome che stava cercando. Belchek, Charley. Un ex agente di polizia espulso dalle forze dell'ordine per aver estorto confessioni con metodi discutibili. Si era subito riciclato come detective privato, a quanto si diceva anche piuttosto bravo. Anni prima aveva aiutato Vince a vincere un grosso appalto scovando informazioni compromettenti sul costruttore concorrente e la sua giovane amica e facendole arrivare ai giornali. Da allora Vince non aveva più avuto bisogno di Belchek, ma era arrivato il momento giusto per ricontattarlo. Nonostante l'ora tarda, sperò che l'ex poliziotto fosse ancora sveglio. E compose il numero dalla sua linea privata.

La voce che gli rispose all'altro capo del filo sembrava uscita da un film noir.

«Belchek.»

«Charley, sono Vince Columbo.»

Se il detective privato era infastidito dall'ora, non lo fece capire. «Vince, carissimo. Quanto tempo... Ho visto che dopo i nostri affari insieme, non te la sei cavata affatto male. Le tue insegne sono dappertutto.»

«Non posso lamentarmi» replicò lui. Ignorò l'allusione di Belchek al fatto che i suoi servizi fossero stati fondamentali, e andò diritto al punto. «Sto cercando delle informazioni. La settimana scorsa hanno ammazzato una donna a Lincoln Park. Angela Lupino Wozniak. Devo scoprire chi è stato.»

«È una richiesta un po' strana, ma non sono affari miei domandarmi perché vuoi sapere quello che vuoi sapere. Però ti avverto che devi essere pronto a tirar fuori un sacco di biglietti verdi. E comunque non garantisco niente. Quanto sei disposto a investire?»

Vince non ebbe esitazioni. «Tutto quello che serve.»

«Be', ci saranno parecchie ruote da ungere. Dipende da chi l'ha fatta fuori. Hai presente, no? Gang, criminalità organizzata, maniaci, altra gente. Diciamo che stiamo parlando di una quarantina di bigliettoni.»

«E ho bisogno di saperlo in fretta» aggiunse Vince.

Seguì qualche secondo di silenzio, mentre l'ex poliziotto faceva i conti. Poi: «Così arriviamo a una sessantina».

«Affare fatto.»

23
Ron

Ron O'Reilly aspettava le sorelle e i fratelli fuori dalla St Mary of the Brooks, perso a metà strada fra il torpore di una sbronza e un vero sonnellino. La campanella che annunciava la fine delle lezioni stava suonando. Aveva promesso alla madre che si sarebbe preso cura di loro. La campanella iniziò a suonare sempre più forte. E suonava. Suonava. Ron aprì un occhio. Non era la campanella. Era il suo telefono. Accese la lampada e gettò un'occhiata all'orologio sul comodino. Segnava le 5:15. Accanto c'era un bicchiere di whisky pieno a metà.

Alzò la cornetta. «O'Reilly.»

Era il sergente di guardia del distretto. «Ron, ci hanno appena telefonato: il portafoglio di Angela Lupino Wozniak è saltato fuori al deposito degli Yellow Cab.»

Ron si strofinò gli occhi e cercò di svegliarsi.

«Mi prendi per il culo? È passata una settimana.»

«No. Niente presa per il culo. So che è presto, ma ho pensato che volessi saperlo.»

«Arrivo» tagliò corto O'Reilly. Poi chiamò Kozlowski, svegliandolo, e gli disse di farsi trovare pronto nel giro di un quarto d'ora. Quindi andò in bagno, riempì il lavandino e ci immerse la faccia. Per un attimo rimase senza fiato, ma poi l'acqua fredda fece il suo lavoro. Era decisamente sveglio. Si lavò i denti e fece qualche gargarismo con il collutorio. *Dovrebbe funzionare*, pensò.

Il cielo s'era fatto carta da zucchero quando i due detective superarono il cancello del deposito dei taxi, una desolata distesa di bare color senape con la scritta TAXI sul coperchio. Sulla rete metallica un cartello recitava AREA SORVEGLIATA – CANI DA GUARDIA, e per essere definitivamente chiari c'era anche l'immagine di un cane pastore che digrignava i denti. O'Reilly masticò l'ennesima mentina e ne offrì una a Kozlowski, che rifiutò. Parcheggiarono accanto a una fortezza grigia al centro del piazzale. Nell'aria risuonavano i latrati rabbiosi dei cani.

«Dove sono?» si informò Kozlowski prima di aprire la portiera. «Non mi piacciono i pastori tedeschi. Chissà perché, i tipi alti come me per loro sono una provocazione.»

O'Reilly indicò il recinto di rete metallica dove due cani si aggiravano come tigri in gabbia, spalancando le fauci per spaventare i visitatori. «Sono laggiù. Sei salvo, gigante.» Entrarono nella struttura centrale fatta a blocchi di calcestruzzo, dove una guardia della sicurezza li indirizzò verso l'ufficio. All'interno del cubicolo quadrato e senza finestre, un paio di agenti in divisa aspettavano insieme a un uomo dalla pelle scura, di una magrezza scheletrica. Una donna bianca dall'aria stremata, con una brutta pelle e un'orrenda parrucca castana, era seduta dietro una scrivania in formica. Sul ripiano spiccava un voluminoso portafoglio Gucci.

O'Reilly salutò i colleghi con un cenno, poi l'uomo e infine la donna. Aveva un mal di testa feroce e sperò che le mentine bastassero e coprire gli eccessi alcolici della sera prima. La donna, Rosie Harding, era la responsabile del turno di notte. Lo scheletro umano, Mashal Anouye, era il tassista responsabile del ritrovamento. O'Reilly prese il portafoglio e lo aprì. La foto di una Angela Lupino Wozniak viva e vegeta gli sorrise da un documento. Nelle apposite fessure erano allineate almeno una decina di carte di credito. Lo scompartimento laterale conteneva diverse banconote da cento dollari nuove di zecca.

O'Reilly congedò i due poliziotti e si mise a sedere sull'unica sedia libera della stanza, di fronte a Mashal Anouye. Kozlowski si appoggiò al muro e si tenne il più possibile defilato, per quanto glielo permettesse la sua mole.

«Allora... qualcuno vuole spiegarmi la storia di questo portafoglio?» domandò O'Reilly.

Rosie Harding anticipò il tassista. «Mashal ha portato qui il portafoglio sabato scorso alla fine del turno, verso le cinque del mattino. Io l'ho subito chiuso in cassaforte. Secondo il nostro regolamento interno, teniamo gli oggetti di valore sotto chiave finché qualcuno non viene a reclamarli. Quando Mashal questa mattina è passato a vedere se qualcuno lo aveva ritirato, ho controllato. Il portafoglio c'era ancora. Allora l'ho aperto per verificare il nome del proprietario. E in quel momento mi sono resa conto che apparteneva alla donna trovata a Lincoln Park. Così ho chiamato la polizia.»

«È così, Mashal?» domandò O'Reilly.

L'uomo non riusciva a tenere ferme le gambe, ricordava un ragno costretto in uno spazio angusto. «Sì, signore. È andata così» disse con uno strano accento.

«Di dove sei, Mashal?»

«Del Kenya, signore, ma vivo a Chicago da più di dieci anni.»

«Non fa tanto caldo da queste parti, eh?» intervenne Kozlowski.

L'uomo si voltò verso il gigante appoggiato alla parete. «No, signore.»

«Bene. Mi racconti di questo portafoglio?» riprese O'Reilly.

«Allora, è successo una settimana fa. Venerdì sera, signore, o sabato mattina, se preferisce. Ero sulla Halsted e mi ha fermato una donna. Per un momento ho pensato di tirare dritto, perché avevo quasi finito il turno, ma poi mi sono detto: dai, un'ultima corsa cosa cambia? Appena è salita sul taxi, però, me ne sono pentito perché era molto molto ubriaca.»

«E poi cos'è successo?»

«Mi ha chiesto di portarla in un locale sulla Lincoln Avenue. The Zone. Però prima devo dire che durante la corsa ha fatto una cosa molto strana, signore. All'angolo fra la Halsted e la Armitage Avenue questa tizia ha tirato fuori la testa dal finestrino e ha cominciato a urlare contro qualcuno. Non mi ricordo che cosa diceva esattamente, però era qualcosa di cattivo, tipo che lo voleva vedere in tribunale. Quando è arrivata al locale sembrava di fretta. È saltata giù dal taxi appena le ho dato il resto. E voglio anche dire che non mi ha dato la mancia. Poi ho spento la luce dell'insegna e sono venuto subito qui, al deposito.

«Controllo sempre la macchina prima di consegnarla, e ho fatto così anche quella notte. E ho trovato quello sul sedile dietro.» L'uomo indicò il portafoglio. «Poi ho fatto come dice il nostro regolamento, signore. L'ho consegnato qui, agli oggetti smarriti.»

«E da quel giorno è sempre rimasto in cassaforte?» O'Reilly domandò a Rosie Harding. Quando lei annuì, lui aggiunse: «Immagino che lei non abbia mai pensato di contattare il proprietario di un oggetto smarrito, giusto?».

«Lei non ha idea di quanta robaccia la gente dimentica sui taxi» disse, più falsa di Giuda. «Passeremmo le nostre giornate al telefono.»

O'Reilly si rivolse di nuovo a Mashal, che continuava ad agitarsi sulla sedia come se fosse cosparsa di vetri rotti. «Quindi, fammi capire: per quale motivo sei venuto a controllare se il portafoglio era stato ritirato?»

«Perché le persone che ritrovano gli oggetti smarriti sono contente e lasciano una bella mancia agli autisti. Sarei passato anche prima, ma sono stato a casa per problemi di salute.»

O'Reilly volle approfondire la questione con Mashal e scoprì che l'uomo aveva un cancro ai polmoni e stava facendo la chemioterapia. Ecco perché non c'era stato per tutta la settimana. E probabilmente era la stessa ragione per cui non riusciva a star fermo sulla sedia. Dopo aver congedato il tassista con l'ordine di non lasciare la città, O'Reilly infilò il portafoglio in una busta di plastica trasparente e la passò a Kozlowski. Rosie Harding aspettava in silenzio dietro la scrivania.

«Le consiglio di prendere in considerazione una nuova regola: avvertire i clienti quando ritrovate qualcosa che gli appartiene» furono le parole di commiato del detective. «Sarebbe un servizio molto utile per la comunità.»

Quando uscirono il sole era già salito oltre l'orizzonte e il caldo iniziava a farsi sentire. I due detective salirono in auto accompagnati dall'abbaiare assordante dei cani. O'Reilly girò la chiave e attese che l'aria condizionata facesse effetto. La testa gli stava scoppiando. «Non riesco a credere che nessuno abbia pensato di guardare dentro il portafoglio per trovare il nome del proprietario. Che manica di idioti del cazzo.»

«In effetti non mi sembra una politica molto sensata» concordò Kozlowski.

«Secondo te è possibile che l'abbia ammazzata il tassista?»

Kozlowski scosse la testa. «Non credo. Il tipo è così magro che basta un soffio a farlo cadere. E poi, perché avrebbe consegnato il portafoglio senza tenersi i soldi?»

«Sì. Giusto. La donna doveva tenersi sempre a portata di mano il contante per pagarsi il vizietto» aggiunse O'Reilly, e avviò il motore. «Ma almeno adesso sappiamo dov'era andata prima di essere uccisa.»

24

Kelly

L'aria era ancora intrisa dell'umidità mattutina e il sole aveva iniziato la sua parabola nel cielo mentre Kelly correva sul lungolago, la testa più leggera del giorno prima, il corpo affaticato dalla mancanza di sonno. Si era rigirata nel letto per tutta la notte, rovinando anche il riposo di Tizzy, perché non riusciva a smettere di pensare al pick-up bianco del New Hampshire davanti casa di Carol Anne. I detective dovevano sapere di quel camioncino e del tipo che lo guidava, e lei doveva assolutamente trovare il modo per dirlo senza rompere la promessa che aveva fatto a Maggie.

Dopo otto chilometri di corsa, invertì la marcia e puntò verso sud, evitando il boschetto dove avevano trovato il corpo di Angie. Dubitava di poterci entrare ancora. Mentre passava sul marciapiede all'altezza del totem di Kwanusila scorse Ralph, e si rese conto che non lo vedeva da giorni. Come sempre, rallentò per battergli il cinque e lui la salutò con un bel sorriso che gli increspò le guance velate dalla barba sale e pepe.

«Ciao, Missy!» esclamò, allungando la mano aperta.

«Ciao, Ralph! Che ci fai da queste parti? Non sei un po' fuori zona?»

«Non ci vado più in quel bosco. Là dentro succedono brutte cose.»

I loro palmi si unirono, poi Kelly proseguì. Dopo un po', però, le parole del vecchio fecero presa nella sua mente come le ruote che slittano nel fango finché non trovano la terra compatta. «Porca miseria!» urlò. E tornò indietro veloce come una saetta.

«Ralph, aspetta» gridò, appena la sagoma sghemba dell'uomo tornò in vista. Quando lo raggiunse, era quasi senza fiato. «Perché mi hai detto quella cosa del bosco, poco fa?» domandò ansimando.

«Lì dentro ho visto una cosa brutta.»

«Brutta in che senso, Ralph?» lo sollecitò, il cuore ancora a mille per la corsa.

L'uomo serrò le labbra e dondolò la testa, come se stesse soppesando una decisione difficile. Era visibilmente agitato e dopo qualche secondo disse: «Non voglio grane».

«Ma certo che no, Ralph. Sono tua amica. Non avrai nessuna grana. Ti prego, dimmi perché non vuoi entrare in quel bosco.»

«Ho visto uno che ci portava una ragazza morta.»

Kelly sentì il cuore fermarsi per un istante. «Ralph, mi puoi dire esattamente che cosa hai visto?»

«Ascolta, Missy, è stato più o meno una settimana fa. Camminavo sul sentiero, come sempre. Il sole era pronto a spuntare ma non c'era ancora. Mi alzo presto – tre e mezza, quattro. Pulivo i locali del centro, quindi mi sono svegliato a quell'ora per quasi trentacinque anni. Dopo la pensione, non sono riuscito a cambiare. Comunque, stavo camminando quando ho visto qualcuno vicino agli alberi che trasportava una cosa grossa sulle spalle. Ho pensato: *Meglio se mi faccio sentire, così non si spaventa*. E ho gridato qualcosa. Ma lui, appena ha sentito la mia voce, ha buttato giù quella cosa ed è scappato. Allora mi sono avvicinato e ho visto che quella cosa era una donna. Poveretta. Aveva il collo spezzato, si vedeva benissimo. Non volevo grane, però mi sembrava brutto lasciarla lì in quel modo. Allora ho preso un giornale da un cestino dei rifiuti e l'ho coperta, intanto che arrivava qualcuno a seppellirla per bene. Poi non sapevo più cosa fare, e ho continuato a camminare.»

Kelly non sapeva se piangere o ridere. Sapeva che Ralph non era tanto a posto, ma non immaginava fino a quel punto. Cioè fino al punto di coprire un cadavere con un giornale senza chiamare la polizia. Nonostante i suoi limiti, però, Ralph magari avrebbe potuto descrivere l'assassino. Probabilmente non era il testimone più attendibile dell'universo, ma meglio di niente.

«Ralph, hai visto bene il tipo che trasportava la donna?»

«Non tanto. Come ti ho detto, era ancora buio, e appena ha sentito la mia voce è scappato via come un razzo.»

«C'è qualcosa di lui che ti ricordi?»

«Era un tipo grande, arrivava quasi ai rami più bassi, ed era scuro.»

«Scuro in che senso? Tipo un nero?»

Ralph scosse la testa. «No, Missy. Era bianco, come te. Aveva i capelli scuri. E anche i vestiti erano scuri. Ma non ho visto altro. Perché è scappato subito. Però tu non devi dire a nessuno quello che ti ho raccontato. Non voglio problemi con la polizia. Ho già avuto storie una volta, quando bevevo. E ti assicuro che non ci voglio più aver niente a che fare.»

A chi lo dici, pensò Kelly. «Ralph» insisté, «questo non può darti nessun problema con la polizia. Anzi, i detective saranno molto contenti e ti ringrazieranno se gli racconti questa storia.» Gli posò una mano sul braccio. «Magari ti danno anche un premio.»

Lo sguardo dell'uomo si illuminò. «Non ci avevo pensato. Un premio. Non ho mai avuto un premio in tutta la vita. Allora di' ai poliziotti che mi trovano qui al parco.»

O'Reilly se ne stava stravaccato sul divanetto di un fastfood a guardare il collega divorare una colossale omelette con bacon, formaggio e cipolla. Il suo stomaco quella mattina poteva sopportare solo caffè e pane tostato, e il pane tostato era già un azzardo. Spazzolato tutto quello che aveva nel piatto, Kozlowski passò a una pila di pancake. O'Reilly soffiò sulla tazza di caffè bollente. Certo, il collega era grosso, ma come riusciva a divorare tutta quella roba?

«Koz, da quanti giorni non mangiavi?»

«Non avevo fatto colazione» spiegò il gigante tra un boccone e l'altro. «Il sabato in genere io e Melissa facciamo colazione a letto.»

L'immagine di un Kozlowski seminudo con un piatto appoggiato sulla pancia gli rivoltò lo stomaco. Per fortuna, il cercapersone trillò proprio in quel momento e l'immagine si dissolse. Quando vide il numero sul display, O'Reilly imprecò a voce alta. Era Kelly Delaney. Quella tizia era una vera rottura di palle. Nelle ultime ventiquattr'ore l'aveva già chiamato tre volte per sapere delle indagini. Nel mondo di O'Reilly niente era peggio di un cittadino ficcanaso. Cosa pensava che facessero tutto il giorno? Giocavano a carte, forse?

Lasciò Kozlowski alle prese con la sua colazione e cercò un telefono. Kelly rispose al primo squillo. «Buongiorno, detective O'Reilly. Devo assolutamente parlare con lei.»

«A che proposito?»

«Secondo lei di cosa diavolo voglio parlare? Ho delle informazioni importanti. Ma è troppo complicato da spiegare al telefono, deve venire da me.»

«È fortunata, siamo in zona» rispose a malincuore. «Arriviamo tra dieci minuti.»

Quando tornò al tavolo, Kozlowski era ancora impegnato con i pancake. «Finisci in fretta» gli disse. «Kelly Delaney dice che ha qualcosa per noi.»

«Tipo?» chiese il gigante, pulendosi la bocca con il tovagliolo.

«Non so. Dice che è importante. Forse ha trovato l'assassino. Chi lo sa.»

Kelly indossava ancora i vestiti sudati che aveva usato per allenarsi, quando arrivarono O'Reilly e Kozlowski. Li fece entrare e si accomodarono intorno al minuscolo tavolo della cucina. Trenta secondi dopo, un suono lacerante attraversò la stanza, simile al lamento di una persona sotto tortura. I due poliziotti saltarono in piedi, guardandosi intorno pronti a sfoderare la pistola di servizio.

«Che diavolo è stato?» domandò O'Reilly.

Seguì un secondo lamento, ancora più forte del primo. Kelly li guardò con aria colpevole. «È la mia gatta. Quando c'è qualcuno la devo chiudere in bagno. Non le piacciono gli estranei.» E subito pensò alle spese mediche che non aveva ancora finito di rimborsare dopo che Tizzy si era avventata sul polpaccio dell'idraulico chiamato per sistemare il gabinetto.

I poliziotti si rimisero a sedere e Kelly notò che la mano di O'Reilly stava tremando, nonostante fosse appoggiata sul tavolo. Chiaramente il detective beveva troppo, e magari questo aveva delle conseguenze sul suo lavoro. Ovvio che non erano fatti suoi, ma lo era la vita delle sue amiche. E voleva essere sicura che non ci fosse un secondo omicidio per l'inadeguatezza di quel poliziotto.

«Bene, signora Delaney, se adesso volesse essere così gentile da aggiornarci sulle ultime novità...» la sollecitò O'Reilly.

Kelly riferì che Ralph aveva visto un uomo bruno trasportare a spalla il corpo di Angie la notte del suo omicidio. O'Reilly sulle prime pensò che fosse una svolta significativa per le indagini, ma poi Kelly aggiunse che era stato proprio Ralph a coprire il corpo con il giornale.

«Cioè, è lui che ha coperto il cadavere?» ripeté O'Reilly, sconcertato.

«Sì. Come ho detto, Ralph è una persona un po' particolare. Per lui era un gesto di rispetto.»

«E non ha detto niente a nessuno. Se questo Ralph è una persona reale, potrebbe essere nei pasticci.»

«La prego, no» replicò Kelly. «Ralph ha paura della polizia, questo è il motivo per cui non ha parlato. Ma questo non cambia quello che ha visto. Dovete trovarlo e parlare con lui.»

«Immagino che lei non abbia l'indirizzo di questo Ralph, giusto?» Dal tono, si capiva che non stava prendendo sul serio né lei né Ralph.

«No. Ma potete trovarlo a Lincoln Park, dalle parti del totem. Mi ha promesso che sarebbe stato lì oggi pomeriggio.»

«Capito, Koz? Il totem.»

«Non prendetemi in giro» protestò Kelly, offesa. «In fondo, non avete in mano ancora niente.»

«In realtà, qualcosa sì» ribatté O'Reilly. «Questa mattina è saltato fuori il portafoglio di Angie. Lo aveva lasciato sul taxi la sera in cui l'hanno uccisa. Lo avremmo avuto subito, se lo scemo del villaggio, anzi, la scema del villaggio non l'avesse chiuso in cassaforte. Abbiamo anche scoperto che il tassista l'ha portata al The Zone, un locale di Boystown. Lo conosce?»

«Se lo conosco? Quel posto è stato la mia farmacia per anni.»

«Probabilmente anche quella di Angie, allora. Mi può fare qualche nome?»

Kelly esitò. Lei aveva iniziato una nuova vita, ma non voleva mettere nei guai le persone che appartenevano a quella vecchia. O'Reilly sembrò leggerle nei pensieri, perché disse: «Non si preoccupi per il suo amico del locale. Noi siamo della Omicidi, non della Narcotici. Se dovessimo denunciare tutti i pusher che ci danno informazioni, dovremmo requisire l'Hilton come prigione».

«D'accordo. Si chiama Lyle. Ve l'avrei detto in ogni caso. La cosa più importante per me è trovare chi ha ucciso Angie.»

«Lyle. Registrato» disse O'Reilly. Tizzy lanciò un altro lamento agghiacciante. «Per la miseria, quel gatto ha bisogno di un esorcista.»

«Anche noi abbiamo un gatto a casa» commentò Kozlowski. «Sono animali che vanno capiti.»

I due detective si alzarono. Kelly però avrebbe voluto trattenerli: non aveva ancora trovato un espediente per informarli dell'uomo del New Hampshire. Quando i due erano quasi in fondo al cortile, finalmente le venne un'idea. Aveva giurato a Maggie che non avrebbe detto nulla del falegname, ma non aveva giurato nulla a proposito del pick-up.

«Aspettate» li chiamò. «C'è un'altra cosa.»

O'Reilly si voltò. Era chiaramente infastidito.

«Credo vi interessi sapere anche di un pick-up sospetto parcheggiato nella via di Carol Anne Niebaum la sera della festa.»

25

7 giorni al matrimonio

—

Ero in ritardo di circa mezz'ora quando parcheggiai davanti alla villa di Natasha, a Lake Forest. Il mio Maggiolino rosso spiccava per la sua modestia in mezzo a una distesa di Mercedes, Cadillac e BMW. La residenza di Arthur Dietrich sembrava un resort di lusso più che una casa. Aveva perfino un nome, Ferrydale – chissà cosa voleva dire. La villa era stata ristrutturata sullo scheletro di un edificio preesistente che già ai tempi della sua costruzione, negli anni Venti, era considerata eccessiva. Se Arthur Dietrich voleva esagerare, sicuramente ci era riuscito. Era un uomo interessato solo alle apparenze: la bellissima moglie, i figli, la casa, la Bentley con targa personalizzata. Figlio di un postino, aveva costruito la sua fortuna sul mercato degli investimenti, facendola poi lievitare con una serie di speculazioni finanziarie appena prima del crollo del 1987. Cosa di cui non finiva mai di vantarsi, com'era tipico del personaggio. Non mi era mai andato a genio. Era uno sbruffone e un pallone gonfiato, ma i miei sentimenti nei suoi confronti erano ambivalenti perché avevo conosciuto Flynn proprio grazie a lui.

Mi fermai di fronte al massiccio portone della villa – più adatto a una cattedrale gotica che a una casa – e mi sistemai i capelli. Probabilmente Natasha era irritata con me per essere arrivata in ritardo alla mia festa. Mia madre invece era sicuramente furiosa. E quando mia madre era furiosa, meglio scappare.

Il maggiordomo di Natasha aprì la porta. Sì, il maggiordomo, importato direttamente dall'Inghilterra. Era uno dei nuovi trend fra i ricchi della zona. Hobbs mi accompagnò nell'atrio, dove Natasha stava conversando con due compagne di bridge di mia madre.

«Ecco la nostra ospite d'onore, finalmente» annunciò, avvicinandosi leggiadra e baciandomi sulle guance come una consumata dama dell'alta società. «Stavamo iniziando a preoccuparci.»

«Scusami. C'era un traffico folle.»

Mi scusai anche con le amiche di mia madre e le seguii in un grande salone ricoperto di tappeti orientali e pieno di opere d'arte di recente acquisizione. Il resto degli invitati era seduto in quello che Natasha chiamava il suo *arboretum* a sorseggiare vino e a chiacchierare amabilmente fra aranci in vaso e alberi di fico. Gran parte delle signore avevano l'età di mia madre, quindi fra i cinquanta e i sessanta, e indossavano abiti firmati abbinati a borsette uscite direttamente dalle pagine di *Vogue*. Con il mio abitino beige comprato in saldo e una borsa a sacco piuttosto consunta, ero senza alcun dubbio la persona meno elegante della festa. Mia madre, in tailleur giallo canarino, foulard di Hermès e orecchini di perle, occupava una poltroncina in vimini. Mia sorella minore, Laurel, sedeva accanto a lei, visibilmente infastidita di trovarsi lì. Non potevo biasimarla, era stremata dal giro di feste prematrimoniali almeno quanto me. Ellen, mia sorella maggiore, viveva a New York con marito e figli, il che le aveva provvidenzialmente permesso di evitare tutte le sette feste precedenti.

Appena mi vide, mia madre mi fulminò con un'occhiataccia. Che trasformò subito in un sorriso smagliante mentre attraversava il salone con il suo bel viso perfettamente truccato e poi mi portava discretamente in disparte per dirmi due parole. «Margaret Mary» mi apostrofò. Sentire il mio nome completo mi mise subito in guardia. «Hai una vaga idea di quanto sia volgare arrivare in ritardo a un ricevimento in cui sei l'ospite d'onore?»

«Ti prego, mamma, risparmiami le prediche. Non mi sento per niente bene.» Diversamente da quanto avevo detto a Natasha circa il traffico, la verità era questa. Avevo passato la mattinata in bagno a vomitare le budella, probabilmente a causa di un parassita ingerito insieme all'hamburger della sera prima. Almeno, così speravo.

Mia madre mi guardò con aria preoccupata, mentre la rabbia lasciava il posto all'amore materno. Mi toccò la fronte con il palmo della mano. «In effetti, sei un po' pallida. Santo cielo, non dirmi che ti stai ammalando. Non è proprio il momento.»

«Mamma, smettila, ti prego! Sarà una cosa passeggera. Dai, su, andiamo a fare questa sceneggiata.»

«Maggie!»

Non ero dell'umore giusto per discutere con lei, e tornai nell'*arboretum*. Ormai ero una veterana di questo genere di party, perciò salutai tutti con calore e mi scusai per il ritardo. Dopodiché andai a fare le fusa dalla madre di Flynn e dalle sue amiche, molte delle quali mai viste prima. Con loro c'era anche la madre di Natasha. Ovviamente. Il fatto che fosse una delle migliori amiche di mia madre era il motivo principale per cui non avevo potuto evitare questa ennesima festa prematrimoniale a casa della figlia.

Le ragioni per cui Natasha aveva organizzato quell'evento altrimenti superfluo mi erano chiarissime. La ricchezza di Arthur era cospicua, ma i soldi di un arricchito non aprivano automaticamente le porte degli ambienti a cui lei ambiva. Invece, invitando la madre di Flynn e le amiche, era riuscita a riunire in casa sua alcune tra le donne più influenti di Chicago, frequentatrici dei migliori circoli e membri delle associazioni più importanti della città. Donne che potevano finanziare una nuova ala dell'Art Institute o far arrivare un gorilla al Lincoln Park Zoo con qualche telefonata. Natasha era un'arrampicatrice sociale ancora molto lontana dalla vetta, e avere queste dame influenti a casa sua era un bel passo verso l'alto.

All'annuncio del maggiordomo, tutti passammo in sala da pranzo. Un ricchissimo buffet di pasta, insalate, crostacei e pesce affumicato era stato allestito su un lungo tavolo insieme a esotiche composizioni floreali in vasi di cristallo. Riempimmo i piatti e tornammo all'aperto, dove i tavoli riparati da grandi ombrelloni erano stati sistemati intorno a una piccola fontana di Trevi. Andai a sedermi accanto a Carol Anne, l'unica fra le mie amiche ad aver accettato l'invito. Suzanne e Kelly avevano preferito declinare, e non avevano tutti i torti. Avevo sperato di poter chiacchierare da sola con la mia migliore amica, perciò dovetti mascherare la delusione quando Natasha venne a sedersi accanto a noi, rovinandomi i piani. Rifiutai il bicchiere di vino che mi venne offerto e chiesi al cameriere del tè freddo. Avevo lo stomaco sottosopra e la sola idea di ingoiare un boccone mi era intollerabile, così sistemai con la forchetta l'insalata di granchio che avevo nel piatto in modo da dare l'idea di aver mangiato qualcosa. Il mio comportamento però non sfuggì all'occhio vigile di mia madre.

«Tesoro, devo dire che sei proprio uguale alla tua mamma» disse a voce alta dal tavolo accanto.

Di colpo scese il silenzio e tutti gli sguardi puntarono su di me. Posai la forchetta e attesi con grande ansia di capire che cosa mai mi rendesse così simile a mia madre.

«Prima di sposare tuo padre ero sempre tesa come una corda di violino, al punto che non riuscivo più a mangiare. La sarta si era stancata di continuare a stringere l'abito, così mi disse di tornare da lei solo due giorni prima del matrimonio.»

L'aneddoto scatenò una risata generale e mi fece sentire ulteriormente imbarazzata. A volte non riuscivo a credere che dalla bocca di mia madre potessero uscire simili banalità. E provocatoriamente mi cacciai in bocca una forchettata di insalata di granchio, lottando contro l'impulso di sputarla subito nel piatto.

Finalmente i riflettori su di me si spensero e le invitate ripresero le loro conversazioni. Natasha, incredibilmente chic nel suo abito color crema quasi sicuramente acquistato in una lussuosa boutique di Oak Street, mi rivolse un sorriso ironico, senza accorgersi di avere un filo di spinaci fra i denti. Di solito segnalavo immediatamente il problema alle amiche, ma in quel momento non ero dell'umore. *Che ci pensi qualcun altro ad avvertirla o, meglio ancora, che ci pensi il marito, magari dopo che sono andati via tutti*, pensai.

«Allora, ci sono novità su Angie?» mi chiese con un tono sin troppo compiaciuto.

«Da quello che ho sentito, è ancora morta.» Subito mi

resi conto di aver esagerato, anche per una come Natasha, e aggiunsi: «Scherzo, ovviamente. Pare che la polizia non abbia ancora trovato niente».

«Ho sentito che c'entra anche la droga. Secondo me, stava cercando di rimorchiare qualcuno con cui passare la notte e il tizio l'ha fatta fuori.»

«Ma Natasha, non ti sembra una cosa orribile da dire? Sai benissimo che Angie non era tipo da sesso occasionale.»

«Figurarsi. Anzi, una volta ha perfino cercato di sedurre Arthur.»

Carol Anne quasi si strozzò con il cibo. Io feci fatica a trattenere un sorriso da un orecchio all'altro. Il disprezzo di Angie per Arthur non era mai stato un mistero, al punto che lo chiamava "Cartellino ambulante" per la sua abitudine di dichiarare quanto era costato ogni suo acquisto. Natasha compresa. Parlava della moglie, dei suoi abiti e dei suoi gioielli come se facessero parte del suo portafoglio. Angie aveva anche un altro soprannome per lui, "Bostik", perché appena la vedeva, le s'incollava addosso.

Natasha non si fece scoraggiare dalle nostre reazioni. «Sì sì, ridete pure, ma Arthur mi ha raccontato che Angie l'inverno scorso l'ha molestato durante la festa per il tuo fidanzamento, Maggie. Lui stava uscendo dal bagno, e ha dovuto quasi staccarsela di dosso con le maniere forti.»

Conoscevo l'incidente di cui parlava Natasha, ma le cose non erano andate esattamente così. In realtà era stato Arthur che, ubriaco, aveva bloccato Angie in un angolo della toilette e aveva cercato di infilarle una mano sotto la camicetta. Angie, invece di sentirsi insultata o di arrabbiarsi, gli aveva riso in faccia e se n'era andata. Probabilmente l'ego ferito di Arthur lo aveva indotto a raccontare alla moglie una versione capovolta della vicenda.

«Natasha, mi spiace, ma non è assolutamente possibile che Angie abbia molestato Arthur, credimi.»

«Invece l'ha fatto. E io l'ho riferito alla polizia. Sapete qual è il vostro problema?» proseguì poi, rivolta anche a Carol Anne. «Vi fidate troppo. Ma la verità è che la fuori c'è sempre qualcuno pronto a mettertelo nel didietro. Se c'è una lezione che ho imparato dalla vita è che bisogna sempre tenere un occhio e una mano su ciò che ti appartiene, perché appena ti rilassi arriva qualcuno che vuole portartelo via.»

Fu un sollievo quando il maggiordomo si avvicinò e bisbigliò qualcosa all'orecchio della padrona di casa.

«Devo occuparmi del caffè» si scusò, posando il bicchiere di vino e seguendo l'uomo all'interno.

«Accidenti. Oggi è più acida del solito» commentò Carol Anne.

«A me sembra sempre la solita.»

«Allora, raccontami: come ti senti?»

«Sopravvivo. A fatica, però.»

«Ci sono novità per-quella-cosa-che-sai?»

«No, ma ho ancora due giorni prima di entrare nella fase del panico.»

Fummo interrotte da mia sorella, che venne a sedersi nel posto lasciato libero da Natasha. «Volevo solo farvi sapere che dopo aver visto tutto questo circo, ho deciso che se mai deciderò di stare con qualcuno, mi sposerò di nascosto.»

«Non dirlo a me» mi limitai a rispondere.

Si udii uno scampanellio e tutti ci voltammo verso il patio. Il maggiordomo annunciò che il caffè era servito, e di nuovo la processione di donne si avviò verso la sala da pranzo, dove il lungo tavolo si era trasformato nel bancone di una pasticceria francese: pasticcini alla frutta, crème brûlée e cioccolatini assortiti. A un'estremità c'era perfino una macchina per l'espresso. Ignorai i dolci e presi un cappuccino deca con latte scremato. E mi ritrovai a riflettere che la mia scelta poteva essere una buona metafora della mia vita. Caffè senza nerbo. Latte senza gusto. Insomma, una versione ben poco soddisfacente dell'originale.

Dopo il dessert, interpretai il ruolo della brava sposina e aprii tutti i pacchetti meravigliosamente confezionati che mi aspettavano su un tavolo coperto da un drappo di lino accanto alla fontana. Nonostante fosse una festa espressamente dedicata alla biancheria intima – Natasha l'aveva definita sull'invito un "lingerie-party" – ero lieta che quasi tutti i regali fossero di buon gusto: molte vestaglie in raso ed eleganti camicie da notte in seta, ciascuna salutata con un coro di "oooh" e "aaah". Finché... finché non arrivò il regalo della madre di Flynn. Aprii con cautela la scatola e sollevai la velina protettiva. All'interno trovai un pagliaccetto in pizzo rosso ciliegia con delle finestrelle nella zona dei capezzoli e dell'inguine. Di colpo la mia faccia prese lo stesso colore dell'indumento. Guardai la mia futura suocera con aria interrogativa, e lei annuì. Così sollevai il regalo per esporlo agli occhi delle signore sedute attorno a noi.

«Si capisce che voglio vedere Maggie incinta il più presto possibile?» disse Marguerite Hamilton. Tutte scoppiarono in una risata. Tutte tranne la futura sposa, che avrebbe voluto strisciare in un buco, e lì morire.

Riposi il regalo nella sua scatola, sperando che l'auspicio di vedermi incinta non fosse già esaudito.

26

Ron

—

Si erano fermati all'ombra in una via laterale, con il finestrino abbassato. O'Reilly osservava il suo collega ingozzarsi con due Big Mac e una porzione grande di patatine. Lui invece aveva preso un altro caffè. «Mi chiedo dove metti tutto quel cibo.»

«Un uomo deve mangiare» rispose pragmatico Kozlowski.

«Sì, certo, ma hai mai pensato di lasciare qualcosa anche al resto dell'umanità?» E bevve un altro sorso di caffè.

Era ormai tardo pomeriggio, e O'Reilly era letteralmente esausto per la lunghissima giornata di lavoro iniziata ancor prima dell'alba. Dopo l'incontro con Kelly Delaney erano andati a cercare Lyle, il pusher del The Zone, che non era stato affatto contento di essere buttato giù dal letto nel suo appartamento di Boystown. Quando lo avevano interrogato circa i suoi rapporti con Angie aveva fatto il finto tonto, strofinandosi gli occhi incrostati di sonno e giurando di non conoscerla e di non averla mai vista. Alla fine, O'Reilly gli aveva spiegato senza troppi giri di parole che lui e Kozlowski erano della Omicidi, non della Narcotici, e che se avesse collaborato nessuno avrebbe saputo della sua piccola attività extra. Altrimenti... Per dirla in termini calcistici, i colleghi della Narcotici lo avrebbero falciato con un fallo a gamba tesa.

E così Lyle aveva deciso di collaborare. Sì, Angie era entrata al The Zone verso le tre del mattino per comprarsi la neve. Aveva anche ordinato da bere, ma quando era arrivato il momento di pagare la consumazione, nonché l'ordinazione extra, non aveva trovato il portafoglio. Siccome lui sapeva che era una persona fidata, le aveva offerto il drink e le aveva venduto la coca a credito, con la promessa che lei avrebbe saldato il debito l'indomani.

«E dopo è uscita dal locale?» aveva domandato O'Reilly.

L'esile barista si era passato una mano fra i capelli altrettanto sottili. «No. Prima di uscire si è fermata a parlare con un tizio. Capelli neri. Bello. Non l'avevo mai visto prima. Sembrava un po' agitato dopo.»

«Quindi non sono usciti insieme?»

«No no. Lei è andata via sola. Lui invece si è fermato ancora un po'.»

«Sicuro che lui si sia fermato?»

«Sì, sicuro. Ho detto che era bello, no?» aveva commentato con un'aria vagamente nostalgica.

Dopo aver finito con Lyle, i due detective erano andati da Harvey Wozniak, che viveva in un appartamento in affitto. Non era la prima volta che gli parlavano. Lo avevano già interrogato subito dopo l'omicidio. Anche se non aveva un alibi per la notte in cui l'ex moglie era stata uccisa, l'espressione sconvolta con cui aveva accolto la notizia era così sincera che O'Reilly l'aveva subito escluso dalla rosa dei sospettati. Fino a quel momento. Dopo aver parlato con il tassista, invece, lo aveva reinserito nella lista. Non ci voleva un genio per capire contro chi avesse inveito Angie dal finestrino del taxi.

Quando erano arrivati da lui senza preannunciarsi Harvey era un fascio di nervi. Li aveva fatti sedere su un divano logoro, e per tutto il tempo dell'interrogatorio non era riuscito a tenere le mani ferme. Davanti alle facce impenetrabili dei due aveva iniziato anche a sudare copiosamente.

«Perché non ci ha detto che la notte dell'omicidio aveva visto Angie?» gli aveva domandato O'Reilly, puntandogli addosso gli occhi come fossero una pistola.

La scena era riaffiorata nella mente di Harvey in tutti i dettagli. Si era rivisto passeggiare sulla Halsted con un braccio attorno alle spalle di Jennifer e la mente nelle sue mutandine. Poi si era sentito chiamare. E aveva visto la sua ex moglie sporgersi dal finestrino di un taxi, che gli sbraitava contro ogni genere di insulti, come se fosse posseduta. «Ti faccio sputare fino all'ultimo centesimo. Vedrai se non lo faccio, bastardo che non sei altro. Ci vediamo in tribunale, polacco di merda!»

«Perché non vi ho detto che avevo visto Angie? Secondo voi? Insomma: un attimo prima mi riempie di insulti e un attimo dopo la trovano morta. E non avevo un alibi. Guardo anch'io la tivù. So benissimo come può sembrare la mia situazione. Gli errori giudiziari sono all'ordine del giorno, c'è un sacco di gente che marcisce in galera per reati che non ha commesso.»

«Quindi lei mi sta dicendo che ha riaccompagnato a casa la sua ragazza ed è rientrato?»

«Esattamente.»

«Immagino che lei fosse intimo di questa donna.»

«Jennifer? Sì. Anche se questi non sono fatti vostri.»

«Ma allora perché non è rimasto da lei quella notte?»

«Come posso spiegarlo? Dopo aver visto Angie, avevo cambiato umore. E volevo stare da solo. Vedete, il giorno in cui ho conosciuto Angie per me è stato un vero colpo di fulmine, come nel *Padrino* parte seconda. Prima di conoscerla, mai avrei pensato di poter avere una moglie così. I nostri primi anni insieme sono stati un vero paradiso. Finché lei non mi ha chiuso fuori dalla camera da letto.

«Provate a immaginare: la prima volta che l'ho tradita – davvero, era la prima volta – con una tipa conosciuta al lavoro che mi aveva dato un passaggio fino a casa, Angie è rientrata prima del solito. Quello stesso giorno la mia vita è andata a puttane per sempre. Ho perso mia moglie. Ho perso la mia casa. La fortuna mi ha girato le spalle. Ormai ricevo telefonate dalle banche un giorno sì e l'altro pure. Guardate in che razza di posto di merda sono costretto a vivere. Un appartamento ammobiliato.

«Volete proprio sapere perché non sono andato a letto con Jennifer quella notte? Sarò sincero: il sesso con Jennifer non è male, ma se penso a quando facevo l'amore con la mia ex moglie, è come paragonare il latte scremato alla panna. Quindi quella notte, dopo aver visto Angie, mi è passata la voglia.»

Harvey ebbe un moto di frustrazione. Per la sua vita? Per la sua situazione? Per aver perso Angie? O'Reilly non era riuscito a capirlo.

«Non ho ucciso Angie» aveva concluso Harvey, e gli occhi gli si erano riempiti di lacrime. «Dovete credermi. Io amavo mia moglie.»

Dopo aver lasciato Harvey Wozniak, erano andati a cercare Ralph, il misterioso uomo delle passeggiate al parco.

Lo avevano trovato subito. Aveva preso molto sul serio le parole di Kelly, e non si era allontanato dal totem dalla mattina. Ralph aveva ripetuto ai poliziotti la storia dell'uomo alto con i capelli bruni che aveva scaricato il cadavere di Angie nel parco ed era scappato. E aveva confermato anche di aver coperto il corpo con i giornali perché non prendesse freddo.

«Se vedesse quell'uomo, sarebbe in grado di riconoscerlo?» gli aveva domandato O'Reilly.

Ralph aveva annuito. «Sissignore. Penso di sì.»

O'Reilly osservò Kozlowski finire il secondo Big Mac, chiedendosi se quella sera avrebbe anche cenato. L'idea di considerare il bizzarro Ralph come possibile testimone lo faceva dubitare delle proprie facoltà mentali.

«A che pensi, collega?» gli domandò il gigante, prosciugando la bibita e concludendo lo spuntino con un sonoro rutto.

«Sto pensando di inserire Wozniak in un confronto all'americana. E di convocare il damerino del The Zone e il nonnetto fuori di testa del parco.»

«Davvero pensi che l'abbia fatta fuori lui?»

«No. Ma voglio essere sicuro.»

«E che mi dici del pick-up bianco a Kenilworth?»

«In che senso?»

«Secondo te c'entra qualcosa?»

«Mi prendi per il culo? Quando Kelly Delaney ci ha raccontato questa storia, avrei voluto chiederle che caspita si era fumata. Lascia perdere questo cazzo di pick-up bianco. Tanto non significa niente.» O'Reilly avviò il motore. Moriva dalla voglia di bere qualcosa, sentiva già il sapore della birra che lo aspettava al pub sotto casa. Ma prima di concedersi quel piacere, pensò che potevano fare un'ultima cosetta. «Va bene, Koz. Visto che siamo in zona, che ne dici di andare a fare una visita alla futura sposa?»

27

Ci vollero tre viaggi per portare in casa tutti i regali che avevo in macchina. Purtroppo, quei lussuosi pacchetti per me rappresentavano soltanto l'obbligo di scrivere altrettanti biglietti di ringraziamento. Mi rannicchiai sul divano, felice di essere tornata nel mio bozzolo, al riparo da tutti quegli sguardi. Durante la festa non avevo praticamente toccato cibo e i gorgoglii dello stomaco mi stavano segnalando con insistenza che dovevo mangiare qualcosa. Andai in cucina e mi preparai un sandwich con il burro di arachidi. Al terzo boccone, però, suonarono alla porta.

«Ma cavolo!» gridai, infastidita dall'ennesima violazione della mia privacy, ma sforzandomi di evitare le parolacce che mi erano venute in mente. Posai il sandwich e andai alla porta. Quando vidi nello spioncino i due detective della Omicidi mi passò completamente l'appetito. Che cosa volevano adesso quei due? Considerai rapidamente le mie opzioni: parlare con loro o buttarmi dalla finestra. Avrei preferito la finestra, solo che il mio appartamento era al primo piano e probabilmente non sarei morta. Aprii la porta.

«Buonasera, detective» dissi cercando di essere cordiale. «Cosa posso fare per voi?»

«Spero di non averla disturbata» replicò O'Reilly, «ma oggi siamo venuti a conoscenza di nuove informazioni e volevamo verificarle insieme a lei.»

«Ma certo. Entrate pure.» Spalancai la porta, quasi assordata dalle pulsazioni che di colpo mi martellavano le orecchie. L'idea che le nuove informazioni riguardassero il falegname mi aveva gettata nel panico. «Regali di nozze» spiegai, sgomberando i pacchi dal divano per farli accomodare. Mentre li spostavo, inciampai sul tappeto e la scatola in cima alla pila cadde a terra e si aprì, rivelando il contenuto. Era il pagliaccetto rosso con i buchi strategici. O'Reilly non sembrò farci caso; le orecchie di Kozlowski invece diventarono viola, e lui si voltò verso la cucina. Questa volta, per fortuna, i due bicchierini sul piano di lavoro non c'erano più. Solo un sandwich appena iniziato.

«Come vi dicevo, regali di nozze.» Richiusi l'articolo compromettente nella sua scatola, che riposi insieme a tutte le altre in un angolo della stanza. I miei sforzi di fare spazio, tuttavia, risultarono inutili perché i due investigatori rimasero in piedi.

«Ci vorrà solo un minuto» promise O'Reilly. «Volevamo solo farle una domanda. Lei ha mai sentito parlare del The Zone?»

Quella frase fu un autentico balsamo per le mie orecchie. Non erano lì per Steven Kaufman. Volevano sapere di quel locale. La morsa della paura si allentò.

«Quindi avete parlato con Albert?» domandai, dando per scontato che l'assistente di Angie si fosse deciso a raccontare di averla vista prima dell'omicidio.

«Albert? Albert chi?» Dallo sguardo perplesso di O'Reilly capii che la mia deduzione era sbagliata. Fantastico. Mi ero fregata da sola.

«Albert Evans. Lavorava con Angie.»

«Non sappiamo niente di questo Albert Evans.» O'Reilly aveva alzato il sopracciglio. «Vuole cortesemente ragguagliarci in merito?»

Sperando che Albert avrebbe creduto al mio involontario errore, raccontai della nostra conversazione dai Lupino, dopo il funerale. E aggiunsi: «Mi aveva assicurato che vi avrebbe contattati». O'Reilly era chiaramente seccato, e la sua faccia era più paonazza del solito. Detestavo essere considerata una bugiarda, anche se in questo caso si trattava più che altro di un'omissione. Ovviamente, un'altra enorme omissione aleggiava minacciosa nella stanza, ma per fortuna potevo vederla soltanto io.

«No. Non l'ha fatto.» D'un tratto O'Reilly ebbe un'illuminazione, e il rossore sembrò diminuire. «Questo Albert per caso è un tipo alto? Coi capelli scuri?»

«Esattamente l'opposto» risposi, pensando alle sue spallucce e alla carnagione chiara. «È piuttosto mingherlino e ha i capelli biondi.»

«Pare che Angie sia stata vista parlare con un uomo alto con i capelli scuri al The Zone. Che lei sappia, Harvey Wozniak ha mai frequentato quel locale?»

Mi sfuggì una risata. «Harvey al The Zone? Impossibile. Lui detesta i gay. Se da qualche parte c'è un locale gay, state tranquilli che non lo troverete nel raggio di dieci chilometri. Le dico solo che aborriva le feste natalizie da Bloomingdale's perché un sacco di colleghi di Angie erano gay. E passava la serata con la schiena contro il muro. Giuro. Se per caso gli fosse caduto il portafoglio, l'avrebbe portato fuori a calci, piuttosto che chinarsi a raccoglierlo. Comunque non può essere Harvey questo tizio. Perché Albert ovviamente l'avrebbe riconosciuto» conclusi.

O'Reilly sembrò deluso. «La prossima volta che qualcuno le dà qualche informazione, non dia per scontato che si metterà in contatto con noi. Lo faccia lei. Capito?»

«Certamente, detective. Lo farò» promisi con la mano già sulla maniglia della porta. Ero consapevole di aver schivato un altro proiettile e non vedevo l'ora che se ne andassero. Un attimo prima di scendere le scale, però, Kozlowski si voltò e pronunciò le prime parole da quando erano arrivati.

«Un momento, Ron. Voglio chiederle del pick-up.»

Il proiettile questa volta mi colpì, e per un pelo non mi cedettero le gambe. Non c'erano dubbi circa il pick-up cui stava alludendo. Nella mia testa maledissi Kelly per avermi tradita. Strinsi forte la maniglia per nascondere il tremito della mano e rimasi immobile sulla soglia, a chiedermi se fosse quella la fine della vita che avevo sempre conosciuto.

«D'accordo.» O'Reilly lanciò al suo collega un'occhiata seccata che forse non avrei dovuto vedere. «Per caso conosce qualcuno che viene dal New Hampshire?»

Merda. Questa volta ero fregata. Stavo quasi per confessare, quando, alzando lo sguardo su O'Reilly, mi accorsi che mi guardava con un'aria piuttosto distratta. L'espressione di Kozlowski non era molto diversa. Stavano bluffando, oppure quei due non sapevano un fico secco della mia storia con Steven Kaufman? Il mio futuro era appeso a un filo, e così decisi di prendere tempo. «Come mai me lo chiede?»

«Solo perché qualcuno ha riferito che venerdì scorso vicino alla villa dei Niebaum c'era un pick-up bianco sospetto. Con targa del New Hampshire» rispose O'Reilly. Dal tono di voce capii che considerava quella segnalazione uno spreco di tempo.

«No. Non ricordo di aver mai conosciuto nessuno del New Hampshire» replicai. Le bugie sono come le ciliegie: una tira l'altra.

Appena se ne andarono, corsi in bagno e vomitai i tre bocconi di sandwich. Ero in preda al panico. Che cosa sarebbe successo se la polizia mi avesse collegata a Steven Kaufman? Rischiavo di essere denunciata? Sarei finita sui giornali? Pensai a Flynn e ai miei genitori e alla vergogna assoluta che avrei provato se fosse mai successa una cosa del genere.

Quando il mio stomaco non ebbe più nulla da restituire, andai in camera. Ero madida di sudore, e mi sfilai il vestitino beige. Mentre mi svestivo, colsi la mia immagine riflessa nello specchio. Dopo aver visto per anni una ragazza grassa con i rotoli di ciccia, mi risultava sempre difficile credere che quella figura esile con la pancia piatta e le gambe snelle fossi proprio io. Presa da un impulso irresistibile, andai in soggiorno a recuperare il pagliaccetto che la madre di Flynn mi aveva regalato. Lo indossai e cercai di assumere una posa seducente. Vedere i capezzoli e il ciuffo di peli pubici color mogano spuntare dalle aperture strategiche del tessuto trasparente mi fece sentire incredibilmente sexy. E immaginai di essere sbattuta sul letto e di avere un amplesso torrido e appassionato.

Peccato che, nella mia fantasia, l'uomo che mi sbatteva sul letto non fosse Flynn. E neanche quello che faceva l'amore con me.

Tornai in soggiorno e cercai con lo sguardo il cestino di vimini sotto la scrivania. Non lo svuotavo da una settimana. Lo capovolsi e iniziai a frugare in mezzo ai fazzolettini usati e ai pezzi di carta finché non trovai quello che stavo cercando. Un foglietto appallottolato con una serie di cifre. Il telefono che Steven Kaufman mi aveva lasciato quella mattina. 708-925-1014. Sollevai la cornetta e iniziai a comporre il numero. Poi mi fermai, indecisa, e riappesi. Dopo un minuto ricominciai a comporlo, questa volta senza interrompermi. Ma non appena sentii il tono di linea, agganciai. Non sapevo perché avessi chiamato e meno ancora che cosa avrei detto se lui mi avesse risposto.

Mi cambiai con qualcosa di comodo e chiamai Flynn per disdire la nostra cena, dicendo che ero rientrata a casa esausta dopo la festa a casa di Natasha. Lui fu un po' deluso, ma disse che mi capiva. Mi infilai a letto e mi addormentai subito. Dormivo ormai profondamente, quando fui svegliata da un incredibile orgasmo. Rimasi al buio, con il cuore che batteva forte. Avevo sognato. E nel mio sogno il falegname era entrato in casa dalla finestra e si era fermato ai piedi del letto.

«Devo avere paura o sei qui per fare l'amore con me?» gli avevo chiesto.

«Devi avere paura» aveva risposto lui, strappando via le coperte e buttandosi sopra di me.

Ero delusa che fosse solo un sogno. *Ma che diavolo mi sta succedendo?* domandai al mio turbolento inconscio. Sentivo di essere tre persone diverse. Una voleva rivedere il falegname. Una sapeva che rivederlo sarebbe stato sbagliato e molto sciocco. E poi c'era la terza, una vocina che mi suggeriva di temere quell'uomo.

28
Suzanne

Lo scampanio domenicale della Holy Name Cathedral risaliva per quaranta piani prima di raggiungere l'attico di Suzanne, dove lei stava leggendo il *New York Times* seduta in cucina. In un mondo perfetto sarebbe già stata fuori casa per andare in ufficio, ma una telefonata mattiniera di O'Reilly le aveva annunciato una sua visita, modificando la sua routine quotidiana. Così, dopo aver avvisato il portiere che stava aspettando una persona, aveva ripreso a leggere il giornale. Era quasi arrivata a metà dell'inserto domenicale quando suonò il campanello. Suzanne andò subito ad aprire la porta e fu sorpresa di trovarsi davanti non i due poliziotti ma Vince, con un sontuoso bouquet di fiori tropicali.

«Che ci fai tu qui?» gli domandò sorpresa.

«Sono venuto in centro per controllare un lavoro. Tesoro mio, se posso darti un consiglio, credo dovresti dire al portiere di avvisarti, prima di far salire i tuoi visitatori. Avrei potuto essere un maniaco.»

«Lo fa sempre. Solo che gli avevo detto...» Prima che potesse finire la frase, Vince la baciò e la spinse in casa, chiudendo la porta con un piede. Poi lasciò cadere i fiori a terra e dopo averle infilato la mano sotto il vestito, risalì lungo la coscia e infine le afferrò una natica.

Suzanne si lasciò sfuggire un gemito. «Tu *sei* un maniaco.»

«Che ci posso fare se mi ecciti da morire?» replicò lui. Le prese la mano e se la appoggiò sulla patta dei pantaloni, dove la rigidità del membro premeva contro i limiti imposti dal tessuto. L'eccitazione di Vince ebbe l'effetto di scatenare anche quella di Suzanne, che solo un minuto prima era immersa in tutt'altri pensieri.

Vince tirò con forza gli slip di pizzo e li strappò via. Poi si scansò leggermente per aprirsi la cerniera, ma inciampò sul bouquet, che allontanò con un calcio. Non appena riuscì a sfilarsi i calzoni, la sollevò di peso sopra il suo pene eretto e gemendo prese a muoverla su e giù, controllando a fatica il proprio desiderio. «Oh, Dio, Vince» sospirò lei, aggrappata alle sue spalle. Con la mano libera lui le sollevò la camicetta e il reggiseno, poi le baciò un capezzolo, lo titillò con la lingua. Suzanne gemette e si premette con forza contro di lui, bramando spinte sempre più profonde.

In quel momento il mondo era soltanto Vince e Suzanne, e poi soltanto Suzanne, ed eccolo, il piacere, così intenso che sfiorava il dolore. Quando giunse al culmine, Suzanne, incapace di contenersi, urlò la sua estasi, mentre Vince, mugolando come un animale in calore, affondava sempre più le sue spinte fino a esplodere dentro di lei.

Per qualche secondo rimasero immobili, ansimando e assaporando insieme quelle incredibili sensazioni. Poi lui la depose delicatamente sul pavimento senza toglierle le mani dalle natiche, e cercando ancora di riprendere fiato. In quel momento suonò il campanello. Vince la guardò stupito.

«Aspetti qualcuno?»

«Oh, merda» esclamò lei, che raramente usava quel genere di parole. «È la polizia. Vogliono parlarmi di Angie.» Si riabbassò velocemente la camicetta e raddrizzò la gonna.

«Ti aspetto in camera da letto» sussurrò Vince con un sorriso malizioso.

«Tieni, prendi queste.» Suzanne raccolse le mutandine strappate e gliele lanciò. Vince avvicinò al viso l'impalpabile indumento e lo annusò voluttuosamente, poi scomparve in corridoio. Il campanello suonò ancora, con più insistenza questa volta. Suzanne guardò dallo spioncino e vide O'Reilly e Kozlowski che aspettavano sul pianerottolo. Si sistemò i capelli e aprì.

«Vi prego di scusarmi. Ero alla toilette» si giustificò, sperando che i vestiti fossero a posto.

«Mi auguro che questa visita non sia un disturbo eccessivo per lei» replicò O'Reilly.

«Come le ho detto, farei qualsiasi cosa per essere d'aiuto.»

Si scostò e li fece accomodare. Kozlowski si chinò e raccolse il bouquet da terra. Nella fretta di rendersi presentabile, Suzanne l'aveva dimenticato. Il detective glielo porse e lei lo posò su un tavolino, senza dare spiegazioni. Era la sua immaginazione, o i due uomini si erano scambiati un cenno d'intesa? Li condusse in soggiorno, dove presero gli stessi posti della visita precedente: i detective sulle poltroncine beige e lei sul divano color pesca. La luce del mattino illuminava il vaso di Murano, proiettando sul ripiano del tavolino il suo caleidoscopio di colori.

«Mi diceva al telefono che avete delle novità» esordì Suzanne.

«Esattamente» confermò O'Reilly. «Per cominciare,

sappiamo che dopo essere tornata a casa con lei, Angie è uscita di nuovo per andare in un locale chiamato The Zone e lì ha acquistato della cocaina da un pusher.»

Suzanne chiuse gli occhi, riassalita dagli stessi dubbi: se quella notte fosse entrata in casa con Angie e l'avesse messa a letto, lei ci sarebbe rimasta? Se avesse lasciato Angie all'Overhang con Maggie, le cose sarebbero andate diversamente? Ma quelle domande non avrebbero mai avuto risposta. Quando riaprì gli occhi, i due detective la stavano fissando, O'Reilly impaziente, Kozlowski più comprensivo.

«Secondo un testimone, Angie ha avuto una discussione con un cliente del locale, un uomo alto con capelli neri ricci» proseguì O'Reilly. «Per caso lei ha idea di chi possa essere?»

«Potrebbe essere la descrizione di Harvey.»

«Sappiamo che non era lui. Secondo lei, questa descrizione potrebbe corrispondere a Michael Niebaum?»

«Michael Niebaum?» Suzanne era sconcertata. La sola idea che il marito di Carol Anne fosse coinvolto nell'omicidio di Angie era impensabile. «Michael è alto e ha i capelli neri, ma escludo categoricamente che possa avere a che fare con questa storia.»

«Una delle sue amiche ha alluso al fatto che Angie avesse un debole per i mariti delle altre donne. E il dottor Niebaum quella sera non era a casa.»

«È la cosa più ridicola che abbia mai sentito» replicò Suzanne, chiedendosi chi mai avesse potuto dire una cosa del genere. Poi le venne in mente la storia di Natasha, e indignata aggiunse: «Angie non ha mai avuto storie con nessun marito, a parte il suo. Anzi, era piuttosto disinteressata agli uomini. In più, Michael Niebaum è un marito e un padre meraviglioso. Non è assolutamente possibile che avesse una relazione con Angie. Lo escludo».

«Ascolti, signora. Noi siamo poliziotti della Omicidi, non tutori della moralità pubblica. E dobbiamo fare anche le domande scomode.»

«Magari potresti chiedere alla signora Lundgren del pick-up» suggerì Kozlowski.

Suzanne fu sorpresa di sentirlo intervenire. Il gigante era così silenzioso che lei dubitava perfino avesse la lingua.

O'Reilly era infastidito da questa ossessione di Kozlowski per il pick-up. Ma, al diavolo. Koz era il suo partner, no? In più, assecondarlo tutto sommato gli conveniva. «La sera della festa a casa della signora Niebaum ha per caso avuto modo di notare un veicolo insolito parcheggiato nei pressi della villa? In particolare, un pick-up bianco con targa del New Hampshire.»

«No. Nessun pick-up bianco. Ma perché questa storia del New Hampshire non mi giunge nuova?» Frugò nella memoria, cercando di recuperare un ricordo recente. Non capitava spesso di sentir nominare quello Stato fuori dai periodi elettorali. E poi di colpo le venne in mente. «Sì, adesso ricordo. Quella notte all'Overhang c'era un tizio del New Hampshire.»

Ron O'Reilly saltò sulla poltroncina, rischiando quasi di cadere. Kozlowski si fece avanti. «Potrebbe descriverlo?»

«Adesso che mi ci fa pensare, in effetti era alto e aveva i capelli bruni e ricci. Ma se non ricordo male portava gli occhiali.»

«Ricorda un nome?» prese il testimone O'Reilly.

«Non saprei dirle niente di più. Dovrebbe chiedere a Maggie, era lei che chiacchierava con quell'uomo. Anzi, quando ho lasciato il locale con Angie, ballavano insieme.»

Quando udì le nuove informazioni, O'Reilly diventò più rosso che mai. Ripensò alla futura sposa che solo il giorno prima aveva negato di aver mai conosciuto qualcuno del New Hampshire. Ripensò alla bionda che aveva davanti e allo strano modo in cui si era comportata quando erano arrivati. Ripensò a come la signora Niebaum era stata evasiva nel rispondere ad alcune domande. Perché aveva la sensazione che tutte quelle donne gli stessero nascondendo qualcosa?

Suzanne li accompagnò alla porta sperando che i due detective non notassero la macchia bagnata che aveva dietro la gonna o il rivoletto lattiginoso che le colava lungo una gamba. Poi andò da Vince e lo trovò sdraiato a letto, immerso in un articolo di *Town and Country* sui ristoranti più romantici di Parigi. Aveva già deciso: avrebbe portato Suzanne nella *ville lumière*. Prima classe. Suite al Ritz. Champagne, e poi... diciamo che sperava di riuscire a fare almeno un giretto per vedere la città.

«Ti hanno torchiata per bene?» scherzò Vince.

«No. Ma spero di non aver fatto una brutta impressione» rispose, togliendosi la gonna e gettandola sul pavimento del bagno. Dopodiché si infilò sotto le lenzuola accanto a lui, e gli accarezzò la guancia con la punta del naso. «Mi hanno fatto un sacco di strane domande. Per esempio sul marito di Carol Anne. Probabilmente Natasha ha raccontato alla polizia che Angie aveva una storia con qualcuno. Assolutamente fuori questione, ma altrimenti non riesco a capire come sarebbe saltato fuori il nome di Michael. Anche perché Carol Anne e Michael sono sempre stati due metà della stessa mela.»

Vince non la stava quasi ascoltando. Gli bastava averla vicina senza la gonna per non capire più niente, e il tocco della sua mano sul torace era pura elettricità. Il suo appetito per Suzanne era insaziabile, come la puntura di un insetto che smette di prudere solo mentre la stai grattando, e quando ti interrompi prude ancora di più. Ma quello che lo faceva letteralmente impazzire era che non voleva soltanto il suo corpo. No. I suoi sentimenti per lei andavano al di là del desiderio carnale. Voleva anche la sua anima, voleva sapere che sarebbe stata sua per sempre.

«E poi mi hanno chiesto anche un'altra cosa» proseguì Suzanne. Aveva appoggiato la testa sul petto di Vince, e ascoltava il suo cuore battere. «Pare che la sera della festa di Maggie ci fosse un pick-up bianco con la targa del New Hampshire parcheggiato vicino alla villa di Carol Anne. E la cosa ancora più strana è che quella stessa notte Maggie ha ballato proprio con un tipo del New Hampshire, mentre eravamo in quel locale. Non è una coincidenza assurda? Quante volte può capitare di incontrare qualcuno del New Hampshire da queste parti?»

Il cuore di Vince sembrò fermarsi per un istante. Perfino Suzanne se ne accorse, e alzò la testa per guardarlo. Le sembrò soffrire, e notò che aveva le labbra serrate e lo sguardo fisso sulla parete di fronte. «Vince, ti senti bene?»

«Ma sì. Solo uno spasmo muscolare.» Steso accanto a lei, aspettò che il cuore riprendesse il battito regolare. Considerata la sua natura, Vince poteva dire di essere quasi in preda al panico. La polizia stava cercando un uomo del New Hampshire collegato all'omicidio. Fantastico. A quel punto era fondamentale che l'assassino di Angie saltasse fuori al più presto. Prima che trovassero l'uomo del New Hampshire e certi fatti venissero alla luce, distruggendo irrimediabilmente la sua immagine agli occhi di Suzanne.

Doveva fare una telefonata a Charley Belchek e mettergli un po' di pepe al culo.

29

Carol Anne

Michael uscì lentamente dall'ormeggio mentre Eva e Cara correvano euforiche sul ponte, infagottate nel giubbotto salvagente. Tranquillizzato dal brontolio del motore e dal tepore del sole, Michael junior scalciava soddisfatto nel suo seggiolino. Era la prima uscita della stagione, e osservando la felicità dei suoi figli, finalmente lontani dal tossico incantesimo della televisione, Carol Anne si chiese come mai avesse fatto tanta resistenza all'idea di comprare la barca.

Acquistata con i proventi della vanità, il *Dermabrasion* era un cabinato 12 metri con doppia cabina, una cambusa che non aveva niente da invidiare alla cucina di una casa, e la migliore strumentazione di bordo che il silicone potesse comprare. Carol Anne rivolse un silenzioso ringraziamento a tutte le donne che avevano contribuito a quella follia con le loro blefaroplastiche, addominoplastiche e protesi mammarie di dimensioni assurde. Abbassò lo sguardo sul suo seno piccolo – ancora più piccolo dopo l'ultimo figlio – e sorrise. Non ci sarebbe stata nessuna plastica all'orizzonte per lei: anche se il lavoro del marito era fermare le ingiurie del tempo e trasformare le persone in quello che non erano, lei accettava sia quello che la natura le aveva dato, sia quello che il tempo le avrebbe portato.

Attraversarono l'acqua ferma della marina con il motore al minimo, scivolando accanto ad altre magnifiche imbarcazioni. Quando lasciarono la tranquillità del porticciolo per entrare nel lago, il cabinato iniziò a dondolare. Carol Anne si voltò a guardare il profilo della città, con i suoi grattacieli simili a denti grigi affondati nel cielo azzurro. Senza volere, i suoi occhi si fermarono sul boschetto dove avevano ritrovato il corpo di Angie, e d'un tratto si sentì profondamente turbata. La disturbava il pensiero di quanto il suo cadavere fosse stato vicino al porticciolo. In quel momento Michael diede gas, l'elica mulinò nell'acqua e la barca scattò in avanti fra gli strilli eccitati delle bimbe. Di colpo Carol Anne dimenticò i brutti pensieri: niente avrebbe guastato la loro idilliaca giornata.

Michael guidò per un po' senza fermarsi, ma quando si furono allontanati a sufficienza dalla riva per essere soli, mise la marcia in folle e chiamò le figlie. «Qualcuno per caso vuole guidare?» Eva e Cara accorsero immediatamente sulla plancia di comando con le loro gambette magre, sgomitando per essere ognuna la prima.

Carol Anne prese il piccolo e andò a sedersi sulla sdraio per allattarlo. Osservò le sue manine perfette che si stringevano su di lei e gli occhi curiosi che cercavano di assorbire tutto quello che aveva intorno. Quando lo guardava si sentiva così colma d'amore che temeva di scoppiare. Lui era il bambino del miracolo, e lo aveva atteso così a lungo da aver quasi perso le speranze.

Esattamente quando avevano iniziato ad allontanarsi lei e Michael? Dopo la seconda figlia? O anche prima? Negli ultimi anni la loro vita sessuale in pratica era svanita, e potevano passare anche mesi senza che tra loro ci fosse un contatto diverso da un abbraccio o da un bacio fugace. Quando lei provava ad affrontare l'argomento, Michael si chiudeva a riccio e attribuiva la loro mancanza di intimità alla pressione del lavoro. Ne scaturivano delle discussioni che poi finivano sempre allo stesso modo: un rapporto meccanico e insoddisfacente, seguito da altri mesi di astinenza.

A dire il vero, anche se le cose erano notevolmente peggiorate dopo la nascita di Eva, il sesso si era intiepidito già molto tempo prima. Se non subito dopo il matrimonio, neanche tanto dopo. Del resto, con Michael prima impegnato con l'università e poi con la specializzazione, non restava molto tempo per l'intimità; e dopo l'arrivo delle bambine ancora meno. A ogni gravidanza era seguito un periodo più lungo di astinenza. Carol Anne si era consolata dicendosi che l'amore maturo era così, e si era concentrata sui figli e sulla vita famigliare. Aveva anche cercato in tutti i modi di rendersi attraente: intimo sexy, creme profumate per il corpo, film porno, qualsiasi cosa tranne appendersi a un trapezio, e forse ne avrebbe anche fatto montare uno sul soffitto se solo fosse stata certa che l'attrezzo avrebbe portato un po' di pepe in camera da letto. Si chiedeva di continuo che cosa avesse di sbagliato, e perché Michael non la guardasse più, ma quella mancanza di interesse proprio non riusciva a capirla. Si teneva in forma, faceva l'impossibile per tenere in ordine i suoi indomabili capelli, e lo specchio le diceva ogni mattina che il suo viso era ancora bello.

Finché un giorno, dopo sei mesi che non facevano l'amore, aveva affrontato Michael tra le lacrime. L'ultimo figlio era stato concepito proprio quella notte, una meravigliosa notte d'amore. Dopo, Michael le aveva dedicato le sue attenzioni una volta alla settimana, finché la pancia non aveva iniziato a essere ingombrante. E di nuovo avevano iniziato a dividere il letto solo per dormire, come avevano continuato a fare anche dopo la nascita del piccolo Michael junior.

Con la morte di Angie, però, le cose erano di nuovo cambiate e nell'ultima settimana Michael aveva fatto l'amore con lei quasi ogni notte, cioè più volte di tutto l'anno precedente messe insieme. Carol Anne non sapeva come spiegarselo, ma non si lamentava. Anche se di certo non poteva dimenticare la reazione esagerata del marito quando aveva saputo di Angie. Magari lo shock per quella tragedia gli aveva fatto toccare con mano com'era facile perdere una persona cara da un giorno all'altro. O forse c'era un altro e più torbido motivo? Per esempio quello che lei aveva, sia pur fugacemente, sospettato, e cioè che Michael avesse una relazione con Angie. E adesso che Angie non c'era più, il suo amore per lei era tornato.

Carol Anne, in realtà, si rifiutava di credere a un simile tradimento. Michael era prima di tutto il suo migliore amico, insieme avevano superato gli anni burrascosi dell'amore giovanile e gettato solide fondamenta per il loro matrimonio. Perciò mise da parte i suoi dubbi e ricordò a se stessa che la cosa più importante del mondo era la famiglia.

Mentre Carol Anne allattava, per un po' le figlie guidarono la barca a turno, finché Michael decise di spegnere il motore per lasciarsi cullare dalle onde. Carol Anne allora scese sottocoperta, mise il piccolo nel suo seggiolino e si dedicò al pranzo: sandwich di tacchino, bastoncini di carote e sedano e, per una volta, le adorate patatine in busta. Non aveva l'abitudine di dare alle figlie quel genere di cibo, ma era un giorno decisamente speciale. E poi ogni tanto Eva aveva bisogno di qualche vizietto per compensare la rinuncia ai sandwich col burro di arachidi. Da quando Cara aveva sviluppato l'allergia per le arachidi, infatti, quella leccornia era stata bandita. Comunque, per precauzione, Michael teneva parecchie penne di adrenalina nel kit di primo soccorso della barca.

Carol Anne recuperò i succhi di frutta per le bimbe, una birra per il marito e una bibita light per sé, dopodiché controllò che il piccolo dormisse e salì in coperta con il vassoio. Un attimo dopo averlo posato sul tavolo, però, il rumore di una barca in avvicinamento attirò la sua attenzione. Alzò lo sguardo e vide un motoscafo diretto verso di loro. A bordo c'erano due uomini a prua e un terzo ai comandi, tutti piuttosto snelli e abbronzati, con addosso solo minuscoli tanga che lasciavano poco spazio all'immaginazione. Salutavano il *Dermabrasion* con una strana familiarità. Mentre Carol Anne li guardava, il motore del cabinato si rianimò di colpo e Michael urlò: «Tenetevi forte!».

La barca partì di scatto e lei fu sbalzata contro il parapetto. Il vassoio scivolò via dal tavolo, seminando ovunque il suo contenuto.

«Michael! Ma che succede?» gridò lei. Poi sopra il rombo del motore sentì il pianto del bambino, e scese di corsa in cabina. Michael junior per fortuna stava bene, era solo molto spaventato. Quando finalmente il cabinato rallentò, Carol Anne risalì sul ponte con il figlio in braccio. «Si può sapere che cacchio sta succedendo?» gridò irritata al marito.

«La mamma ha detto una parolaccia!» strillò Eva.

«La mamma ha detto una parolaccia!» le fece eco la sorella.

«Quei tizi sul motoscafo... non avevo voglia di vederli»

spiegò Michael. Tra il vento e il motore, Carol Anne faceva fatica a sentire la sua voce.

«Li conosci?»

«Sono degli scrocconi che girano sempre dalle parti della marina. Da quando hanno scoperto che sono un chirurgo plastico, non mi lasciano più in pace. Se li avessi lasciati avvicinare, non ce ne saremmo più liberati. E oggi è la nostra giornata in famiglia.»

«Non credi che sia stato un po' maleducato allontanarsi in quel modo?»

Lui mise il motore al minimo, senza rispondere. Il motoscafo era scomparso, ed erano di nuovo soli in mezzo al lago. «Che ne dici se pranziamo qua?»

Carol Anne guardò il vassoio caduto a terra e scosse la testa, sconsolata. I sandwich erano rimasti intatti, ma c'erano patatine e bastoncini di verdura ovunque. Ripulì tutto e riportò le ciotole sottocoperta per riempirle di nuovo. Michael lasciò i comandi e si riunirono tutti sul ponte, dove consumarono il pranzo nella pace del lago, cullati dallo sciabordio delle onde contro i fianchi della barca. Michael bevve una lunga sorsata di birra, lo sguardo velato ma il sorriso felice. Poi posò la lattina e cinse le spalle delle due figlie.

«Non potremmo stare meglio di così, vero?» commentò.

Nonostante il comportamento del marito l'avesse lasciata piuttosto perplessa, Carol Anne decise di lasciar perdere. Niente avrebbe rovinato la loro giornata insieme.

Il sole di giugno era ancora alto sull'orizzonte quando rientrarono nella marina di Belmont Harbor, l'acqua liscia come una tavola nell'aria immobile della sera. Michael ormeggiò il cabinato urtando il pontile giusto un paio di volte, più che altro per il divertimento delle bambine. Mentre il marito trafficava con il motore, Carol Anne lasciò i figli a bordo e iniziò a caricare la macchina. Aveva appena posato il frigo portatile accanto alla Volvo quando si accorse che due uomini la stavano osservando da un'automobile color sabbia parcheggiata qualche posto più in là. Quando aprirono le portiere, li riconobbe subito. Erano gli investigatori che erano stati da lei subito dopo l'omicidio di Angie. Perché erano lì?

«Buongiorno, signora Niebaum. Scusi il disturbo» esordì il bulldog che, se non ricordava male, doveva essere il detective O'Reilly. «Le spiace se facciamo due chiacchiere?»

«Ma certo che no» rispose Carol Anne, mentendo.

Il più alto prese il frigorifero portatile e glielo mise nel bagaglio. «Avete davvero una bella barca» commentò.

«Sì. In effetti siamo molto fortunati» concordò. «Ce l'abbiamo già da un paio d'anni, ma la scorsa stagione non l'abbiamo usata molto per via della gravidanza. Questa estate invece vogliamo recuperare il tempo perduto.»

«Vi capita mai di uscire in barca di notte?» domandò O'Reilly.

Carol Anne esitò. Era una domanda strana, e le cattive vibrazioni che le arrivavano dai poliziotti erano ancora più strane. Si piantò davanti ai due uomini con le mani sui fianchi, e come una leonessa che affronta un predatore fuori dalla tana, sguainò gli artigli immaginari per proteggere la prole. «Perché le interessa?»

«Signora Niebaum, devo chiederle di nuovo a che ora è rientrato suo marito la notte di venerdì scorso. O sabato mattina, se preferisce.»

Lei cercò di ricordare che cosa avesse risposto l'altra volta, in modo da non contraddirsi. «Come vi ho già detto, mio marito è rientrato poco dopo mezzanotte.»

«Il dottor Niebaum è qui? Vorremmo parlare anche con lui.»

«È a bordo con i bambini. Lo vado a chiamare» rispose Carol Anne, facendo del suo meglio per sembrare tranquilla nonostante l'ansia e la salivazione azzerata. In un attimo la pace della giornata in famiglia era andata in fumo, lasciandosi dietro solo un mucchio di braci incandescenti. Si avvicinò alla barca con le gambe molli e la testa che girava come una trottola.

«Michael» lo chiamò quasi senza fiato mentre scendeva la scaletta che portava in cabina. Lui sporse la testa dal vano motore e lei gli si avvicinò per potergli parlare senza farsi sentire dalle bambine, che stavano intrattenendo il fratellino con un assortimento di dinosauri in plastica. «Ci sono i poliziotti. Vogliono parlare con te» bisbigliò.

«Che diavolo vogliono?» Era impallidito di colpo e aveva subito guardato verso il portello aperto sopra la scaletta.

«No. Non sono qui. Ti aspettano nel parcheggio» precisò lei. «Gli ho detto che sei rientrato subito dopo mezzanotte, quando è morta Angie. Non volevo fargli sapere che proprio quella volta sei rientrato così tardi. Non credo che avrebbero capito.»

Lentamente, il suo viso riprese colore. «D'accordo, tesoro. Hai fatto bene. Fammi parlare con quei due e poi torno subito qui.»

Carol Anne restò sulla barca cercando di non lasciarsi divorare dall'ansia, e finì di mettere a posto e pulire. I bambini iniziavano a essere irrequieti e non c'era molto che lei potesse fare per tenerli là sotto ed evitare che vedessero il padre parlare con la polizia, soprattutto se fosse successo qualcosa di terribile. Non sapeva esattamente cosa, ma nella sua immaginazione in qualche modo c'entravano le manette. Anche se, ovviamente, non c'era motivo di vedere Michael ammanettato.

«Dov'è papino?» domandò Cara. «Quando andiamo a casa?»

«Papà torna subito. Adesso fai la brava e raccogli il resto delle tue cose.»

Mentre le bambine radunavano libri e vestiti, Carol Anne finì di rassettare la cambusa, combattuta fra l'impulso di piangere e quello di urlare. In vita sua non si era mai sentita così confusa e spaventata. Passarono dieci minuti, e poi altri dieci, finché finalmente Michael tornò. Quando lo rivide, sorridente come sempre, di colpo si rilassò. Tutta quell'ansia per niente.

«Allora, ciurma, siamo pronti per rientrare?»

«Papà! Papà!» gridarono le bambine, arrampicandosi sulla scaletta. Carol Anne prese il neonato e le seguì.

Durante il tragitto verso casa, mentre sul sedile posteriore le bimbe erano concentrate sui loro album da colorare, Carol Anne chiese sottovoce al marito che cosa volessero da lui i detective.

«Bah, niente di che. Qualcuno gli aveva messo in testa che io e Angie avessimo una relazione.»

«E questo ti sembra "niente di che"?» obiettò Carol Anne. Poi le venne in mente che anche lei aveva avuto lo stesso sospetto, così colse al volo l'occasione per chiarire. «Ce l'avevate?»

«Amore, non essere ridicola!» esclamò lui, rivolgendole un'occhiata sincera. «Non riesco a credere che tu mi stia chiedendo una cosa del genere. Ti giuro che non ho mai avuto una relazione con Angela. Né con nessun'altra donna.»

Carol Anne osservò il marito che guidava, concentrato sulla strada. Stava dicendo la verità, ne era convinta, eppure qualcosa continuava a sfuggirle. Per il momento, tuttavia, il suo mondo era ancora in piedi, nonostante tutto quello che le accadeva intorno, perciò decise di non approfondire e per il resto del viaggio rimase in silenzio.

30

Vince

—

Il pessimo umore di Vince peggiorò ulteriormente appena entrò nel vialetto di casa e vide la Mercedes della moglie parcheggiata davanti all'ingresso. Per quanto lui le dicesse di mettere la macchina in garage – c'erano ben tre posti – lei la lasciava regolarmente nella rotonda davanti al portone, trasformando la loro casa nel set fotografico di una pubblicità automobilistica. Come se la lussuosa villa in cui abitavano non fosse già un'ostentazione di ricchezza più che eloquente. *Chi nasce contadino, muore contadino.*

Posteggiò la sua Cadillac Seville in garage e abbassò la porta basculante. Giovanna aveva voluto a tutti i costi una Mercedes, invece lui non amava le auto d'importazione. Preferiva comprare americano. Quel Paese era stato generoso con lui, e lui voleva essergli riconoscente. Era un vero cittadino modello. Votava e pagava le tasse. Be', quasi tutte.

Entrò in casa attraverso la porta del garage e andò dritto in cucina. Era furioso.

«Giovanna!» gridò, senza preoccuparsi di nascondere la rabbia.

Maria, la governante salvadoregna, si sporse dalla porta della dispensa e subito tornò dentro, come una tartaruga che si ritira nella corazza. Sapeva quando era il caso di tenersi alla larga dal suo datore di lavoro. Vince proseguì fino all'atrio, si fermò ai piedi di una imponente scalinata e chiamò di nuovo: «Giovanna!».

Un attimo dopo la testa della moglie spuntò oltre la balaustra, i lunghi capelli bruni sciolti sulle spalle. «Vince, che succede? Perché urli come un matto? Se fai spaventare Maria, finisce che mi devo cercare un'altra governante.»

«Accidenti a te, Giovanna. Quante volte ti ho chiesto di parcheggiare la tua maledetta auto in garage? Eh, quante volte te l'ho detto?»

«Calmati, Vince, o ti verrà un infarto. Dovevo portare dentro dei pacchetti. Tra un attimo vado a spostarla.»

Pacchetti. Sempre pacchetti. Quella donna non sapeva fare altro che comperare roba. «Ho del lavoro da fare. Scendo nel mio studio» tagliò corto. La scala che portava al piano inferiore immetteva nella sala del biliardo, illuminata da un'ampia vetrata con vista sulla piscina e sullo splendido giardino. Con il bar ancora in costruzione, la stanza era un vero campo di battaglia – attrezzi e pezzi di legno erano sparsi ovunque. Vince accarezzò il levigato ciliegio del bancone, ancora incompiuto. La maestria dell'artigiano che lo stava realizzando era vicina alla perfezione. Poi, come se volesse punire il bancone, lo colpì con un pugno così forte da farsi male alla mano.

Entrò nel suo studio e chiuse la porta. Seduto alla scrivania di quercia, fece girare le schede del rolodex finché non trovò quello che stava cercando.

La receptionist non ebbe neanche il tempo di dire il nome del motel. «Voglio la stanza trentaquattro» ordinò Vince. «E se non c'è nessuno voglio lasciare un messaggio.»

Ma non fu necessario alcun messaggio. «Che c'è?» rispose una voce maschile.

«C'è che ti voglio qui immediatamente.»

«Ehi, ma oggi è domenica!»

«Se tieni al tuo lavoro, alza il culo e corri qui subito.» Sbatté giù la cornetta addirittura più violentemente di come aveva colpito il bar. Quel coglione magari era il più bravo artigiano del pianeta, ma di sicuro non valeva una cicca quando si trattava di seguire delle semplici istruzioni. Vince era così arrabbiato che la testa gli stava esplodendo. Giovanna aveva ragione. Doveva darsi una calmata. Il medico lo aveva già avvertito: non gli faceva bene infuriarsi in quel modo, la pressione gli andava alle stelle. Ma dopo quello che era successo, non riusciva davvero a controllarsi.

Qualcuno bussò alla porta. Il battente si schiuse e una ragazza fece capolino. «Disturbo?» domandò Anna, la figlia, guardandolo con i suoi occhi neri.

Lui cambiò subito umore. Era contento di vederla tornata al nero corvino, il suo colore naturale. Si tingeva così spesso che lui non sapeva mai come l'avrebbe trovata: un giorno era bionda, l'altro pel di carota. Giovanna lo aveva rassicurato che cambiare colore di capelli era un attimo. Non come i tatuaggi, che ormai erano la nuova moda. Eliminare quelli sarebbe stato decisamente più difficile.

«Vieni pure, bambina mia. Sai che non mi disturbi mai.» La ragazza aprì la porta ed entrò. I jeans aderenti e il top striminzito erano al limite del volgare, e Vince si ripromise di mandare Giovanna a fare due chiacchiere con la figlia a proposito del suo look. Poi pensò all'amore della moglie per tutto ciò che era appariscente e concluse che, tutto sommato, non si vestiva molto meglio della figlia. Avrebbe voluto che Anna avesse un modello migliore, una persona di classe, qualcuno come Suzanne.

Abiti a parte, Anna assomigliava molto al padre. E lui l'adorava. La sua bambina aveva ereditato la sua intelligenza e la sua determinazione. Sin dall'infanzia aveva affrontato la vita a testa bassa, proprio come lui, che si trattasse di imparare ad andare in bicicletta o di prendere un bel voto. Quando voleva qualcosa era implacabile, e non tornava mai sulle proprie decisioni. Aveva appena concluso il terzo anno alla University of Illinois con risultati eccellenti. Dopo la laurea in Architettura, Vince intendeva farla entrare nell'azienda di famiglia come socia, visto che ormai erano anni che la figlia si faceva le ossa lavorando per lui durante le vacanze estive.

«Dove sei stato tutto il giorno, papi?» gli domandò. «Avevamo un brunch insieme, ricordi?»

Vince si diede una manata sulla fronte. Quella mattina aveva così voglia di vedere Suzanne che aveva completamente dimenticato l'appuntamento al circolo con moglie e figlia. «Scusami, piccola mia. C'è stato un problema in Delaware. Spero che mi perdonerai. Ci andiamo domenica prossima, promesso.» Detestava mentire alla figlia, e per un attimo inorridì al pensiero di come aveva perso il controllo poco prima. Era un uomo diviso a metà: da una parte la sua famiglia e dall'altra Suzanne. Oltretutto, di recente l'attrazione per l'amante era diventata così forte che non era più sicuro di poter resistere a lungo in quella situazione. Dopo aver trascorso l'infanzia sballottato da una famiglia all'altra, senza mai sapere chi si sarebbe seduto a tavola accanto a lui, aveva giurato a se stesso che sua figlia avrebbe avuto una famiglia stabile e serena, e che niente e nessuno, men che meno un'amante, avrebbe potuto dividerli. Aveva sempre usato le donne a suo piacimento, liquidandole al momento giusto con una generosa buonuscita per consolare il loro cuore infranto. Ma tutto questo succedeva prima di Suzanne. Lei era troppo importante per essere liquidata. E non c'era soluzione facile per quel problema.

«Okay, papi. Domenica prossima. Non te lo dimenticare, questa volta.»

«Stai tranquilla, tesoro. Promesso.» Purtroppo questo significava niente pigra domenica mattina a letto con Suzanne.

La figlia andò a sedersi sul bracciolo della sua poltroncina e lo abbracciò. «Tu e la mamma siete la cosa più importante al mondo, per me. Vero che niente potrà mai dividerci, papi?»

Per un attimo Vince ebbe l'impressione che la figlia stesse alludendo a qualcosa di preciso, eppure era impossibile che sapesse di Suzanne. Lui era stato molto prudente. «Niente potrà mai cambiare quello che tu sei per noi, piccola mia. Finché un giorno conoscerai un ragazzo che diventerà più importante di mamma e papà, e avrai una famiglia tutta tua. Ovviamente, dovrà avere il mio benestare, e sappi che per la mia bambina mi aspetto la perfezione, come minimo. Perciò penso che per un po' non andrai da nessuna parte» scherzò. Poi, più serio, aggiunse: «Mi raccomando, non accontentarti mai».

«Grazie, papi» disse Anna, alzandosi. «Ti voglio bene.»

«Ti voglio bene anch'io, piccola.» La osservò uscire dalla porta notando preoccupato il modo in cui dondolava il culetto tondo. Vince sperò con tutto il cuore che la figlia seguisse il suo consiglio e non si buttasse via. Di recente usciva con un mangiaspaghetti conosciuto in un bar, decisamente troppo vecchio per lei. Secondo Giovanna era solo un'infatuazione passeggera, come il colore dei capelli, e andava ignorata per evitare che la ragazza si attaccasse al tizio solo per far dispetto ai genitori. Vince si augurava che la moglie avesse ragione. Niente gli sembrava peggio che avere un simile avanzo di galera come genero.

Dopo una mezz'oretta di nuovo qualcuno bussò alla porta. «Avanti» rispose brusco. La porta si aprì ed entrò Steven Kaufman – maglietta blu, jeans strappati e capelli legati in un codino.

«Allora, cosa c'è di tanto importante per farmi venire fin qui di domenica?»

«Cosa c'è di importante?» Vince cercò di controllarsi, aiutato dal pensiero della sua pressione, ma era sul punto di perdere la battaglia. «Abbiamo un grosso problema. Hai presente il lavoretto che hai fatto per me lo scorso fine settimana?»

Steven scrollò le spalle. «Quando mi hai fatto spiare la tua donna? Te l'ho già detto, non devi preoccuparti. Non ha altri uomini sul suo radar, stai tranquillo.»

«Sì, va bene. Tu però hai fatto qualcosa che ti avevo detto di *non* fare.»

«Cioè?»

«Sei entrato in contatto con le sue amiche. Hai ballato con la futura sposa. E invece io ti avevo ordinato di tenere le distanze.»

Un sorrisetto ipocrita affiorò sulle labbra di Steven. «E allora? Non vedo quale sia il grosso problema.»

«Ma non li leggi i giornali, cazzo? Il grosso problema è che una delle sue amiche quella notte è stata ammazzata. E qualcuno ha riferito di aver visto un pick-up con la targa del New Hampshire in una strada di Kenilworth. In più, guarda caso, hanno visto un tizio del New Hampshire nello stesso locale dove sono andate quelle donne. Secondo te, qual è la conclusione più logica? Che le stavi seguendo. Ecco qual è il problema.»

Il sorrisetto era scomparso, e Steven si era seduto sulla sedia di fronte a Vince. «Quale delle amiche?» domandò.

«Come?»

«Quale è stata ammazzata?»

«Non Suzanne, ovviamente. E nemmeno la futura sposa. Quindi era l'altra. Angie. Non dimenticherò mai più questo nome. Suzanne ci sta piangendo sopra tutte le sue lacrime.»

Steven si passò una fra i capelli e si aggiustò il codino. «Non ho ammazzato quella donna.»

«Santo Dio. Spero proprio di no, cazzo. Ma questo non cambia il fatto che la polizia sta indagando su di te. E se ti trova, farai meglio ad avere un alibi per quella notte.»

«Ce l'ho. Ho un alibi.»

Gli occhi neri di Vince erano punteruoli da ghiaccio, mentre elaborava quella informazione. «Non dirmelo. Ti prego, non dirmelo. Non ti sei fatto la futura sposa, vero?» Quando vide che il falegname non reagiva, Vince sentì la pressione schizzare a livelli da pronto soccorso. E dimenticando di avere una mano già dolorante, sferrò un pugno sulla scrivania. «Ti avevo chiesto di seguire Suzanne, non di sbatterti l'amica.»

«Ha preso lei l'iniziativa. Mi ha offerto da bere.»

«Merda» mormorò Vince appoggiandosi allo schienale. «Cha razza di casino. Gli investigatori stanno cercando un pick-up bianco con la targa del New Hampshire, e visto che da queste parti quelle targhe non abbondano, ti troveranno di sicuro. Quando succederà, vorranno sapere perché eri a Kenilworth, e poi in quel cazzo di locale. E quale sarà la tua risposta? Dirai che stavi pedinando per lui l'amante del tuo capo, uomo sposato e padre di famiglia? E cosa stavi facendo mentre ammazzavano Angela Wozniak? Ti scopavi la sua amica prossima al matrimonio. Fidati, non è per niente una bella situazione. Né per me, né per te. Per non parlare della sposina.»

Le ultime parole di Vince fecero scattare Steven. «Senti un po', come potevo sapere che quella notte avrebbero ammazzato qualcuno? Questa storia non piace a me almeno quanto non piace a te. E credimi, ho le mie buone ragioni per non volere grane con la polizia.»

Ma ormai Vince era così furibondo che non lo ascoltava più. Non gli importava un fico secco del motivo per cui Steven non voleva avere a che fare con la polizia. E non gli importava un fico secco neanche della sposina fedifraga. Ma Suzanne? Non voleva neanche pensare a cosa sarebbe successo se avesse scoperto che lui l'aveva fatta seguire. L'avrebbe odiato a morte. Forse non gli avrebbe più rivolto la parola. E lui, piuttosto, avrebbe preferito morire.

Quel casino aveva solo una soluzione, e cioè che Steven Kaufman sparisse dalla circolazione in attesa che Charley Belchek trovasse l'assassino di Angie. A quel punto a nessuno sarebbe fregato un cavolo di niente del pick-up bianco. Vince era sicuro che l'ex poliziotto avrebbe portato a casa il risultato, però non poteva prevedere quanto ci avrebbe messo. Perciò doveva evitare che nel frattempo Kaufman andasse in giro sul suo camioncino, con il rischio che lo fermassero e lo portassero dentro per interrogarlo. No, il falegname doveva stare nascosto. E quale posto migliore per nasconderlo, se non lì nella villa?

«Ascolta, faremo così: adesso tu parcheggi il pick-up nel mio garage e ce lo lasci finché tutta questa storia non si sgonfia. Puoi stare qui da me e finire il tuo lavoro con il bancone del bar. Ti faccio preparare una stanza al piano della servitù. Sono sicuro che sarà comunque molto meglio della topaia dove stai.» Aprì l'ultimo cassetto della scrivania, quello con la cassaforte. All'interno c'erano dei contanti, alcuni mazzi di chiavi e un telecomando di riserva per aprire il garage. Una volta ci teneva anche la sua calibro 45, ma da dopo il lunedì nero preferiva tenere la pistola fissata con il nastro adesivo sotto il primo cassetto. Sfilò cinquecento dollari dal rotolo di banconote e posò il denaro e il telecomando di fronte a Steven. «Ecco il compenso per il tuo disturbo, e vai a togliere di mezzo quel pick-up, prima che qualcuno noti la targa.»

Steven si alzò in silenzio, riflettendo sul da farsi. Non gli piaceva l'idea di obbedire a Vince, ma si era infilato in un bel casino e al momento non aveva una soluzione migliore. Parlava sul serio quando aveva detto che non voleva avere a che fare con la polizia. E il suo capo aveva ragione anche su un'altra cosa. Qualsiasi posto sarebbe stato meglio dello squallido motel dove alloggiava. Infilò il denaro nel portafoglio e prese il telecomando per il garage.

«Dove devo parcheggiare?»

«Prendi il posto di mia moglie, quello centrale. Ah, un'altra cosa. Stai alla larga da mia figlia.»

«Non sapevo nemmeno che avessi una figlia» replicò il falegname uscendo.

«Bene. Allora continua a non saperlo» gli gridò Vince alle spalle. Quell'uomo era esattamente il genere di sfigato che piaceva ad Anna.

***

Giovanna Columbo scosse la testa. Non riusciva proprio a capirlo, Vince. Stava parcheggiando in garage come lui le aveva chiesto di fare – no, come le aveva *ordinato* di fare – e adesso il suo posto era occupato dal pick-up del falegname. Ma cos'aveva in testa il marito? Vabbè, poco male. Tanto lasciare l'auto fuori le piaceva. Tornò sul vialetto e sistemò la Mercedes davanti all'ingresso, proprio come nelle pubblicità delle riviste patinate.

31

Ron

Lunedì mattina. Grigio e piovoso. Ron O'Reilly aveva già preso quattro aspirine e due tazze di caffè, ma non era servito. La bassa pressione atmosferica gli stava facendo scoppiare la testa. Seduto alla sua scrivania, desiderava soltanto che il sangue smettesse di circolare dal collo in su. Cercò di isolarsi dal brusio degli altri investigatori, impegnati al telefono. Per fortuna la scrivania accanto alla sua era vuota. Kozlowski era dal dentista, dopo aver passato una notte insonne a causa del mal di denti.

Lavorare al caso di Angela Lupino Wozniak non faceva che peggiorare la situazione. O'Reilly era ormai quasi convinto che l'avesse fatta fuori Niebaum, non solo perché Natasha Dietrich gli aveva messo la pulce nell'orecchio, ma anche perché il buon dottore aveva una barca ormeggiata a Belmont Harbor, non lontano dal punto dove avevano ritrovato il cadavere. Anche se non se la scopava, una cosa era certa: Michael Niebaum non era rientrato a casa subito dopo la mezzanotte di venerdì. Forse lui era bravo a mentire, ma la moglie no.

A complicare le cose c'era però il misterioso uomo del New Hampshire. La sua presenza a Kenilworth e successivamente all'Overhang era un bel problema. Dopo l'incontro con Suzanne Lundgren, avevano diramato una segnalazione a tutte le unità riguardo un pick-up bianco GMC con targa del New Hampshire, e se il tipo era ancora in Illinois, prima o poi l'avrebbero beccato. Nell'attesa, era arrivato il momento di fare un'altra chiacchierata con la futura sposa.

Ma anche quello poteva aspettare. In cima alla lista delle priorità del giorno c'era Albert Evans, l'elusivo assistente di Angie. Aveva richiesto i suoi recapiti all'Ufficio personale di Bloomingdale's, però la sua segreteria telefonica rispondeva che era a Buffalo per il fine settimana e sarebbe rientrato lunedì. O'Reilly aveva lasciato un minaccioso messaggio circa la gravità del reato di occultamento delle prove, scommettendo che presto sarebbe arrivata una chiamata di Evans.

Scommessa vinta un secondo dopo.

«O'Reilly.»

«Sono Albert Evans» disse la voce di qualcuno che stava chiaramente morendo di paura. «Credo che mi stia cercando.»

«Elimini pure il "credo", signor Evans. Ho bisogno di parlare con lei riguardo la morte di Angela Wozniak. Potrebbe venire qui al distretto della Zona 3 immediatamente?»

«Mi spiace, ma è impossibile. Sto andando a lavorare.»

«Allora possiamo vederci lì.» Ma le sue parole rimasero senza risposta, perciò aggiunse: «Oppure potremmo vederci per un caffè. Non ci vorrà molto».

La voce di Evans tremava ancora. «Sì, un caffè sarebbe meglio. Conosce il Peaches, in Rush Street? Se prendo il prossimo autobus, dovrei essere lì fra mezz'ora.»

«Va bene» rispose O'Reilly. «Com'è vestito? Così almeno riuscirò a riconoscerla.»

«Con tutta questa pioggia, oggi esco sicuramente con il mio trench verde militare. Comunque, la riconoscerò io. L'ho vista all'uscita del funerale. Capelli sale e pepe... vestito come un poliziotto. Senza offesa, ovviamente.»

«Ci vediamo lì fra mezz'ora.» O'Reilly riagganciò pensando alla fortuna che Albert Evans fosse un finocchio così attento ai particolari.

O'Reilly riconobbe l'assistente di Angie non appena entrò al Peaches. Aveva l'annunciato trench verde militare, un ombrello con il manico a testa d'anatra, e capelli perfettamente a posto nonostante l'acquazzone. L'uomo si guardò intorno finché i suoi occhi non incontrarono quelli del detective, seduto sul divanetto d'angolo. Appese l'impermeabile e lasciò l'ombrello nel contenitore d'ottone vicino alla porta, dopodiché raggiunse il poliziotto.

«Salve. Sono Albert Evans.»

«Si sieda» rispose O'Reilly. Ed era quasi un ordine. Evans obbedì e si accomodò sul divanetto. Si sentiva in trappola. «Se ho ben capito, lei ha visto Angie Wozniak poco prima del suo omicidio.»

Albert si fissò le mani dalla manicure impeccabile. «Mi dispiace tantissimo» disse, non osando alzare lo sguardo. «So che avrei dovuto contattarvi, soprattutto in considerazione dell'affetto che avevo per Angie. Per me era molto più della mia responsabile al lavoro. Angie era una vera amica, un angelo di nome e di fatto. E poi aveva un gusto squisito. Al negozio ci manca così tanto.» Prese un cucchiaino e iniziò a giocherellarci. «Ma immagino non sia questo che vuole sapere da me.»

O'Reilly alzò un sopracciglio e lo fissò in silenzio.

Albert posò il cucchiaino e lo guardò a disagio. «La notte

in cui l'hanno ammazzata, Angie era arrivata al The Zone molto tardi, più o meno un'ora prima della chiusura. Era completamente fuori, era evidente. Io ero con un gruppo di amici, perciò ho fatto finta di non vederla. Le volevo bene come a una sorella, ma quando era ubriaca sapeva essere una vera stronza. In quel momento non avevo voglia di parlare con lei.

«Si è fatta un drink al bar e poi, mentre stava per uscire, si è fermata a parlare con un tizio, un uomo alto e molto bello che era lì da solo. Lo ricordo perché l'avevo già notato quando era entrato nel locale. Parlare con Angie lo ha innervosito, e dopo un po' se n'è andato.»

«Perché non ci ha contattati?»

Albert alzò le spalle, imbarazzato. E riprese a giocare col cucchiaino.

«Ascolti» riprese O'Reilly, deciso a parlar chiaro. «Se il problema è che non vuole mettere nei guai il suo amico Lyle, si rilassi perché tanto con lui ho già parlato. E le garantisco che se un giorno dovesse trovarsi nella merda, non sarà certo per colpa mia.»

«Lei sa di Lyle?» Evans era sbalordito.

«Secondo lei passiamo le giornate a girarci i pollici? È chiaro che sappiamo di Lyle. Adesso mi dica tutto dell'uomo che ha visto parlare con Angie.»

Liberato dal peso del tradimento, Albert divenne loquace. «Allora, era un tipo sulla quarantina o poco meno, alto, bruno, muscoloso e molto figo. Ah, sì, e con i capelli ricci.»

«Portava gli occhiali?»

«Decisamente no. Gli uomini con gli occhiali non sono di mio gusto.»

«Saprebbe identificarlo, se le mostrassi una fotografia?»

«Oh, sì» rispose con trasporto, felice di poter essere d'aiuto, adesso che si sentiva dispensato dal segreto.

O'Reilly posò una foto di Wozniak sul tavolo. «È questo l'uomo che ha visto al The Zone?»

Albert scosse la testa. «Assolutamente no. Questo è Harvey, l'ex di Angie. E poi ho detto che era molto figo.»

O'Reilly posò un'altra immagine sul tavolo. Albert sgranò gli occhi chiari. D'un tratto, il senso di colpa si fece acuto. «Omioddio, è incredibile. È lui. È il tizio che parlava con Angie. La fotografia non gli rende giustizia, però è lui. Ma chi è?»

«Non importa» rispose O'Reilly, riprendendo la foto di Michael Niebaum che aveva trovato negli archivi della Motorizzazione. «Sarebbe disponibile a identificare quest'uomo in un confronto all'americana?» domandò.

«Se serve a trovare chi ha ucciso Angie, certo che sì.»

Seduto alla sua scrivania, Kozlowski cercava di trasferire il caffè dal bicchiere alla bocca nonostante cinque punture di anestetico. Il mal di denti lo aveva tenuto sveglio tutta la notte, ma per quel dolore poteva ringraziare solo se stesso. Era un sacco di tempo che la moglie gli diceva di andare a farsi visitare, ma lui non le aveva dato retta. Per fortuna non era una di quelle donne che dicono «te l'avevo detto», ma dopo tutto quel dolore, di certo in futuro le avrebbe dato più ascolto. Kozlowski non aveva mai pensato che si potesse provare tanta felicità davanti a un ago così grosso. Dopo l'anestesia, il dentista lo aveva trapanato così a lungo da fargli temere che l'avrebbe lasciato senza mandibola.

Tentò di bere ancora un po' di caffè, ma con la bocca completamente desensibilizzata, la bevanda finì direttamente sulla camicia. Gettò il bicchiere nel cestino e vide O'Reilly entrare con la sua solita faccia paonazza. Kozlowski si chiese se si fosse già fermato in qualche bar. A volte beveva così tanto che il tanfo dell'alcol trasudava dai pori della pelle. In quei giorni, Kozlowski viaggiava con il finestrino aperto. Non riusciva a capire come ci si potesse intossicare in quel modo. A lui quella roba non interessava. Una birretta ogni tanto, ma niente di più. Per fortuna il suo collega non fumava. Quello sarebbe stato davvero insopportabile.

«Michael Niebaum è stato riconosciuto come l'uomo che parlava con Angie al The Zone» riferì O'Reilly in tono trionfale, gettando la foto della Motorizzazione sulla scrivania.

«Fantastico, lo mettiamo in stato di fermo?» biascicò in modo quasi incomprensibile Kozlowski.

«Ma come diavolo parli?»

«Anestesia.»

O'Reilly annuì, comprensivo. «No. Non credo ci sia pericolo di fuga. Almeno, non per il momento. E poi dobbiamo ancora escludere quel tizio del New Hampshire.»

«Quindi?»

«Andiamo a trovare la futura sposa.»

32

5 giorni al matrimonio

Ero beatamente assorbita dai risultati di vendita del mese precedente e dalle previsioni per il mese successivo, felice di gestire qualcosa che non fosse la mia disgraziata vita, quando il cicalino dell'interfono mi riportò bruscamente alla realtà. Sandi Lane non fece neanche lo sforzo di nascondere la sua morbosa curiosità. «Qui nell'atrio ci sono due signori che vorrebbero vederti. Un certo detective O'Reilly e un certo detective Kozlowski.»

Mi presi la fronte tra le mani, chiedendomi che cosa diavolo avesse spinto i due investigatori a venire da me in ufficio. Nonostante il terrore, riuscii a chiederle con calma di farli passare. Era fuori questione incontrarli nell'atrio, davanti a quell'impicciona: in confronto a lei, Gladys Kravitz di *Vita da strega* era una dilettante. E poi non ero sicura che le mie gambe di gelatina mi avrebbero permesso di arrivare fin lì. Per non parlare della vescica.

Un minuto dopo i due poliziotti erano già da me. La loro presenza era soffocante, e per un attimo mi venne il dubbio che l'ossigeno nel mio ufficio non bastasse per tutti e tre. Riordinai delle pile di fogli che avevo sulla scrivania, tanto per comunicare il concetto "non ho tempo per queste cose".

«Ci scusi se non l'abbiamo avvisata per tempo della visita, ma eravamo in zona» mentì O'Reilly.

«Devo dire che vi capita piuttosto spesso di essere in zona» ribattei.

Si sedettero sulle due sedie di fronte a me e andarono dritti al punto. «C'è qualcosa che dobbiamo verificare insieme a lei» proseguì O'Reilly, ignorando la mia interruzione. «Ricorda che l'altro giorno le ho chiesto se conosceva qualcuno del New Hampshire?»

Ecco. La spada di Damocle era caduta, e aveva anche fatto molto rumore. Tirai fuori dal cilindro la mia miglior faccia da poker e attesi in silenzio.

«Ieri abbiamo parlato con Suzanne Lundgren, e lei ci ha detto che la notte dell'omicidio di Angie all'Overhang avete conosciuto un tizio del New Hampshire. E che lei ha parlato con lui.»

Rimasi impassibile, fissando O'Reilly per alcuni lunghissimi secondi. E così Suzanne mi aveva tradita. Tossii per guadagnare ancora qualche attimo della vita che avevo sempre conosciuto, e per decidere quanto rivelare a quei due poliziotti.

«Se lo ricorda adesso?» insisté O'Reilly. E commise un errore fatale, che mi regalò una facile via d'uscita.

Ricordare. Grazie per l'aiuto, detective. Avevo passato gran parte di quella notte avvolta nella nebbia dell'alcol: come potevo sapere quanti ricordi mi ero persa per strada? O'Reilly sicuramente conosceva bene quello scenario.

«Detective» dissi con un filo di imbarazzo, «non ne vado fiera, ma devo ammettere che quella notte ero piuttosto sbronza. Ricordo vagamente di aver ballato con un tizio, all'Overhang, ma davvero non saprei dire se venisse dal New Hampshire o dalla luna.»

«Non ho mai detto che stava ballando.»

Trasalii, ma mi ripresi subito. «Ah. Be', io ricordo che ballavo. Ma non molto altro.»

Gli occhi arrossati del detective continuarono a scrutarmi, cercando la crepa nella mia versione. Io però continuai a guardarlo impassibile. Tutte quelle notti passate a giocare a poker durante l'università finalmente servivano a qualcosa.

«Lei quindi mi sta dicendo che non ricorda niente di questo tizio?» Il suo tono si era fatto più tagliente.

Scossi la testa, e alzai le spalle. «Mi spiace.»

O'Reilly fece qualche altro tentativo, ma non riuscì ad avere la meglio sulla mia presunta smemoratezza alcolica, così decise di lasciar perdere. Mi sembrava di essere sopravvissuta alla fine del mondo. Detestavo mentire, eppure dovevo ammettere di essere diventata piuttosto brava. In realtà, se avessi avuto anche solo un vago sospetto che Steven c'entrasse qualcosa con la morte di Angie, avrei parlato. Davvero. Ma date le circostanze, quel che sapevo di lui, e ciò che stava facendo mentre Angie veniva ammazzata, erano solo fatti miei.

Il resto della giornata fu un incubo. La pressione del lavoro unita a quella delle nozze imminenti mi stavano uccidendo e, come se non bastasse, il ciclo non era arrivato, e le innumerevoli visite alla toilette avevano prodotto solo carta igienica candida come la neve. Quando arrivai a casa quella sera mi sentivo sfinita. Con tutte le scadenze che avrei dovuto rispettare, sarebbe stato opportuno fermarmi in ufficio fino a tardi, però avevo invitato Flynn a cena e non potevo annullare di nuovo. Mi stavo comportando già sin troppo male con lui.

Mentre tagliavo le verdure gustando la rilassante ripetitività di quei gesti, squillò il telefono. Mi pentii di aver risposto nel momento stesso in cui sentii la voce all'altro capo del filo. Era mia madre. Dopo aver sopportato una lunga cena con lei la sera prima per parlare degli ultimi dettagli finali, credevo di essere a posto per un po'.

«Ti chiamo per ricordarti che l'ultima prova del tuo vestito è giovedì.»

«Mamma, non ne abbiamo già parlato ieri sera? L'ho segnato sull'agenda. Senti, sto cercando di preparare la cena. Mi devi dire altro?»

«A che punto sei con i biglietti di ringraziamento per i regali della festa scorsa?»

Liberarsi di mia madre quando si metteva in testa qualcosa era più difficile che far morire una pianta grassa. «Sono ancora in fase di elaborazione.»

«Ti consiglio di provvedere subito, così non te ne dovrai occupare durante la luna di miele. E non dimenticare di fare riferimento al regalo.»

Come se avessi la minima intenzione di scrivere biglietti di ringraziamento in luna di miele! Mi immaginai sulle spiagge di Saint Barts a contemplare rapita la spuma delle onde e senza un solo pensiero per la testa. «D'accordo, mamma. Inizio stasera. Ora devo andare. È arrivato Flynn.»

Ormai raccontare bugie mi veniva facile come respirare. Non mi riconoscevo più. A dire il vero, era un pezzo che non mi riconoscevo più. Da prima che morisse Angie e della notte con Steven Kaufman.

Posai il coltello e mi sedetti al tavolo. Era tempo di fare due chiacchiere sincere con me stessa. Dov'era finita l'adolescente che non voleva una vita convenzionale?

Dov'era finito lo spirito libero che desiderava viaggiare e scrivere? Mi ero nascosta dietro quei venti chili di ciccia così a lungo che quando finalmente ero riapparsa avevo ormai superato i trent'anni e avevo rinunciato ai miei sogni per vivere il sogno di qualcun altro.

Il tempo stava passando troppo velocemente. Sembrava ieri che mi ero laureata. Finita l'università, avrei voluto prendermi un anno sabbatico per girare l'Europa zaino in spalla e fare nuove esperienze, e magari un giorno scrivere un libro. Mia madre aveva bocciato il progetto sul nascere. «L'Europa resta lì, non scappa da nessuna parte. Adesso devi pensare alla tua carriera, altrimenti rischi di rimanere indietro rispetto a tutti gli altri.» E così, invece di viaggiare per un anno e scoprire nuovi posti e nuove persone, ero stata una settimana a Londra, una a Parigi, e poi ero tornata in America a vendere spazi pubblicitari. Perché avevo permesso a mia madre di controllarmi in questo modo? Perché non mi ero ribellata e non avevo fatto di testa mia?

Rivedo ancora i suoi occhi illuminarsi quando avevo portato a casa Flynn per la prima volta. Se mi fossi presentata con il vitello d'oro non sarebbe stata più felice. Poco dopo Flynn mi aveva offerto l'anello col diamante e io avevo detto di sì. Essendo cresciuta con l'idea che la passione non fosse alla mia portata, immaginavo che il principio valesse anche per il matrimonio. La vita con Flynn sarebbe stata comoda e sicura. Dovevo solo accettare la grande fortuna di aver conosciuto uno come lui.

Finché non ero stata folgorata dalla visione di una porta che forse non si sarebbe mai più riaperta.

Steven aveva risvegliato una Maggie addormentata da

anni, la persona che non ero più dai tempi del liceo e di Barry Metter. Le mie limitatissime nozioni di psicologia bastavano a farmi capire che non era un caso se non avevo svuotato il cestino con il foglietto lasciato da Steven. Anzi, quel foglietto l'avevo addirittura conservato nel cassetto della mia toeletta. Avevamo trascorso insieme solo qualche ora, eppure non riuscivo a togliermelo dalla testa. Morivo dalla voglia di sentirlo, di sapere se mi stava pensando. Poi però la realtà aveva bussato di nuovo alla mia porta. Ehi, c'è nessuno? L'amore romantico non esiste. Sono tutte favole. Come i sogni che i genitori regalano ai figli e poi si riprendono.

Una volta avevo letto da qualche parte che la maturità spegne la creatività più della guerra e delle malattie. Era quello che mi era successo? La maturità mi aveva spenta? Stavo sposando Flynn perché lo amavo o perché mi sembrava la soluzione più intelligente?

Le porte chiuse devono restare chiuse. E alla fine avevo capitolato. Il mio futuro era con Flynn, che in quel momento stava per arrivare. Afferrai il coltello e ripresi a tagliare le verdure.

«Spero che questo non sia un assaggio della nostra vita matrimoniale» mi disse Flynn, commentando lo scialbo bacetto che gli avevo dato sulla porta e attirandomi a sé per baciarmi con trasporto. Non era un uomo particolarmente passionale, quindi rimasi sorpresa quando mi accorsi che il suo bacio si faceva sempre più profondo e sensuale, e che la sua mano scivolava sotto la camicetta per accarezzarmi il seno.

«Sembrano più grosse del solito» mi disse, allusivo.

«Aspetto il ciclo» spiegai, sfilandomi dal suo abbraccio.

«Allora non c'è da meravigliarsi se sei così lunatica.» Mi cinse la vita con le braccia e di nuovo mi strinse a sé. «Ho ripensato al nostro piccolo patto prematrimoniale. Forse non è stata una grande idea, tutto sommato. Anche perché sabato non potrà mai essere davvero come la prima volta.» Mi baciò il collo e mi infilò di nuovo la mano sotto la camicetta. Con mio grande disappunto, le sue avances mi infastidirono.

«Dai, Flynn. Quel patto è stata una tua idea, e ormai ci siamo quasi. Dobbiamo resistere solo qualche giorno.» Cercai di consolarlo con un lungo bacio sulle labbra e tornai in cucina a occuparmi della cena. Lui ci rimase male e si ritirò in soggiorno a guardare il telegiornale. A tavola, per fortuna, la sua frustrazione era già svanita: mi parlò del lavoro e di come un nuovo software avrebbe rivoluzionato le cose; mi parlò del matrimonio e di come fosse felice che quasi tutti i suoi amici dell'università avessero confermato la loro partecipazione.

«Ma scusa, Flynn, perché pensavi che non sarebbero venuti? Tu sei una persona fantastica.»

«È quello che mi dico tutte le mattine davanti allo specchio» replicò, non del tutto ironico. «Però inizio a chiedermi se sia così anche per te.»

«Perché mai?»

«C'è da chiederlo? Da quando sono tornato da New York ti comporti in modo strano. Questa settimana non siamo quasi riusciti a vederci.»

«Credevo ne avessimo già parlato» replicai, snocciolando il mio elenco di scuse. «Morte di Angie. Lavoro. Preparativi per il matrimonio. Mia madre. Quando tutto questo sarà finito, tornerò come prima. Giuro.»

Mi sforzai di essere brillante per tutta la cena, raccontando aneddoti sul mio lingerie-party e riferendogli del pagliaccetto sexy che mi aveva regalato la madre. Mangiammo pasta e insalata, e Flynn finì quasi da solo la bottiglia di Chianti. Dopo, invece di fermarsi a guardare un film in cassetta, come faceva di solito, decise di andarsene.

«Forse è meglio se vai a riposare, Mags. Credimi, non sei più tu in questi giorni.» Esitò, e poi aggiunse: «Non è che ti stai facendo prendere dalla paura?». Avrei voluto abbracciarlo e dire: *Esattamente, grazie per la comprensione*. Invece era una domanda retorica. Per Flynn non avrei potuto essere nient'altro che elettrizzata all'idea di essere sua moglie. E aveva ragione, perché lui era davvero un uomo fantastico. Mi abbracciò, e io mi abbandonai al suo calore così rassicurante. Rassicurante come l'abbraccio di un caro amico, però, o del fratello che non avevo avuto. «Non devi aver paura. Fra cinque giorni sarai la signora Rogers Hamilton. Fra sette giorni saremo su una spiaggia tropicale a bere mojito. E quando torneremo troveremo ad aspettarci la nostra bella casa e potremo pensare a una bella famigliola tutta nostra.»

Mi fece l'occhiolino e si avviò per le scale. Io rimasi sul pianerottolo a guardare la sua testa bionda che si allontanava, pensando che Flynn era la cosa più bella che mi fosse mai capitata, e io ero il dottor Jekyll e mister Hyde. Che stupida ero stata a rischiare di perderlo per uno come Steven Kaufman. Rividi per un attimo le mani del falegname, e sentii su di me il suo tocco deciso. Allontanai subito il pensiero.

Mentre lavavo i piatti, mi chiesi come mai non avessi voluto fare l'amore con Flynn. Sarebbe stata un'ottima copertura, in caso fossi incinta. Grazie al cielo, mi restava ancora un briciolo di dignità. Sarebbe stata una bugia con cui non avrei mai potuto convivere.

Ti prego, Signore, fa' che mi venga il ciclo e non lo ingannerò mai più per tutta la vita.

33

Carol Anne

Con le bambine al centro estivo e il piccolo immerso nel sonnellino di metà mattina, Carol Anne era sola in cucina con il libro delle ricette aperto sulla piccata di pollo e lo sguardo in giardino, dove un pettirosso costruiva il nido sul melo selvatico. Mentre osservava l'uccellino sistemare i legnetti con il becco per creare un luogo accogliente dove deporre le uova e crescere i suoi piccoli, pensò a se stessa. Anche per lei, l'unico scopo della vita era proteggere il nido e tenere la famiglia al sicuro.

Temeva sempre che il suo nido potesse essere in pericolo. E aveva quell'idea fissa da quando apriva gli occhi la mattina a quando posava la testa sul cuscino la notte. Non che fosse una cosa nuova, per lei. Era sempre stata una persona ansiosa, una di quelle che pensano subito al peggio. Se qualcuno non arrivava in orario o non rispondeva al telefono, per lei era subito incidente stradale, o infarto, o disastro aereo. Si teneva pronta per ogni evenienza con radio a transistor e torce posizionate strategicamente in tutti gli angoli della casa, scorte di acqua in bottiglia per un mese, scale di corda sotto i letti in caso di incendio. Ma nelle ultime settimane una nuova preoccupazione aveva oscurato tutte le altre.

Michael era più strano che mai. La sera prima, per esempio, aveva continuato a starle intorno schiarendosi la voce come se si preparasse a dirle qualcosa. Ma ogni volta che apriva la bocca, ne uscivano solo frasi banali come: «Cosa abbiamo per cena?» o «Com'è andata la giornata?». Carol Anne lo conosceva a sufficienza per capire che stava aspettando il momento giusto per affrontare un argomento spinoso. Aveva fatto così anche qualche anno prima, quando voleva convincerla a comprare il *Dermabrasion*. Purtroppo, il suo sesto senso le diceva che questa volta si trattava di una cosa molto più seria.

Quando era così tesa, soltanto una cosa poteva rilassarla. Una bella sigaretta. Frugò in un cassetto e recuperò il pacchetto che teneva nascosto sotto gli strofinacci di spugna, ancora sigillato. Lo avvicinò al naso e annusò il profumo del tabacco. Il fumo era riservato alle situazioni di emergenza, e quella lo era sicuramente. Tolse il cellophane, accese la sigaretta sul fornello e aspirò una lunga boccata. La nicotina entrò in circolo immediatamente, donandole una piacevole sensazione di calma. Alzò gli occhi al cielo e ringraziò Dio per quell'attimo di sollievo.

Quando arrivò al filtro, ne accese subito un'altra e rifletté sull'ironia della vita. Le persone non sono affatto quello che sembrano, soprattutto quando si tratta della loro felicità. Pensò alla sua migliore amica, che stava per mandare in fumo un matrimonio da sogno per l'incontro di una notte. Pensò a Suzanne, tutta sola nel suo attico vicino alle nuvole. Pensò a Natasha, che viveva con un marito maniaco del controllo. Esisteva qualcuno *realmente* felice?

Sua madre, per esempio, lo sembrava mentre cresceva lei e le sue sorelle. Perciò era stato un autentico shock quando i suoi genitori avevano divorziato, dopo il diploma della sorella minore. Per quanto tempo si erano sopportati per amore delle figlie? Carol Anne sapeva che la sua personale felicità era indissolubilmente legata a Michael e ai figli. Finché erano tutti insieme, nessun problema sarebbe stato insormontabile.

Spense la seconda sigaretta e considerò di accenderne una terza, ma proprio in quel momento con la coda dell'occhio percepì un movimento. Era Michael. Come al solito, era entrato di soppiatto. Ora si sarebbe accorto del fumo e si sarebbe arrabbiato: da buon medico, era assolutamente contrario a quell'abitudine. Invece, quando si voltò vide che il marito nemmeno si era accorto delle sigarette. Aveva un'espressione distante, da estraneo.

«Che ti succede? Come mai sei a casa? Stai bene?» gli domandò a raffica, subito preoccupata.

«Carol Anne, dobbiamo parlare.»

Di colpo il sapore della nicotina sulla lingua si fece nauseante. Il tono del marito preludeva a qualcosa di nefasto. Aveva temuto tante volte che un momento simile potesse accadere, e adesso che era arrivato, era così spaventata che avrebbe voluto scappare via. Peccato che fosse impossibile.

«Riguarda Angie?» mormorò.

«In un certo senso sì.»

«L'hai ammazzata tu?»

«Dio, no. Non essere assurda.» La sua faccia si aprì in un sorriso e per un attimo lui tornò a essere Michael. Poi un'ombra pesante e sconosciuta tornò a velargli il viso. «Non è facile per me.»

O mio Dio, vuole il divorzio, pensò lei, studiando quasi senza respirare il viso stravolto del marito. Seguì un lungo silenzio, rotto soltanto dal rumore di un cubetto che cadeva dalla macchina del ghiaccio. Lei attese, paziente e tesa al tempo stesso, sforzandosi di non urlare: *Parla!*

«Ricordi la prima volta che abbiamo fatto l'amore?» le domandò in tono disinvolto, cercando di ritrovare per un attimo il sorriso.

Come avrebbe potuto dimenticarlo? Era stato alla spiaggia di Tower Beach, su una coperta che aveva trafugato dalla sua camera e poi non aveva più potuto rimettere a posto perché era piena di sabbia. La madre l'aveva cercata per anni. Lei moriva di paura all'idea che arrivasse la polizia e li cogliesse in flagrante, invece Michael l'aveva tranquillizzata, dicendole che le persone che si amano meritano di condividere il loro sentimento. Dopo quella volta, Carol Anne aveva capito che sarebbero stati insieme per sempre. Aveva sedici anni.

«Certo che lo ricordo. E non ho mai fatto l'amore con nessun altro.»

Lui si voltò di spalle, incapace di sostenere il suo sguardo. «Io sì.»

Fu come uno schiaffo in pieno viso. Quindi i suoi sospetti erano fondati. Aveva un'altra. Ora indifferente alla sua disapprovazione, si accese una sigaretta e attese che lui proseguisse.

«So che sto per ferirti» ammise Michael, «ma voglio che tu sappia la verità. Te lo devo.

«Da molto tempo mi sento diverso. Anzi, da tutta la vita, però ne ho avuto la certezza solo un anno dopo la laurea. Ho iniziato a fare dei sogni erotici molto coinvolgenti, e realistici, che mi svegliavano di notte. Non te ne ho mai parlato. Poi è nata Cara. E poi Eva, e per un po' si sono interrotti. Ma ho continuato a fare degli strani pensieri, e quei sogni mi mancavano. Finché un giorno ho conosciuto una persona che mi ha costretto ad affrontare le mie paure, qualcuno che ha capito il mio travaglio interiore.

«Questa persona mi ha detto: "So che cosa ti tormenta". E abbiamo parlato, e quando la verità finalmente è venuta a galla, io di colpo mi sono sentito più leggero, come se qualcuno mi avesse tolto dalle spalle il peso del mondo, come se d'un tratto la vita potesse essere vissuta fino in fondo. E alla fine fra me e questa persona è nata una relazione.»

Carol Anne ebbe la sensazione che tutto il suo mondo si sbriciolasse, e scoppiò a piangere. «Era Angie?»

«No. Non era Angie. Lavorava nella mia clinica.»

«La vedi ancora?»

«No.» Michael alzò la testa e fissò il soffitto per qualche secondo. E poi, quasi sussurrando, aggiunse: «Non lo vedo più. La nostra relazione è finita da parecchio tempo».

Quelle parole la travolsero come un tornado. Avrebbe voluto correggerlo, dirgli: «Non *la* vedi più», ma nel suo cuore sapeva che non c'era nessun errore grammaticale. Suo marito le stava confessando qualcosa che forse lei aveva sempre sospettato, però le sembrava così riprovevole che aveva preferito seppellirlo insieme a tutte le cose cui non voleva pensare. Adesso però non poteva più far finta di nulla. Adesso tutto aveva un senso. Ecco perché vivevano come due amici, o come fratello e sorella. D'un tratto anche gli uomini sul motoscafo durante la gita al lago ebbero un senso.

«Hai avuto una relazione con un uomo» disse Carol Anne, sorprendendo perfino se stessa per la calma con cui riuscì a pronunciare quella frase.

«Sì.»

«Ce ne sono state altre?»

«Sì.»

A quel punto lei crollò. E si avventò contro il marito, colpendolo ripetutamente sul petto con i pugni. Lui incassò i colpi senza reagire. «Mi stai dicendo che il nostro matrimonio è una menzogna!» gli gridò. «Sei un bastardo. Un bastardo.» Poi, resasi conto della violenza dei suoi gesti, abbandonò le braccia lungo i fianchi e lo fissò tra le lacrime. «Non hai pensato all'AIDS, Michael? Non hai pensato a me? Che potevi infettarmi? Non hai pensato a questo?»

«Mi sono sempre protetto» le rispose, pragmatico.

«E questo secondo te dovrebbe consolarmi?» Carol Anne andò a sedersi al tavolo e si prese la testa fra le mani. «Prima hai detto che dovevi parlarmi anche di Angie. Cosa c'entra lei in tutto questo?»

«La notte in cui l'hanno uccisa, io l'ho vista. In un locale gay.»

«Cosa? Non capisco.» Carol Anne lo fissò, confusa. «Perché me lo stai dicendo ora?»

Michael allungò le mani davanti a sé, aprendo e richiudendo le dita più volte, come se volesse afferrare qualcosa di irraggiungibile. O forse solo per scaricare la tensione. Aveva gli occhi rossi, e ormai faticava a trattenere le lacrime. «Questa mattina il detective O'Reilly è venuto da me. Qualcuno mi ha visto parlare con Angie in quel locale. La sera della festa di Maggie, dopo la partita a carte, sono andato in centro perché avevo voglia di...» Fece un lungo respiro prima di concludere il suo racconto: «Ho fatto il giro dei soliti locali e poi ho deciso di passare anche al The Zone – così si chiama il posto – e mentre ero lì ho incontrato Angie. Era completamente sbronza, ma non al punto da non capire perché io fossi lì.

«Mi ha detto qualcosa a proposito dell'inutilità del matrimonio e se n'è andata. Io ho finito il mio drink e sono uscito. Poi al funerale ho notato un tizio che mi aveva adocchiato al The Zone quella notte. Ero abbastanza sicuro che non mi avesse ancora visto, ma era meglio non andare dai genitori di Angie dopo la messa, nel caso fosse venuto anche lui.»

«Quindi non c'era nessuna emergenza quel giorno?»

«No» ammise, guardandola negli occhi. «E c'è dell'altro. La polizia vuole fare un confronto all'americana. Sembra che un testimone sostenga di avermi visto a Lincoln Park mentre trasportavo il cadavere di Angie. Cosa impossibile perché non ero lì.»

«Un confronto all'americana? Non puoi accettare una cosa del genere. E se qualcuno ti vedesse? Pensa alla tua reputazione.»

«Lo so bene» disse lui, abbattuto.

«Quella notte, quando sei rientrato, abbiamo fatto l'amore. Facevi finta, Michael?»

«No. E questo dovrebbe farti capire come mi sento lacerato. Io ti amo con tutto il cuore, Carol Anne. Quella notte, dopo aver visto Angie in quel locale, sono salito in macchina e ho iniziato a guidare per schiarirmi le idee. Sono arrivato fino al confine con il Wisconsin. Riuscivo solo a pensare a quanto sarebbe stato terribile perdere te e la nostra famiglia, e la sola idea mi terrorizzava. Tu e i bambini siete la cosa più importante della mia vita. Così ho preso la decisione di raccontarti tutto e di andare in terapia per risolvere questo problema. E in quel preciso momento l'unica cosa che desideravo era tornare a casa e fare l'amore con te. Io voglio stare con te, questa è la verità.»

Carol Anne non riusciva quasi a respirare mentre cercava di analizzare la situazione. Suo marito le aveva appena confessato di andare a letto con altri uomini. Il che era già sconvolgente. Ma, come se non bastasse, era anche sospettato di aver ammazzato Angie. Cos'era peggio? Che Michael fosse gay o che fosse un possibile omicida? Decise che per il momento la seconda ipotesi era quella che più minacciava la sua famiglia. Le sembrava di vedere i titoli: *Eminente chirurgo plastico, frequentatore di locali gay, sospettato di omicidio*. Colpevole o innocente, avrebbe perso comunque tutti i clienti. E cosa sarebbe successo a Eva e Cara? Come le avrebbero trattate gli altri bambini, sapendo che il padre era sotto inchiesta per un'accusa tanto grave?

Se anche la terapia avesse funzionato, e lei sperava di sì, non ne avrebbero comunque tratto un grande beneficio, se la carriera di Michael fosse stata distrutta.

La cosa fondamentale era proteggere le bambine. Il caso di Angie era su tutti i giornali e non potevano rischiare che Michael venisse associato a quell'omicidio. Si avvicinò al marito e gli massaggiò le spalle, come faceva tanti anni prima quando rientrava dai lunghi turni in ospedale, durante gli anni di specializzazione. Si sarebbe occupata lei di quella cosa, a costo di usare tutte le sue arti, e anche qualcuna di più.

Il confronto all'americana era fuori discussione. Non c'era altro da aggiungere.

«Non preoccuparti, Michael. Vedrai che tutto si sistemerà» lo rassicurò. Ci avrebbe pensato lei. Tutto è più facile quando conosci il nemico contro cui devi combattere.

34
Ron

—

Con Kozlowski fuori uso dopo un'altra notte insonne per il mal di denti, O'Reilly era uscito da solo per andare dal dottor Niebaum alla sua clinica di Evanston. Il termine "clinica" in effetti non rendeva esattamente l'idea. La sala d'attesa ricordava più l'atrio di un albergo, con tanto di bar e finiture in marmo. O forse di un bordello, considerato l'andirivieni di bellone rifatte o da rifare.

Il buon dottore aveva accettato di vederlo subito. Quando gli aveva comunicato che era stato visto al The Zone mentre parlava con la vittima, il medico aveva subito confermato. Ma poi aveva avuto la faccia tosta di raccontargli un sacco di balle, tipo che dopo essere uscito da là aveva guidato fino al Wisconsin per riflettere. Molto più probabile che invece fosse andato a est, verso Belmont Harbor, e non a nord, verso la terra del latte e del formaggio. La buona notizia era che Niebaum aveva accettato il confronto all'americana. La cattiva era che adesso doveva ritrovare l'itinerante Ralph, per poter fare il confronto in questione.

Rientrato al distretto, non vedeva l'ora di darsi la carica con qualche aspirina e una bella tazza di caffè. Invece squillò il telefono, e quando rispose fu sorpreso di sentire la voce di Carol Anne Niebaum. Rivide la bella e dolce signora al parcheggio della marina, quella domenica, che cercava di nascondergli la sua preoccupazione mentre lui le parlava. La donna gli aveva mentito, ma in cuor suo lui tifava per lei, visto che aveva sposato quel pezzo di merda.

«Cosa posso fare per lei, signora Niebaum?»

«Detective O'Reilly, è tassativo che io parli con lei al più presto. Potrebbe raggiungermi qui a casa?»

Tassativo. Una parola grossa. Forse era pronta a confessare che il marito quella notte non era affatto rincasato intorno a mezzanotte. Ma arrivava tardi, la signora. O forse c'era altro? In ogni caso, visto che era appena rientrato in ufficio e gli stava già scoppiando la testa, qualunque scusa era buona per uscire di lì. La sera prima aveva un po' esagerato al pub sotto casa.

«Va bene. Sto arrivando.»

Un'altra sigaretta era già finita. *Smettere di nuovo sarà un vero incubo,* pensò Carol Anne mentre spegneva il mozzicone in un piattino. Dopo aver ascoltato l'accorata confessione di Michael, lo aveva convinto a tornare in clinica. Del resto, che cosa avrebbero potuto fare in quel momento? Guardarsi negli occhi? Appena il marito era uscito di casa aveva chiamato il detective O'Reilly. E adesso si preparava a fare qualche numero di magia.

Il pianto di Michael junior, al piano di sopra, le strappò un'imprecazione. Era stata troppo ottimista a credere che avrebbe dormito a lungo. Salì nella cameretta del bimbo e lo trovò in piedi nel suo lettino, le manine aggrappate alle sponde e il viso paonazzo per la rabbia dell'abbandono. Non appena vide la mamma, però, le lacrime si interruppero di colpo come se qualcuno avesse chiuso il rubinetto, e un sorriso radioso illuminò la sua faccina. Era la prima volta che si alzava in piedi e Carol Anne si sentì travolgere da un amore infinito per quella creaturina. «Il mio piccolo miracolo» esclamò sollevandolo dal lettino. «E non potrai mai sapere che autentico miracolo sei.»

Mentre lo cambiava, suonò il campanello. Concluse velocemente l'operazione e scese di sotto con il bambino in braccio. La porta si aprì davanti al detective O'Reilly, più stanco e stropicciato del solito, i capelli brizzolati sparati in ogni direzione come se si fosse appena alzato dal letto.

Carol Anne guardò alle sue spalle, aspettandosi di vedere l'imponente figura del suo collega. «È solo?» domandò poi.

«Oggi il detective Kozlowski è malato.» E si sforzò di sorridere per metterla a suo agio. Seguì un imbarazzato silenzio, interrotto solo dai gorgoglii del piccolo.

«Le spiace se andiamo in cucina?» disse lei infine. «Così posso mettere il bambino nel box.»

«Nessun problema, mi piacciono le cucine.» Mentre attraversavano la casa lussuosamente arredata, O'Reilly non poté fare a meno di pensare all'elegante attico fra le nuvole di Suzanne Lundgren e alla sontuosa villa di Natasha Dietrich a Lake Forest. Le amiche di Angie Wozniak non se la passavano affatto male. Poi gli venne in mente l'angusto monolocale di Kelly Delaney. *Quasi tutte* le sue amiche.

Arrivati in cucina, Carol Anne mise il bambino nel box e offrì un caffè al detective. «Come lo preferisce?»

«Nero. E forte.»

Quando lei gli porse la tazza, il detective se la portò alle labbra con la mano tremante. «Di che cosa mi voleva parlare, signora Niebaum?» le chiese, pensando che quella miscela era molto meglio di quella al distretto.

Da quando lo aveva chiamato, Carol Anne non aveva smesso di ripetersi nella mente il discorso che aveva preparato: Michael brava persona, Michael padre affettuoso, Michael professionista di talento e dedito al suo lavoro, enorme danno di immagine se trapelavano certe informazioni, tutta la famiglia dipendeva da lui. Ma adesso che era venuto il momento di parlare, sentiva le parole seccarsi in gola prima ancora di raggiungere le labbra. Per farsi coraggio si accese una sigaretta.

«Mi scusi, è solo una cosa temporanea, ma purtroppo in questo momento ne ho bisogno.» Inspirò una lunga boccata di fumo e attese che la nicotina facesse effetto. Poi espirò lontano dal bambino e spense subito. «Se ho capito bene, mio marito è sospettato di aver ucciso la mia amica Angie.»

«Noi preferiamo dire che è una persona *attenzionata*» precisò O'Reilly.

«E perché? Solo perché sono stati visti nello stesso locale?» Carol Anne abbassò lo sguardo sul pavimento per nascondere la propria vergogna. «Sì, mio marito mi ha raccontato che era andato al The Zone. Anzi, mi ha raccontato molto di più, a dir la verità. Più di quanto avrei voluto sapere. Ma il fatto che fosse in quel locale non c'entra niente con la morte di Angie. È solo una coincidenza. Nient'altro.»

Ed è una coincidenza anche il fatto che avete una barca ormeggiata praticamente a pochi metri dal punto in cui è stato ritrovato il cadavere? avrebbe voluto replicare O'Reilly. Invece si trattenne. La vulnerabilità di quella donna faceva vibrare le corde della sua empatia: non solo era molto bella, ma sembrava anche per bene, e con quell'incarnato pallido e i riccioli bruni gli ricordava la madre defunta. Forse non sapeva ancora con certezza perché Michael Niebaum fosse al The Zone alle tre del mattino, ma non aveva dubbi sul fatto che il loro matrimonio ne avrebbe risentito pesantemente. Michael Niebaum gli piaceva sempre meno. Coinvolto o no nella morte di Angela Wozniak, le sue scelte di vita avevano già fatto una vittima, la sua bella moglie.

«Michael mi ha detto che lo ha convocato per un confronto all'americana» proseguì Carol Anne con una punta di gelo nella voce. Fece per accendersi un'altra sigaretta, poi ci ripensò. E guardando negli occhi l'investigatore con aria implorante aggiunse: «Detective O'Reilly, non può sottoporre Michael a una cosa simile. Sa bene che cosa significherebbe per la sua carriera. Per la sua reputazione. Se qualcuno dovesse mai vederlo al distretto, o dove diavolo fate queste cose, finirebbe per distruggere la nostra famiglia... tutta la nostra vita».

«Signora Niebaum, mi dica: perché ha mentito? Perché mi ha detto che suo marito era rientrato poco dopo mezzanotte, quando non era vero?»

Carol Anne sapeva di essere una persona forte, ma c'è un limite a quello che anche una persona forte può sopportare. Le stava arrivando addosso troppo, da troppe direzioni diverse, e sentiva di essere sul punto di crollare. Si sforzava di tenere duro, ma era quasi sul punto di cedere, le tremavano le mani per l'agitazione e gli occhi erano velati dalle lacrime trattenute. O'Reilly colse la sua angoscia e cercò di non lasciare che l'umana comprensione per Carol Anne Niebaum avesse la meglio sui doveri di detective della Omicidi. Non si sarebbe lasciato influenzare dal pianto di una donna. Nemmeno se quella donna gli ricordava sua madre.

«Non so perché ho mentito. Non sono una bugiarda» ammise lei, serrando i denti nello sforzo di mantenere il controllo. «Forse ero imbarazzata perché mio marito era tornato a casa così tardi. Forse intuivo che c'era qualche problema. Ma mi deve credere, Michael non ha mai avuto una relazione con Angela Lupino, e di sicuro non l'ha uccisa.»

O'Reilly non ne era altrettanto sicuro, ma quando Carol Anne usò la parola "relazione" gli si accese una lampadina. Niebaum era chiaramente finocchio, o bisessuale. E se avesse avuto storie con più persone? Se lui, Angie e il tizio del New Hampshire avessero fatto una cosa a tre? Questo avrebbe potuto spiegare parecchio. Doveva assolutamente accedere ai tabulati telefonici di Niebaum. Sapere con chi una persona parla al telefono può rispondere a molte domande, e O'Reilly aveva fretta. Guardò la donna disperata che aveva di fronte.

«Ascolti, signora Niebaum. Se lei è così certa che suo marito non sia coinvolto nell'assassinio di Angie, potrebbe fare qualcosa per aiutarci a provarlo. Le propongo un accordo: io rinvio il riconoscimento in cambio dei tabulati telefonici di suo marito. Di casa e della clinica. Se dovessi seguire la procedura ufficiale ci vorrebbero giorni, mentre con la sua collaborazione...»

«Le procureremo quei tabulati» rispose lei risoluta, il viso finalmente sollevato. Per un attimo ebbe la tentazione di gettargli le braccia al collo. «Faremo qualsiasi cosa per dimostrare l'innocenza di Michael. Qualsiasi cosa.»

Mentre rientrava al distretto, O'Reilly passò accanto a una di quelle catene di ristoranti che proponevano cibo scadente servito su un grande bancone quadrato. Fece inversione ed entrò nel parcheggio. In fondo, era l'ora di pranzo e mangiare qualcosa di freddo poteva servire a rimetterlo in sesto. Ingoiò la prima birra d'un fiato, e subito ne ordinò una seconda che andò via più lentamente mentre lui elaborava possibili scenari. Relazione extraconiugale. Amante gay geloso. Triangolo omoetero. Peccato che Kozlowski non fosse lì con lui a valutare le varie opzioni. Certo, se il collega fosse stato in servizio non si sarebbero mai fermati in quel posto. Ordinò una terza birra e pagò il conto.

Mentre tornava alla macchina, ripensò alla situazione di Carol Anne Niebaum. Era proprio vero che anche i ricchi piangono.

35

Kelly

Il Gitane era affollato come sempre – uomini in giacca e cravatta e donne in tailleur che consumavano il pranzo in fretta e furia, nonché signore in abiti firmati che facevano l'opposto. Kelly era arrivata al lavoro dopo un esame di Psicobiologia che non era andato troppo bene, ed era stata distratta per tutto il turno. Due volte aveva dimenticato di mandare avanti le ordinazioni, e l'aveva capito solo perché i clienti allungavano il collo per cercarla, e una volta aveva portato il conto sbagliato. Per fortuna quei signori si erano accorti dell'errore prima di passare la carta di credito, altrimenti il capo le avrebbe scalato la differenza dallo stipendio.

E l'esame non era l'unica causa della sua distrazione. Era ossessionata dall'idea che l'uomo del New Hampshire fosse in qualche modo collegato con l'omicidio di Angie. Ma aver parlato con i detective del pick-up bianco non sembrava averli convinti a mettersi sulle tracce del tizio. L'unica soluzione era raccontare tutta la verità.

«Scusa, Maggie» disse a voce alta, mentre si frugava nel grembiule in cerca di una monetina per usare il telefono a gettoni fuori dalla toilette delle signore. Fu contenta di trovare O'Reilly alla sua scrivania. «Mi spiace disturbarla, ma ho urgente bisogno di parlare con lei di una cosa importante.»

«Non ci credo neanche per un minuto, signora Delaney» replicò il detective. Dopo le birrette – classico "rimedio del giorno dopo" – i postumi da sbronza erano migliorati, finché la voce di quella donna aveva riportato tutto come prima, se non peggio.

«Come? Non crede che abbia una cosa importante da dirle?»

«No. Che detesta disturbarmi.»

«Molto divertente» replicò lei. «Dico sul serio. Devo vederla.»

«Siamo molto occupati in questo momento» le rispose, sperando di scoraggiarla. Non aveva la minima voglia di perdere tempo con quella petulante ficcanaso. «Stiamo già parlando, dica pure.»

«No, è importante.»

«D'accordo» concesse il detective. «Dove ci vediamo?»

«Sto per finire il mio turno. Che ne dice di O'Dwyer, in Dearborn Street? Facciamo fra... un quarto d'ora?»

O'Reilly alzò gli occhi sull'orologio a parete di fronte a lui. Erano le due e quarantacinque. «Va bene. Alle tre.» *E speriamo che sia davvero una cosa importante.*

Kozlowski arrivò un minuto dopo. «È bello sapere che sei vivo» scherzò O'Reilly. «Dove diavolo eri finito?»

«Dal dentista. Alla fine me l'ha tolto, il maledetto dente. Ma adesso Melissa è tutta arrabbiata perché non vuole stare con uno sdentato. Quindi dovrò mettere un ponte. Che non costa poco. Proprio adesso che mi volevo comprare una nuova canna da pesca» si lamentò Kozlowski, biascicando metà delle parole. «Mi sono perso qualcosa?»

«Stiamo andando da O'Dwyer. Dobbiamo vedere

Kelly Delaney, quindi forse è meglio se sei ancora anestetizzato.»

«La signora Delaney? Che cosa vuole questa volta?»

«Non lo so, non me l'ha detto. Magari vuole entrare in polizia.»

La prima cosa che colpì Kelly quando entrò nel locale fu il familiare odore di birra stantia e legno marcio. Alcuni clienti fissi sedevano al bancone, alternando cicchetti e birra. Le piaceva tornare di tanto in tanto in uno dei posti in cui aveva lavorato solo per ricordare quanto facesse schifo, tipo il personaggio di quel romanzo di Fitzgerald che beveva un drink al giorno, così non si sarebbe mai illuso che l'alcol potesse essere meglio di quel che era in realtà. Solo che, diversamente dal personaggio di Fitzgerald, lei non poteva bere neanche un drink al giorno. E lo sapeva.

Sedette su uno sgabello traballante davanti a un tavolo traballante vicino alla vetrina e salutò con un cenno Eddy, il barman che faceva il turno di giorno praticamente da sempre. Lui rispose con un vago sorriso, i denti grandi e gialli come quelli di un cavallo sulla faccia ossuta. Stava bevendo quello che sembrava un bicchiere di acqua ghiacciata, ma lei sapeva benissimo che l'unica acqua in quel bicchiere erano i cubetti.

La cameriera si avvicinò e Kelly ordinò una Coca Light. Vedere Eddy alle prese con la sua routine fu un déjà-vu: bicchiere, ghiaccio, seltz, cannuccia, bicchiere alla cameriera, sorso di vodka. Si chiese se prima o poi non sarebbe finito sotto un'auto di passaggio, dopo essere uscito ubriaco marcio dal locale, oppure se gli sarebbe venuta una cirrosi.

Si sentiva in colpa per quello che stava per fare, ma preferiva essere odiata da una Maggie viva piuttosto che piangere una Maggie morta. Quando era piccola e la madre la puniva, le diceva sempre: «Questo fa male a te almeno quanto a me». Ed era esattamente così che si sentiva, adesso che stava per rompere la promessa fatta alla sua amica. Però non aveva scelta.

Prese una copia abbandonata del *Chicago Tribune* dal tavolo accanto e iniziò un cruciverba. Dopo tutti quegli anni passati ad ammazzare il tempo dietro il bancone quando non c'erano clienti, era una vera campionessa. Aveva quasi riempito tutte le caselle, quando alzò lo sguardo e vide il detective Kozlowski avvicinarsi al suo tavolo con la guancia destra gonfia come un melone.

«Signora Delaney, le spiace se mi siedo?» Da come biascicava, si sarebbe detto che avesse preso lezioni dal suo socio. Si toccò la guancia con una delle sue manone. «Un'otturazione da cento dollari si è trasformata in un ponte da cinquecento.»

«Non è odioso spendere i soldi dal dentista? Io non lo sopporto. Si sieda pure. E la prego, mi chiami pure Kelly. Sentirmi dare della signora da qualcuno che ha la mia età mi fa sentire vecchia. Tipo una professoressa, o qualcosa di simile.»

«Allora lei mi deve chiamare Joe.»

«Va bene. Joe» disse Kelly, tornando a guardare il cruciverba. «Per caso conosce il nome di una pianta medicinale di otto lettere?»

«In effetti dovrei saperlo, facevo sempre le parole crociate durante gli appostamenti.»

«Accidenti, mi manca solo una casella per finire lo schema.» Poi rifletté un istante su quello che aveva appena detto. «È così anche alla Omicidi? Una casella vuota e va tutto a farsi benedire?»

Kozlowski si allentò il colletto e si augurò che il suo collega arrivasse presto. Si sentiva a disagio con le donne, a parte sua moglie, e aveva sempre paura di dire qualcosa che lo facesse sembrare stupido.

«Direi che è più una questione di tante caselle. Devi essere abile a dimostrare che c'entrano una con l'altra. Capita una sacco di volte che sappiamo chi è il bastardo, ma se non abbiamo prove per convincere il procuratore distrettuale non ci conviene neanche arrestarlo.»

«E succede spesso?»

«Più di quanto si creda.»

Kelly ripensò a quello che le era successo con i ragazzi della gang. Sapeva che non si sarebbero fatti nessun problema ad ammazzarla, e si chiese se, nel caso, sarebbero mai stati presi. In quel momento tornò la cameriera, a cui non era sfuggito il nuovo cliente seduto al tavolo. Kozlowski ordinò un'acqua tonica.

«Non sono un gran bevitore» ammise. «Gli alcolici non mi sono mai piaciuti. Mai fregato niente dell'effetto che fanno.»

«Direi che il suo collega beve per due.» Kelly aspettò la reazione del gigante.

«Ron forse esagera un po', ma non è una cattiva persona» disse Kozlowski in sua difesa. «E nessuno in polizia lavora più di lui. Sarebbe dovuto diventare tenente già da un pezzo.»

«Forse tutto quell'alcol lo ha ostacolato.»

Kozlowski scrollò le spalle. «Che ci vuol fare? È irlandese. E non ha avuto una vita facile. Sua madre è mancata quando lui era ancora piccolo, e praticamente ha dovuto crescere i fratellini da solo. Il padre era quasi sempre ubriaco. Tanto per farle capire che tipo è, si è sempre occupato di lui fino alla sua morte, un paio di anni fa.»

«È sposato?»

«Lo era, ma non ha funzionato.»

Non c'è da meravigliarsi, pensò Kelly. Eppure per la prima volta vide nel detective O'Reilly una persona, e non solo un ubriacone. Chissà com'era morta la madre. Chissà se era stata consumata dal cancro fino a ridursi un mucchietto di ossa tenute insieme da un po' di pelle. Chissà se anche il giovane O'Reilly ogni notte si addormentava piangendo. Chissà se la perdita della madre aveva minato per sempre la sua psiche, com'era successo a lei. Chissà se l'alcol serviva a riempire il vuoto lasciato dalla mamma.

«Mi spiace molto per sua madre» disse tristemente. In quel momento la porta del locale si aprì e arrivò anche O'Reilly. Diede una veloce occhiata all'interno, si soffermò con lo sguardo sul bancone e infine raggiunse gli altri due davanti alla vetrina. La cameriera arrivò prima ancora che lo sgabello potesse scricchiolare.

«Cosa le porto?»

«Caffè.»

«Non qualcosa di più forte?» lo punzecchiò Kelly. Ma dall'occhiata che ricevette capì di aver esagerato.

La cameriera se ne andò scuotendo la testa e sperando che quei tre astemi le liberassero il tavolo migliore del locale il prima possibile.

«Ho una cosa molto importante da condividere con voi» esordì la ragazza. «È un'informazione così delicata che potrebbe rovinare la vita di più persone. Sto tradendo la fiducia di un'amica che mi ha fatto una confidenza, lo confesso, ma sono così preoccupata per la sua sicurezza che credo di non avere altra scelta.»

O'Reilly guardò Kozlowski con l'aria di uno che sta pensando: *Alla larga dai detective della domenica*. Non vedeva l'ora di sentire che cosa volesse "condividere" con loro la ex-alcolista-tossica-oggi-salutista-e-cameriera-e-studentessa-di-Psicologia. Non dovette aspettare molto. Kelly si sporse verso i due investigatori e in un sussurro rivelò: «Se volete sapere di più sul tizio del New Hampshire, dovete parlare con Maggie Trueheart».

O'Reilly si trattenne. Li aveva trascinati in quel postaccio per niente. «Abbiamo già parlato con Maggie. Ricorda solo vagamente di aver ballato con lui all'Overhang. Nient'altro.»

O'Reilly mise una banconota da dieci dollari sul tavolo e si alzò.

«No, aspetti» lo pregò Kelly con urgenza. «C'è dell'altro. Maggie vi ha mentito. Non è vero che ha solo ballato con quel tipo. Ci è anche andata a letto.»

Un paio di avventori si voltarono. O'Reilly si rimise a sedere. Adesso Kelly aveva tutta la sua attenzione. «Senza offesa, ma se questa fosse la verità, com'è possibile che il tipo abbia ammazzato Angie, visto che era altrimenti occupato?»

«Vi dico che cosa è successo secondo me. Lui le ha dato una pasticca di qualcosa, nel locale oppure a casa. Credetemi, so benissimo quanto sia facile fare queste cose. Quando lei ha perso i sensi, lui è uscito e ha ucciso Angie, poi è tornato a letto con Maggie. Se anche dovessero beccarlo, lui avrebbe un alibi perfetto, no?»

«E quale sarebbe il movente?» pensò a voce alta Kozlowski.

«Questa è la parte che ancora mi sfugge, però ammetterete anche voi che è molto strano che questo tizio prima fosse davanti alla casa di Carol Anne, poi sia spuntato all'Overhang, e infine si sia scopato Maggie.»

O'Reilly annuì, più a se stesso che agli due. Il suo istinto non si era sbagliato su Maggie Trueheart. Quella donna nascondeva qualcosa, e adesso sapeva che cosa. Ripensò alla bugia di Carol Anne Niebaum e ai suoi dubbi sulla sincerità di Suzanne Lundgren. Che problemi avevano tutte quelle donne? Qualcuna riusciva ancora a dire la verità?

«Adesso ecco quello che dobbiamo fare» proseguì Kelly, esponendo il piano che aveva escogitato. «Maggie non deve sapere che l'ho tradita. Dovete inventarvi qualcosa, tipo che un vicino l'ha vista scendere dal pick-up. O che il barman l'ha vista uscire con lui. Raccontatele quello che volete, basta che io ne resti fuori. Ho il terrore che il tipo possa tornare da lei e farle del male. Non me lo perdonerei mai.»

«Stia tranquilla che torneremo a parlare con Maggie Trueheart» la rassicurò O'Reilly alzandosi per la seconda volta, subito seguito da Kozlowski. Stavano quasi per uscire, quando il gigante si voltò verso Kelly. «Achillea.»

La ragazza controllò il cruciverba e sorrise. «Giusto. Achillea. Grazie, Joe.»

Quando furono in strada, O'Reilly sollevò un sopracciglio con aria interrogativa. «Achillea? Cos'è? Una parola in codice?»

«No. È una pianta medicinale di otto lettere.»

«Ah.» Evidentemente tra i due era successo qualcosa prima che lui arrivasse, e non capiva perché, ma la loro confidenza lo infastidiva. Impossibile negare che la Delaney fosse una rompipalle patentata. A parte l'ovvia ragione di trovare l'assassino di Angie Wozniak, un altro grande incentivo a risolvere il caso era che in quel modo si sarebbe finalmente liberato di lei.

36

3 giorni al matrimonio

Il martedì mi fermai in ufficio fino a tardi e il mercoledì mattina arrivai molto presto. Avevo dormito male, agitata da un susseguirsi di sogni che si confondevano l'uno con l'altro: Flynn, il matrimonio, Steven Kaufman. Avevo ancora molte scadenze importanti prima del fine settimana, e le scartoffie continuavano ad accumularsi. Avrei voluto coprirmi le orecchie e spalancare la bocca in un grido muto come la protagonista di quel film horror, *Silent scream*. Se solo la vita prevedesse il tasto PAUSE... Anzi, no. Meglio il REWIND. Avrei voluto sprofondare in un buco nero. Sarebbe stata una fine clemente.

Ancora niente ciclo. Avevo il seno teso come un tamburo e la pancia gonfia, neanche mi fossi spazzolata tutto il buffet degli antipasti di un ristorante italiano. Non ricordavo di essermi mai sentita così a disagio prima del ciclo. Mai. Cercavo di convincermi che fosse una normale tensione premestruale, che il motivo di quel ritardo fosse lo stress e che non potessi per nessuna ragione al mondo essere incinta dopo un unico passo falso. Ma se le cose stavano così, perché le tette non mi entravano più nel reggiseno?

Squillò il telefono. Era il mio capo, Marian Roche, l'editore del *Chicagoan*.

«Mi chiedevo se potessi salire da me, per cortesia.» Aveva un tono molto professionale. La corda si stava stringendo intorno al mio collo. Marian non era tipo da perdere tempo in complimenti. Se mi convocava, era perché c'era un problema.

«Ma certo. Arrivo subito.»

Salii in ascensore fino al decimo piano, attraversai il lungo corridoio con gli uffici dei vari dirigenti, e mi fermai davanti alla targa con il suo nome. M. ROCHE. Era una donna molto elegante, con i capelli già grigi nonostante l'età relativamente giovane. Stava lavorando seduta dietro la grande scrivania di vetro trasparente, come le pareti dell'ufficio. Mi fece cenno di entrare e iniziò a studiare il mio viso come un medico intento a elaborare una diagnosi.

«Allora, dimmi: come procedono le cose?» mi domandò senza invitarmi a sedere.

«Bene» mentii, inanellando l'ennesima bugia di quel periodo. Guardai verso Grant Park, dove una giocatrice di softball aveva sparato la palla contro il sole. «Un po' di delirio prematrimoniale, ma a parte questo tutto bene.»

La sua espressione mi disse che la domanda non aveva nulla a che fare con il mio benessere personale. Nel mondo di Marian non c'era tempo per queste amenità. A quarantacinque anni era sopravvissuta a tre matrimoni: i primi due erano finiti col divorzio, l'ultimo con la vedovanza che l'aveva lasciata proprietaria ed editrice del *Chicagoan*. Ora era sposata con la sua rivista. Ed era una donna molto competitiva: ormai l'unico scopo della sua vita era mandare in edicola un prodotto di qualità superiore, che le garantisse la fedeltà dei lettori e degli inserzionisti.

«So che sei molto occupata, però io ho bisogno di avere il polso della situazione. In particolare, le scadenze di agosto.» E mi fissò tagliente come un laser. «Sei sicura di finire tutto il lavoro entro venerdì?»

Ero in imbarazzo. «Veramente sono un po' indietro.»

«Definisci "un po' indietro". Se ti serve un aiuto extra per stare nei tempi, dimmelo. Posso procurartelo.»

Come avrei voluto che un aiuto extra fosse la soluzione. Ma l'aiuto extra non poteva entrare nella mia testa per farmi concentrare. L'aiuto extra non poteva farmi dormire la notte, o cancellare il senso di colpa. No, dovevo farcela da sola. Trovare quella forza dentro di me. Alla lunga, quel lavoro che odiavo avrebbe potuto essere l'unica cosa in grado di aiutare me e magari anche un'altra persona. «Ti ringrazio, Marian, ma è quel genere di questioni impossibili da delegare. Ho pensato di fermarmi fino a tardi per un paio di sere. Non preoccuparti: riuscirò a terminare tutto.»

«Benissimo, Maggie. Ho fiducia in te. Ma ricorda: se hai bisogno di aiuto per chiudere qualche pratica, io sono qui.»

Marian mi stava educatamente comunicando che se non finivo il mio lavoro potevo solo dare la colpa a me stessa. Lasciai il suo ufficio decisa a isolarmi da qualsiasi preoccupazione collaterale e concentrarmi solo sul lavoro. La mia determinazione, però, andò in briciole nel momento stesso in cui l'ascensore si aprì al mio piano e mi trovai davanti il detective O'Reilly seduto su una delle poltroncine di design firmate Mies van der Rohe con una copia del *Chicagoan* in mano. Quelle visite stavano diventando un'abitudine molesta. Sandi intanto stava facendo del suo meglio per fingere che la presenza del poliziotto fosse una cosa normale. Quando mi vide, O'Reilly chiuse la rivista e si alzò.

«Signora Trueheart, può concedermi un paio di minuti?»

«A essere sincera, detective, no. Non posso. Non ho neanche un paio di secondi» dissi con una vocetta stridula: evidentemente le corde vocali erano tese per lo stress. Fui tentata di andarmene e lasciare lui e i suoi vestiti stropicciati in mezzo all'atrio, ma non ne ebbi il coraggio. «Venga con me» mi arresi.

Gli occhi di Sandi ci seguirono in corridoio. Grazie al cielo, il mio ufficio non aveva le pareti di vetro come quello di Marian. Entrammo e chiusi la porta. «Detective, immagino capirà che ho molto da fare prima di questo fine settimana, perciò le chiederei di essere velocissimo.»

«Dipende se lei questa volta ha intenzione di dirmi tutto quello che sa.»

«Tutto quel che so su cosa, esattamente?»

«Sull'uomo del New Hampshire.»

L'imbarazzante brontolio del mio stomaco non era niente in confronto all'attività dei miei muscoli rettali, eppure continuai imperterrita a bluffare. «Ascolti, detective, le ho già detto tutto quello che so» risposi, più distaccata di quanto credessi possibile.

«Signora Trueheart» replicò lui in tono duro, «uno dei suoi vicini ha notato un pick-up bianco GMC con targa del New Hampshire parcheggiato nella sua via la notte in cui Angie Wozniak è stata assassinata. Stiamo cercando il proprietario di quel furgoncino. Ora, se per caso lei avesse informazioni che non ci ha comunicato, sappia che potrei accusarla di favoreggiamento e di intralcio alla giustizia.»

Colpita e affondata, avevo perso. I miei bluff mi avevano salvata due volte, ma a quel punto potevo soltanto scoprire le mie carte. Impossibile non cogliere l'implicita minaccia nelle parole di O'Reilly. Quell'uomo sembrava capace di portarmi via in manette dall'altare, se fosse stato necessario. Mi lasciai cadere su una sedia.

«Detective, il tizio che state cercando non può avere niente a che fare con la morte di Angie perché quella notte era con me» ammisi. «Come probabilmente lei sa già, sabato mi sposo. Se questa storia si venisse a sapere, può immaginare che genere di problema mi causerebbe. E non capisco perché la polizia di Chicago sia così interessata alla mia condotta.»

«La sua condotta non ci interessa, ma quella del tizio del New Hampshire sì. Voglio solo farle alcune domande. Le prometto che tratterò la questione con delicatezza. Sono venuto da solo proprio per garantirle la massima discrezione.»

La mia umiliazione era completa. «Ma non capisce? Quell'uomo ha lasciato il locale con me ed è stato con me fino al mattino dopo. Devo farle un disegnino del perché non può essere coinvolto nella morte di Angie?»

«Lei stessa aveva ammesso di aver bevuto molto. È sicura di essere stata vigile per tutto il tempo in cui l'uomo era con lei? Può affermare con certezza che lui non abbia mai lasciato il suo appartamento?»

Per l'ennesima volta frugai fra i ricordi confusi di quella notte. Shottini in cucina, la sua bocca sul mio collo, noi due diretti in camera da letto, già travolti dalla passione. Il ricordo successivo era la telefonata di Suzanne. No, in tutta sincerità non potevo essere certa che fosse rimasto a casa mia per tutto il tempo. Però dai, andiamo, erano passate solo poche ore tra la prima… e… la seconda. «Non mi dica che secondo voi il tizio è uscito per andare a uccidere Angie e poi è tornato da me. Non ha senso.»

«Niente ha senso finché non ha senso. Ora mi vuole dare quel nome, per favore?»

«Steven Kaufman» mormorai, sconfitta.

«E per caso saprebbe anche dirci come contattarlo?»

Ero alla resa definitiva. «Ho il numero di telefono. A casa.»

«Andiamo a prenderlo.»

«Cosa? Adesso?» Guardai le pile di documenti accumulate sulla mia scrivania. E poi mi resi conto che sbrigare tutte le pratiche prima del matrimonio iniziava a non sembrarmi più una priorità. Per come stavano andando le cose, rischiavo di avere a disposizione tutto il fine settimana per lavorare. E molti altri fine settimana a venire. «Ma sì. Perché no?»

I regali di nozze erano ancora accatastati in un angolo, insieme a scatoloni di libri e altre cose da portare nella nuova casa al ritorno da Saint Barts. Sul divano, la valigia per il viaggio. Aperta e ancora vuota.

Lasciai O'Reilly solo in mezzo a quel caos e andai in camera. Il numero era nel primo cassetto della toeletta, fra i ricordi della mia vita passata: tovagliolini scarabocchiati, cartoline da Londra e Parigi, pacchetti di fiammiferi dei miei ristoranti preferiti. Tirai fuori il foglietto e lo fissai. Poi presi una delle cartoline e copiai velocemente il numero. Quando tornai in soggiorno, O'Reilly stava studiando l'ambiente. Gli porsi il foglio e lui se lo infilò in tasca.

«Le spiace se mando la Scientifica a cercare qualche impronta?» mi chiese.

Di male in peggio. Immaginai un furgone pieno di tecnici in tuta bianca che salivano a casa mia e poi se ne andavano lasciandosi dietro una scia di polvere nera. Questa come l'avrei spiegata ai vicini? O a Flynn. O a mia madre.

«Non è necessario.» Rividi Steven, in cucina, mentre versava il whisky irlandese nei due bicchierini. Andai a prendere la bottiglia e la consegnai a O'Reilly. «Le sue impronte sono qui sopra.»

E mi chiesi se avrebbe resistito alla tentazione di scolarsela.

Quando rientrai al giornale, lo trovai immerso nel silenzio. La receptionist che sostituiva Sandi all'ora di pranzo alzò a malapena gli occhi dalla rivista che stava leggendo. Andai nel mio ufficio e chiusi la porta. Un'inspiegabile calma si era impadronita di me, e mi sentivo come una di quelle persone che hanno finalmente accettato la propria morte. Di colpo l'insormontabile montagna di lavoro che avevo di fronte mi sembrò accessibile. Sedetti alla scrivania e attaccai con fervore la mia scalata.

37

Ron

Era tardo pomeriggio, e la AT&T aveva appena mandato via fax l'elenco di tutte le chiamate in uscita dalla casa dei Niebaum nei giorni precedenti l'omicidio di Angie. La lista dei numeri era lunghissima, ma uno in particolare saltava all'occhio come una scritta al neon. La sera dell'omicidio qualcuno aveva chiamato un'utenza di Oakbrook che corrispondeva al numero di Steven Kaufman consegnato dalla sposina. La linea era intestata a un certo Vince Columbo. O'Reilly fissò i due numeri senza riuscire a credere a tanta fortuna.

«Koz, anche tu li trovi interessanti quanto me?» domandò al collega passandogli la stampata dei tabulati e il foglietto di Maggie.

Kozlowski diede un'occhiata. «Molto più che interessante.»

«Columbo. Columbo. Ma questo tizio non è il costruttore?»

«Andiamo a scoprirlo» suggerì Kozlowski.

Sulla Eisenhower il traffico era da paraurti contro paraurti, rallentato oltre l'impossibile dal sole del tramonto, che accecava le persone alla guida. Anche con l'aria condizionata al massimo, O'Reilly stava sudando tutto quello che aveva bevuto la sera prima, e Kozlowski aveva aperto il finestrino per cercare un po' di sollievo. Guidarono verso ovest fino all'uscita di Oakbrook Mall e poi lasciarono l'interstatale proseguendo verso ovest. Attraversarono distese di pascoli finché non giunsero a Chewton Glen. Due imponenti torrette di pietra marcavano l'ingresso, ma non c'era il cancello.

«Direi che da queste parti non hanno grossi problemi di sicurezza» osservò O'Reilly.

«Non per il momento» puntualizzò Kozlowski.

Entrarono nel quartiere residenziale e percorsero una strada fiancheggiata da ville imponenti affacciate su un laghetto artificiale, fino a un'enorme residenza in stile neogreco con annesso garage a tre posti. Nello spiazzo circolare davanti all'ingresso era parcheggiata una Mercedes. Un cartello esposto sul prato avvertiva i visitatori che la casa era protetta da un sistema di sicurezza.

«Prima teniamo d'occhio la situazione per un po'» propose O'Reilly. Proseguirono fino in fondo all'isolato, poi tornarono indietro e parcheggiarono davanti a un lotto di terreno boschivo ancora vacante, da dove potevano vedere il davanti della casa. Nel giro di qualche minuto una donna dai capelli bruni con canottiera e pantaloni bianchi aderenti uscì dal portone d'ingresso e se ne andò a bordo della Mercedes. Dopo poco arrivò una Cadillac Seville che s'infilò in garage.

«Il padrone di casa?» si chiese Kozlowski.

«Possibile. Che ne dici se andiamo a fare a due chiacchiere con il signor Columbo?»

Imboccarono il vialetto e posteggiarono nello spazio lasciato libero dalla Mercedes.

«Stiamo decisamente compromettendo la reputazione del luogo» osservò ironico O'Reilly, mentre scendeva dall'auto. Suonarono il campanello e furono accolti da una donna di origine ispanica visibilmente terrorizzata nel vedere i distintivi a stella dei poliziotti. Li fece entrare nell'atrio e si precipitò ad avvertire il padrone di casa. Tornò subito dopo e con un forte accento spagnolo li invitò a seguirla. Scesero con lei al piano inferiore, attraversarono un ambiente pieno di attrezzi e trucioli che prendeva luce da un'enorme vetrata affacciata sul giardino e sulla piscina, e arrivarono allo studio di Vince Columbo, che li aspettava seduto alla sua scrivania. Stava guardando una partita dei Cubs senza il volume.

Mostrarono di nuovo il distintivo, che il padrone di casa sbirciò distrattamente mentre spegneva il televisore. «Ditemi, signori, che cosa posso fare per voi?» domandò, sporgendosi verso i due investigatori.

O'Reilly si rivolse al costruttore con grande deferenza. «Signor Columbo, siamo detective della Omicidi e vorremmo rivolgerle qualche domanda.»

La governante aspettava nervosamente vicino alla porta. «Va bene, Maria. Può andare. Questi signori non sono dell'Immigrazione.» Lei si fece il segno della croce e si allontanò mormorando una preghiera.

Vince si alzò e andò a chiudere la porta. Indicò la coppia di poltrone in cuoio di fronte al televisore e andò a sedersi sul divano di fronte. «Quali domande?»

«Signor Columbo» iniziò O'Reilly, che finalmente aveva smesso di sudare grazie all'aria condizionata dello studio. «Circa una settimana fa una donna di nome Angela Lupino Wozniak è stata assassinata e il suo corpo ritrovato a Lincoln Park. Lei la conosceva?»

«No, non la conoscevo» rispose Vince, messo in allarme da quel nome.

«Non l'ha mai incontrata?»

«Assolutamente no.»

«Neppure per un drink o qualcosa di altrettanto innocente?»

«Come le ho detto, non conoscevo quella donna.» Vince lasciò trapelare l'irritazione nella sua voce. «Ascoltate, signori: anche se non ho nulla da nascondere, divento diffidente se due detective della polizia di Chicago mi piombano in casa all'improvviso e mi interrogano a proposito di una donna morta ammazzata. E senza darmi nessun'altra informazione. Quindi vorreste essere così gentili da illuminarmi?»

«La faccio breve, signor Columbo: il suo numero di telefono è stato associato a una persona su cui stiamo indagando nel caso in questione. Siamo qui in veste ufficiosa, e secondo la mia esperienza le persone che non hanno niente da nascondere in genere sono molto collaborative. Sarebbe disposto a rispondere a qualche altra domanda?»

Non appena O'Reilly formulò la sua richiesta, la porta dell'ufficio si aprì e una bellissima ragazza dai capelli neri inguainata in un paio di jeans aderentissimi entrò nella stanza. Quando vide i due detective sembrò spiazzata. «Oh, scusami, papi. Non sapevo che ci fosse qualcuno.» Girò i tacchi e uscì, richiudendosi la porta alle spalle.

Vince desiderò, come sempre, che la figlia non portasse abiti così attillati.

«Splendida ragazza» commentò Kozlowski.

«È mia figlia. Ogni volta che la vedo uscire con qualche bellimbusto, mi sento morire.» Poi Vince riprese il filo del discorso. «Vorrei fosse chiaro che questa situazione non mi trova a mio agio e non intendo essere forzato a parlare, però risponderò a tutte le domande che mi sembreranno ragionevoli. Se ce ne fossero altre, parlerò in presenza del mio avvocato. Siamo d'accordo?»

«D'accordo» convenne O'Reilly, imperturbabile. Trovarsi ad affrontare una certa resistenza non era una novità per lui. «Prima di tutto, mi dica: chi abita qui?»

«Io, mia moglie e mia figlia, quando non è via per i corsi all'università, e poi la governante che lavora part-time» spiegò Vince.

«Nessun altro.»

«Esatto.»

«Conosce qualcuno che vive a Kenilworth?»

«Conosco parecchie persone che abitano là. Da quelle parti ho costruito un complesso residenziale.»

«In particolare, conosce Michael e Carol Anne Niebaum?»

«No.»

«Saprebbe allora spiegarmi perché qualcuno avrebbe chiamato il suo numero da quella casa la sera del 10 giugno?»

«Come le ho detto...» ma s'interruppe. Quella sera Suzanne gli aveva telefonato per dirgli che usciva con le amiche e doveva annullare il loro appuntamento. Vince si alzò e aprì la porta per accertarsi che la figlia fosse andata via. Quindi tornò al suo posto. «In effetti quella sera ho ricevuto una chiamata da Kenilworth. Era della mia... fidanzata. Era andata a una festa e mi ha chiamato qui sulla mia linea privata.» Poi, guardando prima uno e poi l'altro, aggiunse: «Da uomo a uomo: spero che questa informazione resti riservata».

«Questa fidanzata ha un nome?» domandò O'Reilly.

«Suzanne Lundgren.»

O'Reilly era sbalordito. Di colpo capì da dove arrivavano i fiori che aveva visto sul pavimento quando erano stati dalla donna l'ultima volta. Cercò di rimanere distaccato e professionale.

«Ma non ha mai conosciuto la sua amica Angie?»

«No. Ne ho sentito parlare solo attraverso Suzanne. Che è letteralmente distrutta per questo omicidio, se posso aggiungere. Proprio per l'affetto che nutro per lei vorrei più di qualsiasi altra cosa vedere il colpevole nelle mani della giustizia.»

O'Reilly annuì in segno di apprezzamento, prima di attaccare la giugulare. «Lei conosce qualcuno di nome Steven Kaufman?»

Vince dovette sforzarsi per mantenere un'espressione neutra, cercando al tempo stesso di capire come i due poliziotti avessero trovato il nome del falegname. «Come mai questa domanda?»

«Perché quella notte è stato visto in compagnia di quelle donne.»

«Steven Kaufman stava lavorando per me qui a casa. Stava facendo il bancone di ciliegio che ha visto fuori da questo studio.»

«Secondo lei, perché avrebbe dato questo numero di telefono spacciandolo per suo?»

«Steven alloggiava temporaneamente in un motel in città, perciò gli avevo dato questo numero per i fornitori e le consegne. Purtroppo però anche lui si è rivelato di passaggio, come il motel. Questa settimana non si è fatto vedere.»

«Secondo lei, perché il signor Kaufman si trovava a Kenilworth lo scorso venerdì sera?»

«Non ne ho idea.» Vince era preparato a quella domanda, e non aveva nessuna intenzione di rivelare ai poliziotti la missione che gli aveva affidato e tantomeno di dire che l'uomo in questione era lì a casa, probabilmente occupato a guardare la tivù.

Andando via, O'Reilly passò la mano sulla superficie levigata del bancone incompiuto. Anche il padre era stato un artigiano e lui sapeva riconoscere un lavoro ben fatto quando lo vedeva.

«È magnifico. È un peccato che Kaufman non l'abbia finito prima di sparire.»

«Già. Un vero peccato» concordò Vince.

Mentre si allontanavano, la Mercedes entrò nel vialetto. O'Reilly controllò l'orologio, uno di quegli aggeggi di plastica che usavano gli sportivi. Non sgarrava di un secondo. Il display digitale segnava le sei in punto. L'ora del cocktail era appena passata. Guardò nello specchietto retrovisore la donna con i capelli neri scendere dall'auto e scaricare la spesa. «Se avessi una moglie così, di sicuro non andrei in giro a scoparmi un'altra» commentò.

Kozlowski ignorò l'osservazione del collega, e invece disse: «Non ti sembra strano che con una villa del genere, la moglie di Columbo porti in casa la spesa dal portone d'ingresso?».

«In che senso?»

«Be', hanno un garage con tre posti auto, e di solito in questi box c'è una porta interna che dà direttamente in cucina. Non credi che per la signora Columbo sarebbe più comodo passare da lì, invece di fare tutto il giro della casa con le borse?»

«Forse il garage è occupato.»

«La figlia è a casa, quindi un posto l'ha preso lei. Abbiamo visto Columbo parcheggiare la sua macchina, quindi un altro posto va a lui. Ma il terzo? Chi lo sta usando?»

«La governante?» suggerì O'Reilly.

«Può essere, anche se mi pare difficile che concedano una simile comodità a una persona di servizio. E c'è un'altra cosa che non mi convince. Hai visto tutti quegli attrezzi sparsi sul pavimento nella sala del biliardo. È roba costosa. Mi sembra strano che un artigiano tagli la corda lasciando i ferri del mestiere.»

«Sai che ti dico, Joseph»? commentò O'Reilly senza pensarci due volte. «Sei un genio. Vedrai che diventi tenente prima di me. Ci scommetto. E adesso dobbiamo scoprire chi ha parcheggiato al posto numero tre, giusto?»

38

Suzanne

—

Suzanne entrò in casa e andò direttamente nello studio ad ascoltare la segreteria telefonica. La voce elettronica la informò che aveva ricevuto sei messaggi. Il primo era di Vince. Dal tono traspariva che qualcosa lo preoccupava.

«Sono io, amore. Volevo solo sapere se sei rientrata. Riprovo più tardi. Non chiamarmi.»

Strano, pensò Suzanne. *Non mi ha mai detto una cosa simile prima.*

Il secondo messaggio era di Kelly. «Che ne dici se sabato andiamo insieme al matrimonio?»

Poi ancora Vince. «Non sei ancora a casa? Spero vada tutto bene.»

A dire la verità, niente andava bene. Era l'anniversario della morte di Johnny, una ricorrenza che lei commemorava sempre in famiglia. Era una serata solenne e molto triste che riapriva sempre una vecchia ferita.

Il quarto era del detective O'Reilly. «La prego di contattarmi appena sente questo messaggio.»

Il successivo era di suo padre, che probabilmente aveva telefonato appena lei era uscita. «Ciao, tesoro. Siamo papà e mamma. Chiamaci appena arrivi, così sappiamo che sei a casa.»

L'ultima era una chiamata senza messaggio, ma Suzanne era certa che fosse di nuovo Vince.

Ritelefonò prima al padre. Lo aveva sentito preoccupato e stanco.

«Pronto? Suzanne?»

«Sì, papi, sono io. Adesso puoi andare a dormire. Sono a casa.» Sentì la madre sullo sfondo che gli chiedeva se fosse tutto a posto. Suzanne immaginò il padre in pigiama e giacca da camera che annuiva rivolto alla moglie per rassicurarla.

«Buonanotte, tesoro. Dormiamo meglio quando sappiamo che sei tranquilla a casa tua. Ricorda che ti vogliamo bene.»

«Anch'io vi voglio bene» lo salutò Suzanne.

La rattristava sapere che i suoi genitori avrebbero vissuto per sempre all'ombra di Johnny, due persone anziane prigioniere del loro trantran, che facevano la spola tra la casa e il negozio come robot, e passavano sin troppo tempo a guardare fotografie ingiallite. A volte Suzanne avrebbe voluto urlare: «Dovete lasciarlo andare. Dovete andare avanti con la vostra vita invece di affogare nei ricordi». Gli occhi le si riempirono di lacrime – per Johnny, per i genitori, per se stessa. *Anche tu lo devi lasciar andare, Suzanne.*

Lo squillo del telefono la strappò dalla ragnatela del suo rinnovato dolore.

«Pronto?» rispose con voce incolore.

«Amore mio, finalmente sei a casa. Sono le undici passate. Ti ho cercata tutta la sera.»

«Be', adesso ci sono.»

Il distacco che percepì nella sua voce lo allarmò, e per un attimo lo terrorizzò il pensiero che la polizia le avesse parlato di Kaufman. Per fortuna, fu solo un attimo perché subito Suzanne aggiunse: «Ho appena passato una delle serate più deprimenti della mia vita. A volte penso che se non fosse per me, i miei genitori si lascerebbero morire. Mio padre vuole vendere il negozio perché dice che tanto dopo di lui non ci sarà nessuno a portarlo avanti. So che vorrebbero affidarlo a me, e io non riesco a fargli capire che le mie aspirazioni si spingono oltre Skanda, giocattoli scandinavi».

«Povero tesoro mio» disse Vince. Si sentiva così legato a lei da condividerne la sofferenza. «Posso fare qualcosa?»

«No, non c'è niente che tu possa fare.» Poi, come se fosse stata toccata da una bacchetta magica, diventò più vivace. «Tre chiamate, questa sera. A che cosa devo tanto onore?»

Vince si fece forza. Aveva un compito molto difficile, e doveva sbrigarlo subito. «Devo vederti. Adesso.»

«Adesso? Ma Vince, è già molto tardi. Non possiamo aspettare fino a domani?»

Lui avrebbe voluto rispondere che sì, potevano aspettare domani e anche tutti i giorni a venire. Potevano aspettare per tutta l'eternità. Peccato che non potesse permettersi quel lusso. Doveva andare da lei e spiegarle ciò che aveva fatto, prima che fosse troppo tardi. Doveva farle capire il perché delle sue azioni, e poi sperare che lei non lo avrebbe odiato.

«Vorrei poter aspettare, ma proprio non posso. A quest'ora non c'è traffico, sarò da te fra tre quarti d'ora.»

Era esausta, però l'urgenza nella voce di Vince la spinse ad accettare. Si chiese che cosa raccontasse a casa quando usciva di sera o di notte. Si inventava un'emergenza in qualche cantiere? L'idea che mentisse alla moglie non le piaceva, così cercò di allontanare il pensiero. Poi le venne in mente qualcosa di più preoccupante. E cioè che Vince stesse andando da lei per interrompere la relazione. Era un'eventualità a cui non aveva mai pensato. Il tempo che condividevano era così meraviglioso, così intrigante, che ormai non ricordava più come fosse la sua vita prima di lui. I magnifici regali, i ristoranti, il sesso. Soprattutto il sesso. Il solo pensiero le diede un brivido di piacere. Era difficile credere che per tanti anni avesse potuto rinunciare all'intimità, avesse potuto pensare che il sesso non fosse importante, perché adesso invece non avrebbe più saputo vivere senza.

Per assurdo, il fatto che lui fosse sposato invece le importava sempre di meno. Dopo quella prima sera, quando le regole del gioco erano state subito messe in chiaro, aveva accettato l'esistenza della moglie e aveva smesso di sentirsene minacciata. Era chiaro che Vince adorava lei: quante mogli avrebbero potuto affermare la stessa cosa? Per lei Vince c'era sempre: con il corpo, con la mente, con il cuore e anche con il portafoglio, se necessario, e lei non aveva bisogno di altro.

E se invece fosse venuto a dirle che intendeva lasciare la moglie? pensò con una certa apprensione. Sarebbe stato terribile quanto perderlo, se non di più. La loro relazione era perfetta così: lui c'era, però lei continuava ad avere i suoi spazi. Suzanne amava la sua indipendenza e non sentiva alcun bisogno di sposarsi. In più, non desiderava avere figli, perché le gioie che portano sono quasi sicuramente pari ai dolori. Non si sarebbe mai messa nelle condizioni di soffrire quanto i suoi genitori.

Lei viveva come più le piaceva, soddisfatta della vita che si era costruita. Perciò andò alla finestra e guardando le luci della città sotto di lei sperò che Vince stesse per dirle qualcosa che lei potesse accettare.

La svegliò il telefono. Si era appisolata. Il portiere la avvertiva che c'era un visitatore. «Sì, grazie. Lo faccia salire.» Lo aspettò sulla porta e lui entrò senza neanche abbracciarla, il viso una maschera di tensione, gli occhi enormi di un animale ferito. Sembrava più vecchio, meno attraente, e la guancia destra vibrava per un tic nervoso. Il cuore di Suzanne batteva forte di paura. *Dio, aiutami. È venuto a dirmi che mi lascia.*

«Che succede, Vince?» gli domandò sottovoce.

«Possiamo sederci a parlare?»

«Ma certo.»

Con l'atteggiamento di un ospite più che di un amante, Vince la seguì in soggiorno e sedette accanto a lei sul divano, tenendosi di proposito a una certa distanza. La fissò con intensità. Per la prima volta da quando si erano conosciuti, non sentiva alcun desiderio fisico per lei. Era teso come una corda di violino, un soldato nascosto nell'ombra pronto a balzare sul nemico. E il suo nemico era la verità.

«Suzanne, i miei sentimenti nei tuoi confronti sono molto profondi» iniziò in tono dimesso. «Provo per te quello che non ho mai provato per nessuna donna.»

Suzanne fece per parlare, ma Vince sollevò una mano. «Ti prego, non interrompermi. Credo che ormai tu mi conosca bene, e quindi sai che tipo di persona sono: un uomo che quando vuole qualcosa si impegna al cento per cento per averla. Niente mi può fermare. Nel tuo caso, questo è ancora più vero. Ti voglio al centodieci per cento.

«Mi sveglio al mattino pensando te. Ti penso in continuazione. E sei l'ultimo pensiero prima che mi addormenti. Ho bisogno di sentire la tua voce almeno una volta al giorno, altrimenti impazzisco. I miei sentimenti per te oscurano mia moglie al punto che quasi non la vedo più.»

Si alzò dal divano e iniziò a camminare per la stanza, le mani serrate a pugno. Nel giro di pochi secondi, i pensieri di Suzanne passarono da *Dio, aiutami. È venuto a dirmi che mi lascia* a *Dio, aiutami. È venuto a dirmi che lascia la moglie.*

«Ti prego di non odiarmi per questo» proseguì senza smettere di camminare, «ma non so in che altro modo dirtelo, quindi lo faccio così: la sera dell'addio al nubilato, mentre tu eri con le tue amiche, io...» La sua voce si affievolì come se le parole gli si fossero incastrate in gola.

«Tu? Tu che cosa?» lo incalzò Suzanne.

Lui si fermò e chinò la testa. «Ti ho fatta seguire.»

«Cosa?» L'idea stessa era così assurda che Suzanne scoppiò a ridere.

«È vero, ti ho fatta seguire. Ho chiesto a un uomo che lavora per me di venirti dietro fino a Kenilworth e anche dopo, in centro. Era con te e le tue amiche all'Overhang.»

Suzanne si sentì avvolgere da uno strano torpore mentre la realtà di quello che lui le stava dicendo iniziava a prendere forma...

«Non capisco, Vince. Sono sempre stata molto sincera con te, ti ho sempre detto dove andavo e che cosa facevo. E se l'ho fatto era perché *volevo* farlo. Non riesco davvero a capire da dove nasca tanta sfiducia.» Il suo viso ora era rosso di rabbia. La sua vita non era più sua. La considerava una mantenuta? «Quella sera non ti ho forse chiamato per dirti quello che avrei fatto? Ti ho chiamato o no? O avrei dovuto gridare il mio programma per la serata fuori dalla porta di Carol Anne? Diavolo, sembro io quella sposata che tradisce qualcuno.»

Lui la guardò senza batter ciglio. «Il problema è proprio questo, Suzanne, non lo capisci? Io sono sposato e sembra che a te non importi. Non ti lamenti, non chiedi di mia moglie, non vuoi sapere se facciamo sesso e nemmeno che aspetto ha. Questo non è normale. Se tu mi amassi, mi romperesti le palle in continuazione su mia moglie. Invece tu non dici mai una parola. E così io finisco per chiedermi se per te quello che c'è tra noi è una cosa seria.

«Quando mi hai detto che venerdì saresti uscita con le tue amiche, ho cominciato ad agitarmi perché tu non esci mai con le amiche. E volevo essere sicuro che mi avessi detto la verità. Se avessi scoperto che eri con qualcun altro, sarei morto di gelosia. Io sono letteralmente pazzo di te, Suzanne. Mi hai fatto perdere la testa.» Vince si buttò in ginocchio in mezzo alla stanza e unì le mani in preghiera. «Ho fatto una follia, Suzanne. Ti prego, perdonami.»

Quando lei lo vide in ginocchio, la rabbia svanì di colpo e le venne da ridere. E continuò a ridere, istericamente, tenendosi la pancia, piegata sul divano, gli occhi pieni di lacrime. Non la stava lasciando. E non stava lasciando la moglie. L'aveva fatta seguire, a tanto arrivava la sua ossessione per lei. Vince la guardava come un bambino sorpreso a fare una marachella. Quando si accorse che in quelle risate non c'era risentimento, iniziò a ridere anche lui. Solo che la sua era la risata nervosa dello scampato pericolo.

Dopo un po' Suzanne si ricompose e si asciugò le lacrime. Poi lo guardò con aria di rimprovero. «Vince, dovrei essere furiosa con te e cacciarti da casa mia. Invece penso che ti perdonerò. Ma se ti azzardi di nuovo a invadere la mia privacy, non ci sarà una seconda chance.»

«Giuro, non farò mai più una cosa del genere.»

«Però c'è una cosa di questa storia che non mi spiego. Perché hai deciso di dirmelo?»

«Perché la polizia sta cercando la persona da cui ti ho fatto seguire. La tua amica Maggie ha dato ai detective un numero di telefono e loro sono risaliti a me. E hanno perfino il dubbio che io possa essere in qualche modo coinvolto nell'omicidio di Angie. Quindi ho deciso di dirti tutto prima che venissi a saperlo da loro.»

«Ma perché Maggie aveva questo numero?» Suzanne ripensò all'Overhang e sgranò gli occhi. «Oh no, Vince, non dirmi che Maggie...»

Lui guardò altrove.

«Omioddio» fu il suo solo commento.

Dopo aver fatto l'amore, Suzanne si addormentò quasi subito. Disteso accanto a lei al buio, Vince cercava di riprendere fiato. Nonostante la stanchezza, sentiva ancora un brivido di eccitazione. E per la prima volta pensò al divorzio. Era incredibile come il destino potesse entrare in gioco per cambiare le sorti di una partita. Una svolta sbagliata, un incontro casuale, il crollo del mercato... A volte si deve cogliere l'occasione al volo. Suzanne era un'occasione che non voleva perdere. Mai.

Sapeva che la figlia avrebbe sofferto molto. Anche lei era l'amore della sua vita, ma era un amore diverso, e sperava che gli volesse abbastanza bene da accettare che nella vita del padre ci fosse posto per un altro amore.

38

2 giorni al matrimonio

Tre punk dall'aria truce e con le magliette strappate mi puntarono mentre scendevo le scale della metro sopraelevata alla stazione di Fullerton. Li guardai con aria altrettanto truce, sfidandoli a farsi sotto. Se mi avessero aggredita e mi avessero lasciato morta sui gradini, mi avrebbero solo fatto un favore. Erano le nove di sera e la giornata in ufficio era finita. Avevo tenuto fede alla promessa fatta a Marian, ed ero riuscita a smaltire tutto il lavoro arretrato nei tempi previsti. La scrivania era in ordine, la cassetta della posta in arrivo vuota. L'unico impegno che ancora mi separava dal mio matrimonio era tornare brevemente l'indomani per risolvere un paio di questioni dell'ultimo minuto.

Essermi tolta quel peso non mi aveva però sollevata dall'altro peso che mi opprimeva. Il ciclo continuava a latitare. Potevo essere incinta, inutile continuare a negarselo. Mi ero addirittura fermata a comprare un test di gravidanza, tanto ero disperata. Sapere avrebbe potuto aiutarmi a decidere cosa fare.

Era una bella serata, per una volta senza umidità e con una leggera brezza che spirava dal lago. Passeggiavo senza fretta, superando negozi chiusi e ristoranti aperti, e cercando di evitare l'inevitabile. Svoltai nella mia via, camminai lentamente sotto i rami degli alberi e arrivai davanti al mio palazzo. E lì mi fermai. Nella luce fioca del porticato notai una figura seduta sui gradini d'ingresso. Il viso era in ombra, però si vedeva una massa di capelli scuri e ricci lunghi fino alle spalle. Lì per lì pensai che fosse una barbona, poi la donna alzò la testa e vidi che era Carol Anne, anche se con il viso così congestionato e rosso per il pianto che stentai a riconoscerla.

Corsi da lei e la abbracciai. «Come mai sei qui? È successo qualcosa ai bambini?»

«No, i bambini stanno bene. Si tratta di Michael. Oh, Maggie, non ci crederai mai.» Singhiozzava così forte che non riuscivo quasi a capire cosa stesse dicendo.

«Va bene. Dai, entriamo.» Presi le chiavi dalla borsa e aprii, poi salimmo fino al mio appartamento mano nella mano. Entrate in casa, la feci sedere sul divano e andai in cucina a versare due bicchieri di Pinot grigio. Poi ci ripensai e portai con me tutta la bottiglia.

Le passai il calice e una scatola di fazzolettini. Lei si soffiò il naso e bevve un sorso. Aspettai che si riprendesse un po' e con l'aiuto del vino fu finalmente in grado di parlare.

«La mia vita è rovinata» piagnucolò.

Benvenuta nel club, pensai. Poi mi raccontò una storia che mi lasciò letteralmente a bocca aperta: Michael le aveva confessato di essere sessualmente attratto dagli uomini, e poi le aveva promesso di cambiare per non distruggere il loro matrimonio. Ero sbalordita. Chi avrebbe mai potuto sospettare che Michael Niebaum fosse omosessuale, o bisessuale, o qualunque altra cosa fosse? Mi era sempre sembrato il compagno ideale. E poi era anche così virile. Il che dimostrava una volta di più quanto poco contassero le apparenze.

«Non volevo far sapere a nessuno – nemmeno a te – di tutti questi anni senza una vera vita sessuale. Era così imbarazzante. Per molto tempo ho pensato che dipendesse da me, perché ero brutta, o noiosa. Poi, quando Michael mi ha detto la verità, per assurdo sono stata contenta di aver finalmente capito il vero problema. Ho pensato: *almeno adesso so contro quale nemico devo combattere*.»

Ricominciò a piangere. «Ma dopo tutte quelle belle parole sul fatto che avrebbe cercato di cambiare, in realtà non è cambiato nulla. Oggi doveva essere a casa per le cinque e mezza, e invece alle sette non era ancora arrivato, così l'ho chiamato in clinica. Mi ha detto che stava finendo l'ultima visita, ma poi ho sentito la voce di un uomo e sono andata fuori di testa. Le sue pazienti sono tutte donne.

«Allora ho telefonato alla babysitter e sono venuta qui. Non posso più affrontare questa cosa da sola, devo parlare con qualcuno. Però ho aspettato così tanto che avevo paura non saresti più arrivata.» Frugò nella borsa e prese un pacchetto di sigarette. «Ti dà fastidio se fumo?»

Finimmo il Pinot, con Carol Anne che si accendeva una sigaretta dietro l'altra e io che mi sforzavo di resistere alla tentazione di fumarmene una anch'io. Aprii una seconda bottiglia, ma Carol Anne disse che doveva smaltire il resto prima di rimettersi al volante. Io invece non dovevo andare da nessuna parte, perciò mi versai un altro bicchiere.

«Ah. E come ciliegina sulla torta» Carol Anne tirò su col naso, «è sospettato per l'omicidio di Angela.»

«Ma santo cielo, c'è qualcuno di cui non sospettano quei poliziotti? Anche il tipo con cui sono andata a letto è sospettato.»

«Omioddio» esclamò. «Ero così assorbita dai miei problemi che mi sono completamente dimenticata di te e di quel tizio. Il ciclo? È arrivato?»

Indicai il sacchetto della farmacia sul tavolino accanto alla porta. «Test di gravidanza. Purtroppo il falso negativo è un risultato piuttosto comune nella prima settimana, quindi se il test è negativo resta la possibilità di essere incinte.»

«E se invece è positivo?»

«In quel caso almeno sono sicura. Secondo te, sarò una brava mamma single? Sarà un bel casino con i miei genitori. Te la immagini mia madre?»

«Non pensare a tua madre. E Flynn?»

Scossi la testa. Ero praticamente ubriaca. «Non so, davvero non so che fare. Aspetterò fino all'ultimo. Una volta hanno fermato lo Shuttle una manciata di secondi prima del lancio. Penso che si possa fermare anche un matrimonio, se serve.»

La seconda bottiglia era quasi alla fine quando mi tornarono in mente le ultime parole di Carol Anne, prima di uscire: «Se sei incinta non stai facendo un grande favore a questo bimbo, con tutto quell'alcol». Posai il bicchiere e cercai di riflettere. I problemi possono essere sfide. Pensai alla situazione di Carol Anne e trovai una soluzione dettata dai fumi dell'alcol: io mandavo a monte il mio matrimonio, lei divorziava da Michael e poi andavamo a vivere insieme e crescevamo i nostri figli come una grande e bella famiglia disfunzionale alla *Kate & Allie*, la serie tivù. Lo squillo del telefono mi strappò dalla mia realtà parallela.

«Pronto?» risposi con la bocca impastata.

«Maggie? Stai bene?» Era Flynn, e sembrava irritato.

«Sì, bene» replicai, cercando di sembrare lucida. «È passata Carol Anne e ci siamo bevute un bicchiere di vino, tutto qui.»

La sua disapprovazione silenziosa viaggiò sulla linea telefonica. «Ti conviene andare a riposare. Non devo dirti io che domani è un giorno impegnativo. Arriva tutta la banda di Dartmouth e non voglio vederti intontita dall'alcol.»

Intontito sarai tu, pensai alzando il dito medio e godendomi la mia piccola ribellione. «Non preoccuparti. Domani sarò in forma.»

Flynn probabilmente intuì che di quel passo saremmo finiti a fare una bella litigata, e cambiò tono. «Maggie, lo so che sei sotto pressione e non voglio irritarti. Desidero solo che tutto sia perfetto. Adesso vai a letto e fatti una bella dormita. Ti richiamo domattina, d'accordo?»

«Okay, Flynn. Buonanotte.»

«Ah, Mags… ti amo.»

«Anch'io.»

Riagganciai pensando al giorno dopo. I dieci accompagnatori dello sposo sarebbero arrivati all'O'Hare Airport e andavano trasferiti in hotel. I miei invitati in confronto erano molto pochi – l'unica concessione di mia madre. Le damigelle sarebbero state le mie due sorelle più Nan, la sorella di Flynn, appena tornata da un semestre di studio in Italia. Carol Anne sarebbe stata la mia damigella d'onore, anzi, la dama d'onore, visto che era sposata.

Avevo finito l'ultimo bicchiere di vino per dispetto, quando il telefono squillò ancora. Sicura che fosse Flynn, risposi con un «Pronto!» un po' scocciato. La voce maschile che sentii dall'altra parte mi suonò familiare, però non era quella di Flynn.

«Sono Steven.»

«Dove hai preso il mio numero?» domandai d'istinto.

«L'ho copiato dal tuo telefono quella mattina» rispose senza scusarsi. «Sto lasciando lo Stato. Volevo solo fartelo sapere.»

«La polizia ti sospetta di omicidio.»

«Sai benissimo che non posso essere stato io.»

«E perché dovrei saperlo?»

«Dai, su...»

«No, parlo sul serio. Che ne so se quella notte non mi hai messo qualcosa nel bicchiere e poi sei uscito?» domandai, riferendogli la teoria di Kelly. «Perché eri fuori dalla casa di Carol Anne quella sera? E perché ci hai seguite fino all'Overhang e poi sei venuto a letto con me?»

«Ascolta, non è come sembra.» Dopo qualche attimo di silenzio, disse: «Posso venire da te a spiegarti come sono andate le cose? Per me è importante che tu sappia tutto prima di andarmene».

«Non puoi dirmelo al telefono?»

«È complicato.»

La cosa più saggia da fare sarebbe stato rispondere un *no* definitivo e riattaccare. Oppure semplicemente riattaccare. Quella sarebbe stata la cosa più saggia. Più razionale. Ma è chiaro che in quei giorni la razionalità mi faceva un po' difetto, e visto che l'alcol mi dava la sensazione di essere invulnerabile, decisi di farlo salire per qualche minuto di chiacchiere. Anzi, la sua visita mi avrebbe aiutata a chiarirmi certi dubbi che mi giravano in testa.

«Va bene, puoi venire. Ma cerca di arrivare in fretta e non puoi fermarti molto.»

«Arrivo.»

Mi buttai sul divano e accesi la tivù, passando da un canale all'altro nell'inutile tentativo di trovare qualcosa che attirasse la mia attenzione. Stavo guardando distrattamente la replica di una sit-com quando sentii bussare delicatamente alla porta.

Andai ad aprire ed eccolo lì, davanti a me, in carne e ossa e non nei miei sogni. Era più bello di come lo ricordavo, le braccia forti e muscolose che spuntavano da una maglietta nera infilata nei jeans. Lo bloccai sulla porta.

«Allora?» lo sollecitai.

«Posso almeno entrare?»

«Sicuro che non sei pericoloso?»

«Non più pericoloso di te.»

Mi scansai e lo lasciai entrare.

«Ti trovo bene» mi disse andando a sedersi sulla stessa sedia di quella mattina. Si comportava come se fosse una persona qualsiasi invitata a casa mia per la serata. Mi chiesi come si sarebbe sentito se avesse saputo che la mia vita rischiava di andare in pezzi per causa sua. Mi appollaiai sul bracciolo del divano, cercando di risultare disinvolta e al tempo stesso di tenermi in equilibrio.

«Non ti ho invitato qui per scambiare quattro chiacchiere. Voglio delle risposte. Per esempio, potresti iniziare a dirmi perché eri a Kenilworth quella sera.»

«Stavo facendo il mio lavoro. Mi avevano pagato per seguire voi ragazze.»

Fui sul punto di cadere dal divano. Poi lo ascoltai raccontarmi che il suo capo e Suzanne erano amanti, che lui lo pagava per seguirla e riferirgli quello che faceva. Scoprire che Suzanne aveva una relazione clandestina fu sconcertante, però finsi di averlo sempre saputo.

«Quindi mentre eravamo da Carol Anne ci hai spiate tutta la sera, appostato davanti a casa sua?»

«Sono stato quasi sempre sul pick-up. Però mi sono fatto un giretto nella proprietà quando è arrivato lo spogliarellista, e ti ho vista ammanettata alla sedia. Ho pensato che fossi molto carina.»

Arrossii fino alle orecchie. Era per lui o per il vino? «E poi?»

«Quando stavate uscendo ti ho sentita dire a Suzanne che vi sareste viste all'Overhang, così mi sono fermato a un telefono pubblico per riferire i vostri programmi a Vince, il mio capo, e lui mi ha detto di non perdere di vista Suzanne per nessun motivo.»

Ripensai a quando l'avevo visto per la prima volta, seduto da solo al bancone, gli occhi fissi sul bicchiere di birra, i riccioli che gli sfioravano gli occhiali sottili. E poi la piccola provocazione di offrirgli da bere, che sarebbe stata l'inizio della mia rovina.

«Ma allora perché non hai seguito Suzanne, quando lei e Angie sono andate via? Perché sei rimasto nel locale?»

Steven abbassò lo sguardo e strofinò il tappeto con la punta della scarpa. Lo trovai un gesto tenero, e in quel momento fui contenta che non fosse un broker o un manager d'azienda. Stava appoggiato allo schienale con le mani abbandonate lungo i fianchi – le sue mani grandi e forti. Mi piaceva l'idea che le usasse per creare oggetti durevoli, oggetti che avevano un valore reale, non come il denaro che produce denaro per poter produrre altro denaro.

Mi guardò e mi sorrise in un modo che mi fece sentire Rossella O'Hara quando Rhett la guardava ai piedi della scala.

«Si potrebbe dire che sono stato distratto da qualcosa molto, ma molto più interessante della donna di Vince Columbo.»

Avrei voluto disprezzarmi per il brivido che mi sentii correre lungo la schiena. Dio santo, ci stavo per ricadere.

Fra noi c'era quell'inspiegabile connessione, un'elettricità che caricava l'aria di desiderio. Pensai al bambino che forse cresceva dentro di me, un'intimità che niente poteva superare. E prima che potessi parlare, Steven diede forma alle mie sensazioni: «Credi nel destino? Che noi siamo fatti l'uno per l'altra? Dimmi che adesso non stai provando esattamente questo».

Mi accorsi che il mio corpo, senza che nemmeno me ne accorgessi, si era proteso verso di lui come il ferro verso una calamita. Sapevo benissimo che era immorale, eppure i miei atomi dissoluti continuavano a spingermi verso di lui. Finché il buonsenso prevalse e mi ritrassi.

«Devi andartene. Non posso fare di nuovo lo stesso errore.»

I suoi occhi color caffè d'un tratto si fecero determinati. «Forse non era un errore, Maggie. Forse era scritto.»

A quel punto l'alcol ebbe la meglio, e io diedi aria alla bocca senza collegarla al cervello: «Sì, certo. Era scritto anche che dovessi restare incinta?».

Mi pentii di averlo detto nel momento esatto in cui sentii le mie parole, ma ormai era come tentare di rimettere il dentifricio nel tubetto. Non potevo più tornare indietro. Invece, anche se io volevo ferirlo, lui prese la mia frase come un invito.

Si alzò di scatto e venne a inginocchiarsi davanti a me, posandomi la testa riccioluta in grembo. *Tu non capisci. Questa cosa è sbagliata,* avrei voluto dire. Il tiro alla fune stava ricominciando. Io volevo fare la cosa giusta, ma i *no* che dicevo nella mia mente diventavano *forse*. Poi lui sollevò la testa e mi accarezzò il viso. Mi sentii di gelatina e scivolai dal divano al pavimento. Un attimo dopo ero distesa a terra e lui era sopra di me, la sua eccitazione dentro i jeans un paradiso appena fuori portata.

Il mio desiderio era così intenso da spazzare via il resto. Non c'era più Flynn, non c'era il matrimonio, non c'era il bambino dentro di me. Lui mi alzò la camicetta e mi premette la bocca sul seno. Le mie labbra lo volevano, gli presi la testa e lo baciai. Iniziai a muovere il bacino, prima lentamente e via via più velocemente avvicinandomi e allontanandomi per stuzzicarlo. Ogni centimetro del mio corpo era in fiamme, perfino le orecchie pulsavano di desiderio. Lo volevo. Lo volevo con tutta me stessa.

Tum. Tum. Tum.

Il rumore mi disorientò. All'inizio credetti che uno dei due avesse sbattuto contro la lampada. Ma il rumore continuava, si faceva sempre più forte. Con un sussulto che smorzò di colpo la nostra passione, mi resi conto che qualcuno stava colpendo con forza la porta. Per un attimo il mio cuore smise di battere. Era Flynn, era venuto a vedere se stavo bene. Negli occhi di Steven lessi lo sconcerto, e sentii che le sue mani non mi stringevano più. Pensai a quanto fosse patetico farci sorprendere così dal mio futuro marito.

«Polizia! Aprite la porta. Avete dieci di secondi, poi la abbattiamo.»

«Il bagno» sussurrai a Steven, indicando in fondo al corridoio. Schizzai in piedi e mi sistemai la camicetta, contando fino a dieci prima di aprire. O'Reilly e Kozlowski irruppero nella stanza seguiti da due agenti in divisa.

«Dov'è Kaufman? Abbiamo un mandato di cattura» dichiarò O'Reilly senza quasi degnarmi di uno sguardo. I suoi occhi erano già sul corridoio, dove un filo di luce trapelava dalla porta chiusa del bagno. «Là» gridò agli altri. Kozlowski e i due agenti si appostarono in corridoio. «Dategli due secondi e poi entrate.»

«Aspettate» gridai, contribuendo alla concitazione del momento. «Cosa state facendo?»

«Abbiamo un mandato di cattura» ripeté O'Reilly.

«Ma lui non può aver ucciso Angie. Era con me» ribattei, afferrandolo per un braccio.

«Questo mandato non è per l'omicidio di Angie. Era già stato emesso dal New Hampshire per bigamia e violenza sessuale.» E senza aggiungere altro gridò a Kozlowski: «Basta. Tiratelo fuori di lì».

Chiusi gli occhi e attesi di sentirli sfondare la porta, invece i secondi passarono senza alcun rumore. Quando li riaprii, i due agenti in divisa stavano uscendo dal bagno con le pistole spianate. Scuotevano la testa. All'interno una ventola girava a vuoto.

Imprecando sottovoce, O'Reilly corse in camera da letto, seguito dagli altri. La stanza era vuota, le persiane oscillavano avanti e indietro nel buio. O'Reilly sporse la testa fuori dalla finestra, ormai senza più zanzariera, e vide la scala antincendio.

E mentre quello spettacolo andava in scena davanti ai miei occhi, io risentivo solo le parole di O'Reilly che mi rimbombavano nella testa, frastornanti. La violenza sessuale era già terribile, ma la bigamia? *Bigamia!* E pensare che stavo per buttare via la mia vita per un figlio di puttana cui non era bastata una moglie: ne aveva volute due.

40

Kelly

—

Seduta su una panchina di fronte al Water Tower Place, Kelly controllò con impazienza l'orologio in attesa del detective O'Reilly. Intorno a lei i bambini della zona sfogavano le energie in eccesso sotto l'occhio vigile delle tate, che nel frattempo si aggiornavano sugli ultimi pettegolezzi in spagnolo e in polacco. Liberi dalle prigioni domestiche, i piccoli erano irrefrenabili girandole di energia, scimmie urbane che saltavano nella loro giungla di attrezzi metallici, o tornado umani che seminavano la distruzione nei quadrati di sabbia.

Di nuovo Kelly guardò l'orologio. O'Reilly era già in ritardo di un quarto d'ora e lei ormai iniziava a dubitare che sarebbe arrivato. Sperava solo che non si fosse fermato in un bar strada facendo. Non era sembrato troppo contento di sentire la sua voce quella mattina, meno ancora quando lei aveva insistito per rivederlo. 'Fanculo. Problemi suoi. Lui era un pubblico ufficiale e lei una cittadina che pagava le tasse. Aveva il diritto di sapere se lui aveva dato seguito alla sua informazione su Maggie e il tipo del New Hampshire. Una cosa era certa: se lei fosse stata nella polizia, il notiziario della sera non si sarebbe mai aperto con la notizia che un sospettato l'aveva fatta franca.

Anche il tipo del New Hampshire aveva qualcosa di losco. E Kelly non riusciva a capire perché O'Reilly non si desse da fare per trovarlo. La sua opinione sul poliziotto con la faccia sempre troppo rossa era cambiata a suo favore dopo aver saputo della sua infanzia difficile e della morte prematura della madre, eppure non poteva smettere di chiedersi se i risultati del suo lavoro non fossero compromessi dall'alcolismo.

Passarono altri dieci minuti prima di vederlo comparire dall'altro lato della strada, con il corpo tarchiato e il passo da galletto. Il busto era così largo e compatto che le braccia non riuscivano a toccare i fianchi. Le maniche della camicia erano arrotolate sugli avambracci e il caldo afoso della giornata estiva aveva già lasciato le sue tracce sotto le ascelle dell'investigatore. Quando arrivò al parco, si fece largo tra un nugolo di ragazzini che mulinavano in giro come dervisci rotanti e andò a sedersi accanto a Kelly. Un pallone vagante si fermò proprio tra i suoi piedi. Lui lo raccolse e lo restituì al suo piccolo proprietario.

«È in ritardo.» Kelly si indicò l'orologio. «Tra poco devo andare a lavorare.»

«Sono piuttosto impegnato, lei non è l'unico caso di cui mi sto occupando. Cioè, Angie non è l'unico caso di cui mi sto occupando. Niente di personale, signora Delaney, ma lei è come la tortura della goccia cinese: *tic tic tic*... finché non ti sembra che il cervello stia per esplodere. Allora, mi dica: qual è la novità oggi?»

Kelly cercò di mantenere la calma. «Volevo sapere se ha parlato con Maggie del tipo del New Hampshire.»

«Eccome se l'ho fatto» rispose O'Reilly, cercando di nascondere un sorriso ironico. «Ma prima che ne parliamo, lasci che le chieda una cosa. Ha mai pensato di entrare in polizia?»

«Assolutamente no.» I suoi incontri con le forze dell'ordine erano stati quasi sempre piuttosto deludenti. «Ma forse dopo la laurea in Psicologia potrei lavorare per la polizia come consulente. Dio solo sa quanto ne avreste bisogno.»

Lui evitò di ribattere. «Allora, devo ammettere che lei aveva ragione a sospettare il tizio del New Hampshire. Abbiamo controllato le impronte e scoperto che aveva già dei precedenti, tra cui violenza sessuale e bigamia.»

Kelly fece un salto sulla panchina. «Gliel'avevo detto che era pericoloso. Secondo lei, è stato lui ad ammazzare Angie? Grazie al cielo, non ha fatto del male a Maggie. La mia amica le ha raccontato cos'è successo quella sera? Sono sicura che le abbia infilato di nascosto qualcosa nel bicchiere, quella sera.»

«Be', di sicuro non le ha infilato niente *ieri* sera.»

«In che senso, scusi?»

O'Reilly si stava divertendo. Era bello avere il coltello dalla parte del manico, per una volta. La guardò aspettare con impazienza la sua spiegazione. Era abbronzata, con le lentiggini e occhi azzurri limpidi come biglie di vetro colorato. Quasi la vedesse per la prima volta in quel momento, si rese conto che era piuttosto bella. Per un attimo perse il filo del discorso.

«Cosa vuol dire che *ieri* sera non le ha infilato niente?» ripeté Kelly.

«Ah, giusto. Detto tra noi, dovrebbe fare due chiacchiere con la sua amica circa la sua capacità di giudizio. Kaufman ieri sera era a casa sua. Una pattuglia ha notato il pick-up parcheggiato nella via e ha fatto partire la segnalazione. Il tempo di fare irruzione e sfoderare la pistola, e ci siamo accorti che lui aveva sfoderato la sua prima di noi. In senso metaforico, ovviamente.»

«Il bastardo era a casa di Maggie?» Kelly non riusciva a crederci. «Ma com'è possibile? Era lì per rubare? L'ha aggredita? L'avete preso, quel figlio di puttana?»

O'Reilly passò dal divertimento all'imbarazzo. «Veramente è saltato giù dalla finestra ed è scappato. Considerati i suoi trascorsi matrimoniali, avrei dovuto capire che era un tipo dalla fuga facile.»

Kelly elaborò velocemente quello che aveva appena sentito. Ma Maggie cosa aveva al posto del cervello? Acqua? E soprattutto: che cacchio avevano combinato quegli imbranati di poliziotti per farsi fregare così? Alzò lo sguardo e si accorse che il detective era mortificato. D'un tratto fu dispiaciuta per lui, che era stato sul punto di prenderlo e invece se l'era lasciato sfuggire. Forse potevano parlare anche d'altro, oltre al tipo del New Hampshire.

«Lei vive solo?» gli domandò, sorprendendo perfino se stessa.

«È una domanda piuttosto personale.»

«Scommetto che non ha un'alimentazione sana.»

«Ci sono poliziotti che ce l'hanno?»

«Ho pensato che qualche volta potrebbe farle piacere mangiare del buon cibo casalingo. Cucina italiana, con un tocco irlandese.» Da dove uscivano quelle parole?

O'Reilly avvampò, e il suo viso già rosso per natura diventò purpureo. Non tanto per quell'improvvisa dimostrazione di interesse nei suoi confronti, ma perché era stata lei a fare la prima mossa. Dalle sue parti non funzionava così. Era sempre l'uomo a fare il primo passo. E soprattutto non capiva come il fastidio che provava per quella donna fosse cambiato così improvvisamente.

Le parole che disse dopo gli fecero sospettare che qualche lezione di Psicologia non avrebbe fatto male neppure a lui. «Non vorrebbe andare da qualche altra parte, così per una volta sarebbe lei a farsi servire?»

«Ha già in mente una data?»

«Potremmo fare domani sera.»

«Non posso, domani c'è il matrimonio di Maggie.» Poi rifletté un secondo e aggiunse: «Almeno, credo».

O'Reilly alzò gli occhi al cielo. «Se quei due decidono di sposarsi, di sicuro non partono con il piede giusto. Che ne dice se la chiamo domani, in caso saltasse tutto?»

«Direi che si può fare.»

Dopodiché si salutarono e andarono in direzioni opposte, lui verso il Ritz, dove il portiere gli dava un occhio alla macchina gratis, e lei verso Chicago Avenue per iniziare il suo turno di lavoro. Si girò un attimo per guardarlo allontanarsi. Le sembrava che camminasse più impettito. Lei sentì qualche strano movimento nello stomaco. *Non ci pensare, Kelly. È solo un gesto di amicizia.* Non era pronta a far entrare qualcuno nella sua vita, a parte la gatta. Figuriamoci un poliziotto con un problema di alcolismo.

«Maledetta la maledizione irlandese» borbottò.

Ma l'alcol non era l'unica condanna che pendeva sul capo degli irlandesi. Un'altra era la tendenza al martirio, e Kelly ne era sicuramente vittima. Nel detective O'Reilly aveva trovato una causa per cui lottare, e non l'avrebbe mai abbandonato. Che lo sapesse o no, lui aveva bisogno di lei.

41

Un giorno al matrimonio

La mia scrivania era perfettamente in ordine: niente foglietti sparsi in giro, niente bicchieri vuoti del caffè. Avevo svuotato anche il cestino. Contro ogni previsione, avevo realizzato l'impossibile. Spinsi indietro la sedia e andai alla finestra per guardare con invidia il mondo che pulsava sotto di me. Le auto sulla Michigan Avenue zigzagavano da una corsia all'altra come scarafaggi in cerca di cibo. I corpicini minuscoli dei passanti percorrevano veloci il marciapiede, vicini eppure ognuno immerso nel proprio mondo. Vite umane. Ogni estraneo aveva una vita unica con il suo tesoro di felicità e il suo fardello di sofferenza, con i successi e i fallimenti, con gli amori e i lutti.

Avrei fatto cambio con chiunque di loro. La mia Waterloo incombeva su di me, e ancora una volta stavo affrontando la situazione con una sbronza da smaltire. Il dolore che mi martellava le tempie era quasi una piacevole distrazione, paragonato ai pensieri angosciosi che avevo dentro la testa.

Com'era possibile che il falegname mi avesse fregata in quel modo? Che razza di persona poteva fare una cosa del genere? E che razza di persona ero io, pronta a far sesso con lui ancora una volta, senza minimamente pensare alle conseguenze? Che potere aveva su di me? Persino in quel momento, dopo aver saputo cos'era, il pensiero della sua testa sul mio grembo continuava a tormentarmi, come se lui cercasse di connettersi con la possibile – anzi, probabile – vita che mi cresceva dentro. In un rigurgito di coscienza materna mi pentii di aver bevuto tutto quel vino. Se l'alcol mi faceva stare così male, non osavo pensare all'effetto che poteva avere sulla creaturina dentro di me.

Come avrei voluto fuggire dalla realtà, tornare indietro. Ah, se avessi avuto una macchina del tempo che mi riportasse all'epoca pre-Steven, pre-Flynn, pre-*Chicagoan*, pre-università. Avrei voluto essere di nuovo giovane, prima di essere sorpresa a letto con Barry Metter, prima dell'aborto che non avevo mai dimenticato, prima di ingrassare per isolarmi dal mondo. Avrei voluto tornare indietro per fare le scelte giuste, tipo cambiare facoltà, studiare teatro, scrittura creativa o qualcosa che avesse un'anima, a costo di mantenermi da sola. Volevo tornare a quel giro di amiche stretto come le maglie di una trama, così vicine che non eravamo mai lontane più di una telefonata. Volevo guardare al futuro con fiducia invece di esserne terrorizzata. Mi mancavano le vacanze estive e i lavoretti part-time. Detestavo guardarmi allo specchio e vedere le prime rughe intorno agli occhi o alle labbra, non tanto per vanità, ma perché erano l'ennesima prova che il tempo stava passando veloce. Ero già una donna più che adulta e non avevo mai fatto niente di elettrizzante o di scandaloso. Al massimo mi ero lasciata trasportare dalla corrente.

Be', era arrivato il momento di cambiare, di andare per una volta controcorrente. Avevo deciso. L'avevo deciso prima di ricevere la chiamata di Flynn, che stava raggiungendo l'aeroporto per prendere gli amici di Dartmouth.

L'avevo deciso prima di parlare con mia madre – per la terza volta quel giorno – dei dettagli della cena prenuziale. L'avevo deciso prima di rispondere in malo modo a Sandi che mi chiedeva a che ora pensavo di lasciare l'ufficio. L'avevo deciso la sera prima, nel silenzio della mia casa vuota dopo che la polizia se n'era andata, ascoltando un disco di Laura Nyro al buio.

La terra si era aperta sotto di me, le acque si stavano ritirando e uno tsunami di proporzioni colossali era sul punto di travolgermi.

Qualcuno bussò alla porta dell'ufficio, e Marian fece capolino. Il suo sorriso delle grandi occasioni si spense quando mi vide in piedi davanti alla finestra. Il mio capo si asteneva quasi sempre dalle considerazioni personali, ma non questa volta.

«Maggie, stai bene? Sembri sconvolta.»

Probabilmente sembravo peggio che sconvolta. La paura, l'indecisione, le lunghe ore di lavoro, l'eccesso di alcol avevano lasciato il segno. La mia faccia aveva il colore del marciapiede che vedevo là sotto, e un paio di cerchi neri stazionavano ormai stabilmente intorno ai miei occhi. Persino i capelli sembravano sfiniti.

Cercai di rispondere che stavo bene, ma le parole non arrivarono alle labbra. Il nodo che mi stringeva la gola lasciò filtrare solo un penoso e stridulo verso. Piangere davanti al mio capo era sin troppo imbarazzante, però ormai non potevo più fermarmi. Mi presi la testa fra le mani e scoppiai in lacrime.

«Oh, cara... tranquilla. Riprenditi» cercò di confortarmi Marian, in una rara dimostrazione di affetto, e mi posò la mano carica di gioielli d'oro sulla spalla. «È solo un matrimonio. So che può essere estenuante, visto che ne ho vissuto qualcuno anch'io. Vuoi che parliamo un po'?»

Scossi la testa e cercai di fermare le lacrime. Non c'era più niente di cui parlare. Piangere mi aveva fatto bene, mi sentivo come una pentola a pressione a cui avessero aperto la valvola. La presenza di Marian era rassicurante. Lei era una vera maestra di resilienza, la prova vivente che essere una donna sola non equivaleva necessariamente a essere una donna morta.

«Ti consiglio di darti una rinfrescata al viso» mi avvisò Marian. «Qui fuori c'è una piccola folla che ti aspetta.»

Ecco perché Sandi continuava ad assillarmi chiedendomi a che ora sarei uscita. E io ero stata così sgarbata. Che razza di carogna. Marian si fermò davanti alla porta e si aggiustò la giacca di sartoria. «Esco e li intrattengo per qualche minuto. Sicura che vada tutto bene?»

Annuii e sorrisi un po' scioccamente, mentre mi soffiavo il naso. «Grazie per avere fiducia in me.»

«Perché non dovrei? Maggie, tu sei una collaboratrice fantastica. Devi avere più fiducia in te stessa.»

Quando la porta si richiuse dietro di lei, recuperai cipria e rossetto per rendermi presentabile. La cipria mi aiutò a coprire le occhiaie e il rossetto servì a darmi un po' di colore, ma niente poteva aiutarmi a lenire l'angoscia che mi affliggeva. L'ultima cosa che desideravo al mondo era affrontare un gruppo di colleghi che mi volevano fare gli auguri convinti che stessi iniziando un nuovo e meraviglioso periodo della mia vita, mentre io sapevo che era esattamente il contrario.

Mi feci coraggio e uscii nell'atrio.

«Sorpresa!»

***

Rientrata a casa, la sensazione di solitudine fu più forte che mai, amplificata dalle pile di scatoloni pronti per il trasloco. Tutti gli scaffali erano vuoti: le fotografie e i libri, i ninnoli e i ricordi, tutto era stato impacchettato per essere trasferito nella nuova casa mentre noi eravamo a Saint Barts. Restavano solo i mobili, che sarebbero stati rilevati da un'associazione di volontariato. Avevo vissuto in quell'appartamento per dieci anni eppure non avevo mai investito molto nell'arredo, convinta che quella fosse una sistemazione temporanea e presto mi sarei trasferita altrove. Posai i regali dei colleghi accanto a quelli del lingerie-party, e mi chiesi quanto tempo ci sarebbe voluto per rimandarli tutti indietro. L'unico vantaggio era che non avrei più dovuto scrivere i biglietti di ringraziamento.

Erano da poco passate le due. La prova della cerimonia era stata fissata alla Holy Name Cathedral per le sei, e dovevo essere lì per le cinque e mezza. Era assolutamente necessario che parlassi con Flynn prima di quell'ora.

Chiamai il suo ufficio, ma un messaggio preregistrato mi informò che stava per sposarsi e sarebbe rientrato solo dopo due settimane. Provai a casa sua, e trovai di nuovo la segreteria telefonica. Lasciai un messaggio chiedendogli di chiamarmi appena possibile. Il mio telefono squillò meno di un minuto dopo.

«Ciao, mia bella sposina. Che succede?»

«Flynn, sei solo?» Un brusio di voci indistinte in sottofondo mi disse che la domanda non aveva senso.

«No. Qui da me ci sono già un po' di amici. E sto uscendo per andare a prendere Toady e Craig. Sono gli ultimi membri della confraternita.»

«Ah. Mi puoi richiamare appena sei solo? È importante.»

«Va bene. Devo andare adesso. Il traffico oggi è un vero incubo.»

Attaccai e telefonai dai miei genitori. Volevo sentire la voce di mia madre un'ultima volta prima che smettesse di volermi bene.

Rispose mia sorella maggiore. Il mal di testa peggiorò di colpo quando mi resi conto che Ellen e la sua famiglia erano arrivati da New York quella mattina. Non mi era mai importato molto di quello che le mie sorelle pensavano di me, invece in quel momento l'idea che Ellen mi avrebbe odiata mi terrorizzava.

«La mamma non c'è, tornerà tra poco. È andata a ritirare il suo vestito. Allora, sei nervosa?»

«Sono molto più che nervosa» fu l'unica risposta che mi venne in mente. «Non dirle che ho chiamato. Non è importante.»

«Allora ci vediamo tutti in chiesa. Mi raccomando: non arrivare in ritardo, che poi la mamma si arrabbia. Le cose vanno molto meglio quando lei è di buonumore. Fidati di una che lo sa bene.»

Riagganciai, dispiaciuta per il fardello che le sarebbe toccato portare. Sarebbe stata Ellen, infatti, a dover gestire mia madre dopo quello che stava per succedere. E chissà come avrebbe reagito mio padre. Finora non avevo pensato molto all'uomo tranquillo e amorevole che mi aveva cresciuta. Avrebbe mantenuto la calma anche dopo aver capito quanti soldi aveva buttato in un matrimonio che non ci sarebbe stato?

Andai in camera e mi stesi sul letto per aspettare la chiamata di Flynn. I minuti diventarono ore, ma il telefono non squillò. Alle cinque non mi restò altro da fare che vestirmi e presentarmi in chiesa.

Prima di uscire, gettai il test di gravidanza ancora intatto nella spazzatura. Ormai avevo deciso che non mi serviva più.

42
Vince

Davanti alla finestra del suo studio, Vince osservava l'impeccabile prato all'inglese del suo giardino sperando che la pressione non gli schizzasse alle stelle. Il falegname era sfuggito a un arresto la sera prima, lasciando incompiuto il bancone in ciliegio nella sala da biliardo. Vince era quasi certo che non lo avrebbe più rivisto. Poco male. Ormai aveva confessato a Suzanne di averla fatta seguire e il pericolo che lei lo venisse a sapere per altre vie non esisteva più.

No, quello che gli faceva salire la pressione in quel momento era il dramma che si stava consumando in casa sua. Giovanna stava facendo una scenata perché lui aveva dimenticato una cena di beneficenza a cui avrebbero dovuto partecipare insieme, e dove lui non aveva alcuna intenzione di andare. Non quando l'alternativa era Suzanne.

«Te l'ho detto mesi fa» gridò Giovanna.

«Appunto. Sono passati mesi, avresti dovuto ricordarmelo. Ormai ho preso l'impegno di portare dei clienti alla partita dei Sox, stasera. Ho i posti prenotati.» Gli eventi sportivi erano sempre ottime scuse. «Secondo te, come riusciamo a permetterci il lusso in cui viviamo?»

La moglie decise di ricorrere all'universale ultima risorsa femminile, e scoppiò a piangere. Adesso lui era costretto a scegliere fra cancellare il suo appuntamento con Suzanne e scontentare se stesso, oppure mantenere l'impegno con Suzanne e scontentare la moglie. Vince aveva sempre trattato bene Giovanna, dandole praticamente tutto ciò che voleva e facendo attenzione che non venisse mai a sapere delle sue scappatelle. Certo, era sempre stato facile perché le sue infedeltà erano di breve durata, semplici distrazioni dalla noia del sesso coniugale.

Non si era mai accorto di cosa mancava nella sua vita prima di conoscere Suzanne. I suoi sentimenti per lei erano profondi come non credeva fosse possibile. Il giorno in cui i due detective della Omicidi si erano presentati alla sua porta, il suo primo pensiero era stato di non ferire i sentimenti dell'amante, non quelli della moglie. Perfino la figlia veniva dopo Suzanne. Aveva addirittura pensato che se mai Giovanna avesse scoperto di Suzanne, forse sarebbe stata lei a chiedere il divorzio. Così aveva già fatto il conto di quanto sarebbe stato disposto a concederle, e ne era risultata una cifra molto più di alta di quella che avrebbe mai offerto prima di conoscere Suzanne. Ma nessun prezzo era troppo alto per averla nella sua vita.

Compose il numero. Il suono della sua voce lo trasformò in un cagnolino che sbava per una bistecca davanti alla vetrina del macellaio. «A che ora arrivi? Ho preso una sorpresina in un negozio di lingerie qui vicino» lo stuzzicò lei. «L'ho già indossato. Anche se… in effetti non c'era molto da indossare.»

Vince si sentì a disagio. «C'è un piccolo contrattempo. È possibile che stasera non riesca a passare da te.» Prima che potesse spiegarsi, la porta si aprì e la figlia entrò nello studio. Si era raccolta i capelli neri a chignon e portava degli short tutti sfilacciati che lui avrebbe preferito molto, molto più lunghi.

«Papi, dobbiamo parlare.»

Lui coprì la cornetta con la mano. «Non adesso, Anna. Sto lavorando.» Lei lo guardò spazientita e si lasciò cadere su una poltroncina in attesa che finisse. Quando Vince si rese conto che non sarebbe andata via, tolse la mano dal telefono e riprese a parlare, ma questa volta in tono professionale. «Bob, ho un piccolo contrattempo. Posso richiamarti?»

La linea di colpo fu muta.

Vince si voltò verso la figlia. Avrebbe voluto arrabbiarsi con lei perché lo aveva disturbato mentre era al telefono con Suzanne, ma non ci riuscì. Le voleva troppo bene.

«Dimmi, piccola mia.»

«Scusa se ho interrotto una telefonata di *lavoro*, papi.» Era solo una sensazione, o nella sua voce c'era una punta di ironia? «La mamma sta piangendo. Dice che stasera non vuoi andare con lei al galà dell'Arts Club. Lo sai quanto tiene a questi eventi. Ha comprato un tavolo. Se tu non vai, lei si sentirà umiliata di fronte ai suoi amici.»

«Ho già detto a tua madre che ho un impegno di lavoro, piccola mia.» Però non suonava convincente neppure con se stesso.

Anna fece il giro della scrivania e andò a massaggiargli il collo. «Papi, ti prego. Non c'è bisogno che lavori anche questa sera. Per favore, vai con la mamma.»

Vince si voltò, vide gli occhi supplicanti della figlia e capì che non poteva lottare contro la madre e anche contro di lei. Un giorno sarebbe stato libero, ma non quella sera. L'eccitazione che preludeva all'incontro con Suzanne scomparve. La sua sorpresina avrebbe dovuto aspettare.

«Va bene, ci vado. Ma a una condizione. Devi promettermi che la prossima volta comprerai anche il resto degli short.»

«Certo, papi. Promesso.»

Anna smise di massaggiargli il collo e andò verso la porta. Mentre la guardava camminare, con i suoi short troppo corti sulle forme tondeggianti e il seno prosperoso sotto il top, come sempre sentì il cuore fermarsi per un secondo. Sua figlia era troppo giovane e innocente per avere un corpo così.

«Aspetta» la chiamò. Lei si fermò e si voltò verso di lui. «Che cosa fai di bello stasera, piccola?» le domandò, cercando di congelare nella memoria quel momento in cui si volevano bene senza condizioni ed erano ancora una famiglia felice e unita.

«Esco con Sal.»

Il pensiero di quel balordo dalla parlantina sciolta lo incupì. Avrebbe voluto proibirle di vederlo, ma ormai quel tempo era finito. «Bene, allora divertiti. Però non troppo, mi raccomando» scherzò. Poteva solo augurarsi che non ci andasse a letto.

«Sì, papi.» E lo salutò con uno strano sorriso. «Dico alla mamma di preparare il tuo smoking.»

Vince attese di sentire i suoi passi sulle scale prima di richiamare Suzanne. «Scusa se ho dovuto interrompere la telefonata in quel modo, ma è entrata mia figlia. Come ti stavo dicendo, questa sera non potrò passare da te. Pare che debba assolutamente partecipare a un galà di beneficenza. Mi dispiace moltissimo.»

«Non preoccuparti» rispose Suzanne. «Con le nuove cifre della disoccupazione in arrivo per la prossima settimana, ho passato tutta la giornata al telefono e sono piuttosto stanca. Mi sa che mi ordino una pizza ananas e bacon e me la mangio sul divano, guardando qualcosa di poco impegnativo in tivù.»

Suzanne non sembrava particolarmente delusa dal fatto che non si sarebbero visti. Vince ci rimase malissimo. Si aspettava almeno una reazione stizzita da parte sua, un segno che anche lei era triste quanto lui per la serata andata in fumo. Invece lei pareva imperturbabile. Cercò di prolungare la conversazione per stare ancora un po' in sua compagnia. «Niente meno che una pizza ananas e bacon. Dove la prendi?»

«Da Parducci.»

«Parducci? Quello in Huron Street? Adesso mi fai venire l'acquolina in bocca. E non solo per il cibo. Mentre ti gusti la tua bella pizza pensa a me, costretto a mangiare una bistecca di manzo stracotta e ad ascoltare delle chiacchiere noiose sul perché dovrei svuotarmi le tasche per la causa. Non smetterò un minuto di desiderarti. Possiamo vederci domani?»

«Domani c'è il matrimonio di Maggie. Ci vediamo domenica.»

Domenica. Aveva già qualcosa in programma per quella domenica, ma cosa? La risposta gli arrivò dalla sua agenda. Brunch al circolo con moglie e figlia. Aveva promesso e non poteva mancare per la seconda volta. Gli si strinse il cuore al pensiero di un'altra domenica mattina lontano dal letto di Suzanne.

«Non posso aspettare fino a domenica.» Poi ebbe un'ispirazione. «E se ci vedessimo domattina? Ti vengo a prendere sul presto e ci facciamo un giro sul mio yacht per ammirare il panorama della città. Ti prometto che ti riporto indietro in tempo per prepararti per il matrimonio.»

«Non sapevo che avessi uno yacht.»

«Ah, no? Be', lo tengo a Belmont Harbor. L'ho giusto rimesso in acqua qualche giorno fa» mentì. In verità la barca era ormeggiata nel porticciolo da almeno un paio di settimane; non gliene aveva mai parlato perché non l'aveva mai usata. Era stato un regalo di anniversario per Giovanna, perché secondo lei avere una barca era un must. Ma poi era venuto fuori che né la moglie né la figlia amavano andare in barca, che quindi rimaneva quasi sempre inutilizzata. Di recente Vince aveva iniziato a pensare che forse avrebbe dovuto venderla, visto che mantenerla costava una follia. Adesso però era contento di averla. Il pensiero di far l'amore con Suzanne in mezzo al lago era incredibilmente eccitante, e gli fece dimenticare ogni remora sull'uso delle cose di famiglia.

«E va bene, signor Columbo, ho segnato il nostro appuntamento sull'agenda per domattina. Ma dobbiamo vederci molto presto...»

Aveva davvero detto sì? «Benissimo, signora Lundgren. E non dimentichi di portare quella piccola sorpresa che intendeva mostrarmi. Suzanne, a proposito...»

«Sì?»

«Volevo... No. Te lo dico domani.»

«Non vedo l'ora.»

«Anch'io.» Tenne la cornetta all'orecchio finché lei non ebbe riagganciato, come se non volesse perdere il contatto. E parlando alla linea muta aggiunse: «Suzanne, ti amo».

Aprì il cassetto con la cassaforte dove teneva le chiavi della barca. Erano sopra il rotolo di denaro, agganciate a un portachiavi a forma di piccola boa gialla. Le osservò per qualche secondo, poi le ripose nella cassaforte e richiuse il cassetto. Era tempo di salire di sopra e prepararsi per la sua serata di tortura.

Era così immerso nei suoi pensieri da non accorgersi che la figlia era rimasta nella sala da biliardo, rannicchiata dietro il bancone incompiuto del bar.

«Parducci, Huron Street, come posso servirla?»

«Salve. Ho appena ordinato una pizza ananas e bacon, ma non sono sicura di avervi dato l'indirizzo giusto.»

«Lundgren, vero? 1025, Lake Shore Drive, Appartamento 4025.»

«Ottimo, è corretto. Quando tempo mi ha detto che ci vorrà?»

«Circa un'ora e mezza. Mi spiace, ma questa sera siamo davvero pieni di ordinazioni.»

«Senta, ci ho ripensato. Annullo tutto. Preferisco uscire a prendermi qualcosa.»

«Va bene. Buona serata.»

Anna Columbo abbassò la cornetta sentendosi molto soddisfatta di se stessa.

43

Il portale in bronzo della Holy Name Cathedral, la sede dell'arcidiocesi di Chicago, torreggiava di fronte a me in tutta la sua imponenza. C'erano volute infinite raccomandazioni e una scandalosa donazione in denaro da parte di mio padre per fissare la cerimonia in un fine settimana di giugno con poco preavviso. Alcune coppie attendevano anni per potersi sposare nella cattedrale. Salii la scalinata anteriore con la morte nel cuore. Prima di entrare mi fermai, nel tentativo di prolungare quell'attimo all'infinito. La giornata era così umida che l'aria si appiccicava addosso come garza bagnata. Poi presi un lungo respiro per farmi coraggio, spinsi il massiccio battente e mi ritrovai nella fresca penombra del vestibolo.

Mi segnai con l'acqua benedetta e proseguii, accompagnata dall'eco dei miei tacchi amplificato dal vuoto della cattedrale. Sedetti nell'ultima fila di banchi e mi misi a osservare il magnifico interno del luogo sacro dove l'indomani si sarebbe celebrato il mio matrimonio. Era una struttura in stile neogotico, con le navate separate da file di colonne in marmo rosa che si innalzavano verso l'elaborata volta in legno dagli intarsi dorati. Le altissime vetrate multicolori filtravano il sole del pomeriggio e il Cristo sorvegliava i miei movimenti da una croce dorata dietro l'altare. Lo pregai affinché mi concedesse forza e perdono.

Il rumore del portone che si apriva interruppe la quiete. Mi voltai e vidi entrare mia madre e le mie due sorelle. Ellen teneva per mano la figlia Olivia, la bimba dei fiori, mentre Laurel si era presentata con lettore CD e cuffie in testa. Conclusi la mia preghiera e mi alzai per salutarle. L'espressione di mia madre mi fece capire che il mio stato emotivo era evidente. «Oh, santo cielo, Maggie. Non stai male, vero?» mi domandò senza nascondere la preoccupazione. «Sabato scorso da Natasha non sembravi molto in forma, ma adesso hai una cera addirittura peggiore.»

Mia sorella minore si infilò in un banco, chiuse gli occhi e iniziò a muoversi a tempo di musica.

«Laurel! Siamo in chiesa. Metti via quella roba» la riprese mia madre. Che subito dopo mi appoggiò la mano sulla fronte. «No. Febbre non ne hai.»

«Te l'ho detto. Sto bene.» In realtà mentivo sapendo di mentire.

«Ciao, sposina» mi salutò Ellen, e mi sfiorò le guance con un bacio. «Saremmo arrivate anche prima, ma c'è un traffico disumano. Scommetto che saranno tutti in ritardo.»

Ottimo, pensai. *Così avrò più tempo per pensare al mio suicidio.*

Nan, la sorella minore di Flynn, arrivò subito dopo, il viso rosso per il caldo. Aveva i capelli biondi come il fratello, e gli occhi azzurro fiordaliso. Diversamente da Flynn, che era magro e slanciato, lei era una ragazza paffuta, con il doppio mento e le braccia piene come salsicce, soprattutto dopo il semestre in Italia. Farle il vestito da damigella era stato un incubo per via dei continui cambiamenti di misure, che lei comunicava con chiamate intercontinentali. Appena mi vide mi venne incontro e mi strinse in un abbraccio affettuoso e sudaticcio.

«Oh, Maggie, non sto più nella pelle» mi disse con la sua vocetta infantile. «Ho ritirato oggi il vestito. È perfetto. Vedrai che sarà tutto super fighissimo.»

Ancora una volta la mia coscienza si fece dolorosamente sentire. Nan mi aveva ripetuto infinite volte quanto si sentisse onorata di essere una delle damigelle. Pensai alle centinaia di dollari che costavano i loro abiti in seta lilla e le scarpe in tessuto puntigliosamente coordinate. Pensai al prezzo vertiginoso del mio candido abito virginale, appeso nella mia ex cameretta ad attendere il suo effimero momento di gloria prima di essere relegato alla conservazione perpetua. Pensai al costo del rinfresco a base di scaloppine di vitello, riso selvaggio e verdurine di stagione, che non comprendeva il prezzo del singolo calice di Taittinger per il brindisi con lo champagne. E poi pensai all'orchestra. Ai fiori. Ai tovaglioli personalizzati.

Ma, soprattutto, pensai a Flynn.

Pregai perché un disastro di qualsiasi genere mi sollevasse dall'ingrato compito che mi aspettava – magari un tornado che scoperchiasse la chiesa, oppure un terremoto che la sbriciolasse fino alle fondamenta. In alternativa, mi sarebbe andato bene anche il proiettile di un cecchino appena uscita sul sagrato.

Tutti quegli elevati pensieri si interruppero di colpo quando Flynn fece il suo chiassoso ingresso nella cattedrale insieme alla turbolenta compagnia del Dartmouth College. Il volume delle loro voci rischiò di far saltare gli intarsi dorati del soffitto. Toady Cornwall, il primo testimone, e Bart Pierce stavano raccontavano insulse barzellette vecchie come Noè sul matrimonio. Mi circondarono in massa, e di colpo ebbi la sensazione di essere capitata in una festa universitaria. Mi sforzai di recuperare uno straccio di vitalità e cercai di scherzare insieme a loro, peraltro con penosi risultati, finché non vidi Carol Anne entrare da una porta laterale e andarsi a sedere.

Mi scusai con i testimoni e andai da lei. La mia amica aveva tutta l'aria di non aver dormito, esattamente come me. Le posai affettuosamente una mano sulla spalla. «Come va?»

«Sopravvivo. Michael e io abbiamo parlato ancora. Questa volta ha giurato di farsi aiutare davvero e non fare solo promesse a vuoto, e così ho accettato di fare uno sforzo anch'io per rimettere le cose a posto. Tu, invece? Come stai?»

«Mettiamola così: ti consiglio di non ascoltare più di tanto le indicazioni di padre Jennings» sussurrai.

«Il test era positivo?»

Scossi la testa. «Non l'ho fatto. Non ne ho bisogno.»

«Oh, Maggie.» Da vera amica, Carol Anne si sintonizzò subito sulla mia angoscia. «E quando hai intenzione di dirlo a Flynn?»

«Dopo questa sceneggiata, credo. Ho provato a farlo per ore, ma non era mai solo.»

Gli occhi di Carol Anne si riempirono di lacrime, ma io la fermai. «No, non fare così. È già abbastanza difficile per me.» Le strinsi una mano fra le mie. «Promettimi che sarai sempre mia amica. Potresti restare l'unica.»

«Ecco la mia emozionata sposina» ci interruppe Flynn avvicinandosi a noi, ma il suo sorriso svanì di colpo quando vide il mio viso tirato. Si riprese subito e aggiunse: «Ti stavamo cercando».

«Lo sarò sempre» mi rassicurò Carol Anne, toccandomi il braccio, mentre lui mi portava via.

Nel frattempo era comparso anche mio padre, alto e distinto, con i capelli brizzolati e gli occhiali tondi cerchiati di tartaruga. Arrivava direttamente dal suo studio nel Loop, il quartiere finanziario della città. Ripensai alle cose belle che aveva fatto per me negli anni: mi aveva pagato l'università e il breve viaggio in Europa, e aveva placato le crisi isteriche di mia madre nel giorno peggiore della mia vita, quando mi avevano sorpresa a letto con Barry Metter. Anzi, il primo dei giorni peggiori della mia vita. Mia padre non sapeva ancora che ce ne sarebbe stato un secondo.

Dalla canonica arrivò anche padre Jennings, con l'abito talare e il collarino bianco, la lucida testa calva che brillava nella luce soffusa della chiesa. Aveva modi affabili, più da amico che da autorità religiosa, e il mio senso di colpa salì a livelli esponenziali quando pensai al tempo che ci aveva dedicato durante il corso prematrimoniale. «Avete parlato degli aspetti finanziari? Avete le stesse idee riguardo ai figli? Flynn vuole avere una serata a settimana per uscire con gli amici?»

«Ecco la fortunata coppia» esclamò il prete, dandomi un amichevole bacio sulla guancia e stringendo la mano a Flynn. «Ci siamo tutti?»

«Chi non c'è si sta perdendo il matrimonio dell'anno» commentò Flynn. Io rabbrividii e per un attimo temetti di vomitare.

Padre Jennings richiamò l'attenzione generale con un battito di mani, e nella cattedrale di colpo scese il silenzio, interrotto ancora per qualche attimo dalla voce di Toady, che subito si zittì. Con la consumata esperienza di un regista teatrale, più che di un prete, padre Jennings gridò: «Forza, gente. Facciamo questa prova, così dopo possiamo andare a mangiare».

Per un'ora, che fu un'autentica tortura, il sacerdote ci illustrò i meccanismi della cerimonia, ordinando le persone a seconda del ruolo: testimone dello sposo, damigella d'onore, bambina con i fiori, bambino con gli anelli. Quando arrivò il momento di percorrere la navata al braccio di mio padre, per un pelo non scappai. Adoravo mio padre, e dargli un dispiacere era l'ultima cosa al mondo che avrei voluto fare. Con me aveva un rapporto molto diverso rispetto a quello che aveva con le mie sorelle. Io non avevo mai fatto il broncio o i capricci per ottenere qualcosa, come Ellen. E non ero neanche come Laurel, che dipendeva da lui per ogni cosa, dai moduli per l'università all'apertura di un conto corrente. Lui apprezzava il fatto che io accettassi le cose per quello che erano e non fossi una persona bisognosa. Per molti versi eravamo simili. Non ci piaceva lamentarci: guardavamo le cose in faccia e agivamo di conseguenza.

Mia madre osservava con attenzione ogni aspetto della prova, archiviando tutto nella sua mente cartesiana per analizzarlo successivamente e apportare le necessarie correzioni. Era una delle persone più organizzate e pignole del pianeta, come dimostravano la sua casa sempre immacolata e arredata con gran gusto, le sue feste dall'organizzazione impeccabile. Tutta la sua vita girava intorno a un concetto: ordine. Sperai solo che fosse in grado di gestire l'immane disordine che stava per travolgerla.

Guardai Flynn, raggiante vicino ai famigliari e agli amici. Era davvero un'ottima persona, ed era stato così buono con me che sperai riuscisse almeno a non odiarmi, alla fine. Anche se me lo meritavo.

Dopo la prova, tutti si riunirono nel vestibolo e Flynn iniziò a organizzare le auto per raggiungere il Chicago Club, il circolo esclusivo dove si sarebbe svolta la cena prenuziale. Lo presi da parte e dissi: «Flynn, io vengo con te. Da sola. Ho bisogno di parlarti».

«Certo, Mags» mi rispose, garbato come sempre, facendo del suo meglio per nascondere la sorpresa.

Quando anche l'ultimo ospite ebbe lasciato la chiesa, attraversammo la strada e raggiungemmo il parcheggio attiguo.

Salii sulla sua Audi tirata a lucido per quella che sicuramente sarebbe stata l'ultima volta. Il cuore mi batteva così forte che quasi non udii la sua voce quando lui, imboccando la strada, mi domandò: «Maggie, mi spieghi che cos'è tutto questo mistero?».

Non potevo più rimandare. Basta con le bugie. «Flynn, devi sapere che ti voglio bene e quella che sto per fare è la cosa più difficile della mia vita.»

Il suo viso si fece teso nell'aspettativa del disastro, ma il suo sguardo non si spostò dalla strada, attento al susseguirsi ininterrotto di semafori, segnali di stop e biciclette.

Respira profondamente, come nello yoga. Inspira. Espira. Inspira. Trattieni. Lascia andare. «Ti ho tradito. Sono andata a letto con un altro.»

Di colpo l'aria intorno a noi si fece spessa. Flynn tagliò la carreggiata di traverso e inchiodò accanto al marciapiede, rischiando di investire un ciclista. Serrava il volante con una forza tale che le nocche erano diventate bianche. Abbassò il finestrino e il rumore del traffico irruppe nell'abitacolo, violando la nostra bolla di intimità. Per diversi secondi Flynn non mi guardò. Poi lentamente si voltò verso di me. I suoi begli occhi azzurri erano pieni di angoscia.

«Perché me lo dici proprio adesso?» mi domandò sottovoce.

Gli toccai il braccio, alla ricerca di un ultimo disperato contatto con la persona che doveva essere il mio futuro. «Perché credo di essere incinta.»

«Maggie, dimmi che ho capito male.» Ma quando la mia risposta fu il silenzio, Flynn colpì il cruscotto con una tale forza che l'auto oscillò. Era la prima volta che vedevo una reazione violenta da parte sua. «Forse avremmo potuto superare il tradimento. Ma una gravidanza? Ti avrei chiesto chi, o perché, o come, però che importanza può avere ormai, se sei incinta?»

«Flynn, mi dispiace. Davvero, mi dispiace da morire. Come potrò mai spiegarti?» Cercai di non piangere. Non intendevo dargli l'impressione di mendicare la sua comprensione. Invece le lacrime iniziarono a scendere contro la mia volontà, e purtroppo i passanti potevano vedere all'interno dell'auto perché non era ancora buio. Poi lui mi appoggiò la testa sulla spalla e iniziò a piangere anche lui, e quel gesto mi spezzò il cuore.

«Perché, Maggie? Perché?»

Non sapevo che cosa rispondere. Né a lui, né a me stessa. Sapevo soltanto che noi due insieme, come coppia, non eravamo abbastanza per me. Non lo eravamo mai stati. Io non l'avevo mai amato veramente. E non volevo di più, ma volevo altro. La vorticosa corrente dell'età adulta mi aveva travolta e io non ero stata abbastanza forte da resisterle. Fino a quel momento. Però non sarei mai riuscita a spiegarglielo in modo che potesse capirlo. Così non riuscii a fare altro che cullare il mio ex fidanzato fra le braccia, ripetendo all'infinito: «Scusami, scusami, scusami».

44

Suzanne

Suzanne stava guardando il notiziario quando arrivò la chiamata del portiere. «Signora Lundgren, c'è una consegna per lei.»

«Grazie, Alvin. Faccia salire.»

Spense il televisore e andò nell'ingresso, sorpresa che la sua pizza fosse arrivata così presto. Quando aveva chiamato per ordinare, le avevano detto che avrebbe dovuto aspettare almeno un'ora e mezza, invece erano arrivati dopo neanche un'ora. Ma di sicuro non si sarebbe lamentata, aveva una fame da lupo.

Aspettò davanti alla porta, con il denaro già pronto per la pizza e per una mancia generosa. Quando però l'ascensore si aprì, si accorse che non c'era il consueto fattorino di Parducci con il cappellino verde, ma una formosa ragazza dai capelli corvini con un sacchetto di carta marrone.

«Suzanne?» domandò la giovane.

«Sì» rispose lei, guardinga. Nessun fattorino l'aveva mai chiamata per nome, e soprattutto dov'era la scatola piatta di Parducci? Difficile che la pizza fosse nel sacchetto marrone. L'istinto le suggerì di richiudere subito la porta di casa, ma non lo seguì. Intanto la ragazza la fissava con occhi indecifrabili.

«Sono Anna» si presentò, sorridendole con le labbra carnose. «La figlia di Vince.» E prima che Suzanne potesse parlare, aggiunse: «Mio padre mi ha mandato qui a prenderti. È sullo yacht e vuole che tu lo raggiunga».

Suzanne rimase interdetta. Studiò la ragazza che aveva di fronte: aveva qualcosa di familiare, anche se non riusciva a capire esattamente cosa. O forse era solo il DNA di Vince? Ma soprattutto: come gli era venuto in mente di mandare la figlia a prendere l'amante per un appuntamento romantico? Era impazzito, per caso? La sola idea rasentava la follia. Quando si riprese, Suzanne apostrofò la ragazza con una certa durezza: «Ascolta, Anna, non capisco che cosa stia succedendo esattamente, ma sappi che non ho intenzione di andare da nessuna parte. Puoi dire a tuo padre che stasera resto a casa».

«Tu non capisci» la implorò Anna. «Mia madre sa tutto di te. Stasera ha affrontato mio padre, poco prima di uscire per andare al galà di beneficenza. Hanno litigato furiosamente a causa tua e lei lo ha buttato fuori di casa. Ora mio padre è sullo yacht.»

«Allora perché non è venuto lui a prendermi?» ribatté Suzanne, scettica. «Perché avrebbe mandato te?»

«Pensa che mia madre abbia assunto un investigatore privato e non voleva venire qui da te di persona, nel caso qualcuno lo seguisse. Ha paura che mia madre lo trascini in tribunale e gli porti via fino all'ultimo centesimo. Sa essere molto vendicativa, se vuole» aggiunse la ragazza.

Suzanne era fuori di sé dalla rabbia. Non riusciva a credere che Vince l'avesse messa in una situazione simile. Era già pazzesco che la sera della festa di Maggie l'avesse fatta seguire, ma mandare la figlia a ritirarla come se fosse un pacco postale? Era veramente troppo. Stava esagerando, e lei ne aveva abbastanza.

«Anna, sei stata molto gentile a venire fin qui a prendermi, però puoi dire a tuo padre che se vuole vedermi mi può telefonare. Questa sera mi trova a casa. Adesso ti saluto.» Fece per chiudere la porta, ma la ragazza le posò una mano sul braccio per fermarla.

«Ti prego, ascoltami. Gli ho promesso che ti avrei portata da lui, e non voglio deluderlo. Gli ho detto che saremmo diventate amiche. La felicità di mio padre è la cosa più importante al mondo per me.»

Suzanne studiò gli occhi imploranti della ragazza. Sapeva quanto Vince tenesse a lei, e come sarebbe stata dolorosa per lui la fine della sua famiglia. Oltretutto, nessuno più di lei poteva capire il suo timore di essere lasciato in mutande dalla moglie. Anche se, in effetti, quello era un suo problema e lo avrebbe dovuto affrontare da solo. Poi però le venne in mente che anche lei era legata alla situazione patrimoniale di Vince per via del prestito che le aveva fatto quando rischiava di perdere l'attico. Se le cose si fossero messe male, c'era forse il rischio che la moglie le portasse via la casa? O che addirittura la trascinasse in tribunale? Aveva appena letto sul *Chicago Tribune* di una causa in cui una moglie aveva ottenuto un risarcimento di un milione di dollari dall'amante del marito. Suzanne si sentì prendere dal panico. Forse, tutto sommato, le conveniva andare a parlare con Vince.

«Va bene. Vengo con te» cedette. Una volta in ascensore, però, le venne in mente che aveva ordinato la pizza, così lasciò al portiere il denaro per pagarla e gli disse di dividerla con i colleghi.

«Il mio ragazzo ci sta aspettando in auto.» Anna condusse Suzanne fino a una Buick color argento ferma davanti a un parchimetro scaduto. Il volume della musica era così alto da filtrare all'esterno attraverso i finestrini fumé. Anna aprì la portiera posteriore per Suzanne e poi andò a sedersi davanti. «Lui è Sal» disse, indicando una testa scura china sul volante.

«*Yo*» grugnì lui senza voltarsi e intanto si avviò lungo Lake Shore Drive. La musica era assordante, la frastornava. Suzanne chiese a Sal di abbassare il volume; lui si voltò e le lanciò un'occhiata. Quando lo vide in faccia, Suzanne ebbe subito la sensazione di averlo già incontrato. Difficile dimenticare un viso come quello. Poi notò il Rolex e il braccialetto d'oro e sentì il sangue gelarsi nelle vene.

Le parole sarcastiche di Angie le risuonarono in testa: «Per principio non ballo mai con chi si mette più gioielli di me».

Ecco dove aveva già visto quell'uomo: all'Overhang. E anche Anna. Solo che quella sera era bionda. Un campanello d'allarme le suonò dentro la testa: doveva scendere dall'auto alla prima occasione. Lasciato il Lake Shore Drive all'altezza di Belmont Avenue, attese che si fermassero al primo semaforo e tirò la maniglia della portiera. Il campanello nella sua testa ormai era una sirena. La portiera non si aprì. Era bloccata dall'esterno.

45

Vince

—

Vince si stava annodando il farfallino davanti allo specchio nella sua cabina armadio. Visto che ormai aveva accettato il suo destino, tanto valeva fare buon viso a cattivo gioco e approfittare della serata di beneficenza, con i suoi discorsi noiosi e il pessimo cibo, per imbastire qualche buon affare. Si aggiustò più volte il cravattino e osservò il risultato sul suo riflesso. Peccato che Suzanne non potesse vedere com'era elegante con lo smoking. Ma scacciò subito il pensiero per non sentire ancora di più la sua mancanza, e andò nella stanza da bagno principale, dove la moglie si stava truccando seduta alla toeletta.

«Che ne dici?» domandò, indicando il farfallino.

«Quanto lavoro inutile» gli rispose, guardandolo di sottecchi mentre si metteva l'eyeliner. «Non capisco perché non te ne prendi uno di quelli già pronti. Devi sempre complicarti le cose.» Giovanna era contenta che il malumore del marito si fosse dissolto. Adorava vestirsi elegante e andare a quelle serate piene di gente ricca e importante. E anche se con il suo misero diploma non si sentiva mai adeguata in certi ambienti, si consolava pensando che i soldi aprono tutte le porte. Quella sera voleva che Vince comprasse all'asta qualcosa di costoso, sperando così di guadagnare qualche credito nella buona società di Oakbrook. Aveva messo gli occhi su un lotto che comprendeva una settimana di soggiorno in una villa toscana e una visita privata in un posto chiamato Uffizi. Chissà se era un ristorante.

Sapendo che la moglie non avrebbe finito prima di mezz'ora, Vince scese nella sala da biliardo e si fermò al bancone incompiuto per versarsi una vodka, poi uscì sul patio con il suo drink. Il sole del tramonto aveva lasciato pennellate d'oro sul laghetto artificiale di fronte alla villa. Non fece in tempo ad assaporare il primo sorso che un movimento attirò la sua attenzione. Si voltò e vide Kaufman nascosto dietro un cespuglio, i vestiti sporchi di fango, i riccioli bruni luridi e appiccicati al viso.

«Che diavolo ci fai nel mio giardino?» gli domandò.

«Cerco di non farmi beccare dalla polizia, per esempio» replicò Kaufman, guardandosi intorno con circospezione. «Non puoi immaginare la fatica di arrivare fin qua. Possiamo andare dentro?»

«Mi spieghi che cazzo sta succedendo?» Vince aprì le vetrate scorrevoli ed entrarono. «Si può sapere dove sei finito ieri sera? Io rischio il culo per te, ti ospito in casa mia, ti do cibo e soldi, e come ringraziamento tu sparisci. Ma non credere di poter stare ancora qui. Ho già detto a Suzanne la verità, quindi ormai non me ne fotte più niente se la polizia ti trova.»

Kaufman accarezzò la superficie levigata del bancone. «Sarebbe stato un vero capolavoro» osservò con amarezza. E poi: «Ascolta, Vince, non ti sto chiedendo di farmi stare a casa tua, però ho bisogno del tuo aiuto. C'è un vecchio ordine di cattura ancora valido a mio carico e devo assolutamente lasciare lo Stato. Mi servono altri soldi».

«Ordine di cattura? Intendi dire che ti vogliono arrestare? E con che accusa?»

Steven scrollò le spalle. «Violenza sessuale e bigamia. Ma sono tutte stronzate. È una storia lunga.»

«Mia moglie si sta vestendo e non finirà tanto presto. Quindi ho un sacco di tempo per sentirla.» Vince sentì montare la rabbia all'idea di aver dato ospitalità a un uomo accusato di violenza sessuale, mettendolo sotto lo stesso tetto della moglie e della figlia. Aveva sempre pensato di saper capire al volo chi aveva davanti, possibile che con Kaufman si fosse sbagliato fino a quel punto? Studiò ancora una volta il falegname, tutto sporco e malconcio, poi versò un'altra vodka e gliela passò. «Parla.» E voltandosi verso la vetrata aggiunse: «Sono tutt'orecchi».

Steven bevve un sorso e iniziò a camminare avanti e indietro per la stanza. «Come ho detto, quelle accuse sono delle cazzate. Vuoi la versione lunga o quella breve?»

«Quella breve. Mia moglie è lenta a vestirsi, ma non *così* lenta.»

«Bene. Subito dopo il diploma ho sposato Meghan, la fidanzatina del liceo. Eravamo molto giovani e credevamo di amarci, e forse era anche così all'epoca, invece dopo qualche anno ci siamo resi conto che era stato un errore. Più che moglie e marito eravamo fratello e sorella, perciò abbiamo deciso di comune accordo di divorziare. Niente di difficile, giusto? Siamo andati da un avvocato e lui ci ha confermato che senza figli non ci sarebbero state complicazioni. L'accordo era che a Meghan sarebbe andata la casa – che non aveva un grande valore – mentre io avrei tenuto il pick-up e la mia attrezzatura da lavoro. Avevo sentito dire che dalle parti di Manchester, nel New Hampshire, c'era molto lavoro, così ho firmato un po' di scartoffie, ho lasciato a Meghan i soldi per l'avvocato e le ho chiesto di concludere le pratiche del divorzio. Un giorno lei mi ha chiamato e mi ha detto: "Congratulazioni, abbiamo divorziato".

«Nel frattempo io ero andato a Manchester e avevo iniziato a lavorare per uno dei costruttori locali, che aveva una figlia. Heather. E lì sono cominciati i casini. All'inizio me la trovavo sempre fra i piedi nel cantiere, anzi, più che tra i piedi me la ritrovavo letteralmente addosso, e visto che era la figlia del capo, cercavo in tutti i modi di evitarla. È chiaro che da quella storia potevano arrivarmi solo guai, no?

«Finché un giorno mi compare davanti mentre stavo installando dei pensili in una cucina, da solo» proseguì Steven. «Finisce che ci ritroviamo nudi sul pavimento. Da quel giorno la rivedo sempre più spesso, e poi... insomma, puoi immaginare. Passa un po' di tempo e un bel giorno mi dice che è incinta e che, se il padre lo scopre, la ammazza di botte e quindi ci dobbiamo sposare. Non eravamo mai usciti insieme una volta, capisci? Solo sesso sulle assi di un cantiere. E non sono neanche sicuro di essere stato l'unico.

«Sono sincero: ho pensato di saltare sul mio pick-up e tagliare la corda. Ma alla fine non ci sono riuscito. Così siamo scappati a sposarci di nascosto e il padre, messo di fronte al fatto compiuto, ha dovuto cedere. Lo stronzo mi ha perfino dato un aumento.

«Tempo qualche mese, mi accorgo che Heather non ingrassa. E alla fine si scopre che non era affatto incinta e cercava soltanto un pollo che la aiutasse a liberarsi dal padre. E io facevo al caso suo. Quando ho capito che non c'era nessun bambino, ho detto a Heather che volevo chiudere. Così ho chiamato la mia ex moglie per chiederle il nome dell'avvocato che aveva gestito il nostro divorzio, visto che era stato tutto così semplice. E a quel punto è iniziato il vero incubo.»

Steven si fermò e finì quasi tutta la vodka che aveva nel bicchiere.

«Continua, ti sto ascoltando» lo sollecitò Vince, anche lui sorseggiando il suo drink. Steven riprese a camminare nella stanza.

«Le pratiche del divorzio in realtà non erano mai state concluse perché Meghan, invece di pagare l'avvocato, aveva usato i soldi che le avevo lasciato per comprarsi un'auto. Morale: mi ritrovavo con due mogli, e non per colpa mia. A quel punto ho deciso di levare le tende e pensare ai divorzi in un secondo tempo. Ma quando ormai ero quasi fuori città, la polizia mi ferma. Mi mettono le manette e mi caricano sulla volante.

«Quando arrivo in centrale, trovo ad aspettarmi il mio ex suocero, che a freddo mi sferra un cazzotto in faccia che quasi mi spacca la mandibola. I poliziotti mi impediscono di reagire e lui inizia a gridare che quando avrà finito con me, potrò solo ringraziare di essere ancora vivo, che sua figlia in confronto a me sembrerà una dea. In quel momento entra Heather, e se qualcuno non mi avesse detto che era lei giuro su dio che non l'avrei neanche riconosciuta. Non so cosa le avevano fatto, la faccia sembrava passata al tritacarne: aveva un labbro spaccato e un occhio così gonfio che non riusciva più ad aprirlo. Il bello è che lei racconta ai poliziotti e al padre che ero stato io a ridurla in quelle condizioni. Come il serial killer che in *Ispettore Callaghan – Il caso Scorpio è tuo!* si fa pestare di proposito solo per poter incastrare

Clint Eastwood. Peccato che in quella situazione Clint Eastwood ero io.

«Il vecchio poi non era tipo da ascoltare spiegazioni. Sembrava piuttosto della vecchia scuola: prima colpisci, poi fai le domande. Insomma, avevo già capito che se mi metteva le mani addosso, mi avrebbe ammazzato. Così ho chiamato Meghan per farmi pagare la cauzione, e appena sono uscito sono scappato senza voltarmi indietro. Dovendo scegliere tra la prigione e le botte di mio suocero, nessuna delle due opzioni mi sembrava particolarmente allettante.

«Questa è la verità. Te lo giuro. Non sono una persona cattiva, sono solo rimasto vittima di una serie di circostanze. In più, adesso non mi troverei in questo enorme casino se tu non mi avessi chiesto di...» Abbassò la voce e controllò le scale prima di concludere sussurrando: «Se tu non mi avessi chiesto di seguire la tua amica».

Vince rifletté sulla storia di Steven. Era abbastanza assurda, ma che motivo aveva di non crederci? Kaufman era sempre stato sincero con lui. E onesto. «Sarò un pazzo, ma ho deciso di aiutarti. Quanto ti serve?»

«Il necessario per arrivare in Colorado e comprarmi un po' di attrezzi nuovi. Un tipo che conosco lavora ad Aspen e mi ha detto che da quelle parti c'è un sacco da fare. La polizia mi ha sequestrato il pick-up, quindi ci vado in pullman. Puoi anticiparmi duemila dollari?»

«Tutto qui?» replicò Vince, quasi stupito. Dopodiché andò nel suo studio a prendere i soldi che aveva in cassaforte. Quando la aprì, notò subito che le chiavi dello yacht non erano più sopra il rotolo di biglietti da cento. Il che non aveva senso, visto che di sicuro erano lì dentro solo un'ora prima, quando aveva preso appuntamento con Suzanne per il mattino dopo. Iniziò ad aprire e chiudere i cassetti pensando che forse, distrattamente, le aveva infilate da qualche altra parte.

«Tutto bene?» domandò Steven dalla sala biliardo.

«Sì sì. C'è solo qualcosa fuori posto.»

Mentre continuava a rovistare, squillò il telefono della sua linea privata.

«Pronto!» urlò irritato.

«Ciao, Vince. Ho delle notizie per te. Una buona, una cattiva, un'altra pessima.» Impossibile non riconoscere la voce nasale di Charley Belchek. Dopo aver confessato a Suzanne di averla fatta seguire, Vince aveva quasi dimenticato l'incarico dato all'ex poliziotto. «La buona notizia è che ho trovato chi ha fatto fuori la donna a Lincoln Park. La cattiva notizia è che ho dovuto spargere in giro una carrettata di fertilizzante. Siamo sulla sessantina di chili ormai. Ti va bene?»

«Ma certo» rispose Vince, pur sapendo benissimo che probabilmente Belchek aveva speso solo metà di quei soldi, però i patti erano patti. E anche se ormai non gli importava più parare il culo a Kaufman, rivelare a Suzanne il nome dell'assassino della sua migliore amica gli avrebbe fatto guadagnare un sacco di punti.

«Aspetta un minuto» disse a Steven, che aspettava il denaro con una certa impazienza.

«Parli con me?»

«No, Charley. Sono con una persona. Vai avanti.»

«Quindi, come ti dicevo» riprese il detective privato, «basta spargere in giro il fertilizzante giusto, e puoi far crescere qualsiasi cosa. Io in genere parto dagli ospiti delle patrie galere. C'è sempre qualcuno da cui puoi comprare qualche favore. Sai com'è, ad aiutare la grande famiglia dei delinquenti si ricava sempre qualcosa. Comunque, all'inizio mi ero convinto che l'aveva fatta fuori un nero. O un latino. Ma quando ho visto che dai miei soliti contatti non cavavo un ragno dal buco, ho cambiato aria.

«Alla fine è uscito fuori questo tizio, un certo Rico, punk, dentro per furto con scasso, che divide la cella con un certo Joey, in galera per detenzione e spaccio. Pare che un giorno, mentre leggeva il giornale – so che è difficile da credere, eppure qualcuno di questi delinquenti sa anche leggere – indica una foto e dice: "Io so chi l'ha fatta fuori". Un paio di giorni dopo questo Joey esce su cauzione e chi s'è visto s'è visto. Poi Rico sente in giro del mio piccolo incentivo, mi contatta e mi racconta di Joey. Quando lo trovo, all'inizio ha la bocca cucita, poi alzo un po' l'incentivo e improvvisamente il tipo inizia a cantare. A occhio, direi che ha qualche problema con l'eroina.»

«Charley, puoi arrivare al dunque? Dovrei uscire entro quest'anno» lo incalzò Vince.

«Giusto. Allora, Joey mi racconta che era con un amico e una tipa, e una sera hanno tirato su una donna svenuta fuori da un locale. Era ubriaca marcia e Joey ha sentito puzza di merda, così ha mollato il colpo. Ma è sicuro al cento per cento che l'amico l'ha fatta fuori. Dice che il tipo lavora per certa gente della Lake County – estorsione, recupero crediti, roba così – quindi spezzare l'osso del collo a qualcuno per lui non è niente.»

«Sappiamo come si chiama questo tipo?»

«Salvatore Gianfortuna, detto Sal. Ora, ricordi che ti avevo detto che c'era anche una pessima notizia? Eccola. Circola voce che... questo Sal... esce con tua figlia.»

Vince lasciò cadere la cornetta e istintivamente cercò la pistola che teneva appiccicata sotto il cassetto con il nastro telato. L'arma non c'era. Si alzò di scatto e corse fino alle scale.

«Giovanna» gridò. «Anna è ancora a casa?»

«No. È uscita mentre tu eri sotto la doccia. Stai salendo? Io sono pronta.»

Non c'erano le chiavi della barca. Non c'era la pistola. Si voltò verso Steven, che lo aveva seguito ai piedi delle scale. Osservò le sue mani forti e ricordò che lo aveva visto scaricare da solo un intero carico di legname e poi trasportarlo dentro casa attraverso il cortile. «Mia figlia è in pericolo. Vieni con me» ordinò.

Vince salì le scale due alla volta, seguito da Steven, e piombò in cucina, dove la moglie lo stava aspettando in abito da sera Dior senza spalline, i capelli raccolti, grappoli di brillanti al collo e alle orecchie. La faccia terrorizzata del marito la spaventò a morte. Non ricordava di averlo mai visto così. «Cosa succede? Dimmelo, Vince.»

Lui guardò la donna che stava con lui da ventidue anni. Non poteva dirle che la figlia era in compagnia di un assassino, non poteva metterle sulle spalle quel peso. Nessuna madre avrebbe potuto sostenerlo. Non le avrebbe detto niente finché non era sicuro che la figlia fosse sana e salva.

«Giovanna, mi dispiace moltissimo, ma non posso venire con te stasera. C'è stato un incidente in uno dei miei cantieri» mentì. La baciò frettolosamente e corse in garage con Steven.

Nell'udire la parola "cantiere", la paura di Giovanna si trasformò in rabbia. Come osava mollarla lì, dopo che si era preparata ed era pronta a uscire? Ogni volta ce n'era una, in quei cantieri. Ma i suoi dipendenti non prendevano lo stipendio proprio per occuparsi dei problemi al suo posto? Eh, ma questa volta non sarebbe rimasta a casa buona

buona. No, questa volta sarebbe andata sola. E Vince doveva solo tenersi pronto ad aprire il portafoglio, perché lei non aveva nessuna intenzione di rinunciare al suo viaggio in Toscana.

46

L'Indiana Toll Road era deserta, un nastro grigio infinito davanti al fascio luminoso dei miei fari. Procedevo veloce in aperta campagna, incrociando solo qualche raro veicolo e confortata dalla sensazione di non essere raggiungibile. Non sapevo dove stavo andando, ma solo che per il momento ero libera dalle opinioni e dai giudizi altrui.

Avevo smesso di piangere da un centinaio di chilometri. Subito dopo aver lasciato Flynn nella sua auto avevo versato fiumi di lacrime, soprattutto durante il tragitto in taxi verso casa mia, al punto che l'autista non voleva farmi pagare la corsa. Il cuore mi faceva così male che mi sembrava già un miracolo che continuasse a battere. Comunque, se per caso si fosse fermato, forse sarebbe stato meglio.

Appena entrata in casa, avevo chiamato il ristorante e chiesto di mio padre. Quando avevo sentito la sua voce, avevo capito subito quanto fosse preoccupato. Dov'eravamo finiti? Flynn e io dovevamo essere lì da almeno mezz'ora. Erano tutti preoccupati per noi.

Gliel'avevo detto senza giri di parole, una frase gelida quanto la realtà. «Flynn e io abbiamo deciso di annullare le nozze a causa di divergenze inconciliabili.» Era la versione che avevamo concordato insieme per proteggerci entrambi dall'umiliazione della verità. La notizia della gravidanza poteva aspettare. Per il momento il matrimonio mancato sarebbe stato un trauma sufficiente per i miei genitori. E per Flynn.

Mio padre aveva cercato di tenermi al telefono mentre mandava a chiamare mia madre. Ogni volta che nella sua vita era successo qualcosa di grave, la moglie era sempre stata in grado di sistemare le cose. Come potevo fargli capire che quella volta era successo qualcosa che neppure la mia perfettissima madre poteva aggiustare?

«Papà, non chiamare la mamma. Le cose ormai non si possono più cambiare. Non ci sarà nessun matrimonio.»

«Veniamo lì da te.»

«No, papà. Non mi troverete. Sto andando via. Scusami. Davvero. Chiedo scusa a tutti.» Avevo riattaccato la cornetta pensando a quante volte mi fossi scusata negli ultimi giorni. Le mie scuse, pur nella loro assoluta necessità, erano diventate noiose. In quel momento solo una cosa mi era chiara: dovevo fare in fretta. Il telefono avrebbe iniziato a squillare entro pochi minuti, così avevo staccato la spina. Avevo preso un cambio di vestiti, lo spazzolino da denti e poco altro prima di uscire velocemente di casa. Ero saltata in macchina ed ero partita, decisa a imboccare la prima autostrada che mi fosse capitata davanti.

Tre ore dopo, guidavo verso Toledo, in Ohio. Nessuno avrebbe mai pensato di cercarmi laggiù. Neppure io. Attraversavo le distese del Midwest senza sapere che mentre i miei fari si aprivano la strada verso chissà dove, un altro dramma ben più spaventoso del mio stava andando in scena.

47

Suzanne

Velato da una luce plumbea, Belmont Harbor ricordava un quadro del Rinascimento prima del restauro. Sal si fermò in fondo al parcheggio quasi vuoto e spense il motore. Di colpo la musica assordante cessò, sostituita da un silenzio sinistro. Anna si voltò verso Suzanne e le sorrise, un gatto del Cheshire dai capelli corvini.

«Eccoci arrivati» annunciò.

Suzanne provò inutilmente ad aprire la portiera, cercando di nascondere il panico. «Mi spiace, ma non riesco a uscire dall'auto» disse, fingendo una calma che non aveva.

«*Che stupido*» esclamò Sal in italiano, dandosi una manata in fronte. «C'è la chiusura di sicurezza per i bambini. Ieri ho portato a spasso i miei nipoti.» Erano le prime parole che pronunciava, a parte il grugnito di saluto. Scese dall'auto e passò sul lato di Suzanne, quindi aprì la portiera e abbassò una levetta. «Visto? C'era il blocco di sicurezza.»

Suzanne tirò un sospiro di sollievo: ecco la spiegazione. Forse era troppo paranoica. In fondo, qual era il problema se aveva visto Sal e Anna all'Overhang? Ma poi un altro assurdo pensiero prese forma nella sua mente. E se invece Vince avesse mandato quei due a spiarla in quel locale?

Sarebbe stato capace di coinvolgere le figlia in una cosa simile? La rabbia tornò a prevalere sul buon senso.

«Dov'è tuo padre?»

Anna indicò una banchina del porticciolo. «A bordo del nostro yacht.»

«Bene. Allora andiamo a parlare con lui.»

Attraversarono il parcheggio lasciandosi alle spalle una famigliola che caricava in auto borsoni e teli da mare nella luce fioca del crepuscolo. Giunti al molo, Anna inserì un codice nel cancello di metallo che impediva agli intrusi di accedere alle barche. Una volta passati, il battente si richiuse dietro di loro con un rumore secco, comunicando a Suzanne l'inquietante sensazione di essere in trappola. Nella penombra serale che avvolgeva la marina le barche illuminate erano poche, e nessuna ormeggiata al pontile che stavano percorrendo.

«Qual è lo yacht di tuo padre?» domandò Suzanne, smettendo di camminare.

«Quello.» Anna indicò un enorme cabinato in fondo al molo.

«Ma è completamente buio. Tuo padre non dovrebbe essere a bordo?» obiettò Suzanne.

«Che ne so. Magari è andato a dormire.»

Suzanne ripensò a un seminario sulla sicurezza cui aveva partecipato anni prima. Secondo il poliziotto in pensione che lo teneva, la paura è il campanello d'allarme con cui il nostro corpo ci avverte del pericolo. Quel campanello aveva già suonato quando lei era ancora dentro casa, e poi di nuovo nella Buick, eppure l'aveva ignorato. Ed era chiaro come il sole che stava suonando anche in quel momento. Nell'urgenza di parlare con Vince, aveva dimenticato ogni cautela. Se avesse dato retta al suo istinto, adesso sarebbe a casa sua davanti a una pizza, e non di fronte a uno yacht dove di Vince non c'era traccia.

Suzanne ricordò un altro punto essenziale di quel corso. *Mai accettare di essere portati in una destinazione secondaria.* E niente era più secondario di una barca buia in un porto buio. Basta, quella follia era durata sin troppo, decise Suzanne, e si voltò per tornare indietro. Ma Sal, pistola in pugno, la bloccò.

In tutta la sua vita, lei non aveva mai visto un'arma vera. I suoi genitori non ne avevano, e neppure i suoi amici. Almeno, che lei sapesse. Ovviamente, aveva visto le pistole nei film e in televisione, ma niente era paragonabile alla gelida realtà di una canna d'acciaio puntata addosso, con tutto il potere distruttivo che implicava. L'adrenalina invase di colpo il suo sistema suscitando l'istintiva reazione di chi è in estremo pericolo: scappare o lottare. La lotta era ovviamente fuori questione, quindi non le restava che fuggire. Purtroppo, però, la paura aveva già stretto la sua morsa su di lei, paralizzandola.

«Cammina» le ordinò Sal, spingendola verso lo yacht. Anna, che aveva ancora in mano il sacchetto marrone, osservava la scena sogghignando. Suzanne si rifiutò di proseguire.

«Che cosa volete da me?» chiese alla coppia, cercando di mettere nella voce tutta l'autorità di cui era capace.

«Cammina, ti ho detto.»

Consapevole di non avere scelta, riprese a procedere lungo il pontile cercando di muoversi il più lentamente possibile per darsi il tempo di valutare la situazione. Che intenzioni avevano quei due? Farle del male o soltanto spaventarla? Era una questione di denaro? Miravano ai soldi? Infine i suoi pensieri precipitarono in un luogo oscuro che fino a quel momento Suzanne aveva disperatamente cercato di evitare. Era arrivata la sua ora?

Il lago ai lati della banchina era nero e invitante. Se si fosse gettata in acqua, sarebbe stato impossibile vederla. Immaginò se stessa nell'atto di tuffarsi a testa in giù, come faceva da piccola insieme a Johnny nelle acque gelide del Minnesota, e poi nuotare a rana trattenendo il fiato.

Però la pistola puntata contro la schiena continuava a spingerla avanti, finché non raggiunsero un grande yacht con la scritta GIOVANNA ANNA impressa a lettere d'oro sullo scafo. «Sali» ordinò Sal. Suzanne si fermò, cercando di resistere. «Un colpo qui» la minacciò l'uomo, premendole la canna contro la spina dorsale, «e passi il resto della vita in carrozzella, con un sacchetto per il piscio e un altro per la merda.»

Suzanne era sopraffatta dal terrore, la bocca così asciutta che l'aria faceva fatica a raggiungere i polmoni. *Adesso o mai più*, pensò. Con la forza della disperazione si lanciò nello spazio vuoto fra la barca e la banchina, ma quando già stava per raggiungere l'acqua, e la sua libertà, di colpo una mano d'acciaio l'afferrò per un caviglia. Sbatté violentemente contro un palo del pontile e rimase sospesa nel vuoto, inerme. Alzò la testa verso l'alto e contro lo sfondo stellato vide Anna che la bloccava con la forza sovrumana della rabbia.

«Sei solo una povera stronza» le gridò, mentre Sal si chinava per issarla sul molo afferrandola per i jeans. Suzanne cercò di gridare, ma l'uomo la colpì in faccia con tanta violenza da spaccarle il labbro. Quindi la trattenne a forza contro le assi del pontile mentre Anna apriva la cabina e accendeva le luci. Dopodiché trascinò Suzanne a bordo e la scaricò dentro. Anna richiuse subito la porta.

«Bella barchetta, vero?» le urlò in faccia la ragazza, senza più nascondere la sua ostilità. «Scommetto che ti piacerebbe metterci sopra le grinfie, vero? Peccato che questo sia un regalo di mio padre per me e mia madre. Capito?»

Il sorriso di Anna era inquietante, mentre frugava nel sacchetto e ne estraeva un rotolo di nastro telato. Suzanne era madida di sudore ovunque: sulla fronte, sotto le ascelle, all'inguine. Le sue viscere erano sul punto di cedere. Sal la costrinse a sedersi e Anna prima le immobilizzò le gambe con il nastro, poi le legò i polsi dietro la schiena.

«Ti prego» la implorò Suzanne. «Non so che cosa vuoi, ma se è una questione di soldi...»

«Come osi, puttana?» La figlia di Vince prese la pistola che Sal aveva posato sul tavolo e la colpì con rabbia sul viso. La testa di Suzanne schizzò di lato come se l'arma avesse colpito una bambola di pezza, e sul punto d'impatto comparve subito un bozzo violaceo. Il dolore fu tale che lei non riuscì a trattenere le lacrime. «Mi stai offrendo dei soldi? Come se il denaro mi mancasse. Non ti basterebbe una vita per avere tutti i soldi di mio padre.» E poi, rivolta a Sal: «Non la voglio più sentire, questa troia. Falla stare zitta».

Sal obbedì e le coprì la bocca con il nastro, facendoglielo girare anche intorno alla testa per sicurezza. Anna intanto proseguiva con il suo delirio. «Ti sei infilata nella nostra famiglia e hai rovinato tutto. Mio padre non si era mai comportato così con tutte le altre puttane. Eh già, bellezza, non sei affatto la prima ma solo l'ultima di una lunga serie di zoccole come te. Purtroppo però, da quando sei arrivata tu, lui è cambiato. Non aveva mai messo nessuna delle altre davanti a me e a mia madre. Invece adesso noi praticamente non esistiamo più.

«L'unica cosa che non mi quadra è che tu non sei neanche il suo tipo» aggiunse sprezzante. «Le donne secche e senza tette non gli sono mai piaciute. A lui piacciono le curve, le donne formose. Tipo la tua amica, hai presente? Ero sicura al cento per cento che quella giusta fosse lei, cazzo. Era perfetta. E invece... indovina un po'? Dopo che è sparita non è cambiato niente.» Anna premette la pistola contro la guancia di Suzanne. «Questa volta però ho beccato la persona giusta.»

«Anna, fermati! Sei impazzita?» Sal le tolse l'arma di mano e la posò di nuovo sul tavolo. «Non puoi sparare qui. Il rumore del colpo si sentirebbe in tutto il porto.»

«Sì, certo. Scusami, Sal. Credo di essere un po' troppo eccitata dalla situazione.» E si avvicinò al compagno per baciarlo voluttuosamente, leccandogli tutta la faccia. Lui le premette la mano contro la schiena e se la strinse addosso, aprendole le gambe con un ginocchio.

«Facciamole vedere come si fa» propose Anna, guardando Suzanne negli occhi e intanto strusciandosi contro la gamba dell'uomo. «Fai così anche tu con mio padre?»

Sal sorrise con malizia. Anna si sfilò maglietta e reggiseno e si prese i seni tra le mani, con i capezzoli scuri che spiccavano al centro grandi come monete. Sal ne strinse uno fra le labbra, succhiandolo, e lei iniziò a gemere. Suzanne chiuse gli occhi per escludere la scena, ma niente poteva proteggerla dai suoni animaleschi del sesso.

«Sì sì baby, così baby» continuava a ripetere Sal. «Sento l'uccello che sta per esplodere.»

«Ehi, bellezza, te lo dice questo, mio padre, mentre ti scopa?» la provocò Anna. Finché, dopo un tempo infinito, arrivarono gli ultimi gemiti e subito dopo scese il silenzio. Suzanne riaprì gli occhi e vide Sal rialzarsi i jeans sulle gambe nude, e poi chiuderli con la cintura. Anna era sdraiata sul divano, le gambe aperte, i grossi seni che ricadevano su ciascun lato del torace.

«Ti piace guardare, eh, puttana? Lo immaginavo.»

Sal prese le chiavi dello yacht e uscì in coperta. Anna si infilò la sua camicia e lo seguì, lasciando Suzanne sola in cabina. Il cuore le batteva così forte che credeva le venisse un colpo. A quel punto non aveva più dubbi: quei due volevano ucciderla. Come aveva potuto commettere l'errore di andare con loro?

E poi capì la dura verità. Il vero errore era stato un altro. Aver permesso a quei due di trascinarla fino al porto era solo un effetto collaterale. A monte c'era già stato un enorme e imperdonabile errore, che aveva causato la morte di Angie e adesso avrebbe causato anche la sua. L'errore di avere una relazione con un uomo sposato.

Avrebbe dovuto prevedere che quella storia sarebbe finita male. *Niente uomini sposati* era il mantra delle poste del cuore in tutto il mondo. Era semplice. Che leggerezza. Che stupidità. Invece di chiedere un prestito a Vince per risolvere i suoi problemi finanziari, avrebbe dovuto vendere l'attico. Sapeva fin dall'inizio che lui le avrebbe prestato il denaro perché era attratto da lei, ma era convinta di poter gestire la situazione, di riuscire a tenerlo sulla corda finché il suo debito con lui non fosse stato estinto. Invece aveva finito per cedere ai suoi desideri più egoistici. E ormai era decisamente troppo tardi per pentirsi di essersi lasciata coinvolgere in quella tresca.

Il motore dello yacht partì e la sedia iniziò a vibrare sotto di lei, accrescendo il suo terrore. Volevano lasciare il porto e portarla al largo. Suzanne immaginò il proprio cadavere affondare fino al fondo melmoso del lago e diventare cibo per i pesci. Nessuno avrebbe mai saputo che fine aveva fatto. Il cuore era sul punto di schizzarle fuori dal petto.

Quanto tempo sarebbe passato prima che qualcuno si accorgesse della sua sparizione? Vince l'avrebbe capito l'indomani mattina, quando lei non si sarebbe presentata al loro appuntamento. Ma che cosa avrebbe potuto fare? Non poteva certo denunciare alla polizia la scomparsa della sua amante. Il primo vero campanello d'allarme sarebbe suonato solo più tardi, al matrimonio, quando il suo posto a tavola sarebbe rimasto vuoto. Immaginò le telefonate frenetiche dei suoi genitori e lo strazio delle settimane a seguire, senza più notizie della loro unica figlia.

La polizia sarebbe andata nel suo condominio, avrebbe fatto domande qua e là. Il portiere forse avrebbe ricordato che era uscita con una ragazza dai capelli neri e una gonna molto aderente, e che gli aveva lasciato i soldi per la pizza: informazioni che non sarebbero servite a niente.

Il motore si fermò, ma dopo qualche borbottio ripartì. Facendosi disperatamente forza, Suzanne si guardò intorno per cercare una via di fuga. Si accorse che il tavolo dove avevano appoggiato la pistola aveva spigoli vivi e piuttosto taglienti. Forse sarebbe riuscita a trascinarsi fin lì e utilizzare i bordi per lacerare il nastro che le serrava i polsi. Dopo si sarebbe impossessata della pistola. Ormai non aveva più nulla da perdere. Qualunque cosa sarebbe stata meglio che stare lì seduta ad aspettare la morte. Utilizzò il peso del suo corpo per far dondolare la sedia e spostarsi leggermente in avanti. Incoraggiata dal risultato, continuò a muovere la sedia avanzando lenta ma determinata. Doveva sbrigarsi. Il motore stava salendo di giri, lo sentiva gorgogliare sotto di sé, e presto sarebbero usciti dal porto. Cercò di fare ancora più in fretta.

Era più o meno a metà strada, quando il motore si spense di nuovo. Subito dopo la porta si spalancò e Anna entrò in cabina. Sotto la camicia di Sal, completamente sbottonata, i seni le toccavano quasi l'ombelico. Quando vide che Suzanne si era spostata, corrugò le sopracciglia.

«Dove credevi di andare?» le urlò minacciosa. E assestò un'energica spinta alla sedia con il piede nudo. Suzanne rotolò giù dai gradini che portavano in cambusa e si fermò sulla schiena, sbattendo la testa così forte da perdere quasi i sensi. Quando riaprì gli occhi, Anna era sopra di lei con il rotolo del nastro telato in mano.

«Stupida puttana. Cosa volevi fare, eh? Sei una scocciatura anche peggio della tua amica.»

Suzanne fu presa da un autentico terrore quando vide la figlia di Vince tagliare quattro strisce di nastro. *Oh no oh no oh no.* Non potendo muovere né le braccia né le gambe, scosse la testa e tese il corpo, dimenandosi sulla sedia come un pesce finito sulla spiaggia. «Com'era la storia delle tre scimmiette?» la provocò Anna. «Non vedo...» e le mise un pezzo di nastro sugli occhi. «Non sento...» e le tappò le orecchie. «Non respiro» le urlò, applicando l'ultima striscia sul naso e premendo forte per farla aderire.

Suzanne cercò di inspirare, ma il nastro le ostruiva entrambe le narici. Cercò allora di espirare, però l'aria tornava indietro. Provò a muovere la bocca per allentare la presa del nastro, inutilmente. Ripensò a un'estate in Minnesota, quando era quasi affogata e la zia le aveva dovuto fare la respirazione bocca a bocca. Era andata in un bel posto e poi era tornata indietro, e si era trovata circondata dai genitori e dal fratello che la guardavano stravolti dalla preoccupazione. Magari sarebbe andata in un bel posto anche ora. Perse conoscenza nel momento stesso in cui il motore riprese vita.

48
Ron

O'Reilly stava per addentare un sandwich, quando la Seville di Columbo schizzò via dal vialetto. «Merda!» esclamò, gettando il pranzo sul sedile posteriore. Mise in moto la macchina e fece inversione. «Era Kaufman, vero, quello sul sedile del passeggero?»

«Se non era lui, gli assomigliava molto» confermò Kozlowski, continuando a mangiare come se nulla fosse. Sorvegliavano la villa di Columbo da ore sperando di trovare lo sfuggente falegname. E, finalmente, l'avevano beccato.

«Ma come cazzo è riuscito a entrare senza farsi vedere?»

O'Reilly pigiò sull'acceleratore, sperando che non ci fossero bambini nei paraggi. Quando arrivarono all'entrata del quartiere residenziale, la Seville era già un puntino rosso diretto a est.

«Accidenti se fila» osservò Kozlowski, che intanto continuava a consumare il suo sandwich. Che motivo aveva di smettere? Non stava neanche guidando.

O'Reilly spinse la sua Crown Victoria al massimo, e in pochi secondi superò i cento. Per fortuna, era più sobrio del solito: la sera prima si era limitato a cinque o sei birre, anche se in quel momento stava contravvenendo più o meno a tutte le regole del codice stradale, e per giunta fuori dalla sua giurisdizione. Meglio non pensarci.

«Vuoi che chieda rinforzi?» domandò Kozlowski, mentre la distanza fra le due auto pian piano diminuiva.

«No. Prima vediamo dove stanno andando.»

La Seville imboccò la Eisenhower e puntò a velocità folle verso il centro. O'Reilly dovette fare appello a tutta la sua abilità al volante: Columbo guidava come un pazzo, ignorando tutti i limiti di velocità, facendo lo slalom da una corsia all'altra e sfruttando perfino la corsia di emergenza per superare il lento traffico cittadino.

«Sembra di essere in un film» commentò Kozlowski, ingoiando l'ultimo boccone. «Solo che nei film a questo punto saremmo inseguiti da una decina di volanti a sirene spiegate.»

«Già. Fortuna che succede solo al cinema» concordò O'Reilly. «Il tipo là davanti crede di essere un pilota di Formula Uno.»

«Di sicuro ha una gran fretta.»

Arrivarono in centro a tempo di record. La Seville lasciò l'interstatale e imboccò il livello inferiore di Wacker Drive. Il traffico era rallentato dai lavori in corso e c'erano coni di segnalazione disseminati ovunque. La Seville era poco più avanti dei poliziotti, ma proprio quando stavano per affiancarla l'auto prima di loro inchiodò improvvisamente per evitarne uno. O'Reilly pestò sul freno d'istinto e nonostante la cintura il contraccolpo li spinse a un soffio dal parabrezza. La Seville scomparve oltre le file di luci arancioni, seguita dagli improperi di O'Reilly.

«E adesso?» domandò Kozlowski.

Il collega rifletté sulla situazione mentre aspettava che l'auto davanti ripartisse. «Dieci a uno che stanno andando a Belmont Harbor. E qualcosa mi dice che a un certo punto vedremo entrare in scena anche il dottor Niebaum.» E affondò il piede sull'acceleratore.

Dieci minuti dopo, entrarono nel parcheggio della marina. La Seville era lì, con il motore ancora acceso e le portiere aperte. Si avvicinarono con prudenza, le pistole di ordinanza pronte a sparare. All'interno non c'era nessuno.

«Di sicuro avevano fretta» commentò Kozlowski.

O'Reilly scrutò il porticciolo. Le barche illuminate erano poche, e fra queste c'era il *Dermabrasion*. «Lo sapevo che c'era un legame fra Niebaum e...» Smise di parlare sentendo i passi di qualcuno che stava correndo. Il rumore però non arrivava dalla barca di Niebaum, ma da più lontano. Nella debole luce del porto distinsero a fatica due sagome in movimento.

È l'ultimo pontile, pensò O'Reilly. Si sistemò i pantaloni in vita e rivolse un cenno d'intesa al collega. Misero la sicura alle armi e si lanciarono all'inseguimento dei due uomini.

49
Vince

Vince tremava così forte che quasi non riusciva a digitare il codice d'ingresso. Il *Giovanna Anna* era illuminato e si sentiva il brontolio del motore acceso. Lui non aveva mai ucciso un uomo, né mai aveva anche solo immaginato di farlo, ma se Sal aveva fatto del male alla figlia, non ci avrebbe pensato due volte. Il cancello si aprì nel momento esatto in cui lo yacht si staccava dal pontile.

«Corri!» gridò a Steven.

I loro passi risuonarono come colpi di tamburo nel silenzio della notte. Raggiunsero la barca appena in tempo. Vince fu il primo a saltare a bordo, seguito da Steven che atterrò rumorosamente sul ponte. Il motore scese al minimo e la testa di Sal comparve dalla plancia di comando.

Senza aspettare Steven, Vince si precipitò sul ponte di poppa e spalancò la porta della cabina con tanta forza da rischiare di scardinarla. In mezzo al saloncino c'era Anna, con addosso una camicia da uomo e nient'altro. Appena vide il padre, si coprì istintivamente.

«Papà!» urlò. «Che ci fai qui?»

«Ti ha fatto del male?» chiese Vince, scrutandola con i suoi occhi scuri e penetranti. «Dimmi: ti ha fatto del male?»

Anna gli rivolse uno sguardo spaventato e indifeso, poi si gettò fra le sue braccia, e aggrappata alla giacca dello smoking scoppiò a piangere. «Papà... papà... meno male che sei arrivato» disse con voce tremante. «Mi ha violentata.»

Vince sentì la rabbia salirgli al cervello. Gli occhi gli si iniettarono di sangue, le vene si gonfiarono fino a fargli rischiare un infarto. Quell'avanzo di galera, quel rifiuto umano aveva stuprato sua figlia. Imbarazzato dalla nudità della ragazza, prese il telo che copriva il divano e glielo avvolse sulle spalle. In quel momento sentì un tonfo sordo provenire dall'esterno. «Non ti muovere da qui» le ordinò.

Sul ponte, Steven e Sal erano decisamente oltre i convenevoli. L'italiano teneva il falegname per il collo e stava cercando di scaraventarlo fuori bordo. Steven però riuscì a divincolarsi e atterrò Sal di schiena. Un attimo dopo i due uomini rotolavano avvinghiati sul ponte, impegnati in una lotta senza esclusione di colpi.

Steven non aveva mai affrontato un avversario così potente. Sal aveva una forza sovrumana, e stava per avere la meglio, nonostante lui stesse lottando con ogni fibra del suo corpo. Ma Sal combatteva senza regole. Lo morse addirittura al collo, mancando per un pelo la giugulare. Steven si inarcò con la forza dell'adrenalina e riuscì a scaraventare via l'avversario, che un attimo dopo gli si avventò di nuovo contro e gli tempestò la faccia di pugni.

Vince, uscito sul ponte, osservò per qualche secondo il groviglio dei due corpi in movimento per capire come intervenire. Ma quando si gettò nella mischia per tentare di separare Sal da Steven, il delinquente reagì come un cane rabbioso e gli morse la mano, staccandogli un brandello di carne. In preda a un dolore lancinante, e con la mano grondante sangue, il costruttore indietreggiò mentre l'altro continuava a riempire di cazzotti il falegname. Steven in qualche modo riuscì a respingere Sal, ma un attimo dopo l'italiano gli era di nuovo addosso.

Dopo qualche minuto di colpi furiosi, il balordo riuscì a sopraffare l'esausto falegname e lo inchiodò a terra con un ginocchio, dopodiché gli afferrò il collo e iniziò a stringerlo fra le mani d'acciaio. Steven aprì la bocca in una supplica muta, cercando invano di staccarsi di dosso l'avversario. Vince si rese conto che se non avesse fatto qualcosa per fermare Sal, Steven sarebbe morto. E dopo probabilmente la stessa sorte sarebbe toccata a lui. Si rifiutò di pensare a cosa sarebbe successo alla figlia.

Aprì una cassapanca e prese un remo, cercando di bilanciarlo nella mano sana, quindi si voltò verso i due uomini e sollevò l'attrezzo per calarlo sulla testa di Sal. Ma prima che potesse colpire, uno sparo lacerò l'aria. Sal ebbe un sussulto e crollò sul ponte. Vince si voltò e vide accanto a sé Anna con una pistola in mano, gli occhi fissi sull'uomo che rantolava sul ponte con il sangue che zampillava dall'arteria lesionata. Vince era paralizzato dall'orrore.

«Mi ha violentata, papà. Mi ha violentata» ripeté la figlia fra i singhiozzi, l'arma stretta fra le dita. Era sull'orlo di una crisi isterica. Il padre cercò di consolarla, ma non riusciva a distogliere lo sguardo dall'uomo che si stava dissanguando davanti a lui e che sentiva di odiare come mai nessun altro in vita sua. Steven lentamente si rimise in piedi, tossendo e massaggiandosi la gola. Si avvicinò ad Anna per toglierle delicatamente di mano la pistola, poi andò alla plancia di comando e riportò il *Giovanna Anna* al suo posto lungo la banchina. Spense il motore e tornò sul ponte.

Sullo yacht scese il silenzio, interrotto soltanto dal pianto di Anna, la testa corvina appoggiata contro la spalla del padre.

50

Ron

—

Quando lo sparo rimbombò come un tuono nel silenzio della marina, O'Reilly e Kozlowski erano ancora bloccati davanti al cancello di accesso. Un uomo in pantaloncini saltò giù dalla passerella di una barca malandata cercando di individuare l'origine del suono. O'Reilly lo chiamò e gli mostrò il distintivo attraverso le sbarre.

«Ehi! Polizia! Dobbiamo entrare.»

L'uomo si affrettò verso di loro e aprì il cancello. I due poliziotti ripresero a correre, stringendo la presa sulle pistole spianate. O'Reilly sperò soltanto di arrivare in fondo al pontile senza avere un infarto. Quando furono vicini al *Giovanna Anna* rallentarono e si ripararono dietro la barca accanto per valutare quello che stava accadendo sul ponte dello yacht. Steven Kaufman impugnava una pistola, abbassata, mentre una ragazza con addosso una camicia da uomo piangeva sul petto di Vince Columbo, in smoking.

«Kaufman, non muoverti. Polizia» urlò O'Reilly senza uscire allo scoperto. «Posa la pistola sul ponte e alza le mani. Anche lei, Columbo. E la ragazza. Nessuno si muova.»

Steven si voltò verso i due investigatori e valutò le sue possibilità. Da lontano già si sentivano le sirene dei rinforzi. L'acqua sotto di lui sembrava scura e invitante. Forse, ma solo forse, sarebbe riuscito a fuggire.

«Non farlo» lo bloccò Vince, intuendo le sue intenzioni. «Non scappare. Mi occuperò personalmente di trovarti i migliori avvocati. È il minimo che possa fare, visto che hai salvato mia figlia.»

Steven posò l'arma a terra e portò le mani sopra la testa. Vince lo imitò, mentre Anna rimase immobile contro il padre. O'Reilly e Kozlowski salirono a bordo.

«Che cazzo è successo qui sopra?» domandò O'Reilly appena vide la sagoma riversa sul ponte, circondata da una pozza di sangue. Poi raccolse la pistola lasciata da Steven e se la infilò in tasca.

Senza lasciare la figlia, Vince indicò Sal e disse ai detective: «Quello è l'assassino di Angie Wozniak. E ha anche stuprato mia figlia».

La ragazza sollevò la testa dal petto del padre. «Mi ha violentata» dichiarò con una voce che sembrava arrivare dall'oltretomba. «Mi ha violentata e ha giurato che se l'avessi detto a qualcuno mi avrebbe fatto fare la fine della donna dentro la cambusa.»

«Quale donna?» domandò O'Reilly, confuso.

Kozlowski era già scattato verso la cabina. Trascorse un minuto, mentre O'Reilly teneva d'occhio i tre sul ponte dello yacht. Finalmente, la porta della cabina si aprì e alle spalle di O'Reilly ne uscì il massiccio detective con in braccio il corpo completamente abbandonato di una donna e fra le mani alcuni pezzi di nastro telato. Sulle gambe della donna spiccavano i segni insanguinati del coltello con cui l'aveva liberata dalla sedia.

«Non respira, ma c'è battito.» Posò la donna sul ponte e si mise in ginocchio per cercare di rianimarla. Iniziò a premere ritmicamente sul torace per pompare aria in quei polmoni ormai inattivi, con la massa del suo enorme corpo a proteggerla dagli sguardi dei presenti. O'Reilly aveva già richiesto via radio un'ambulanza per il cadavere sul ponte, e chiamò di nuovo per richiederne una seconda mentre il suo collega lavorava febbrilmente al massaggio cardiaco. Intanto al parcheggio era arrivata la prima pattuglia che aveva risposto alla richiesta di rinforzi e un paio di agenti in divisa si stavano avvicinando allo yacht. O'Reilly li fermò e indicò il *Dermabrasion*, tre pontili più in là.

«Vedete quel cabinato?» gridò. «A bordo c'è un medico. Fategli alzare il culo e portatelo subito qui. C'è una donna che sta morendo.»

I poliziotti schizzarono immediatamente verso la barca, a una velocità che O'Reilly poteva solo sognare.

Stringendo la figlia a sé, Vince ringraziò tutti i santi del paradiso che fosse ancora viva. Si augurò che il trauma psicologico non fosse eccessivo per lei e si consolò pensando che in fondo Anna era una guerriera, proprio come lui, e sicuramente si sarebbe ripresa. Per un istante posò lo sguardo sulla donna distesa sul ponte, decisamente meno fortunata di sua figlia. Il viso era nascosto dal corpo dell'investigatore, ma si vedeva il braccio candido con un orologio Cartier al polso, e la mano liscia e curata. Per un attimo il suo cuore smise di battere. Conosceva quel braccio, quella mano, quelle dita; le aveva sfiorate mille volte con le sue labbra. Allontanò la figlia da sé.

«Suzanne» gridò, gettandosi verso il corpo disteso, ma qualcuno lo afferrò per la manica e lo trattenne. Pensò che fosse O'Reilly e si voltò, pronto a motivare la sua reazione. Solo che non era il detective. Era Anna.

«Fermati, papà. Fermati!» strillava la figlia, il viso così stravolto dall'odio che lui stentò quasi a riconoscerla. La sua mano gli stringeva il braccio come un artiglio, mentre gli gridava: «Non andare da lei!».

I due agenti in divisa intanto erano tornati sotto lo yacht, seguiti da Michael Niebaum, a torso nudo e con una valigetta del pronto soccorso. Il medico salì subito a bordo, ma si bloccò vedendo il corpo di Sal riverso in una pozza di sangue. «Non lui» urlò O'Reilly. «Per lui è troppo tardi.» Kozlowski si fece da parte e il chirurgo plastico vide Suzanne distesa sul ponte. Ebbe un attimo di sconcerto, quindi corse a inginocchiarsi accanto a lei e le sentì il polso. Senza perdere un istante, frugò nella valigetta e recuperò una delle penne di adrenalina che teneva a bordo del cabinato per l'allergia di Cara. Piantò l'ago nel petto di Suzanne. Quasi immediatamente lei tossì ed emise una specie di rantolo, poi con una serie di spasmi il suo corpo riprese vita. Il respiro era ancora intermittente, ma poco alla volta recuperò un ritmo più regolare. E finalmente Suzanne riaprì gli occhi.

Si guardò intorno confusa, spostando ripetutamente lo sguardo da Michael Niebaum a O'Reilly a Kozlowski, senza trovare nella sua memoria un motivo per averli tutti e tre intorno. C'erano anche Vince con Anna, che la fissava come fòsse un fantasma.

Poi lentamente riaffiorarono i primi, frammentari ricordi. Rivide se stessa lasciare il suo appartamento con la ragazza. Sal che la trascinava a forza sullo yacht. Sal che la legava alla sedia con il nastro. Anna che la colpiva in faccia con la pistola. Loro due che facevano sesso davanti a lei. L'ultima cosa che ricordava era Anna che la faceva volare giù dalla scaletta della cambusa. Poi il nulla.

«Vince» mormorò, allungando un braccio. Lui si liberò dalla stretta della figlia e si inginocchiò accanto a Suzanne; le prese la mano fra le sue e l'accarezzò con le labbra.

«Sono qui, Suzanne. Non devi più preoccuparti di nulla.»

«Vince.» Richiuse gli occhi, sfinita.

«No, Suzanne. Non parlare. Non stancarti.»

«No, Vince. Devo dirtelo adesso.» E con le ultime forze che le restavano nel corpo martoriato, sussurrò: «Tua figlia ha cercato di uccidermi». Poi chiuse gli occhi e non parlò più.

«Non è vero» gridò Anna. «È stato Sal. È stato lui» ripeté tirando il padre per la manica.

Arrivarono i paramedici, spingendo due lettighe. I poliziotti dovettero trattenere Vince mentre gli infermieri trasferivano Suzanne sulla lettiga e la coprivano con un lenzuolo fino alle spalle. Poi fecero altrettanto con Sal, solo che questa volta il lenzuolo arrivò oltre la testa. Padre e figlia furono portati via su due volanti separate. Anna invocava urlando il padre mentre la spingevano sul sedile posteriore, e Vince si sentiva il cuore lacerato tra la figlia e la donna che amava.

Arrivarono anche la stampa e la tivù, in tempo per filmare Steven Kaufman che veniva fatto salire a bordo della terza volante, i polsi ammanettati dietro la schiena.

51

Per la prima volta dopo giorni e giorni, avevo fame. Durante l'ultima settimana avevo mangiato solo qualche boccone. Pensai al semino che cresceva dentro di me e a come l'avevo maltrattato fin dal suo concepimento, dandogli troppo alcol e troppo poco cibo. Giurai che da quel momento in poi mi sarei occupata meglio di lui.

Mi stavo avvicinando al confine con l'Ohio e i cartelli lungo la strada iniziavano a segnalare un'area di servizio. Dopo poco vidi nel buio un grappolo di luci e subito rallentai per lasciare l'interstatale e andare a parcheggiare il mio modesto Maggiolino in mezzo a un mare di pick-up e di autoarticolati. Il piccolo ristorante era zeppo di camionisti e cacciatori. Quando entrai alcune teste si girarono – una donna che viaggia sola è sempre motivo di interesse – ma per lo più gli occhi dei clienti rimasero fissi sugli schermi silenziosi montati sulle pareti del locale.

Andai a sedermi a un tavolo davanti alla vetrina e aprii il menu che trovai in un morsetto di metallo. Quando arrivò la cameriera, ordinai insalata di pollo e milk-shake, dopodiché mi appoggiai sfinita allo schienale del divanetto e guardai la televisione in attesa della mia cena. Sugli schermi, sintonizzati su un'emittente locale, passava la replica del notiziario delle nove. Dopo il servizio in cui il sindaco di Chicago dava il benvenuto a una personalità in visita ufficiale partì una serie di spot pubblicitari. In quel momento arrivò la mia insalata di pollo e io mi avventai sul cibo come se fossi reduce da un campo di prigionia. Quando infine sollevai la testa vidi che il notiziario era ricominciato, e una cronista bionda parlava davanti a una decina di autopattuglie. Nei sottotitoli si leggeva: BELMONT HARBOR. L'immagine della giornalista fu sostituita da un servizio che mostrava Steven Kaufman in manette accompagnato verso una volante della polizia. In quel momento la sua testa bruna si voltò e lui mi fissò dallo schermo. Aveva un occhio gonfio e completamente chiuso, e la faccia pesta. La scena mi sembrò ancora più surreale quando la telecamera allargò l'inquadratura e scorsi sullo sfondo Michael Niebaum a torso nudo.

Posai la forchetta e andai a cercare un telefono a gettoni. Carol Anne era a casa. In quel mare di incertezza la voce assonnata della mia migliore amica fu una scialuppa di salvataggio.

«Sorpresa!»

«Maggie, sei tu?» Di colpo, la sua voce si fece perfettamente sveglia. «Stai bene? Sono tutti preoccupati per te. Dove sei finita?»

«Tranquilla, non mi sono impiccata. Sono vicina al confine con l'Ohio. Scusa se non ti ho chiamata prima, ma volevo sapere che cosa è successo.»

«Be', a dire la verità è stato un vero shock per tutti. Tua madre piangeva. La madre di Flynn piangeva. Tuo padre sembrava uno cui avessero pignorato tutti i beni. E Flynn… insomma, diciamo che l'ho visto meglio.»

«Flynn? È venuto al ristorante?»

«Eh già. Quando è arrivato ha preso i vostri genitori da parte e gli ha parlato. Poi ha detto ai testimoni e alle damigelle, me compresa, quello che immagino aveva già detto ai genitori: avete capito che sposarvi non era la cosa giusta da fare, quindi meglio fermarsi prima di commettere un errore. Ti ha coperto, Maggie. Ha gestito la cosa con molta molta classe. Non ha avuto una sola parola cattiva nei tuoi confronti.

«Poi tutti gli amici dell'università l'hanno circondato e hanno detto che se non si poteva fare un matrimonio, allora si doveva fare una festa da sballo. E così è stato. Si riprenderà, Maggie. Vedrai. Purtroppo non so se sarà la stessa cosa per la sorellina. Nan era veramente sconsolata.»

Il pensiero di aver deluso quella ragazza mi rattristò. Dio santo, ero proprio una brutta persona. Ma poi ricordai a me stessa che non ci si può sposare per far piacere agli altri. Che poi era esattamente il motivo per cui mi trovavo in quel pasticcio. Dopodiché passai alla vera ragione della mia chiamata.

«Sono in un'area di servizio e ho appena visto in tivù l'arresto del padre del mio bambino. Ma sono completamente fusa o c'era anche Michael?»

La voce di Carol Anne cambiò. «In questa storia c'è molto più di quello che hanno detto al notiziario.»

Mi raccontò tutto quello che aveva saputo, di Suzanne che era quasi stata uccisa dallo stesso tizio che probabilmente aveva fatto fuori Angie, di Michael che le aveva salvato la vita. Il ruolo di Steven però non le era chiaro, sapeva solo che era stato arrestato. Avevo così tante domande che non sapevo da che parte iniziare. Così partii dalla più importante.

«Dimmi di Suzanne. Come sta?»

«È in ospedale, hanno dovuto sedarla. Adesso con lei ci sono i genitori. Credo che si riprenderà. Fisicamente, almeno.»

«Grazie a Dio, Michael era lì.»

Il silenzio di Carol Anne mi lasciò capire che forse questo non era un fatto così positivo. Non per lei, almeno. «Si stava intrattenendo con un amico mentre io partecipavo alla tua mancata cena prenuziale. Maggie, ne ho abbastanza. È finita.»

Riagganciai pensando a come il mondo che conoscevamo fosse ormai uscito per sempre dai suoi binari.

Adesso i miei fari erano diretti a ovest. Io e il mio Maggiolino rosso viaggiavamo nel buio della notte alla volta di Chicago, spinti da un'urgenza che io stessa non riuscivo a capire. Nonostante tutta la sofferenza che avevo causato a Flynn e a tante altre persone, per la prima volta da molto tempo non mi sentivo in trappola. Al contrario, mi sembrava di essermi liberata, come il bruco che ha appena allargato le ali e scopre di saper volare.

E poi la verità mi fu chiara: per una volta avevo fatto ciò che desideravo. La verità era che non diventare la signora Rogers Hamilton l'indomani mi andava benissimo. Durante gli anni dell'università a Iowa City, mi appassionavano molte cose. Il teatro. La letteratura. E cause come la fame nel mondo, l'ambiente e i diritti civili. Dopo la laurea, invece, quelle passioni erano state soffocate dall'età e sepolte sotto il carico di un lavoro che non mi aveva mai entusiasmata. A volte rimaniamo così invischiati in quello che dovremmo fare secondo gli altri, che perdiamo di vista ciò che desideriamo noi. Ma anche se non ero ancora sicura di quel che volevo, sapevo che non era Flynn, né la vita che lui avrebbe potuto darmi. Flynn era il sogno di mia madre e di molte altre donne. Non il mio. E sapevo anche un'altra cosa: non sarei mai più tornata al *Chicagoan*, per nessuna ragione.

Quanto al misterioso Steven Kaufman, non avevo idea di chi fosse realmente né cosa ne sarebbe stato di lui. Ma anche in questo caso, una cosa mi era chiara: se quell'esserino dentro di me avesse causato anche solo un decimo dello sconvolgimento che suo padre mi aveva procurato, be'... era meglio allacciare la cintura e prepararsi al viaggio della vita.

Erano passate le due del mattino quando entrai in casa. Come prima cosa corsi in bagno, dopo essermi trattenuta per ore. Quando mi voltai per tirare lo sciacquone, non seppi se ridere o piangere. La tazza era più rossa di una vetrina natalizia.

Mi infilai a letto e dormii profondamente per la prima volta da mesi.

Il mattino dopo andai nel carcere dove Steven era stato trasferito in attesa dell'estradizione in New Hampshire. O'Reilly era riuscito a farmi avere il permesso di vederlo e ci aveva lasciati soli in una stanzetta senza finestre e con un paio di sedie. Steven aveva l'aria provata, i riccioli bruni appiccicati al visto, la faccia deturpata dai tagli e dalle contusioni. L'occhio aveva un aspetto migliore rispetto alla sera prima. Stava seduto come uno studente in attesa della lezione.

«Sono venuta a dirti che alla fine ho deciso di non sposarmi» esordii. «Non capisco nemmeno io perché mi sento in dovere di fartelo sapere, forse mi è sembrata semplicemente la cosa giusta da fare, visto il ruolo che hai avuto in questa decisione.»

I nostri sguardi si incrociarono con una complicità che mi elettrizzò e mi spaventò al tempo stesso.

«Mi rimandano in New Hampshire. A Manchester, per la precisione» mi informò a sua volta. «Non voglio oppormi all'estradizione, ma desidero che tu sappia una cosa: non ho fatto le cose di cui mi accusano. A parte la bigamia, ma questo non è dipeso da me. La cosa peggiore che ho fatto nella vita è stato cercare di fare le cose come volevano gli altri.»

«E nessuno più di me sa come si va a finire» osservai.

«Maggie, so che non ci siamo incontrati nelle circostanze più favorevoli, ma se riesco a uscire da Manchester tutto intero e passo da queste parti, posso rivederti?»

«Perché no? Sempre che io sia ancora qui. Vorrei andare a ovest.»

Le parole che seguirono furono molto prudenti come se Steven stesse camminando sulle uova. «Quello che mi hai detto giovedì, che sei incinta, è la verità?»

«Credevo che lo fosse» risposi, «ma forse non era destino. Mi è appena arrivato il ciclo.»

52

Kozlowski stava trascorrendo un piacevole sabato di relax con la moglie, mentre O'Reilly, che non aveva motivo di stare nel suo triste appartamento, stava riordinando la scrivania, i postumi della bevuta serale così leggeri che quasi non li sentiva. Aveva deciso di ridurre un po'.

Squillò il telefono.

«O'Reilly.»

«Buongiorno detective.» Impossibile non riconoscere quella voce roca e sensuale. «Devo ammettere che l'ho giudicata male.»

«Sto parlando con la perspicace e testarda signora Delaney? Non se la prenda. In fondo, non si era del tutto sbagliata sull'uomo del New Hampshire. Alla fine lo abbiamo arrestato. Ed è stato un bene che lo tenessimo d'occhio, altrimenti le cose per la sua amica Suzanne sarebbero finite molto male.»

«Non so, c'è qualcosa in quel tizio che ancora non mi convince. Ma per una volta non la sto chiamando per l'omicidio di Angie. Almeno, non soltanto per quello. Se non mi sbaglio, mi aveva invitata a cena questa sera, se fossi stata libera.»

«Giusto, ho sentito che il matrimonio è saltato.»

«Lei aveva previsto anche questo. Tutto sommato, però, non credo sia una cosa negativa.»

«La sua amica Maggie è una brava ragazza» replicò O'Reilly. «Un po' confusa, forse, ma comunque una brava ragazza.»

«Siamo tutte un po' confuse» commentò Kelly. «E che mi dice della cena? L'invito è ancora valido oppure era solo scena?»

«Le va bene alle sette?» domandò il detective allentandosi il colletto, peraltro già piuttosto allentato.

«Perfetto.»

«Bene. Allora vengo a prenderla.» Riagganciò il telefono e osservò un gruppo di cinque giovani skinhead che attraversava la sala per partecipare a un confronto all'americana. La giostra non si fermava mai, ma lui per quel giorno aveva deciso di scendere. Aprì il primo cassetto e ci infilò le onnipresenti scartoffie, quindi frugò sul fondo e recuperò la fiaschetta di metallo che teneva sempre lì a portata di mano. La osservò per qualche istante e poi la gettò nel cestino.

Kelly spinse via il piatto, lasciando quasi metà porzione di costine e tutte le patatine fritte. «Non riesco a mangiare più niente» esclamò. «Per smaltire questa cena dovrò correre per una settimana.» Bevve un sorso di Coca Light e prese una salvietta detergente dal contenitore sul tavolo. O'Reilly spazzolò l'ultima costina e la innaffiò con un paio di sorsate di birra. Era soltanto la seconda della serata, Kelly stava tenendo il conto. Il detective posò il bicchiere e lasciò cinque belle impronte alla salsa barbecue sul vetro.

«Con quelle ottenere una condanna sarebbe facilissimo» scherzò Kelly.

O'Reilly si guardò le dita. «Questo posto non è il massimo per un primo appuntamento, vero?»

«Quindi è un appuntamento?» Kelly prese un'altra salviettina e gliela passò. «Guardi che io sto ancora aspettando.»

«Aspettando cosa?»

«Che lei mi racconti tutto quello che ancora non so, i buchi nella ricostruzione.»

O'Reilly finì la birra. «Allora, la figlia di Columbo è sotto osservazione al reparto psichiatrico, e scommetto dieci a uno che le daranno l'infermità mentale. Il padre farà carte false per ottenerla. Sempre ammesso che si arrivi al processo. L'avvocato le ha già chiuso la bocca e nessuno sta parlando.»

«Quindi secondo lei cos'è successo?»

«In sintesi: la ragazza era patologicamente gelosa dell'amica di papà e voleva toglierla di mezzo. Solo che la prima volta non le è andata bene, e quando ha visto che papi Columbo continuava a comportarsi come prima...»

«Ha capito che avevano eliminato la persona sbagliata» concluse Kelly. «Ed è andata a cercare Suzanne.»

«Le ho già detto che dovrebbe entrare in polizia, vero?» commentò O'Reilly. Stava pensando di ordinare un'altra birra e fece per girarsi a cercare la cameriera, ma poi guardò la donna seduta di fronte a lui. Sembrava che i suoi occhi azzurri potessero guardargli dentro. Tutto sommato non c'era bisogno di un'altra birra. «Le andrebbe di vedere un film?» le domandò, sorpreso dalla sua stessa proposta. Non andava al cinema da anni.

«Perché no?» rispose Kelly, piuttosto soddisfatta.

Dopo il film, O'Reilly la riportò a casa e la accompagnò fino alla porta. Kelly aveva scelto un film d'autore, e lui all'inizio aveva temuto di addormentarsi. In realtà non era stato niente male, anche se non c'erano poliziotti, né inseguimenti e neanche un'esplosione. Nell'impacciato momento dei saluti, il detective notò quanto era bella in quel momento, con metà del viso illuminato dal lampione e metà nascosto dall'ombra dei rami sopra di loro. I suoi occhi limpidi erano invitanti come l'acqua dei Caraibi, dov'era stato nella sua unica vacanza con la moglie. Moriva dalla voglia di baciarla, ma il timore di fare un passo falso lo fermò. Era un bel po' di tempo che non baciava una donna, da quando lui e la moglie si erano lasciati. Dopo il divorzio, l'unica cosa su cui aveva messo le labbra era stata la bottiglia.

Kelly guardò il detective. Anche con le scarpe basse, era più alta di lui. In quel momento sentì di provare qualcosa che non sapeva ancora definire, ma non voleva che la serata finisse così presto. E pazienza se si sarebbe messa nei guai.

«Vuole entrare a bere un caffè?» gli propose.

Lui alzò le spalle, e sorrise. «Perché no?»

Kelly si ricordò di Tizzy troppo tardi. La gatta stava sonnecchiando sul divano a fiori. Quando entrarono, sollevò la testa e lanciò un'occhiata bellicosa all'intruso. Prima che Kelly potesse avvertirlo, O'Reilly si avvicinò e accarezzò la testa della piccola belva. Kelly trattenne il fiato, in attesa della reazione. Tizzy guardò per un attimo le dita paffute del detective e poi spinse la testa contro il suo palmo.

«Questa è la cosa più strana che abbia mai visto» dichiarò, sbalordita. «La mia gatta odia tutti, tranne me.»

Epilogo

Prima parlerò delle altre persone.

Kelly e O'Reilly si sposarono un anno dopo. Una semplice cerimonia civile, in municipio, seguita da un piccolo rinfresco con torta e caffè. Nient'altro. Niente pranzo con quattro portate, niente damigelle, niente musica, niente fiori e decisamente niente brindisi con lo champagne. Il poliziotto ubriacone era diventato sobrio, però questo non gli aveva fruttato la promozione sperata. Che invece andò al collega Kozlowski. Lui allora lasciò la polizia e Kelly lasciò la scuola e insieme aprirono un'agenzia investigativa. Che chiamarono, guarda caso, Pick-up Bianco, Detective Privati.

Quel matrimonio fu uno dei miei ultimi viaggi in Illinois. In quell'occasione dovetti sopportare mia madre che si lagnava per il mio mancato matrimonio e per la successiva fuga d'amore di Flynn a Las Vegas. Le bastava pensare a un'altra donna nella casa destinata a sua figlia, e scoppiava a piangere. Io invece ero contenta che lui si fosse ripreso. Era una brava persona e non potevo che augurargli il meglio. Era un sollievo sapere che non gli avevo rovinato la vita.

Carol Anne e Michael alla fine divorziarono. Lei cercò

di dargli un'ultima chance, ma dopo mesi di sedute dal sessuologo, terapia di coppia e perfino ipnosi regressiva, Michael si rese conto che la monogamia eterosessuale non faceva per lui. Il divorzio fu consensuale e Carol Anne ne uscì con un ottimo accordo finanziario e interventi di chirurgia plastica garantiti a vita. All'inizio vivere senza Michael fu difficile per lei, perché era tutto completamente nuovo. Poi però avviò un'attività nel settore della decorazione d'interni e durante un seminario per titolari di piccole imprese conobbe un uomo di ben sette anni più giovane. Partecipò al matrimonio di Kelly insieme a lui e devo ammettere che, oltre a essere decisamente bello, aveva regalato alla mia amica un sorriso che non le vedevo più da anni.

Purtroppo le cose non andarono altrettanto bene per Suzanne. Dopo la terribile esperienza a bordo dello yacht iniziò a soffrire di crisi d'ansia e incubi notturni, e dovette sottoporsi ad anni e anni di terapia. Troncò immediatamente la relazione con Vince e rifiutò di rivederlo, eccetto un'unica volta in presenza del suo avvocato per sistemare le loro faccende finanziarie. Poiché i suoi ricordi di quella notte non erano nitidi e Sal era morto, non fu possibile formulare nessuna accusa a carico della figlia di Vince. Anzi, Anna finì per assumere il ruolo di amministratore delegato nell'azienda paterna e di tanto in tanto ancora oggi il suo nome conquista qualche titolo di giornale.

Suzanne fu costretta a vendere quasi tutto ciò che possedeva per saldare i suoi debiti e si trasferì a casa dei genitori. Rilevò il negozio di famiglia, ma poco prima del Capodanno 2000 le fu diagnosticato un cancro al seno che le lasciò pochi mesi di vita. I genitori la seguirono dopo poco tempo.

La vita di Natasha subì una clamorosa svolta quando il marito fu condannato per insider trading. Lui trascorse un po' di tempo in prigione e persero la villa di Lake Forest. Tuttavia, l'intraprendente ragazza non si perse d'animo, e dopo aver divorziato dall'insopportabile marito, sposò un altro operatore finanziario, ancora più ricco e ancora più insopportabile. So che attualmente trascorre gran parte del suo tempo in Francia.

Quanto a me, Steven tornò a Chicago meno di un mese dopo l'estradizione in New Hampshire. Io abitavo ancora nello stesso appartamento e mi mantenevo con i miei risparmi progettando il viaggio a ovest. Quando me lo ritrovai sulla porta di casa, fu come aver vinto un biglietto per il firmamento. Bisogna aver conosciuto la vera passione per capire come mi sentii quando lo rividi, con il viso incorniciato dai riccioli bruni e gli occhi che chiedevano perdono dietro gli occhialini sottili.

Le accuse contro di lui erano cadute quando la seconda moglie aveva ritrattato la sua versione. Secondo la nuova confessione, era stato il padre a ridurla in quello stato dopo averla sorpresa sul pavimento di un palazzo in costruzione con uno degli operai. Gli avvocati stavano ancora lavorando sulle accuse per bigamia, ma a me non importava. Non ci serviva un pezzo di carta per essere felici con quello che avevamo.

Perciò ci trasferimmo in Colorado, nella Roaring Fork Valley, conosciuta soprattutto per la città di Aspen. All'epoca il settore edilizio era in forte espansione e Steven non ebbe difficoltà a trovare un'occupazione. Io invece andai a lavorare per il quotidiano locale. Laggiù la nostra vita fu un idillio. Facevamo lunghe passeggiate, andavamo in campeggio, sciavamo insieme. Organizzammo la nostra vita e il lavoro in modo da avere la massima flessibilità e ogni anno dedicavamo almeno un paio di mesi ai viaggi. Visitammo l'Europa e l'Estremo Oriente, salimmo fino a Machu Picchu e facemmo immersioni nella Grande Barriera Corallina. Nel tempo che restava fra gli sport e i viaggi, andavamo ai concerti del Music Festival di Boulder e leggevamo i grandi classici della cultura occidentale.

Dopo qualche anno decidemmo di aprire la nostra impresa di costruzioni. In breve l'attività iniziò a espandersi e le nostre finanze a prosperare. Eravamo incredibilmente felici, e ci nutrivamo della bellezza e della cultura che avevamo intorno e della nostra passione.

Neppure la crisi economica, che ci mandò in rovina insieme a molti dei nostri amici, poté raffreddare il nostro amore. E nonostante i problemi, l'alchimia che c'era fra noi ci tenne sempre uniti. La crisi, tuttavia, fu indirettamente responsabile della nostra fine. Dopo il fallimento della nostra azienda, Steven trovò lavoro in uno dei pochi cantieri ancora attivi nella vallata, un vasto complesso edilizio a Castle Creek Valley. Mentre lavorava alla costruzione di un muro di contenimento, un masso si staccò dal fianco della montagna e in pochi secondi mise fine alla sua vita, e in un certo senso anche alla mia.

Perciò la notizia di questo tumore al cervello ha suscitato in me emozioni contrastanti. I medici mi hanno spiegato che si tratta di un cancro aggressivo e quindi non mi resta molto da vivere. In realtà ormai quasi non vedo l'ora di lasciare questo mondo perché sono sicura che ritroverò Steven nel prossimo. E quando saremo di nuovo insieme spero che finalmente lui risponderà a una domanda che mi assilla da quando aveva lasciato casa mia dopo quella prima notte insieme.

Come mai il mattino dopo il suo pick-up era parcheggiato sull'altro lato della strada?

Post scriptum

di Kelly O'Reilly

Questa storia mi è stata affidata dalla sorella minore di Maggie, Laurel. Quando mi ha telefonato per annunciarmi la morte della mia amica, sono rimasta sconvolta. Ancora di più quando si è presentata davanti alla mia porta con la sua compagna, Alice, e il manoscritto. L'avevano trovato a casa di Maggie dopo la sua scomparsa, e Alice aveva suggerito a Laurel che non ci sarebbe stato custode migliore di me per le memorie della sorella.

Vedere Laurel è stato come riavere Maggie davanti: hanno gli stessi capelli rossi, lo stesso sguardo impertinente. Mi si è stretto il cuore quando ho ripensato a quanto eravamo vicine una volta e quante cose abbiamo vissuto insieme – alcune belle, altre meno. Il tempo e la distanza hanno finito per allontanarci e legarci sempre più ai nostri piccoli mondi. Ma poi, quando ho iniziato a leggere il manoscritto, è incredibile con quanta rapidità il mondo che abbiamo condiviso mi abbia di nuovo risucchiata. La storia è ben scritta, e ho riso di cuore nel vedere quanto di me è riuscita a catturare, soprattutto l'inizio della mia storia con Ron. A essere sincera, devo ringraziare proprio lei se mi sono sposata e ho avuto dei figli. Perché senza quell'assurda serata di follie fra noi amiche della sposa, non credo che avrei mai conosciuto Ron. A meno che non avessi ripreso a bere...

Battute a parte, l'ultima riga del racconto è stata una vera sorpresa. A prescindere da come sia andata la loro vita prima che Steven Kaufman morisse, ho sempre pensato che ci fosse qualcosa di poco chiaro in quell'uomo. Per dirla tutta, quando Maggie è andata via ero piuttosto preoccupata nel saperla sola con lui in Colorado, così lontano da noi, anche perché dopo il suo trasferimento in pratica non l'abbiamo più rivista. Ma con il passare degli anni, e con il diradarsi dei nostri rapporti, ho dimenticato quei sospetti. Del resto, le nostre vite avevano preso strade diverse, e io ero completamente assorbita dal lavoro e dai figli. Adesso però la questione è di nuovo aperta. Dopo aver finito di leggere il manoscritto di Maggie sono andata da Ron, che era in soggiorno, incollato a una partita dei Bears. In genere cerco di rispettare i suoi interessi e non disturbarlo nel bel mezzo di un evento sportivo, ma questa era una cosa troppo importante per poterla rimandare.

«Ci sarebbe un nuovo caso» gli ho detto. «Anzi, un vecchio caso.»

«Eh...?» Gli occhi non si sono spostati dallo schermo. «Aspetta che arrivi la pubblicità.»

Mi sono seduta sul divano e ho aspettato. La nostra agenzia si occupa essenzialmente di divorzi e mandati di comparizione, un lavoro piuttosto remunerativo. Anzi, con l'inizio della recessione, gli affari sono addirittura aumentati. Sembrava che tutti volessero citare tutti, magari per recuperare qualche spicciolo nascosto, e noi abbiamo cominciato a consegnare mandati di comparizione come fossero auguri di Natale.

Quando la partita si è interrotta per qualche spot i Bears stavano vincendo dieci a zero. Ron ha abbassato il volume e ha voltato la testa ormai completamente grigia verso di me. Gli ho parlato della storia scritta da Maggie e della sua inquietante conclusione: il pick-up di Steven Kaufman il mattino dopo il loro primo incontro era parcheggiato sull'altro lato della strada. Lui ha alzato gli occhi al cielo, ricordando con quale testardaggine all'epoca avessi tentato di inchiodare quell'uomo. Ma il nostro matrimonio resiste perché, nonostante le difficoltà, tutti e due sappiamo riconoscere che cosa è importante per l'altro. E senza che io abbia dovuto aggiungere una parola, lui ha capito che per me questo era importante.

E così abbiamo aperto un nuovo fascicolo.

Ovviamente, è passato così tanto tempo da quella serata fra noi amiche della sposa che le probabilità di scoprire qualcosa erano vicine allo zero. Potevamo mai chiedere ai vicini se ricordavano di aver visto un pick-up alle quattro del mattino… venticinque anni prima? Figuriamoci. All'inizio non sapevo proprio da che parte cominciare. Ed è lì che il mio brillante (attenzione, perché non mi capita spesso di usare questa parola) marito mi ha suggerito di andare in New Hampshire per parlare con le prime due mogli di Steven Kaufman.

Ho fatto qualche ricerca in rete, e… centro! Ho scoperto che Meghan Kaufman viveva fuori Concord, dove lei e il falegname avevano comprato casa. Ho sempre pensato che si ottengono risultati migliori se si affronta qualcuno di persona e senza preavviso. Una telefonata può mettere in allarme, oppure dare modo di respingerti. Perciò Ron e io siamo saliti su un aereo per New York e poi abbiamo raggiunto Concord con un treno per pendolari. Visto che avevo l'indirizzo di Meghan, con il navigatore non è stato difficile trovarla. Però, quando siamo arrivati davanti alla casa, ho pensato di aver commesso un errore. Per qualche ragione avevo immaginato che l'ex moglie di Steven, la sua fidanzatina del liceo, vivesse in una brutta casa o in un angusto appartamentino. In fondo, non aveva cambiato cognome e quindi non si era mai risposata. Perciò quando abbiamo visto quell'enorme villa in stile Tudor siamo rimasti a bocca aperta.

Ma siamo rimasti ancora più sbalorditi davanti alla donna che ci ha aperto la porta. Mio marito non riusciva più a risollevare la mascella caduta. Era molto bella, con i capelli bruni lunghi fino alle spalle e il seno prosperoso. Non le avrei dato più di trentacinque anni, ma se erano stati compagni di liceo doveva averne almeno venti di più. Le abbiamo detto che il suo primo marito era morto da circa un anno e che stavamo cercando eventuali eredi. (Ho imparato per esperienza che la possibilità di ottenere un po' di denaro è sempre un buon biglietto da visita per entrare in una casa, anche in quelle dei ricchi.) Nel sentir nominare il suo ex, la donna si è fatta più circospetta, ma per fortuna la gente del New England è cordiale e fiduciosa, e dopo qualche attimo di riflessione ci ha fatti entrare.

Nel New England tendono anche a essere ospitali, e Meghan non ha smentito la fama della regione offrendoci ciambelle e caffè, che io ho rifiutato e Ron invece ha accettato molto volentieri. Dopodiché ci siamo accomodati davanti a un bel fuoco crepitante.

«Allora, ditemi, cos'è questa storia di Steven e della sua eredità?»

Ron è molto bravo a eludere le domande, e quindi ho lasciato parlare lui.

«Se ho ben capito, lei e Steven vi siete conosciuti a scuola» ha esordito, osservando l'arredamento elegante.

La donna ha fatto una smorfia come se stesse bevendo aceto e non caffè. «E questo dove diavolo l'ha sentito? Ho conosciuto Steven mentre lavorava qui per mio padre, che adesso è morto, pace all'anima sua. Anche mia madre è morta, e quindi la casa adesso è mia.

«Comunque, ai tempi Steven ha subito cercato di infilarsi nelle mie mutandine. E purtroppo ci è riuscito. Quando mio padre ci ha scoperti ha affrontato Steven, che ha accettato di sposarmi. Ma poco dopo il matrimonio mi ha lasciata. Un giorno era qui, e il giorno dopo non c'era più. Nessuna spiegazione. Niente di niente. Credo che mio padre si sia portato l'odio per Steven anche nella tomba.

«Non l'ho più sentito, però due anni dopo ho letto sul giornale che era stato accusato di aver aggredito la moglie. La moglie? Ma lui aveva già una moglie, scusate tanto, anche se a parecchi chilometri di distanza. Insomma, aveva rifatto la stessa cosa. La nuova moglie, infatti, era la figlia del proprietario della ditta per cui lavorava. Chiaro che aveva un debole per le figlie dei suoi capi.»

Ron mi ha guardata per qualche secondo, poi le ha chiesto: «Ma quindi... alla fine lei ha divorziato o no da Kaufman?».

«Sissignore. E anche l'altra ha divorziato. Circa venticinque anni fa un grande avvocato di Chicago è venuto a discutere i termini dei due divorzi. Gratis. Anzi, ho perfino avuto un risarcimento in contanti. E le accuse per aver aggredito l'altra moglie? Cadute. È come se qualcuno avesse agitato una bacchetta magica e di colpo tutti i suoi problemi fossero scomparsi.»

In quel momento mi sono ricordata quello che Ron aveva sentito dire da Vince Columbo quando lui e Steven erano sul ponte del *Giovanna Anna* davanti al cadavere di Sal Gianfortuna. «Mi occuperò personalmente di trovarti i migliori avvocati.» Sono abbastanza sicura che la bacchetta magica di Steven sia stata quella: il denaro di Vince.

L'altra moglie di Kaufman non ha creduto alla nostra scusa dell'eredità e non ha voluto vederci. Si era risposata e ovviamente non intendeva rivangare il passato. Bisogna dire, però, che gran parte del New England è come un piccolo paese: tutti sanno i fatti di tutti, perciò non è stato difficile raccogliere qualche informazione sulla presunta aggressione di Steven nei suoi confronti. Qualcuno diceva che fosse stato il padre a riempirla di botte perché aveva sposato Steven. Altri sostenevano che fosse stata una vendetta della ragazza perché lui l'aveva lasciata. Ma i più concordavano che fosse stato lui stesso a pestarla, dopo averla sorpresa sul pavimento di un cantiere con un altro uomo.

Com'è, come non è, ormai avevamo scoperto tutto quello che potevamo in New Hampshire, perciò siamo saliti su un aereo e siamo rientrati a casa.

A Chicago ho preso appuntamento con Anna Columbo. Siamo riusciti a introdurci nei suoi uffici con la scusa di dover fare un servizio su di lei per una rivista economica locale – è noto a tutti che la signora è sempre in cerca di pubblicità. Il padre, più ricco che mai, ha il suo nome su tutti i nuovi progetti edilizi della città. Lei è ancora molto bella, anche se più magra di allora e vestita con più sobrietà. Arrivati nel suo ufficio, Anna ci ha fatti accomodare in una specie di salottino con vista sulla scultura di Anish Kapoor in Grant Park. Ron ha iniziato a raccontarle un po' di stronzate poco convincenti sulle condizioni economiche della città, ma a un certo punto lei deve averlo riconosciuto, perché l'ha studiato per qualche secondo stringendo gli occhi a fessura.

«Perché siete qui, in realtà?»

«Per farle qualche domanda. Lei conosceva Steven Kaufman, giusto? Ha lavorato a casa vostra.»

«Basta così.» E si è alzata, senza perdere la calma. «Fuori dal mio ufficio.»

Ma non avevamo ancora finito. È così che funziona: poliziotto buono, poliziotto cattivo. Solo che questa volta facevamo tutti e due il poliziotto cattivo. Come ho detto prima, l'elemento sorpresa non ti dà il tempo di prepararti una risposta conveniente.

«Andavate a letto insieme, vero?» Sono riuscita a buttare lì prima che lei ci mettesse alla porta. La sicurezza con cui mi ha risposto mi ha detto tutto ciò che volevo sapere.

«Sta scherzando, vero? Lui era un dipendente.»

Dopodiché ci ha sbattuti fuori.

Quella sera Ron e io abbiamo discusso i possibili scenari sopra un piatto di linguine alle vongole. Abbiamo immaginato che le cose siano andate più o meno così.

Ovviamente Kaufman si faceva la figlia di Vince. Quello era il suo modus operandi e probabilmente la notte dell'omicidio doveva vederla a bordo dello yacht, quindi lei aveva le chiavi della barca. Prima però Anna è andata all'Overhang per vedere Suzanne, la sua rivale, probabilmente dopo aver sentito il padre parlare con lei al telefono. Quando Steven l'ha beccata insieme a Sal ha deciso di andare via con Maggie per ripicca. Ma quando Maggie è svenuta prima che lui potesse essere fortunato – eh già, è questo il motivo per cui quella notte lei non aveva messo il diaframma – Kaufman ha riconsiderato il suo appuntamento con Anna ed è tornato a Belmont Harbor. Ha scoperto il cadavere di Angie e ha capito che Anna, accecata dall'odio, aveva ucciso una donna che aveva scambiato per l'amante del padre. Poiché sapeva benissimo che dell'omicidio sarebbe stato sospettato lui per primo, è tornato di volata a casa di Maggie per costruirsi un alibi di ferro. Ovviamente, nel frattempo il posteggio precedente era stato occupato e così lui ha dovuto parcheggiare dall'altra parte della strada.

Questo, però, è solo uno dei molti scenari possibili. Un altro potrebbe essere questo.

Forse, e dico forse, diversamente da quello che fanno di solito gli uomini dopo l'avventura di una notte, Kaufman è uscito dalla casa di Maggie dopo che lei è svenuta e si è allontanato con il pick-up. Poi però ci ha ripensato ed è tornato indietro quando si è reso conto che aveva trovato qualcuno di molto speciale.

Lascio decidere a voi quale sia la verità.

Ringraziamenti

Desidero innanzitutto ringraziare la mia agente, Helen Breitwieser della Cornerstone Literary Agency: abbiamo avuto i nostri alti e bassi, ma lei mi ha sempre sostenuta perché è la migliore.

Ringrazio anche la mia editor, Holly Domney, che mi ha aiutata nel dare forma al romanzo; la casa editrice Severn House, nella persona di Kate Lyall Grant, che ha appoggiato il progetto ai piani alti; e Jamie Byng, di Canongate, il cui entusiasmo per il libro è stato travolgente. Menti affini e gruppo di lavoro efficace: non avrei potuto desiderare di meglio. Ai nostri successi futuri.

Non posso concludere senza citare sei persone speciali, sei amiche di sempre, che forse hanno ispirato, o forse no, le pagine del romanzo. In ordine alfabetico: Alison, Carol, Iris, Jane, Rosie e Vita. Vi voglio bene, ragazze.

Ringrazio infine Aspen Words, la sezione letteraria dell'Aspen Institute, per l'infaticabile impegno con cui fa dialogare lettori e scrittori. Parafrasando i classici: la vita è breve, ma l'arte è per sempre. Aspen Words ha fatto sua questa missione e ci auguriamo che l'arte di oggi viva a lungo nel futuro.

Questo volume è stato realizzato nel rispetto dell'ambiente,
utilizzando carte che impiegano cellulosa proveniente
da foreste gestite in modo ecosostenibile.

Finito di stampare
nel mese di marzo 2019
presso PuntoWeb S.r.l. - Ariccia (Roma)